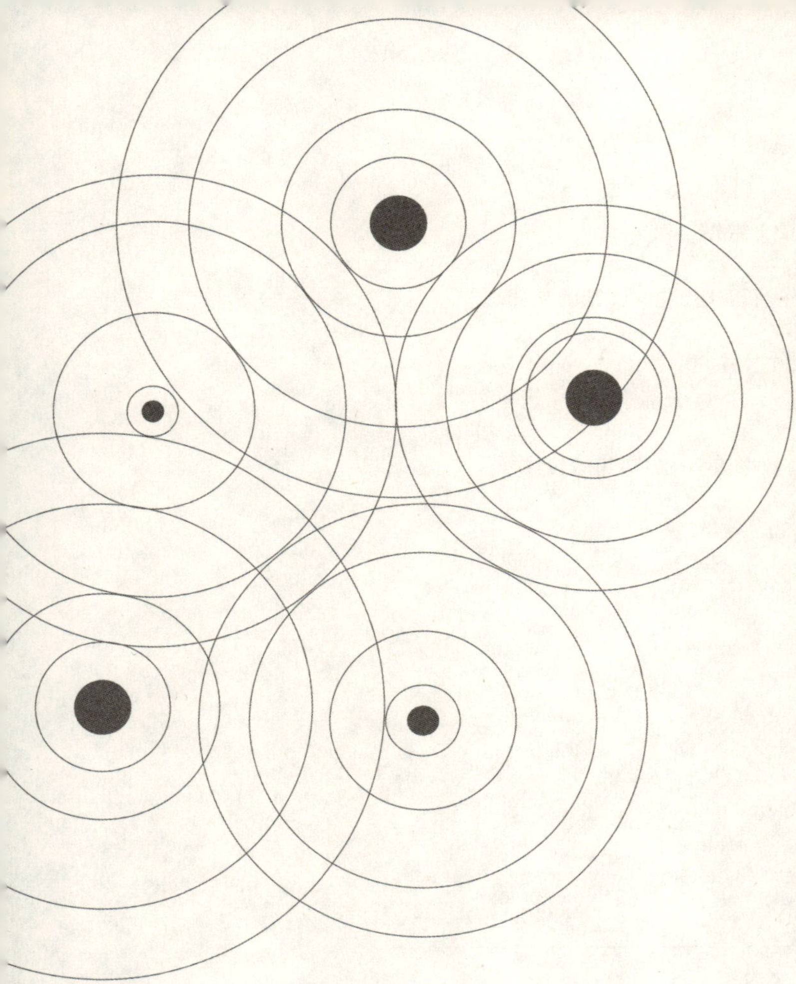

风休住

方荻◎著

花山文艺出版社

图书在版编目（CIP）数据

风休住 / 方荻著. —石家庄：花山文艺出版社，2016.11（2018.10 重印）
ISBN 978-7-5511-3057-8
Ⅰ. ①风… Ⅱ. ①方… Ⅲ. ①长篇小说－中国－当代 Ⅳ. ①I247.5
中国版本图书馆CIP数据核字(2016)第271716号

书　　名：风休住
Feng xiu zhu
著　　者：方　荻

责任编辑：郝卫国
责任校对：李　鸥
装帧设计：果亚楠
美术编辑：胡彤亮
出版发行：花山文艺出版社（邮政编码：050061）
（河北省石家庄市友谊北大街330号）
销售热线：0311-88643221/29/31/32/26
传　　真：0311-88643225
印　　刷：大厂回族自治县正兴印务有限公司
经　　销：新华书店
开　　本：710×1020　1/16
印　　张：23
字　　数：350千字
版　　次：2018年1月第1版
2018年10月第2次印刷
书　　号：ISBN 978-7-5511-3057-8
定　　价：48.00元

1

江城，市郊，炅山月湖风景区，一夜风狂雨骤，满山绿树葱茏一变而为草木萧疏。阳光洁净如洗，从最高峰鹰崖顶斜插而入，蜿蜒着随山峦绵延起伏，然后照亮山坡，照向每棵树、每棵草、每朵花，然后照进月湖，照亮每个水纹、每条涟漪、每条鱼儿。还有那一地的新落叶子，依然浓绿，依然新鲜，似乎还流淌着叶绿素。耸着鼻子做几次深呼吸，会有一种清冽的感觉，负氧离子估计达到了每立方米一万。据说这是经过检测的。其实不用说检测，每个游客走到这里，都会有一种神清气爽的切身体验。俗话说，山不在高，有仙则名。这座大炅山的名气可谓方圆千里，人人皆知。但它的知名，不是因为有仙，而是因为它环抱着的月湖。在某种程度上，这月湖就是大炅山的仙。她四季风光各异，姿态万千，柔美旖旎，风情万种。正是她的依偎环绕，使炅山草木茂盛，生机勃勃，雄壮气质上平添了灵秀和清雅。

关于炅山月湖的传说，如果搜罗起来，包括志书和居民口头相传，可谓数不胜数。最有名的传说是：很久之前这里住着一对恋人——月儿与大炅，月儿为拒绝权贵的逼亲自缢。传说鹰崖上长有起死回生草，大炅为救月儿，到鹰崖采摘而跌落崖下，临死手上还捏着草。月儿姑娘活了过来，却因为大炅的死哭了一百天后泪尽人亡，变成月儿湖，大炅则变成炅山紧紧环抱月湖。也许正是因为这美丽俗套的传说，这炅山、月湖的历史上，还真的发生过数对恋人相约赴死的事情。所以，这个山湖相映的风景区，更成了吸引人们驻足感叹爱情的度假胜地。

不过，恋人到这个风景区赴死，大多发生在春季，在山坡青草铺地，绿树成荫，青水映柳，山水依依的季节。而这个秋杀绿褪的周三早上，当人们都奔波工作的时候，在寂寥的月湖岸边，萧瑟的鹰崖下，满地铺就的落叶上，孤独而安静地躺着一个瘦长的男人。他面部朝上，苍白的额头如刚刚沐浴，在阳光下一丝亮光若隐若现；头发卷曲着，以优美的造型四下散开，落在地上的血泊里，一缕一缕，像暗红的毛线；双肩放松，右胳膊安放在腰间，左胳膊斜摆在身体侧面；右腿自然弯曲，左腿轻松舒展着。那个安静、放松的姿态，是如此富于艺术的美感，美得令人无法想象那是摔下来的，从摄影艺术角度来看，更像是煞费苦心摆好的一个pose。

在他的白色T恤左侧的下方衣襟处，有一个血红的字：风。像血色夕阳，与他身下一摊刺眼的鲜血相互辉映，让人触目惊心。

这些还不是引人注目的地方，惊煞人们眼球的是：在他的正前方，头顶处，安安稳稳地置放着一只巨大的玫瑰花篮，花篮里四周绿叶参差，碧绿鲜翠；绿叶之内，几百朵红玫瑰美艳迷人，以鲜活的红色与死者周围的血液相互映照。花篮的一侧飘着一张红色的丝带，在风中如一面小旗招展着，也像一只火苗跳跃着，上写：

再见，长风！

当天下午，江城的文学圈便传出了长风自杀的消息。

当天下午，江城诗坛都在猜测是谁给长风送去如此大的一个花篮。

当天下午，诗人长风自杀的消息传遍网络。

然而，有一件事，在上午就发生了，似乎是上天给长风开了一个天大的玩笑，或者是长风给大家开了一个天大的玩笑：当早上长风被人发现以如此的姿态告别世界的时候，所有的纸媒刚刚上市，在重要新闻里，均刊载了文坛的一件盛事：

华飞文学奖，在江城，长风是唯一的获奖者！

这一天，长风成了江城的新闻。

第二天，长风仍然是江城的新闻，长风自杀，长风获奖，长风的照片等在各大媒体占据了重要位置。关于长风的各种猜测，更是五花八门，莫辨是非。甚至引发了省会诗歌界关于十年前女诗人在此跳崖的追思和回忆。有的媒体竟然撰文把灵山月湖风景区命名成了“诗人自杀胜地”，而鹰崖命名成“飞诗崖”。

不到中午，灵山月湖风景区纷闹起来，又一次成为全省最引人注目的旅游景点。成群的诗人，成群的看客，还有好事者都来了。在月湖岸边，鹰崖下，长风躺着的地方，有诗人在祭吊，有看客在议论，还有闲人在拍照。人群一拨一拨地来了走了，又来又走了，脸上表情各种各样，有忧伤的，痛楚的，还有漠然的，偶尔也有一两个眼含泪花或者小声抽泣的，也有打打闹闹、说说笑笑的人。太阳西斜的时候，人群逐渐减少，到傍晚，闹哄哄的人群终于消失在越来越浓的夜色里。

庄离来了。她到的时候，风景区的游客已经很少了。偶尔有三三两两的人也都在急匆匆地离开。在夜色里，随着曲曲折折的湖岸，她悄无声息地走着，像个影子，慢慢地，融进了月光下柳枝影子里。

长风已经去他想去的地方了，留下这片空地，空地上的血迹，像风一样去了。月光出奇地好，像月儿湖的湖水，流泻着柔情、温暖、宁静、淡然。站在鹰峰悬崖下，月湖水岸边，长风最后躺着的地方，庄离脑中一片茫然。她记得，她打过长风一耳光，为了和和。她记得她骂过他是垃圾、狗屎，为了秋儿和廖红。但现在，她难过了：这样一个视尊严超越生命的人，如何受得了这种辱骂！

有几声鸟鸣在不远处啁啾，还有虫儿的叽咕声，也许还有某种小动物奔走时撩过草叶的窸窸窣窣声，使她感觉听力出奇地敏感。再走两步，站在湖水边，她还能听见湖水轻轻的荡漾声、鱼儿的戏水声、水波渐行渐远的传动声。一阵清香，带着神秘的符号，夹杂在湖水潮湿的气息中，突然而至。庄离用力吸着鼻子，试图辨别着，试图寻找着。就在她转身四下逡巡的时候，她看见在月儿的光辉里，落叶掩映下，斑斑血迹处，几枝新鲜的玫瑰，正半遮半掩，悄然而安静地躺在她的脚边。庄离弯腰捡起，眼泪一瞬间缓缓而下。

长风是跳下来的，不！应该说是飞下来，从鹰崖飞下来的。庄离抬起头，盯着高高在上的那块巨石，感到了压迫和窒息。它真像一只巨鹰啊，横空出山，落在山顶，似乎随时准备起飞。十年前，女诗人林零就是在这鹰崖上惊世一跳，至今令人感怀。如今，长风也选择这个地方，选择这种方法，这是不是诗人的一种归宿？

有山风袭来，撩过全身，带着一股清冷的气息，冲向湖边的垂柳、杨树，或近或远，或高或低，顿时飞起一片片落叶，像回巢的鸟儿一样，在空中盘旋一阵后，或落向湖水，或飞向她的脚下，还有几片正好落在长风躺着的地方。

我们无法选择自己何时出生，何地出生，甚至以何种方式出生。但是值得庆幸的是，我们可以决定自己的终结，何时终结，何地终结，以什么方式终结！这是长风一次酒后说的。看来，他早就准备了自己的终结方式，选好了终结的地方。

夜越来越深，庄离似乎在这里徘徊了一生。她感到如此疲惫。她坐了下来，坐在一层落叶之上，却没有冷的感觉。落叶落了才叫落叶，但它一定还带着生命的温度，并用最后的余温，于昨夜给躺在这里的长风输送最后的温暖，于今夜继续温暖着庄离的心情。手捧几枝玫瑰，再捡起几片落叶，庄离感慨万端，她想问问灵山，问问月湖，他们是否记得十年前在此终结生命的女诗人林零，是否认识昨夜在此结终生命的男诗人长风。她还想知道，他们划过空中的时候，是不是一如这铺天盖地的落叶，以轻盈的姿态起飞于空中，以自由散漫的姿态落下来，而且落在最适合、最舒适的地方？

庄离记得有个智者说，人的生活有三个层次或者境界：物质生活，精神生活，灵魂生活。现在长风已经进入灵魂生活的层次了吧！所以，如果说守灵，那么，她一定要来这里守哥哥长风的灵魂。她相信，长风最后给自己送的花束留言用“再见，长风！”，其实就是与自己的肉体再见。他选择在这里终结，一定是选择这里作为灵魂生活的起始地、栖息地。所以，她应该为哥哥高兴，在哥哥开启灵魂生活之始，一定要以某种方式表达对哥哥的祝福。

当太阳尖锐的光线逼走最后一缕月光时，第一批到达月湖风景区的游客突然发现，在凌厉的悬崖下，烟雾缭绕的月湖岸边，又出现了一只巨大的花篮，绿叶环绕之下，上千朵洁白的百合如一团美丽的祥云，将周围的地面、空气、湖水、绿树、小草都染上了洁净的颜色。在这团撼人的纯净中，一条蓝丝带打就的漂亮蝴蝶结像一个美丽的小天使展示着一种灵动和纯洁，蝴蝶结下方，舒展着一张细弱的笺条，上书红色字体：

长风一路走好！　庄离祭

2

诗歌、美女、美酒，是长风此生最关心的三样东西，就像柴米油盐是居家妇女日夜关心的事情一样。从四岁接受任大学古典文学教授的爷爷教他第一首诗“关关雎鸠”开始，他几乎就在脑海里形成了一个印象：诗歌与美女是同一种东西幻化的，当然是世上最美好的东西。至于为什么最好，他还说不准。《关雎》给他的印象太美了，而窈窕淑女，尽管他还不太明了女人，但爷爷给他的解释却让他终生难忘：窈窕淑女，就是——爷爷沉吟着问他，你觉得你见过的人中谁最好看？他说婉婉。婉婉是他幼儿园里的小同桌，睡觉时的小邻居。那小姑娘每天都扎着蝴蝶结，又大又圆的眼睛黑白分明，小脸蛋粉白粉白，尤其是她睡着时那两排又黑又密的睫毛，就像蝴蝶展开的翅膀，常常令他“失眠”，这是他从爸爸庄诗那里听的词。用他刚学的诗歌语言来说叫“辗转反侧”，爷爷听见他用这个词时，两只手摸着他的小脑瓜，脸都笑成了猴山里那只老母猴的红屁股——又皱又红。这个形容词又是小长风的发明。那一时刻，爷爷抱起小长风一口一口地、吧嗒不停地在他的脸上亲了好一个时辰，恨不得将他吸溜吃到肚子里。

自从他被小婉婉的眼睫毛吸引后，他确实开始在午睡时“失眠”，并且“辗转反侧”，时常忍不住伸手触摸。为此他没少挨老师的训斥。但小女孩显然被他的《关雎》诗给征服了。从那时开始，他幼小的心灵又形成了这样的一个印象：想让世上最好看的女孩喜欢，只能用最美好的东西，也就是诗歌，去吸引她。于是，为了每天能欣赏，甚至触摸小婉婉的眼睫毛，他开始更加卖力气地学习爷爷教的《诗经》中的各个篇章。有一天，小婉婉终于也伸出手，摸了摸他的眼睫毛。

随着年龄的慢慢增长，他上小学了。进入小学后，他再也没有看见小婉婉的身影。他哭闹了好多天。第二周的星期三，他突然停下了哭闹。爷爷很高兴，以为这小子终于忘记那个小女孩。但送完孙子上学回到家，他看见孙子床头贴的东西时，他被吓着了。孙子竟然一笔一画将《蒹葭》那首诗照葫芦画瓢描了下来。

> 蒹葭苍苍，白露为霜，所谓伊人，在水一方。溯洄从之，道阻且长，溯游从之，宛在水中央。 蒹葭凄凄，白露未晞，所谓伊人，在水之湄，溯洄从之，道阻且跻，溯游从之，宛在水中坻。 蒹葭采采，白露未已，所谓伊人，在水之涘。溯洄从之，道阻且右，溯游从之，宛在水中沚。

爷爷第一次认识到，这小子是块诗人料。他竟能从学的那么多诗篇中选出这一篇，看来这小子对诗的理解已经有些火候了，起码这首诗选得太恰当了。他不再像小男孩一样用哭声来表达不满，而是像诗人那样，用诗歌抒发自己的情感。

从此，老爷子给他买了大量的古体诗和现代诗集，并开始系统地给他讲授。学校老师第一次布置作文课时，他没写作文，只写了一首诗。面对这首诗，这个毕业不久的、血气方刚的老师火冒三丈将长风的爷爷叫到学校来。

他说这长风不写作文，一错。

不写作文也罢，还敢抄袭，二错。

抄作文也罢，竟然抄诗，三错。

长风被找了来。为了证明他不是抄袭，又当场写了一首诗。这次不仅老师目瞪口呆了，连爷爷也目瞪口呆了。

爷爷托关系，带长风拜了本市最有名气的诗人梅老为师。长风开始迈入诗歌圈的门槛。两年后长风即在本市最有影响的诗刊上发表了处女诗，并且一发不可收拾。不久，引起了媒体注意。在梅老和几个老诗人的指点下，经过媒体的报道，长风获得了“少年诗人”桂冠。

也许就是这个时候，小长风的命运被定型了。

五年后长风出版了第一部诗集，当年加入了本省作家协会。

如果诗歌、美女是他从懂事就已经深入灵魂的所爱，那么美酒却是他第一次喝酒，发现酒精可以助其诗兴，甚至引得诗兴喷发，并能迎得美人芳心之后钟情的第三爱。

长风的妻子——和和也有三爱：她爱自己的家，爱她的女儿可可，爱她的丈夫长风。就像长风爱诗歌、美女和美酒一样。本来她也很爱诗歌。

也正是缘于对诗歌的钟爱，在大学里她力排众美女，将诗人长风追到了手。那时她只有两爱，就是长风和诗歌。然而结婚后她才发现诗歌远不能当饭吃，不能当房子住，不能当票子花。虽然长风名声在外，但长风的收入并不多。她经常在夜深人静睡不着时计算长风的收入和支出：长风在省文联的一个杂志社工作，收入一年六万。每天喝酒平均一百元（还不能喝好酒），一年需要近四万元，三年平均出一本诗集需要一笔钱。也许有人说为什么还要自费出版。诗歌的读者本身就是一个很小的群体，更何况买诗集了。另外，他喜欢美女，偶尔请美女吃点喝点，寻找点灵感，也并不过分。这又是一笔钱。还没算他的吃穿行等费用。他已经入不敷出了。所以这么多年，整个家差不多只是用她微薄的工资来支撑。

家庭经济收入少就少点吧，和和觉得她能受这个苦，但是让她痛苦，而且难以接受的是，这个时代变化太快了。在她拼命也要嫁给长风时，她做梦也没想到，时代能发展到今天这一步。文学被边缘化，当年的鲁迅、徐志摩、巴金、茅盾们曾经因为文学而风光、而荣耀、而被人称为一代才子的时代似乎越来越远了。虽然诗人、作家也被人称为才子，但这个时代的才子已经无法和时下人们公认的才子们相提并论了。商界、IT界、工业界、房地产界，诸如比尔·盖茨、马云等等，已经成了现代社会风云人物、领军人物，成了知识的代名词，成了大众公认的大才子。如果说他们从事的是经济，与文艺界有点相差太远的话，那么文艺界有章子怡，有周杰伦等在受人们追捧。说俗点，谁会挣钱，谁能挣钱，谁就是才子，谁就是偶像。每想到这里，她就再也不敢往深处想了。她不能否定她的丈夫，她的才子，更不能否定自己当初的选择。当然还有一个原因，她怕这种结论，更怕这种结论会影响她与长风的相处。她不能打破长风那优越的诗人感觉。她怕他写不出好诗来。

一直以来，他们的家庭虽然不富裕，却也过得有滋有味。因为有诗歌，所以生活不缺乏色彩。和和在自己的小圈子里，相夫教子，也算是知足。长风只关注诗歌，对升官发财完全嗤之以鼻。所以小家庭也相安无事，在某种意义上，也算幸福。然而，日子像小河流水一样，流着流着，突然有一天，就遇到了阻碍物，小河就不得不拐了弯或者断了流而至干涸了。如果说长风的家庭，在这个初春的时节，当一场聚会的喧闹消散以后，家庭小河的河道上也出现了一道阻碍物，这道阻碍物最终能否断开这条小河的流水，或者这个家庭是否能越过这道阻碍，勇往直前，真是不得而知了。

这个阻碍物，就是韩健荣归故里，召集同学聚会。

和和从长风嘴里听说韩健召集聚会的事情时，开始还没有意识到什么。随着聚会日期越来越近，和和对韩健的情况了解得越来越多，有一天她突然抓了狂：因为她翻箱倒柜也无法找到一件像样的衣服，更别说炫耀自己了。此时，她才意识到这次聚会对她意味着什么，对她的家庭面临怎样的挑战。

她冲进了商场，在琳琅满目的服装里转了一天，却没有找到一件可买的衣服。第二天，她又去了商场，仍然没有买上。直到聚会的当天上午，她还在商场流连。如果聚会还不召开，估计她还会逛下去，怕是有的商场服务员会把她当成精神病或者小偷了。不是没有漂亮的衣服，也不是她的身材不好。相反她的身材几乎穿哪个品牌的衣服，都会把衣服穿出品位来。说到底，就是一句话，钱少衣服贵。在中午临近时，她终于咬牙做出最后抉择，用了两个月的工资，颤抖着买了一身高级套装。

回家试衣服，试来试去，总觉得这件衣服有说不出的不舒服。然后又试其他的衣服，试来试去，还是觉得档次太低，穿出去丢人。最后又穿上了新买的衣服，然后喊长风好好看看，参谋参谋，长风看了几眼，很认真地说，你穿这衣服有点可笑。

和和本来试衣服快崩溃了，听长风这一说一下子疯了。她连撕带拽把衣服揪了下来，砸向长风，一脸狰狞地怒吼：我穿什么衣服不可笑啊？

长风本来坐在沙发上看电视，见和和不遗余力，换了一身又一身，像服装秀似的，到现在仍然裤衩背心、一脸气急败坏的样子，不禁笑喷。

笑！有这么可笑吗？和和眼睛里已经有泪花在闪了，她坐在地上，半裸着身子，白花花的样子。前一天刚到美发店，花五个小时做的发型也乱了，一缕缕新烫的头发，生硬得像钢丝，一簇簇四散直立着，像个刺猬，刚才捯饬了半天的妆容也变成一只大花猫脸。从五官上来说，和和绝对属于漂亮女人，白皮肤，大眼睛，瓜子脸，典型的美女。尤其是左眉内侧若隐若现的一颗红色朱砂痣，像化妆师特意点上去的，令整个面庞一下子生动起来，并且带着某种神秘、浪漫色彩，也使她的美丽超越了中国传统美女的内涵。但是，也许是多年对外貌的忽视，还有柴米油盐的侵蚀，使她的美丽在岁月的长河里开始褪色。长风看着坐在地上对自己完全没有自信的和和，忍着笑，劝道：

你就穿平时的衣服，比什么都好！

呸！和和顺手把屁股旁边的沙发垫，扔向长风：你知道韩健是多大的老板，你知道韩健的老婆多年轻漂亮，你知道我平时的衣服值几块钱吗？

长风不笑了，一本正经地说：和和，你刚说的我都不知道。但只有一样你清楚就行了，你是我长风的老婆，这一点比什么都尊贵！

屁！和和的哭泣变成大笑，然后又变成哭泣。她指着长风，气得声音都哆嗦起来：你，你尊贵！笑话！一个酸诗人，简直狗屁！

和和尽管对长风多年来不挣钱感到不满，但如此羞辱长风，这还是首次。长风恼羞成怒，压着火说：

我，长风，虽然清贫，但富可敌国！韩健有钱也不假，但他才是狗屁！

和和停下哭泣，一脸鄙视地冷笑道：富可敌国，好一个富可敌国！给我看看你的富可敌国，好不好？我不用你像韩健一样给老婆买高级轿车、买大别墅，你只做一样事我就给可以给你叩头作揖！给你女儿择校交一笔高额赞助费，我们就不用求爷爷告奶奶求人了，好不好？

浅薄！长风听和和提起别墅和轿车，一脸鄙夷，站起身，向卧室走去。

和和丝毫不让，咬牙切齿地说：穷鬼！

也许“穷鬼”这词太尖刻，长风本来息战要走，听到和和如此骂他，怒火攻心，一转身又冲到和和跟前：

我穷，没错！但我从不以此为耻！你如果后悔可以与韩健鸯梦重温啊！长风似乎觉得还不解气，又冷笑一声，瞧你今天这副疯狂捯饬的劲头，简直莫名其妙！

就像长风讽刺的一样，和和确实在疯狂捯饬，长风用这个词，倒是很贴切。她是有点疯狂。这疯狂源于这个聚会太重要了。在今天这个场合，如果她穿戴不好，几乎将否定她当初的选择，否定她未来日子里在同学们眼中的形象。为什么？还不是这些年她的日子其实并不富足，而今天非要在人前装阔给闹的。于是才有了这样气急败坏的疯狂。疯狂找衣服，疯狂试衣服，疯狂地后悔没有多买几套。疯狂来疯狂去，觉得自己穿哪身衣服都不好看，都没有品位。

长风躲到了卧室，和和坐在地上哭泣了一会儿，将怒气和怨气转到物价、工资等上面了。她咒骂物价太高，骂工资太低，骂社会贫富不均，最后终于骂到了召集聚会的韩健身上了。

这有钱人就是缺德，召集什么聚会呀，不就是来臭显吗？不就是想让我们羡慕你吗？呸！

3

像和和咒骂的一样，韩健这次回来召集聚会目的就是为了炫耀。确切地说是为了复仇。韩健这次复仇，差不多整整用了十五年时间，十五年之长，可以积蓄多少力量！十五年前，韩健像个上帝的宠儿，在大二的时候便以其多才多艺从众学生中脱颖而出，并且力挫学哥学姐，一如所愿当上了令众学子们仰慕的学生会主席。当时他是多么踌躇满志呀！人们都说那时的大学生是“天之骄子”，其实，真正的天之骄子，或者真正体验到这种感觉的人，在那所大学里恐怕就只有韩健了。在上帝照耀的光辉里，他的智慧、精力无限地施展和挥洒着：组织演讲比赛、举办英语沙龙、进行歌咏比赛、诗歌朗诵会等等。学生会活动精彩纷呈，各种活动的海报，花花绿绿，飞扬在校园的每个角落。很长一段时间，整个校园几乎天天洋溢着过节的气氛。随着这些活动的不断开展、延伸、深入，韩健这个名字不但在校园的管理层叫得响当当，而且也成为芸芸学子们关注的对象。与此同时，韩健还从学生队伍里不断挖掘各类人才，成立各类小组，诸如歌舞艺术团、技术发明组、文学社等等。而文学社的成立差不多成了韩健给自己种下的一棵结苦果的树。当时低于他一年级的长风刚刚考入大学，不到两个月就在韩健成立的文学社刊物上发表了一系列诗歌，并引起了文学社全体成员的注意。接下来在韩健的一手促成下，长风迅速以骨干身份进入文学社，很快荣升为文学社副社长。同时，其少年诗人的声誉也传遍整个学生会。

所有的改变就是从此时开始。大学是一个绚丽的青春聚会。学子们不仅仅在求学探知上有着强烈的渴望，在许多时候，他们的心里和身体里还难以抑制地生长着另一种骚动——青春的骚动。正如歌德所说的“怀春”。韩健也一样，对漂亮的女孩正处于一种渴望和探求之时。早在大一下学期，韩健就以其特有的才艺、敏捷的思维、出众的组织才干获得了众多女孩的青睐。直到当上学生会主席，特别是将一系列学生活动搞得红红火火之时，他突然发现他身边一下子聚集了众多的追求者。像万花丛中的一只蜜蜂，他有一种目不暇接的感觉。直到几个月后，他才慢慢适应这种众星捧月的感觉，并且逐渐理智下来，从中选出了和和。

经过一个假期的热恋，韩健与和和已经进入恋人实质阶段。牵手逛公园，看电影，花前月下，像所有恋人一样，他们品味着初恋的甜蜜，并且逐步将恋爱内容深入下去。第二学年的下学期正式开始了，学期初的紧张学习突然将飞速发展的恋爱暂时刹了车。在对对方的渴望中，韩健和和和都进入各自的学习和工作中去。缘分就是这样在不经意间被破坏或者被成就着。和和所在文学社来了一个大才子，一个有少年诗人桂冠的天才。和和没有任何防备地发现自己失眠了，不是为韩健，而是为这个天才诗人。失眠半个月后，她终于再也受不了这种煎熬的痛苦。她觉得如果她再不采取行动，恐怕她会相思而死。于是，在一个秋末黄昏，在夕阳向文学社那间小办公室射出最后几缕暗淡的光线里，她终于不顾一切地向这个诗人袒露了心迹。就那么简单，这个瘦弱的诗人在明白和和所说的事情后，突然一把将她扛到了肩上，歪歪扭扭地扛着她到了走廊里，并且转了一圈。

一下子炸窝了！

文学社炸窝了，艺术团炸窝了，学生会炸窝了！

有生以来，韩健第一次体验着失败的感觉。尤其是在春风得意之际。仿佛在舞台上正全神贯注地表演时，被人出乎意料扇了一记耳光一样。那种无地自容，那种难以消受，还有那种无处发泄的愤怒，难以言表的疼痛，使他几乎一下子失去了知觉。他在屋里憋了三天没出门。

和和和长风突然成了知名人物，比韩健的名声有过之而无不及。最初人们对和和的议论，因为她对韩健的背叛，指责为多。到后来因为长风的才气，二人的恋爱故事逐渐被传成风流佳话。

韩健在屋里狂醉了三天后，终于迈出了门槛。他生气的不是和和对他的背叛，生气的是自己的失败。凭他在学校的威望，在女学生中的魅力，他觉得如果他与和和有一天吹灯拔蜡的话，应该是他经不住周围那么多漂亮女孩的追求和诱惑，而不是现在这样。因此，他感觉输得窝囊，输得不甘。于是，第四天他找到了和和。他的目的不仅是为自己挽回面子，更重要的是报仇雪恨。说具体点，就是把和和夺回来，然后再把和和甩开。打个漂亮的翻身仗。一牙还一牙！

然而一切都改变了，和和与长风的发展太快了。当和和第一次被长风扛出屋门时，她发现在走廊里围观的几个女生脸都白了。然后接下来她看见无论是文学社，还是学生会其他组织里的稍有姿色的女孩，甚至包括她同宿舍的女孩都充满了嫉妒。经过两天时间的考虑，她做出了一个大胆的决定，一个好长时间都令她自己不敢回忆的决定：她要用尽一切办法将这个风流才子彻底锁住！

那是一个夜晚，一个对于和和来说，安静得没有任何声响的夜晚。因为，那晚，和和的全部世界只有一个人——长风，她的全部注意力也只有一件事——锁定长风。所以那个晚上虽然与任何一个秋季的夜晚都没有不同，但对于和和来说却是她一生中堪称里程碑的夜晚。她第一次将自己身体的每一寸全部展露在了长风面前。那个晚上，她是多么相信缘分，相信命运。与韩健恋爱了四五个月，他们做得最深的身体接触，除了隔着衣服搂抱之外，皮肤的直接接触就是接吻。那时她是多么害羞，但是，这个夜晚完全不同，她安静地躺在一家小旅馆的床上，任长风一寸一寸地审视她，观察她，欣赏她，抚摸她……

回想起来，和和感觉当时真是吃了豹子胆。她想，这可能是这一生她干得最大胆的一件事情了吧。然而就这一回，她没锁住这个风流才子的心和身，倒是把自己彻彻底底锁在了这个男人身上。

韩健来晚了，确切地说是和和与长风进展太快了。在他做好出击的准备，并且伸出拳头之时，他从和和那里获得了一个五雷轰顶的消息：迟了！一切都不可挽回了。

韩健这一次是闭门五天。五天后，他用了半天时间恢复了原来的一切。洗澡，理发，买了新衣、新鞋，然后就投入全新的学生会活动、新的学习中去了。此时离期中考试只有二十多天，他竟然用难以想象的毅力又一次考了全班第一名。至此，当初那个没有经历过风雨的男人终于见识了挫折，并在挫折中练就了刚强的意志。韩健重新站起来的一个重要变化是：他突然对周围那些献殷勤的女孩一下子失去了任何兴趣。他把所有的精力和时间全部放在了学习和学生会工作上了。

这个坚强的男人还有另一个令人注目的变化，那就是——他的五官改变了：眉骨突然比过去高了，两面腮帮子似乎多出了坚硬的骨头。这是周立山观察总结的，他当时神秘兮兮地分析说，这种变化肯定是韩健闷在屋里憋出来的，眉骨是没白天没黑夜瞪眼瞪出来的，腮帮子是没白天没黑夜咬牙切齿咬出来的。周立山一边说着，一边咂着嘴。

和和当时还怀疑周立山是胡说。后来她偷偷观察韩健的五官变化时，确实发现周立山说的是事实。

这就是十五年前发生的那段恩怨。如果他以事业的成功忘却了这一切，那完全是假的。事实上，他之后所有的努力，所有的进步，所有的成就，都包含了一份复仇的决心。正因为这种决心，他才能毕业后考上了清华大学研究生，然后又出国留学到美国攻读博士，之后成了美国一家知名大企业的高层管理者。

到现在他已经搞不清，是否是因为和和的背叛，长风的夺爱之举，促成了他不懈的求学和奋斗。总之，从那以后，他拒绝了所有女孩，在攻读六年学位，又在美国工作了几年之后，不仅在工作上取得了令人瞩目的成绩，而且购买了自己的小别墅，特别是他终于走出了独身的城堡，娶了当时在华人圈里最耀眼的美女加才女——李秋儿。直到两个月前，公司在中国设立分公司，派他出任老总时，他才猛然想起压抑多年的屈辱。这么多年来，尽管他是那样忙碌，其实在许多个失眠的夜晚，他都会想起当年和和长风带给他的疼痛。甚至在梦里，他梦到的最多的一个场面就是长风扛着和和在走廊里转圈的那个情景。因此，在与国内朋友、同学联系的时候，他一直在关注着和和与长风的情况。他知道长风与和和的婚姻平淡如水，更知道他们的生活很清苦。对他来说，这实在是一个太好的消息。因此接到公司的任命，他突然想起，回国对他来说多么合适。这不仅仅是事业发展的一个良机，更重要的是，他要让多年前的那个伤口彻底愈合：他要让和和重新审视一下她的选择，他要让和和看一看一个真正的男人是什么样，一个真正的丈夫是怎样为妻子创造幸福的。

4

庄离吃了两个韭菜包子，没有刷牙就出了门。一路上，满嘴的韭菜味让她觉得自己恶心无比。有的食物真是奇怪无比，味道吃起来可以很美，但闻起来，或者吃后的味道竟然能够恶心死人。比如臭豆干、臭豆腐，再比如就是这韭菜。关于韭菜，她有一件刻骨铭心的记忆。有一年夏天，他和几个同学一起度周末，上午睡醒后出发去游泳。到游泳馆将近十一点了。大家先简单吃了午餐：韭菜馅包子和小米粥。下午游泳的时候，因为喝了不少泳池的水，她第一次感觉到韭菜味道跟泳池的水一掺和，有点农药味。游泳结束，已是黄昏。晚饭的主食竟然又是韭菜馅合子。不知哪个人第一次提出了异议：

哎呀，又韭菜馅啊？一下午打着韭菜嗝，感到满游泳池都是烂了的韭菜味啊。我受不了了啦！

这句话引起了大家的附和。尽管如此，因为合子确实很好吃，大家仍然一面喊着受不了啦受不了啦，仍然抢着吃了个精光。

吃完晚饭，一伙人又去唱歌。她记得她们包的是通宵，灯光昏暗，歌声嘈杂，五音不全的，狂吼乱喊的，还有胡蹦乱跳的。茶几上摆满了啤酒瓶，估计有三四十瓶，还有各种干果的皮壳。她好像还睡了一觉。关于那晚上如何唱歌、如何喝酒、如何打盹的记忆，她几乎回忆不起多少。她印象最深的是，夜里四点的时候，她好像睡了一觉醒了，那时候还有两个麦霸在狂吼，有几个人在跳舞，还有个像她一样在沙发上睡觉的。她口干舌燥，头脑昏沉。于是上了洗手间。在那里她洗了洗脸，然后走上街道，看了看街上孤零零的电杆，看了看安安静静的霓虹灯，然后回了KTV包房。从进门一刹那，房间里那种夹杂的酒味、汗味、游泳后洗澡香波味和浓烈韭菜味，像一股高压下的自来水，横冲撞向鼻腔。从此以后，每提及KTV，她似乎都能闻到那晚上混杂着各种气味的烂韭菜味。

她坐着车，想象着客户牛志刚闻见她满嘴韭菜味道的样子，不由得笑了起来。为了这个项目，主任已经准备牺牲她了。牛志刚对庄离可以说是“一见钟情”。公司里漂亮小姑娘虽然很多，为了业绩，也敢逢场作戏，但牛志刚偏偏跟庄离较上了劲。庄离偏偏跟这些女孩不同。但是，她也有一个短处：她怕丢掉工作。她已经丢掉三个工作。现在这个工作是老公花了一大笔钱谋来的，刚刚才六个月，连花的本钱都还没挣回来。即使如此，丢掉这份差事倒也不是个大事，关键是丢掉这个差事将意味着她要实践生孩子的诺言，这才是她最怕的事情。

宴请是一周前就定下的。牛志刚厚颜无耻地调侃着说，只有庄离出来接待他，他才考虑。一边是领导逼着拿下项目，一边是牛志刚借这项目要挟庄离。为了让牛志刚打消坏念头，庄离曾经约他出去谈了一次。她明确告诉他，第一，她有丈夫，而且与丈夫深深相爱，所以不会背叛丈夫。第二，她丈夫的家族企业做得不错，她是个不缺钱花的女人，所以她不会为了业绩或者提成，去迎合他的要求。她甚至把丈夫的企业名称都告诉了他，他仍然不死心。甚至在一次吃饭的时候，他假装去桌下捡筷子，竟色胆包天伸手摸了她的腿。她当时毫不犹豫就在桌下给了他重重的一脚。即使如此，这个好色之徒仍然不死心，在这次晚宴预订的时候，他明目张胆地跟她的经理说，如果这次吃饭庄离表现好，他会立即签合同。

经理为此也煞费苦心。他一边为了生意压制庄离应付牛志刚，一边又另外安排了两名年轻漂亮而且能喝酒能唱歌的女孩，一晚上一左一右在牛志刚旁边展示各种诱惑。但无论这两个女孩如何漂亮、如何能说、如何能喝，牛志刚就是不为所动。经理感觉无计可施，最后不得不打出庄离这张牌了。他趁着一个女孩正与牛志刚跳舞的时候，对庄离做了一个出去的手势。

在走廊的拐角，光线昏暗，有各种音乐声和唱歌声传来。经理唉声叹气，一副无可奈何的声调：

庄离，我努力了。但是，你也看见了。今天如果再不拿下合同，恐怕这件事就彻底泡汤了。

庄离无言以对。

庄离，咱能不能做点牺牲，为了公司，我们想想办法应付应付，达到我们的目的呢？

庄离的沮丧不亚于经理。她抬起头，也无奈地说，你让我怎么应付？

一会唱完歌，你能不能去送他。

不能！庄离斩钉截铁地回答说。

哎呀，我说让你送他，只是让你应付一下。又不是让你做什么见不得人的事情。

我不想单独跟他在一起。

单独在一起又怎么了，他还敢怎么你吗？再说了，他特别提出让你送他，是因为他说他要跟你谈你感兴趣的事，当然还有合同。

我不相信他能谈什么我感兴趣的事！

我求你了，庄离。我们去听一听，好不好？

不好。庄离仍然没有松口。

经理突然转身走开，走了两步之后，又紧急转过身，一步踏到庄离跟前，恶狠狠地说：

庄离，如果我没记错的话，你还在实习期吧？这份工作你在乎不在乎，你掂量着办吧。经理说完，大步回了房间。

夜已经很深了，凌晨的街头已经不似白天一样喧嚣。偶尔有从身后、从KTV走出来的人或兴奋得意犹未尽，或蔫头耷脑，哈欠连连。庄离想，再努力一次吧，兴许事情有转机，她实在不愿意就这样失去工作。本来丈夫一家人一直希望她在家当全职太太，给他们传宗接代呢。如果又失去工作，那么，她必须实践生孩子的诺言了。但是，只要一想生孩子这件事，她的肚子里便会产生一种绞痛，感觉肠子都拧在了一起，就像洗衣机里的衣服全部打拧以后还在波轮下疯狂旋转一样。

庄离是自卑的，这与同父异母哥哥长风的自信和骄傲完全不同。长风从四岁就开始跟着爷爷学诗，而后开始写诗。而她却被妈妈严格管制着，不允许进爸爸的画室，不允许听爷爷给长风讲诗，更不许她读爷爷帮长风买来或者借来的诗集。当长风在读着那些美妙而又神秘的词句之时，她却被妈妈按在小凳旁，跟着妈妈掰着手指头、脚指头，学算术。整个童年，她在心中一直有一种感觉：她肯定是捡来的。首先她肯定自己的妈妈不是亲妈，否则不会如此严苛于她。爸爸似乎也不是亲爸，否则他也不会如此听妈妈的。爷爷似乎也不是亲爷爷，否则他也不会安心地只给长风讲诗，只给长风买诗集。如此想来想去，她越觉得自己是捡来的，而且是从护城河的臭水沟里捡来的。要不然，她怎么那样令他们嫌弃啊！有时候，她会像狗一样用力吸着小鼻子，嗅自己身上是不是有臭水沟的臭味。如此嗅着嗅着，有时候，她会真的闻见身上散发着臭水沟的味：屎臭味、尿臊味、鸡粪味、霉湿味等等。

不过也有个疑惑，就是哥哥长风似乎与他们不一样。他经常偷偷给她念诗，有时候学爷爷一样给她讲诗，甚至还鼓励她写诗。所以这个长风，也许是亲哥哥。她这样判断着。

童年的这种自卑，终于有一天被改变了。确切地说，不是消失了，而是变成了另一种更深的自卑和恐惧。那个时候，应该是她即将小学毕业之时。有一天，她突然看见了久不见面的舅舅。大街上，舅舅像一个刚睡醒的小孩一样，头发支棱着，眼神迷蒙着，皮肤油渍麻花着，而脸上却擎着天真的笑容，手舞足蹈着，站在十字街头，以警察的姿态，指挥行人、车辆。

对于舅舅的问题，表哥有一天给她交了底：他们的家族曾经出过好几代艺术人才，到后来不知是哪位长辈带有精神异常基因，或者哪位长辈艺术基因发生变异，从此她们家的血统就从艺术神经质基因迈进一步，有了精神异常基因。好几代了，几乎每一代会出一个精神病患者，他们这一代共五个人，说不定是他，或者她。也就是说他或者她都有百分之二十的可能。那太可怕了。自从见到精神异常的舅舅，自从从表哥处了解了他们的家族，一种恐惧便如一颗种子深深扎在了身体里，而且随着身体的成长，这颗敏感的种子在发芽、壮大，最终长成她心脏上一颗恶性的肿瘤。妈妈韩良肯定也有这种担忧，因此，尽管有着极高的绘画天赋，韩良愣是没敢往绘画上发展，而是从事了一种与艺术完全背离的职业：副食店售货员。为了解决自己对绘画的挚爱，她嫁了一个画家庄诗，也就是庄离的父亲，她甚至不在乎庄诗曾经离过婚，而且还带着一个儿子长风。

自从有了庄离后，妈妈不再担忧自己精神异常。一是因为舅舅开始显出精神问题，二是她的注意力已经全部转移到了女儿身上。因此，她更大的担心是女儿千万别成了下一代精神异常患者。因此从小她就禁止女儿接触父亲的画室，禁止女儿拿起画笔。即使胡乱涂鸦，对她来说也是不允许的。当然也不允许她跟长风一起学诗。尽管爷爷对此表示过反对，都没有动摇韩良的决心和意志。这种禁止在一定程度上还是有效的，直到六七岁，庄离都没有表现出对绘画的爱好。然而，出乎韩良意料的是，庄离在写作方面表现出了极高的悟性。对于这一点，韩良一直怨恨爷爷教长风学诗这件事，也怨恨丈夫从事画画这一职业。

庄诗有极高的艺术天赋，而且每天都在做这一项工作。甚至他们在孕育小庄离的当天，庄诗还画了一幅后来获奖的作品。按庄诗的说法，这一天，庄诗创造了他人生中两件伟大的作品：其一是这幅获奖作品，其二就是女儿庄离。因此当天的做爱理所当然被注入了艺术基因。

庄诗干吗起个庄诗的名字啊？

诗是什么？这是小庄离最早提问的比较深奥的问题。对于这个问题，爷爷、庄诗、韩良都采取了各种策略，或者回避实质，轻描淡写，或者顾左右而言他。最终是长风拿来诗集，一句一句给庄离念着，讲解着，令庄离弄明白了诗。从那时候开始，她才知道诗歌是那么美丽。也就是从那时候开始，她对诗产生了浓厚的兴趣。

如此怨恨庄诗的时候，她就想，干吗嫁他啊？这样一想，她发现自己成了始作俑者。她干吗要嫁一个名叫庄诗，而且从事画画的人啊！

韩良发现庄离在学写诗的时候，惶恐不安之余，开始限制庄离与长风的亲近，并且找庄离进行了一次认真的谈话。谈话的结果是母女俩发生了严重的冲突。最后闹到庄诗处，庄诗并不同意韩良的观点。他觉得韩良过于敏感。女儿写诗是一种高雅的爱好，与精神问题完全是两回事。夫妻俩在孩子教育、前途发展和爱好上发生了严重分歧。

韩良毕竟是妈妈，对女儿的干涉多过庄诗。经过多次较量后，庄离终于答应放弃诗歌，转而写散文或者杂文、小说。因为这些文学体裁的作品，相比于诗歌，更理性，更安静。就这样庄离的诗人前途差不多被葬送了。

让韩良想不到的是，许多东西的外在物化体能够被消灭，但留在心中的灵魂却是消灭不掉的。对于庄离来说，被埋葬的只是诗人前途，扼杀不掉却是那颗对诗歌的挚爱和向往的心。到报考大学志愿时，庄离本来一心报考中文的，却被韩良强制报考了一个财会专业。为此，庄离与韩良差点断了母女关系。

说到底，庄离还是个乖乖女。两个月后仍然随妈妈到学校报到了。枯燥的数字、烦琐的计算几乎让她痛不欲生。但是她最终挺了过来。因为一个偶然的机会读了一篇有关精神分析的文章后，她理解了妈妈的担忧。

手机响了起来，庄离拿出手机，借着身后的灯光，看见是主任的号码。风不知从何处吹来，带着丝丝缕缕的地下水沟的味道。她转过身，轻轻拢住随风飞起的风衣长襟，似乎怕那种臭味浸入她的皮肤。

5

韩健召集的聚会设在一家五星级豪华酒店里一个大包间。一张硕大的圆桌周围坐满了衣着光鲜的男男女女。当年学生会的重要成员，除了外地的几乎都召集齐了。文艺团的正副团长、科研组的正副组长等。还有，他们学生会当年的重要成员莫菲、周立山、陈教也到了。

所有的来宾，除了单身外，都按聚会要求带着家属。十几个男女，显然都经过了精心的打扮，但毋庸置疑的是，大家无论如何打扮，聚会中最受人注目，无论是派头，还是衣着，还是气质，韩健仍是最出类拔萃的人，就像当年的学生会开会一样，他仍是核心。十几年的时光，岁月的痕迹在每个人的脸上、身上，都无情地刻画着印记。尽管如此，大家仍然兴奋地相互夸赞着，诸如比过去漂亮了、还照样年轻等等。但是谁都知道这只不过是一种愿望。只有一样，经过十几年的打磨，许多人都有了社会地位，并因此具备了一种成熟的气质或风韵。

韩健站在巨大圆桌中间主座之前，一脸健康的笑容。眉骨似乎比过去还高，甚至都有点白种美国人的风格了，腮帮子更硬更挺了，就像里边撑了一块钢板一样，如果敲一下，估计会发出金属的声音。皮肤也不再是过去那种浮白，而是一种亚热带区域晒成的性感古铜色。看见和和与长风，他笑得自然而亲切。这也是周立山形容的词句。

从众来宾所带家属来看，学生会主席韩健的家属——一个明眸皓齿的女孩，也最耀眼夺目。她坐在人群中，一脸灿烂的阳光，像一朵带露的鲜花，开在一座老气横秋的花园里！

和和走进这家豪华的酒店，看见韩健一身成功人士气派和他光彩照人的老婆时，心里充满了一种因为缺乏见识奢华生活而来的自卑。在家里扒拉遍衣橱挑不出一件穿的那种沮丧突然铅一般灌满整个胸腔，整个人顿时像一颗沉甸甸的铅球，恨不得坠到地面下。她不自觉地抓紧了长风的手，好像要抓住某种支撑。长风是不需要准备的。他满身的才气和骄傲，令物质的繁华无法打败他。但他知道让和和经受住这种场面的刺激不太容易。其实，他们进来的第一秒，他就感觉到了和和的胆怯，当和和突然紧紧攥起他的手时，他一下子把和和的手攥在手心里，用力握了三下。他手上的温暖、力量，带着一种不可怀疑的自信顿时像针剂一样注入了和和的身体里。和和感觉胸腔一下子变得畅通了，刚才还僵直的脖颈也变得灵活了。她扭头看了看长风，她的白马王子，一如当年，以一种遗世独立的非凡气质和风流倜傥的神采超乎这群西装革履的男女之上，与韩健的鹤立鸡群风度丝毫不相上下：他随意的休闲服装，自然卷曲的披散长发，还有他脸上那神秘莫测的苍白，以及他瘦弱的体型里所呈现出的洒脱，使他一下子有了一种与韩健抗衡的实力。

韩健拉着一个美丽年轻的女人，一脸灿烂地走了过来，先握住长风的手，再拉住和和的手，兴奋得脸上都开了花。然后他向他们介绍夫人：

李秋儿，我老婆。

然后介绍长风与和和时说，诗人，著名诗人长风；和和，长风老婆。

长风与和和谁都没有吃惊于李秋儿的美丽，因为在聚会之前，他们早有所闻。倒是李秋儿吃惊于长风是一个诗人，而且是一个如此有魅力的诗人。出于对诗人的崇敬，出于对这个诗人的好奇，李秋儿突然打破刚才韩健的安排，擅自坐在了长风的座位旁边。也就是应该由和和坐着的一个座位。按李秋儿的话说，当年她也喜爱写诗，曾经写了好几个日记本，但都没敢示人，为此，她要坐在诗人旁边，做一些请教。于是一个戏剧性的座位安排出现了。李秋儿的座位，也就是韩健旁边的座位突然空了。

李秋儿没有任何犹豫，懵懂不知，还打趣着说，请和和与诗人暂时分开一会儿，坐在我老公旁边暂时陪他吧！

和和无可选择，必须坐在那儿了。

一桌人全都知道当初和和与韩健、长风的事情，唯有李秋儿除外。所以这个结局出现的时候，周立山突然兴奋了，他大声嚷嚷着说，大家见面这么少，还不抓紧时间坐在一起。所有夫妻都分开，分开。他扭身巴结性地看了看老婆，拿起茶杯，走向莫菲：

我先挑了，我坐莫菲旁。然后半打趣地对莫菲的老公说，委屈你一会，你不介意吧？你如果不愿挨我老婆，你可以先下手为强，找你想挨着的人。

莫菲的老公笑着说，何谈委屈，求之不得呢。然后端起茶杯，站起来，走到周立山刚坐的位置落座。

当年有想法，没有成功的，现在可以抓紧时间坐在旁边，交流一下过得好不好。周立山坐下来，兴奋异常，大声倡议着。

这一提议一出，气氛迅速热烈起来。几个当年在学校就脸皮厚的同学，也纷纷站起来，抢占位置，整个房间顿时欢声笑语。有人接着周立山的话音质疑道：

看来当年你对莫菲有想法啊？

是啊，是啊！岂止是想法啊！

还有什么？秋儿对这件事非常好奇。大家也附和着，还有行动吗？

多了。周立山酒后胆子也大了，开始胡诌八扯：写过情书，邀请过吃饭，送过电影票，还有，周立山想了想，然后说，不过，全部被拒。

大家哄堂大笑。

周立山兴致不减，卖了一个关子：不过，有一样成功了。

大家都立即把注意力集中到这里，秋儿迫不及待地问道：什么成功了？

尾随跟踪！

周立山老婆又气又笑说：你就丢人现眼吧！

莫菲摆着手，大声说着：别听他胡说八道。我那时候跟他几乎不太认识。他比我早两届，像个风筝头，身后天天尾随一长串女孩，根本没时间看我。

酒桌气氛空前热烈，大家很快都进入状态。整个场面乱成一锅粥的时候，韩健也向和和端起了酒杯：

和和，这些年一直没联系过，看来过得不错！

和和掩饰着莫名的尴尬说，还凑合吧。

韩健听和和如此说，赶紧接话说，国内确实与美国有不小的差距。尤其是物质生活方面。不过，看你跟长风过得挺好，也算当初选择没错吧。

人各有志吧。

是啊，我能给秋儿丰富的物质生活，给她买豪车、别墅、买珠宝，但我给她写不了诗。长风能给你写诗，但不能给你这些生活享受。也算是各取所需吧！

他碰了一下和和的酒杯，说：为各取所需干杯！

干杯！和和看见韩健一干到底，也仰头喝了。

和和知道韩健在借机炫耀，并且用他的物质富足来刺激她。她瞥了一眼他的诗人，那个忧郁的诗歌王子仍然如一颗晶莹的美玉闪着耀眼的光芒。她的心里好受多了，一改刚才的沉静状态，打趣着说：

人各有志，各取所需，没错！我还想总结一句，叫各得其所。比如，我得到了诗歌和浪漫，你娶到了年轻漂亮的老婆。我们应该相互感谢！

说完这一句的时候，和和下意识地看了一眼李秋儿，也许是韩健的话让她不由自主地看了李秋儿的手。她才发现李秋儿白嫩的无名指上，赫然戴着一只光芒四射的钻戒，耳垂下的镶钻耳环随着身体的晃动，流光溢彩，还有她那白皙的脖子处正挂着一条精美的项链，领口处一颗镶钻挂坠正与手上的钻光相互辉映。那一刻，她一下子感到心里像被人揪了一下突突疼跳起来。第一个生日，长风给她写了一首诗。第二个生日，长风又给她写一首诗。到第三个生日的时候，和和太想要一条项链了。因为夏天穿裙子，好几次同事说那么漂亮的脖子应该戴条项链的。于是，她告诉长风说，生日时他不要作诗了，她想要项链。于是，长风就把家里那个月的全部收入，五千块给她买了条项链。其结果是，那个月他们买菜的钱都成了问题。从此以后，每到生日的时候，长风再也不写诗给她了。因为她的脖子上有了项链。

和和有点难过。至此时，她才发现她其实也是一个平凡得不能再平凡的女人。像所有庸俗的女人一样，爱慕虚荣，喜欢首饰，掩盖贫寒，嫉妒富有，还有她会后悔没有嫁给有钱人。在富足的物质面前，她并不清高，更不骄傲。如果重新选择，在钻戒、汽车、洋房面前，做一个阔太太，还是在诗歌与浪漫里，过柴米油盐的日子，她都不敢保证她还会选择后者。

她端起酒杯围着桌子开始敬每个人酒，到秋儿的时候，秋儿那些美轮美奂的钻石和钻石所闪烁的光彩，令她的整个身体都变得软弱无力起来。也许是酒喝多了，当她落回到自己的座位，竟然感觉眼睛正在潮湿起来。不过她很清楚，她的不舒服不是因为自己当初的选择，而是因为她发现自己如此羡慕李秋儿的珠宝，特别是她发现自己是这样庸俗和物质的一个女人。这是她不允许的，也是自己不能答应的。

韩健发现了她的低落情绪。也许酒壮胆气的缘故，他端着酒杯旁若无人地说：

和和，我记得你的左手中指上有一块紫色胎记，我曾经说给你买一颗大钻戒，把它掩盖住。你记得吗？

和和早已忘记了她手上那块胎记，更忘记了韩健曾经跟她说过用钻戒掩盖的话。生活的忙碌，让她连脸上的妆容都顾不上，哪里还想起手的美容。听到韩健提起这件事，她不由自主伸出左手低头看了去。那只左手伸展开，手背上皮肤粗糙，手指关节隆起，更奇怪的是，不知何时，她的整个手背赫然爬满了青筋，像一条条蚯蚓，好像还在蠕动着。

你的手怎么变成这样了？韩健喝下一口酒，压低嗓音有点恶狠狠地问着，这难道是诗歌给你的浪漫？

和和眼里起了一层雾水，她实在不知道，什么时间，什么原因，她的手变成了这样。这曾经是一只温润细滑的手啊。曾几何时，韩健握着她的小手，一遍遍摩挲着说着梦话，多柔软温润的小手啊，只是这枚胎记让她白璧微瑕。总有一天，我要给你买颗大钻戒戴到这里，不但掩盖住它，而且让这块地方发出美丽的光芒。那时候，韩健与她一样单纯，他爱她，除了摸她的小手，其他地方都不敢碰。所以那时候，她的手差不多是韩健与她之间爱情的见证者。

韩健还想说什么，但和和已经不想听了。她放下酒杯，离开桌子。一步一步，竭力保持着优雅，向门口走去。在走出包间的第一秒钟，有两滴饱满的泪水以不可阻挡的势头"突鲁"一下，冲出眼眶。泪水中，眼前一片模糊，只有李秋儿手上那颗巨大的钻戒所散发的光彩，在周围浮动。

回来的时候，和和已经完全恢复了自信和平常心。她坚定地告诉自己，她不是一个贪慕虚荣的女人，否则当初她就不会选择长风了。她坐下来，贤淑、安静地坐着，就像当初大学时候的神态。韩健倒是有些不自在了，他好像不证明和和过得不幸福，就对不起今天的聚会似的。

和和，我想问个问题，希望你如实告诉我。

问吧，和和很平静地等着。

长风这个抑郁加狂躁的疯子这么多年对你好不好？

和和有点意外，对这样的问题，她很反感。于是不友好地说：

第一，我不认为长风是疯子；第二，关于他对我好不好，你有权利知道吗？

有！

我想这个问题，你问问秋儿就知道你没有这个权利了。

哈哈，你不敢正面回答，说明长风对你不好。

和和一听韩健这种逻辑，哭笑不得，只好说：

你如果非要知道，那我告诉你，长风非常爱我，我也非常幸福。

你竟然还说你幸福！韩健打断和和，自以为是地说，长风不但没有给你创造好的物质生活，还让你做那么家务。你还说他对你好！

凭这些，你就可以判定长风对我不好，我不幸福啊！

难道不是吗？一个男人不为老婆孩子的丰衣足食而努力奋斗，能算一个好丈夫、好男人吗？

和和恼了，她生气地说，一个丈夫好不好，只有她老婆有评判的资格。一个妻子是否幸福，也只有这个妻子的感觉最重要。任何人凭自己的感觉去无端猜测，凭自己的价值观去妄断都非常可笑。

我可笑，哼！韩健哈哈笑着，你跟他过着这样的日子，你还强说幸福，自欺欺人吧。

和和恼羞成怒：韩健，我再一次告诉你，我很幸福。我想请你明白一件事，富足和贫穷与幸福不幸福没有什么关系。你有钱，这没错；你也许幸福，这也可能。但你千万别忘了这世界上没钱的人多了，但他们中幸福的人也多了。你的老婆纤纤素手，不用劳作，也许幸福，但你千万不能以你们富人的理论，认为辛劳的人都不幸福。我倒是想提醒你一下，你们有钱人中不幸福的并不在少数。比如那个戴妃，她比你老婆有钱吧，可她幸福吗，她下场好吗？所以请你不要以这种可笑的根据，随意做出这样错误的结论。

韩健想插嘴说话，和和伸出手做制止状，她继续说，你应该学过逻辑学吧？

韩健一头雾水，直眉瞪眼地看着和和，张口结舌。

和和义正词严，严肃又深沉，就像法庭宣读判决书一样：我告诉你，财富既不是幸福的充分条件，也不是幸福的必要条件。秋儿拥有财富，但不一定拥有幸福。我很贫穷，但不一定不幸福。

这个酒席的故事并不仅仅是韩健和和和在演绎。周立山也喝兴奋了，他一看秋儿旁边的人站起来敬酒，就抢过来坐了下来。此时长风正准备给秋儿朗诵诗。周立山厚着脸皮，吹嘘着自己：

秋儿，我也是诗人。当年比长风还厉害呢。你如果想学诗，找我，找我，无偿教你啊！

李秋儿本来是学文学出身，由于对诗歌情有独钟，再加上长风的独特气质，使她对长风的好感很快就变为崇拜了。所以面对周立山的殷勤，她只是敷衍了一句说：周老板，长风要作诗了。

我也会，周立山抢着说，我先作一首，怎么样？

还是长风吧。一会你再作。秋儿婉拒了周立山的提议。

长风坐在秋儿的旁边，披着长发，忧郁地站起来，若有所思地开始咏诵即兴的诗作，周立山气哼哼走了。只有秋儿在旁边，像个痴情的小姑娘在倾听。

整个屋子乱哄哄闹成一片，几个人在拼酒，几个人在回忆当年校园的糗事，有几个女家属在一起讨论服饰，韩健与和和还在争论。

周立山此时端着酒杯刚好走到韩健身边，堆起一脸坏笑，怪腔怪调地说：

韩大款，想在哪摔倒在哪爬起来吧？

闭嘴！旁边的莫菲立即制止周立山。

莫菲，你对我说得最多的一句话，就是闭嘴，闭嘴，闭嘴。我又不是哑巴，你干吗这样限制我言论自由啊！我家母老虎就在对面坐着，她都不管我。再说了，这权利是宪法赋予我的，我想说什么就说什么！周立山说完转头对着韩健说，你说是不是？

是，韩健笑着说。

莫菲刚要说话，周立山用手示意她不要出声。然后在他的示意下，莫菲、韩健、和和都随着他的注意力转向对面：长风充满磁性的朗诵刚好结束。

整个饭局在瞬间的沉默后，突然有人带头鼓掌，热烈的掌声响起。

在大家的掌声里，只有一个人一动没动。这个人就是秋儿。她的眼神一片空茫，似乎一直停留在长风脸上，似乎又没有，绯红的脸上闪耀着一种独特的光彩，像雨后的彩虹，像清晨的朝霞。她感到心里鼓满了厚厚的白雾。透过白雾，有一刻，她感到自己认不清自己了。

秋儿的情绪，韩健、和和都注意到了，周立山也注意到了。周立山又一脸坏笑，调侃韩健：这么高的智商，千万别在原地再弄个跟头摔啊！

6

已是凌晨，刚才在KTV已经连连哈欠的牛志刚听说庄离送他，一下子精神焕发起来，像打了鸡血一样，恨不得像早上的公鸡一样打鸣高叫。

出租车司机在问目的地，庄离问牛志刚，你家在哪住？

牛志刚两眼冒贼光，在昏暗的出租车里，像蹲在后座上的一只狼，嘴里却说着：家？回家干吗？这么好的夜晚，这么美的人，为什么要回家啊？然后对着司机说，你说是不是啊，师傅？

司机笑了一下，问道，大哥，咱往哪开？

庄离脑子迅速转着，她决定要掌控局面。于是，痛快地说：师傅，你拉我们去静安街的零点生活吧！

牛志刚有些意外，他以为还要费一番功夫求劝庄离呢，没想到庄离主动了。好兆头，好兆头，也许她想开了呢。想到这里，牛志刚情绪高涨，大声嚷嚷着说，好，好！美女要去哪就去哪！美女要吃什么就吃什么！

庄离指挥出租车来到了一个二十四小时营业的酒馆。这里灯火通明，一片热闹景象。庄离要了一个小包间，点了几个青菜。

菜上齐后，牛志刚便不断劝酒，他的意图很明显，想把庄离灌多。在牛志刚面前，庄离从来没有喝酒超过三杯。所以牛志刚一直认为庄离不能喝酒。庄离非常清楚他的把戏，干脆将计就计。半瓶酒下去后，牛志刚觉得时机来了，便趁着给庄离倒茶的工夫，挪到了她旁边的座位上，又抓住了庄离的手。

庄离忍了忍，没有发作，试图把手抽回去。试了几试，发现牛志刚那只肥厚的、熊爪一般的手就像粘住了自己的手。她收起脸上的微笑，以一副不可侵犯的表情，严肃地说：

我希望我们之间彼此尊重！

我更希望我们之间彼此喜欢！牛志刚也一本正经。

不可能！

一切皆有可能！牛志刚嬉皮笑脸地说完，又换上一副严肃的神情，煞有介事地说：我给你看一样东西，我保证你会改变对我的偏见！

庄离轻蔑地看了他一眼，把眼睛对准门口无目的地望着。

你看看，牛志刚从包里拿出一摞纸，往庄离跟前推着，还兴奋地说：这是我写的诗，马上要出诗集了。

庄离大吃一惊，下意识地把眼睛转向面前的纸稿。牛志刚一看引起庄离兴趣了，脸上瞬间冒出一道亮光，与毛发稀疏的头顶闪出的光亮交相辉映：

我知道你也喜欢诗歌，我们是同道中人！为什么你总排斥我啊？

庄离的好奇心被勾了去，她无论如何想不通，这个一脸粗俗和奸相的商人能写出诗来。她拿过诗稿，打开一张，看下去。

不看还好，这一看不要紧，她发现那里的文字无论如何不能算作诗，充其量也只能称作顺口溜。

怎么样？牛志刚自我感觉颇好地问道：你是不是该取消对我的偏见了？

庄离把诗稿推到他跟前，认真地说：牛老板，听我一句劝，不要写诗了，你还是经商吧！

这不矛盾。我相信，我的诗能与我的商业做得一样好。你瞧着吧！

服务员敲门进来问主食点什么，庄离点了韭菜馅合子。

换一种主食！牛志刚脸有愠色。

我喜欢吃。庄离心里乐了，接着说：牛总，你再点一种你喜欢的主食。两样不就可以了吗？

牛志刚皱着眉头，连连摆着手，不耐烦地说着：算了，算了，你愿意吃就吃吧。我不吃主食。

服务员一走，牛志刚忍无可忍了：你怎么总吃韭菜啊？这哪像个文人啊！

在出租车里，他闻着庄离满嘴的韭菜味，已经有一种大煞风景之感。现在听见庄离又点韭菜，终于憋不住了。

庄离刚刚端起茶杯抿进嘴一口茶，听牛志刚这么一说，差点喷了。她忍住笑，装出一副无辜的样子，我喜欢吃馅啊，尤其是韭菜馅。你不喜欢吃啊？

牛志刚那肥厚的眉头皱成了一个紫色的大肉疙瘩：哎呀呀，我告诉你庄离啊，这韭菜味太难闻了，简直像鸡粪，你不觉得这种味道有失你身份吗？

庄离又装出一脸茫然，这跟身份有关系吗？

当然！牛志刚简直是恨铁不成钢：有句话叫闻香识女人。可你知道你身上整晚上散发着多难闻的气味吗？烂韭菜味、鸡粪味。我都不好意思提醒你，你还一股劲地点韭菜，吃韭菜。牛志刚撇着紫红色大嘴唇，好像吃了鸡粪一样。

是吗？庄离装出一脸疑惑，然后一摇头说，喜欢吃，管他呢。

我看你是故意恶心我吧？你明明知道我不喜欢韭菜。

你不喜欢韭菜啊？我怎么知道啊？我也没见你说过啊？

服务员敲门进来，端了一盘韭菜馅合子。庄离丝毫不顾牛志刚的劝说，果断夹起一个合子，一口咬下去，留下一弯月牙形的嘴印在合子上，一股浓烈的韭菜味顿时充斥整个房间。

牛志刚拧着眉头，无名火无处发。此时，庄离还笑眯眯地说，牛总，尝一个吧，太好吃了。兴许你吃一次，对韭菜的误解也许从此就没了呢。牛志刚目不转睛地盯着庄离的脸，看着看着，突然跳了起来，拉开门窜了出去。

庄离以为他气跑了，心情顿时舒畅了许多。就像犒劳自己，她又对着合子咬了两口，大快朵颐。接下来，她站起身，从包里拿出小镜子，龇开牙，看着牙齿上几叶绿油油的韭菜叶，无声笑了起来。

她整理了一下行装，准备起身的时候，门突然被推开了。只见牛志刚微笑着一副绅士派头走了进来：吃好了吧？咱们走吧？

去哪？

找个咖啡馆，谈谈文学、诗歌，然后签合同。

就在这不行吗？

这里的气味令我不愉快。牛志刚把鼻子皱成了一团带孔的肉疙瘩，撇着嘴说：简直像鸡窝的味。

庄离几乎不想再应酬下去了，她想尽快结束这种无聊的猫捉老鼠的游戏，工作也不要了。没想到牛志刚突然主动提起合同，她只好说服自己，再忍一会儿。

咖啡馆灯光昏暗迷蒙，像打盹的女孩子，散发着一种神迷的美丽。包间私密性很强，大沙发柔软舒适，坐下去一下子就能让全身放松开来。脚下的暗红色的地毯，又厚又软，踩在上边绵绵软软的。在这个环境里，庄离的困意一下子如一阵暖风扑面袭来。她真想闭上眼睛，进入梦乡啊！

服务员上完咖啡和小吃，退了出去。牛志刚不慌不忙地啜着咖啡，装模作样地说：

庄离啊，你是什么时候喜欢写作的？

这种腔调令庄离一阵恶心。她忍了忍，强打精神应付着：小学的时候。

哈，那么早啊！牛志刚很吃惊地说，了不起，真了不起。我小学的时候，最喜欢的事是逃课，最怕的事是写作文。他拍了拍包里的稿子，兴奋地说：我是最近才喜欢的。我有个朋友是诗人，天天花天酒地，泡妞儿，搞娘儿们，还被冠以“风流”称号。这世界上还有这样美的职业！我们偶尔泡个妞，被人称为流氓。所以，我决定，也弄个诗人当当，风流一把。你看，怎么样，我高效吧，五个月，写了一本诗集。

庄离被惊得目瞪口呆，好半天才缓过神来。看着对面这个像燬毛猪头一样肥腻的脸，她实在熬不下去了。于是，忍着最后一点耐心问：

牛总，我请你不要再跟我谈什么诗人的事情。我累了，这么晚了，也该亮出底牌了吧？你说，你到底要我怎么样你才能签？

好！爽快！牛志刚精神突然抖擞起来：你终于明白了。我就要你陪我一晚上。

庄离看了看墙上的电视，思索了一下说：坐一晚上，没问题。

牛志刚不怀好意地笑了：好！太好了！只要你答应今晚陪我到天亮，我就签！

庄离咬了咬牙，心想，这里毕竟是咖啡馆，看他能把我怎么样！然后做出一副既来之则安之的神态，把身体在沙发上靠踏实了，端起咖啡一边啜着，一边拿起遥控寻找喜欢的电视节目。

牛志刚以为他的算盘得逞，大白脸在昏暗的光线下，一闪一闪冒油光：好啊，早该如此。你说，你一个这么漂亮时尚的女子，一个文艺女青年，为什么那样与时代格格不入呢？还文人呢？牛志刚说着，站起身，走到庄离旁边，一屁股挤着庄离坐下来。

请你自重！庄离嗖地站起身，义正词严地警告着！

我很自重，也很尊重你。牛志刚也站起身，往庄离跟前凑了一下说：庄离，我喜欢你，我们都是诗人，浪漫一下是诗人的天性啊！他自我陶醉地闭上了眼睛。

庄离签合同的最后一点希望完全破灭：如果就此坐一晚上，可以。如果你有其他想法，不可能。

就算你清白地陪我一晚上，谁会相信你是清白的。

我自己知道就够了。

都什么时代了，牛志刚也站了起来，偶尔享受一下时尚的情爱，怎么能算是背叛。

对你可能是享受，对我，不是！

就算是为了工作！

我宁可丢了工作！

牛志刚突然向庄离扑过来：别瞎清高了。我见过的女诗人多了，别再给我装了。你陪我过一晚上，首先合同不在话下，另外，我给你买一部车。

庄离斩钉截铁，不可能！

许志刚疯了，冲过来扑倒庄离，嘴里嚷着：我看看到底有没有可能！整个晚上你都用烂韭菜恶心我，你以为我不知道你什么居心啊？别说你现在一嘴韭菜味，别说你牙齿上故意残留着韭菜叶子，就是你满嘴鸡粪、狗屎，我都会丝毫不打磕巴地把你吃下去。

庄离用足全身力气，仍然感觉到牛志刚的臭嘴拱到了脸上，甚至正在把手伸下她的胸部。她的愤怒与恶心已到顶点，慌乱下，她突然摸着一只金属底座的台灯，然后毫不犹豫拍到了牛志刚的头上。

嗵！

伴随着一声闷哼，一柱鲜血像一条蛇一样顺着牛志刚的脸爬到了庄离的脸上。庄离还没有缓过神来，但见牛志刚从庄离身上扑腾一下翻落在地。庄离抹着脸上滑溜溜的血，手足无措地站起身，发现躺在地上的牛志刚已经是双眼紧闭，脸色煞白，圆滚滚，鼓囊囊，像一只被宰杀的死猪，了无声息。

7

长风与和和从韩健召集的聚会回到家已经夜里十一点了。为了参加聚会，和和特意把可可放在了妈妈家。和和一边漱洗，一边唠叨着每个人的变化：

瞧把韩健嘚瑟的，烧包！还有那个李秋儿，我看也不是什么好东西。尤其是那两个眼睛，细长细长的，我特意观察了一下，你知道像什么？像狐狸！

长风正坐在沙发上，愣神想着心事，根本没有听见和和唠叨什么。和和见长风无动于衷，又重复一声：你觉得她像不像？

谁？像什么？长风被和和如此冷不丁问话，没有反应过来。

李秋儿，她的眼睛又细又长，你没有发现吗？像条小狐狸。韩健不知道怎么被她勾引了，哼！指不定还会勾引谁呢？见长风梦游一样，和和不高兴了，把矛头转向了长风：长风，我可警告你，你给我老实点啊！你今晚上净围着她转了，你是不是已经被她迷惑了啊！

哈！长风把换下来的衣服往沙发上一扔，站起身来说：你还好意思说，我看你今晚上净跟韩健黏糊了，我倒想问问你是不是想旧情复燃啊？

呸！猪八戒倒打一耙！

两个人眼看话不投机，正要发生争吵的时候，长风的电话突然响了，里边传来庄离的哭声：

哥，哥，出事了！我杀人了啊！

长风像被人打一了闷棍，哑了。他擦了擦眼睛，突然感觉眼前有些恍惚，像在梦里一样。这么深的夜，这杀人的事情，还是庄离说出来的，太匪夷所思了。和和正往脸上抹着润肤水，她已经停下手里的动作，跑到长风跟前，把耳朵凑过去。

哥，我怎么办啊？

和和比长风先反应过来，她先于长风对着电话紧着喊话：庄离，别慌，慢慢说，到底怎么回事了啊？你在哪啊？你怎么会杀人啊？

哦，哦——我也不知道我在哪？反正牛志刚躺在地上不动了。

牛志刚是谁啊？你为什么打他啊？半夜三更你为什么跟他在一起啊？长风缓过神来，发出一连串疑问。

先别说这个了，和和打断长风，对着电话喊着：庄离啊，你快打120先送他去就近医院！我们也马上赶到医院。

已是夜里一点了。街道上不见行人，车辆稀稀落落。和和紧紧抓着长风的胳膊，心里充满恐惧，似乎附近正有某种危险潜藏着。也许黑夜是属于诗人吧！长风与和和完全不同，他对黑夜是向往的、迷恋的、痴情的，像一个女孩时刻期待着白马王子一样，长风每天早上醒来的第一件事，却是等待黑夜，等待夜半。因为每到夜半时分，他的脑细胞才开始分外活跃，从无秩序的飞驰、到有秩序的组合，最后促使他的灵魂真正活起来，钻出体壳，逃离工作，冲出家庭，穿越各种障碍，达到一种真正的自由。只有此时，他才能感觉到他有着诗人的天分，诗人的灵魂，诗人的自由。像旷野上游荡的野狼一般，自由地飞奔，自由地嗥叫，自由地寻觅，寻觅食物、寻觅爱情、寻觅灵感、寻觅故事。所以，他喜欢在黑夜写诗，在黑夜制造故事。当妹妹在这样的黑夜，说出这样刺激的故事时，他的第一反应是，全身皮肤紧缩，肌肉绷紧，像一个在起跑线上等待出发的运动员，像前线等待冲锋号的士兵，是他出发的时候了。

按庄离提供的地址，赶到医院的时候，庄离脸上的血迹斑斑一下子再次激起了长风活跃的脑细胞。

怎么回事啊？人死了？

哈哈哈，庄离突然失声笑了起来，而且一发不可收拾。她站在走廊里，哈哈哈笑着，捂着肚子，弯着腰，眼睛里甚至流出了泪水。在她举手擦泪的时候，包从手中大头朝下翻落地上，一堆东西从拉了一半的拉链处，稀里哗啦掉了出来。

和和蹲在地上帮着捡拾东西，长风则一头雾水转着圈干着急，嘴里不停说着，这咋回事啊？吓傻了？还是吓疯了啊？和和收拾完东西，站起身，伸手摸了摸庄离的额头，也没发现发烧的迹象。直到长风急得揪住庄离的两个肩膀，把庄离的脑袋扳得动不了了，庄离才笑着断断续续说成一句话：

晕血，晕血症，他是吓的，晕血症吓的！

长风与和和再次对看一眼，似乎明白了，似乎也没明白：什么是晕血？要紧不要紧？

庄离仍然傻笑着。和和急得出了一身汗：人现在在哪里？

庄离往后努了一下嘴，长风看见她的身后的一扇门虚掩着，里边一个护士正在给病床上的一个肥猪一般的男人输液。

长风推门走了进去，牛志刚躺在病床上，脸上、脖子上几条血迹，连肩头和衣服也血迹斑斑的。他盯着突然进门的长风，有气无力地问了一声：你是谁？

长风一脸狰狞：你先回答我，你跟我妹妹是怎么回事？

牛志刚一听是庄离的哥哥，心里先哆嗦起来，脸比刚才更白了，在日光灯下泛着青黢黢的光。他咳了咳嗓子，壮着胆子说：谈一宗生意。

半夜三更谈生意？还谈出血案了？

是我自己不小心碰的，碰的，牛志刚的脸更白了。

你觉得我相信吗？长风突然把头低到牛志刚的脸前，声音像从后脑勺发出来的。

你如果不信，可以找你妹妹证实！牛志刚还在强撑着。

我现在就证实给你看！长风突然一伸长拳，捣在牛志刚的胸上。

护士惊叫一声，手里的输液瓶“咣当”掉在地上摔了。和和一把抱住长风，庄离听见动静，跑进来，挡在牛志刚身前喊着：哥，你可别动他，他万一再晕了！

我今天就是让他彻底晕过去，永远醒不来！长风说着挣开和和，一拳又捣过去。庄离拦着长风的时候，急急喊着牛志刚，如果你没多大事，我劝你快跑吧。

牛志刚似乎刚清醒过来，刚才的虚弱似乎也不见了。他拔掉针头，下床，弯腰吭哧着拿起鞋，光着脚，撑着肥厚的身子，胖大的屁股上下左右费力扭动着，夺门逃窜出去。

牛志刚跑了，但这件事情似乎还没有完全结束。周末去爸爸妈妈家吃午饭的时候，关于这件事，又成为争论的焦点。

爸爸带着可可出去玩了，妈妈与和和在厨房忙着做菜的时候，长风把庄离叫到爸爸的书房，开始质问一直萦绕他的疑惑：

庄离，胡新科出差了，你一个女人，晚上那么晚还在外边，跟另外的男人在一起，到底在干什么？

庄离很委屈，她本来觉得这件事很丢人，见哥哥误会她，只好把与牛志刚应酬的原委说了一遍。

和和也一直疑惑庄离大半夜伤人的事情，趁着做菜的空当，跑过来打听原委。听完庄离的解释，关心地问庄离：合同没签下来，怎么办啊？

我准备辞职。这个事情，其实我早就有心理准备了。

辞职，辞职，什么工作啊？竟然还要应付这种流氓。长风一听辞职的想法，非常赞同：庄离，你早该辞职，过正常女人的日子了。

哥，我何尝不想啊，可是，唉！庄离长叹一声。

你太在意这件事了，其实，好多东西，越放下它，越不是事。听我的，大胆地，搞创作，当诗人，生孩子，想干吗干吗，我敢保证啥事没有。

没错，和和接过长风的话，也试图劝说庄离；我跟你说，我妈妈的邻居，一直为不能生育跑医院，吃药，寻遍了省城、北京、上海的大医院，吃的药几乎顶她几十年吃的饭了。最后也没有成功，只好放弃了。没想到放弃寻医吃药二年后，突然就怀上了。你说奇怪不？所以，庄离，你只要放下心里的负担，其实什么事情都没有。

中午饭的时候，庄离辞职的事情，又成了饭桌的主题。爸爸听说庄离的工作不顺心后，像长风一样立即表示赞同：

庄离啊，我同意你哥哥的观点。什么基因啊，精神病啊，都是自己吓唬自己。听我们的，该干吗干吗。像哥哥说的，想当诗人就当诗人，想当妈妈当妈妈。庄诗看庄离脸上表情凝重，继续分析：

庄离，你看啊，开车有车祸，人们就不开车了？飞机每年还有掉下来的，人们就不坐飞机了？你再看妈妈，你妈妈不是跟你一样的血统吗？她不是说生就生了你吗？你看看，这么多年，我们生的女儿不是挺好的吗？所以，不要过多在意意外的事情。再说了，胡家家庭殷实，不缺你挣钱，就缺个孙子，你就别让胡家老人们失望了。我和你妈妈也盼着呢。

小可可说，我也盼着呢。

庄离转头等着妈妈表态，妈妈只好说：我也算是盼着吧！

那天午饭结束的时候，她几乎被说服了。她灰暗的心里开始亮堂起来，犹如窗外的阳光正穿过她厚厚的心理障碍，斜射而入，心脏的角落处，褶皱里，每波汹涌而进而出的血液，都渐渐被照得敞亮和温暖起来。

8

胡新科出差回来了。

他站在客厅中央，穿着洁净的T恤，一如既往，像一个阳光大男孩：温暖、明亮、友善、乐观等等，多少美好的词放在他的身上也不为过，就连他的脸都是那样柔和，柔和的皮肤光泽、柔和的五官搭配、柔和的眼神、柔和的声调等等。也许只有他这种富足家庭出身，而且一帆风顺的男孩才能长成这样的气质吧。没有负面的情绪和气质：没有忧愁，没有忧郁，没有烦恼，没有坎坷，当然更没有自卑。恰恰与庄离的气质形成鲜明的对比。似乎一个太阳，一个月亮。一个是热烈、明亮的，一个是安静、暗淡的；庄离是需要他这种气质的，在他的温暖里，她冷凝的心才会活起来，热起来。

应该说庄离是幸福的。尽管说不上美艳惊人，但家族遗传的艺术基因，使她身上有一种与常人不同的柔静、优雅、忧郁、神秘和高贵。那个时候，她刚刚大学毕业，已经事业有成的胡新科被她身上这种神秘气质迷得神魂颠倒。但庄离却是清醒和自卑的。她第一自卑于自己家族遗传方面的缺陷。第二自卑于结婚就要涉及是否生育后代的问题。因此，当听说胡新科是一个家族大企业继承人，也是这个家族唯一的儿子时，她先自产生了恐惧，然后斩钉截铁地做了拒绝。这是一件很可笑的事情。胡新科本来是众多女孩梦寐以求的白马王子，也是这个城市许多商界老板千金看好的对象，但偏偏就因为庄离的拒绝，而产生了更强烈的渴望。胡新科几乎动用了所有的手段，甚至关系，最后庄离不得已向他吐露了的隐情。没想到这个痴情小子竟全然不管。庄离被感动了。就这样，庄离进入了胡家。不过，确定恋爱关系时，胡新科要了一个小小花招。本来庄离要胡新科将自己的情况告知胡家父母的，但胡新科却把这件事瞒了下来。这差不多成了埋藏在胡家一颗危险的地雷。

起初庄离并不知道，直至结婚近一年后，胡新科才不得不将真情告诉了庄离。原因是胡家父母因为胡家一直三代单传，非常着急生孙子，在催促再三，得不到肯定答案后，胡家父母终于与儿子发生了冲突。而胡新科实在不愿强逼妻子，因为确定恋爱关系时，他明确答应庄离，在婚后生孩子问题时，要听从庄离的决定。

事情僵持到这儿，胡新科夹在中间左右为难。他既同情父母，但又不能强迫妻子。眼见胡新科与胡家父母关系越来越紧张，在搞清楚问题症结后，庄离只好向胡家父母说出了她的隐私。这么一说不要紧，胡家母亲又急又气：急得是孙子问题成了一件难事，特别是胡家本来家丁不旺，现在娶这样一个儿媳，一下子面临后代将被注入精神异常基因的可能，也就是说，即使他们未来有了孙子，这孙子也有成为疯子的可能。气的是，儿子胡新科如此不肖，这样关乎胡家后代香火的问题，竟然完全置之脑后，甚至隐瞒父母。老太太越想越气，第二天就心脏病突发住进了医院。

庄离对胡家有着深深的内疚，对胡新科更是有着无限的亏欠。她不知道如何弥补自己给胡家造成的困难，也不知道如何弥补自己给胡新科带来的麻烦。所以在更多时候，她努力做一个好妻子，很少去涉足文学、艺术。最初胡新科也对庄离的恐惧不以为然。不知从什么时候开始，也许是庄离对他的感染，也许是胡家父母对庄离的担忧影响了他，使他也出现了担心。

胡新科站在客厅中间，与庄离沉默相对了好几分钟，最后才低沉着说：你现在能不能确定地告诉我一件事：生宝宝的心理准备好没有？

庄离本来想说是。因为前一天在父母家，爸爸、长风、和和，甚至妈妈和可可，对她的鼓励、分析，使她觉得自己已经产生了足够的生育信心。包括就在胡新科回家之前，她还在读诗、试着写诗，并且那种写诗的感觉是如此美好。没想到，胡新科明确提出生育这个话题时，她突然觉得自己的肚脐眼一瞬间变得冰凉，像装了打气筒一样，一股冷飕飕的气流嗞嗞叫着直冲而入，接下来感觉小腹带着突突突的声音一点点鼓了起来，眼前顿时出现一个直眉瞪眼的孩子正傻笑着向她走来。她的心脏开始疼痛，像被钳子狠狠夹住了，鲜血一点点被挤出来，滴淌着。她疼得浑身一阵冷汗，脸都白了。好半天，她才缓过精神，有气无力地说：

对不起，我昨天还信心满满呢，你回家之前还觉得没问题呢。现在你这么一问，不知怎么，又怕了。

胡新科接过她的话：好吧，我尊重你的选择，我来说服爸妈。

周末胡家例行的一起吃饭，庄离自然躲了。这餐饭的主题，谁都知道，将是胡家后代问题。

胡父低着头，阴着脸，一口口扒着米饭，连菜都不夹一口，谁都不看，也不发一言。很显然，所有的战斗权几乎都交给了胡母。胡母脸铁青着：

科儿，如果我没记错的话，你三年前说的三年之内保证我们胡家有后的事，是否已经到期了？

胡新科早就担心三年前的承诺，随时会被父母拿来问责。果不其然，胡母一开口即是这件事。他只好低着头，以一副任打任骂的姿态说，是！

我再问你，听说庄离又辞职了！胡母咄咄逼人。

是！

我和你爸是不是可以这么认为，你们终于决定履行你们的承诺了呢？尽管已经晚了一些时间。

胡新科无言以对，他考虑了好一会儿，只好说：妈妈，庄离还没想好，请再给她一点儿时间吧！

再给多长时间？胡母开始发火，还有完没完？

你太宠庄离了。胡父接过胡母的话，尽量把口气缓和下来：新科啊，夫妻相爱本是件好事，宠老婆也没什么不好。可是，你不能因此忘了你的职责，忘了你对胡家应尽的职责和义务，还有对我们的承诺。

胡新科也知道理亏。结婚后，父母催他们要孩子时，他曾一推再推。为此，胡新科不停地安慰父母，不停地许诺，而且还两次信誓旦旦地说顶多三年。但是至今过了几个三年，胡家父母仍然没有等来孙子。

我们胡家可以养一个儿媳，甚至养十个，几十个都不成问题。但我们没有理由养这样的儿媳。如果她没有生育能力，我们容忍。她说之所以不生育后代是因为心理问题没解决，我们也相信。可是，现在她突然要当诗人，当作家。如果我没说错的话，她曾经说过，她这种情况不适宜搞文学艺术，怕疯了。我想问问，难道现在她就不怕疯了。一个正常人天天闷在家里，时间长了还受不了。何况一个口口声声觉得自己有可能疯掉的人呢。说到底，她是不负责任。既然她可以闷在家里写作，不怕有问题。那么，我觉得她完全可以在此时为我们胡家生育。这两件事本身都可以同时做的。

妈，胡新科想打断妈妈，但妈妈显然不想给他机会，果断地向他伸出手做制止状：

有这样得寸进尺的女人吗？不工作，不挣钱，不进一个社会人应尽的职责。不生儿，不养儿，不尽一个女人的本分。科儿，你是不是想把她供到天上去。胡母不仅手在抖动，连说话的嘴唇也开始打战。

胡父赶紧叫小阿姨取药，胡新科递来水给胡母吃。

胡母吃完药，靠在椅背上，闭着眼不说话。胡新科站在妈妈身边，看着妈妈脸上呈现出的老态和病态，感到了深深的自责。在父母面前，他非常内疚。但他又不能不在乎庄离。为了安抚妈妈，他只好再一次违心地说：

妈，爸，我知道我对不起你们，庄离更对不起你们。这样，我回去一定好好找她谈谈。争取早日说服她，为胡家传承香火。

妈妈没有睁眼，声音微弱地说，我还能相信你吗？

胡父也说，我们都快七十了。

胡新科眼圈发红，伸出手摸着妈妈斑白的头发说，妈妈，我这一次一定说服她。让你们尽快抱上孙子。

妈妈仍然没有睁眼，希望你这次说的是真的。如果你再不抓紧，恐怕妈妈就看不到那一天了。说完这一句话，妈妈闭着的眼睛里滚落出两颗浑浊的泪珠。

胡父看着胡母衰老的面孔，严肃地说：给你三天时间，我们等你的消息！

9

周末的早上，一般都是长风睡“老虎觉”的美好时辰。但这一天，他却被和和早早地推醒了。然后女儿可可也醒了。在和和的教唆下，可可先是从长风头上揪了一根头发，然后开始用头发不停地往眯着眼睛不愿睁眼不愿醒来的长风鼻孔里捅。长风不得不坐了起来。

可可煞有介事地说，姥姥让我问问你们，我在哪上中学呀！她说要你们打电话告诉她。这很重要！

这确实重要！对于和和与长风这个家庭来说，目前没有什么比这更重要了。可可该上初一了。按照规定，初中上学以就近为原则，可可应该进入他家的房产所在区初中——五十五中。这是一所以管理混乱而臭名昭著的初中。尽管这所学校三年前换了领导班子，进行了全面、彻底的整改，并且不停地宣传，但大多数家长仍然心有余悸。和和早已打定主意，这所学校是坚决不去的。但不去这所学校，就意味着择校。要去就去最好的，二十二中或者三十三中，这是和和的决心。和和对自己的物质生活不虚荣，但对于女儿，她却是极为精细的。周围几个要好的朋友和同事的孩子都上了市里最好的学校，她绝不允许自己的女儿比他们的孩子差。按和和的想法，她这一生无论受什么样的苦，都必须让女儿上最好的学校，接受最好的教育。在她的不懈督促和努力下，长风虽然有点消极，还是与和和一起开始奔波和求人，但是两个月过去了，事情几乎没有进展。

一周前，周立山给他开拓了一条路。他最近认识了一个朋友，这个朋友与区教育局副局长关系不错，他连请客带送礼求这个人找副局长给二十二中校长写了一个便条。事情至此，已经稍有眉目，长风与和和也松了一口气。现在就等带着便条找校长送礼了。这件事已经拖了几天，和和每次催长风，长风都以各种理由推辞。和和知道长风最怕的就是这种事情，可怕也得做呀！谁让你娶老婆，生孩子呢？

吃过早饭，把女儿送去上舞蹈课后，长风跟着和和去了市里最大的商场。他们要为女儿上学的事情选礼物。这件事无论是对长风还是对和和都是非常困难的。首先是选多少钱的东西不知道，再就是选哪一类不知道。从一楼逛到六楼，从家电逛到化妆品，逛到服装，逛到文化用品，逛到首饰，竟然还没有找到合适的东西。家电太大没法送，首饰不大却不好买，买贵了买不起，买便宜了人家不稀罕，关键是校长家属平时消费什么档次的首饰不知道。衣服自然不合适，送文化用品给校长更不稀罕。最后还是和和提了个建议，干脆买烟酒吧，这东西，当官的几乎都需要。买最贵的烟，最贵的酒，好看，也不一定贵到哪里去。

听和和讲得有理，长风满口同意。长风早已经没有耐心。按他的想法，只要礼品值那个钱，什么东西都一样。夫妻俩于是来到烟酒柜台，在眼花缭乱的烟酒类中，经服务员推荐，买了一盒礼品酒，两条中华烟，花掉八千元钱。

回来的路上，长风提着烟酒，愤愤不平地骂了一路。整个下午，他又因为晚上的行动而坐立不安。一会儿他从客厅走进卧室，看一眼礼品，骂一句“他奶奶的”。一会儿又从卧室出来，看一眼礼品，再骂一句“他爷爷的”，去卫生间。从卫生间出来，再骂一句。整个下午把他爷爷、他奶奶、他姥姥、他娘，甚至他祖宗都骂遍了，到后来，和和听见他都开始骂他舅舅、他小舅子了，似乎也没有出完胸中恶气，更别说坐下来写诗了。不管如何抵触，晚上的行动是必需的。吃完晚饭，看着穿戴整齐的和和，长风开始盼望有人找他有事。

手机看了一遍又遍，始终没有任何动静。眼看《新闻联播》节目结束，《焦点访谈》节目结束，和和开始催第三遍的时候，长风再也没有理由推迟了。

和和非常失望，她从来没有看见长风如此窝囊胆小过，一走出屋门，长风就把手里的东西硬塞给了和和，而且脚步迟疑，东张西望，像个准备行窃的小偷，一副贼眉鼠眼的神态，令和和想起了小时候看的《十五贯》里的娄阿鼠。和和看着他的背影，心里涌起一股股酸楚：这还是那个一向骄傲、自大，有时候甚至还很狂妄的诗人吗？她不知道，他当年扛着她冲进走廊的英勇哪里去了？与人斗酒作诗的豪气哪里去了？还有当年在医院生女儿时，因为医护人员的怠慢差点动手的勇猛哪里去了？这一时刻，在和和旁边走着的，分明是一个猥琐的男人：他缩着头，驼着背，像惊弓之鸟。

和和不由得生气地说道：

哎呀！你怕什么呀！谁知道你去送礼行贿呀？再说谁关心你呀！即使有人知道你送礼，那又有什么丢人呢！为了孩子上学，谁不送礼请客？除了省长、市长，老百姓们不都是这么做的吗？

谁说我怕了，我怕什么？长风还不愿承认，竭力争辩着。

不怕就把背挺直！和和的声调像老师训斥学生。

你才不直呢！长风嘴里反驳着，下意识将胸脯向上挺了一挺。

打上一辆车，长风似乎有了保护，开始恢复了生气。一旦恢复生气，便又开始愤世嫉俗地咒骂。和和斜了他两眼，他一看和和的眼神，又开始咒骂和和，让和和觉得他又可怜又可笑：也许在诗歌世界里生活太久的缘故，就像动物一旦从野生进入圈养，慢慢会失去战斗力一样。只有在诗歌的世界里，他才有才情，有魅力，有风度。

两人在小区门口下了车。有三三两两的居民或者往外走，或者往回走。还有带着孩子的夫妻在楼下玩耍。和和提着礼品走在前边，一栋楼一栋楼，一个单元一个单元地寻找着，等快找到的时候，她扭身发现长风正远远地站着，离她差不多有十米远，向另一个方向看着，似乎他与和和不是一起的。

和和站在楼洞门口，静静地等着长风走近。

长风站定在十米开外的地方，看见和和站下不动了，也站下不动了。夜并不黑，月亮在一层层的城市霓虹外安静地挂着，像一个被人遗忘在角落的女孩。长风掏出手机，突然痛恨所有的朋友：怎么这时候，他被所有的朋友遗忘了？

和和见长风站定不动了，便提着礼品，“噔噔”地向长风走来。长风一看，像躲瘟疫似的，急忙转身往另一个方向走，躲在一棵大树的阴影里。

怎么回事？为什么不走了？你是不是怕了？和和一溜小跑追了过来。

长风觉得确实很丢人，结结巴巴地说，不是怕，是有人找我，有重要事情。我得走。

和和听长风撒谎，气不打一处来：你有什么重要事？什么事情能比现在的事重要？

我，长风脑子转着，想找一个能够说服和和，或者和和起码认为重要的事情，突然脑中灵光一闪，他想起来了，说话也利索起来：

周立山刚打电话，找我商量出诗集参加华飞评奖的事情呢。

呸！

和和冷笑着一声。华飞评奖，已经过了两届了。与他齐名的，甚至比他成绩和水平差的人都得了。这是政府新设的一个文学奖项，不说奖金丰厚，有的人凭借这个奖项，升了职，有的评了高级职称，有的入选什么杰出青年，甚至因此可以延迟退休的。名利双收，使得这个大奖的争夺也格外激烈。对这件事，周立山早就劝过长风，长风却以评奖黑幕太多为由，不屑于参与。按周立山的说法，凭长风的成绩，再弄个这种级别奖，当个作协副主席或者文联副主席也不是不可能的事，而一旦有了这个头衔，不但会得到更多的社会尊重，获得更大的名气，还会有很多的实惠。和和多么希望长风除了写诗外，还能谋得更好的职位，为她和孩子创造更好的生活啊！可是，几年来，劝了多少次，吵了多少次，长风从不为所动。现在为了躲避送礼，睁着眼撒谎，在和和看来，简直是臭不要脸！

这是真的，和和，送礼的事你一个完全可以。我现在去找周立山商量出诗集评奖事情。我会努力！争取评奖！

长风说完转身欲走，被和和一把揪住了：

就算是真的，你也得跟我把礼送完再走！我就不信你晚几分钟，事情就不行了。和和说完这句话，不由分说往前扯他。

长风像耍赖的小孩，站在原地坚决不动。和和使足力气拉拽着，长风干脆两手一伸抱住树干，坚决不走了。和和差点被长风这种举动气哭了。

就这样僵持了几分钟，和和有点无计可施。但是她不能认输。她自己觉得自己见世面少，也害怕送礼，更怕到时说话不当，适得其反。因此让长风一起去，绝对不仅仅是为了让他做伴，帮她壮胆，她需要他的支持和补台。此行关系他们家庭最重大的一件事情，为了孩子，必须一次成功。

和和央求着，以孩子的面子求着长风，长风却更有理由：

你早就知道我不会求人，我估计去了也不会起什么作用。他无耻地笑着说，有时候一个女人去求人，没准成功率更高呢。

呸！和和的唾液几乎啐到他脸上，一生气伸手揪住了他的长发。灯光下，长风的脸疼歪了，他不得不松开树干。几分钟后，长风随着和和走到校长所在单元的防盗门处。

和和按门铃，传来对话声：找谁？

是不是韩校长家？

是啊！

我是教育局刘局长介绍来的。

噢！

“咯噔”一下，单元楼道门开了。和和扭身，突然发现身后空无一人。长风竟然趁着这个机会逃跑了。和和的眼里顿时涌满了泪水。

10

已经没有退路了，即使有退路，和和知道也不会退缩，也不能退缩，为了孩子，她不怕屈辱，不怕丢人。和和擦着泪水，摁开电梯。终于进了校长的家。那是一个装修高雅、环境温馨的家。屋内以木质材料为主，包括地板、家具，全为纯木质。整个风格高档古朴，自然大方。和和有点惶恐，不知是不是应该换鞋。校长倒是很痛快地说，不用换鞋，进来坐吧！

和和局促不安地坐在沙发上，屁股只坐了半边。所以上身不自然地前倾，全身似乎都在用力。她一脸猥琐，也顾不上为自己这种猥琐而羞耻，尽力简洁地说明着来意，并且把手里的礼品特意往前推了推。然后半起身将局长写的便条放在茶几离校长近的一个地方。

校长很客气，听完和和的话后，先是拿起便条看了看，然后不置可否地笑了笑说，我让你看件东西吧。说着他走进一间屋，从中拿出几个信封。然后重又坐下，不慌不忙地说：

这几个信封都是各级领导的便条，你知道有多少吗？几百份。可我的学校才招一千学生。这还不包括那些打电话和口头打招呼的。就这些便条，我可以给你报个详细情况：有省级领导的，有厅级领导的，其中还有教育厅领导的，有市级领导的，区级领导的，区教育局领导的，还有我们学校之间校长们的。你说我给谁办？我如果不办，会得罪多少领导？如果你是我，你怎么办？

和和傻眼了，她万万没想到情况这么复杂，孩子上学会如此挤破头，打破脸。她以为直接管理这个学校的教育局副局长一个便条就会解决一切，原来事情远没有这么简单。听着校长的问话，她好半天感觉大脑缺氧，反应不过来。

你没想到吧？校长说，所以不瞒你说，我不能不在乎我的校长职务，意思是我得先考虑那些直接关系到我乌纱帽的学生。但是有一点，我也不能不在乎我的学校前途，不能不考虑我学校所招学生的质量。因此，如果你的孩子成绩好，你不用担心，我们将组织招生考试，好学生不需做任何工作，我们都会直接录取。如果你的孩子学习不好，那么我可不敢说什么。即使刘局长做这个校长，他照样也是如此。

和和有点着急，这怎么办？因为女儿的成绩在学校一向处于中等位置，靠实力几乎不可能。她突然想起这个学校曾经在一次夏令营活动中请长风来讲过一次诗歌，便爹着胆子说：

校长能不能关照一下？

每个家长都是这样说，你说我关照谁？如果你有什么特殊的条件倒可以考虑，比如，你的孩子曾经拿过什么奖，孩子有什么突出的特长。或者你们家长对社会或者国家有过什么重大贡献也可以。这在我们的招生简章里是有明确规定的。

和和搜肠刮肚，实在想不出可可有过什么大奖，或者有什么突出特长，也想不出自己和长风对社会和国家有过什么重大贡献，哪怕不重大贡献。包括可可的爷爷奶奶，外公外婆，她都没有寻找出可以利用的条件。最后她思考来思考去，下定决心还是说说长风吧，也许长风的那次讲座校长还能记得。长风后来说过，校长和老师请他时对他非常尊重，学生们也很崇拜他。于是和和说：

不知道校长是否记得三年前你们的夏令营活动，当时我爱人长风来给孩子们做过诗歌讲座，效果非常好。

校长莫名其妙，想了半天，也没弄明白和和在说什么，于是问道，你爱人长风怎么啦？当时我们没有给讲座费吗？

和和有点难受，显然校长早忘了长风是谁，或者不记得这个诗人了。但现在不说出她的意图，显然校长将误解更深。于是干脆一不做，二不休，兴许事情会有转机：

校长，你误解了。不是讲课费的问题。我是说我爱人长风是个非常著名的诗人，贵校曾经邀请他来作过诗歌讲座。学生们都非常崇拜他。

是吗？你是说你爱人是个诗人？很有名的诗人吗？

是啊！和和以为有点眉目。

他叫什么名字？

长风。和和感觉事情正在向好的方向转化，心里不由得生出一丝喜悦。

我怎么不知道？

就像刚刚冲到浪头，突然被更大的一个海浪兜头打来一样，和和感觉自己一下子沉没了。

他在全国都有很大的名气，你们学校有许多学生，甚至一些老师都是他的粉丝。和和还在试图以长风的身份打动校长。

那又怎样？校长很轻松地问了一句，令和和再一次不知所措。她犹豫着，硬着头皮继续说：能不能看在诗人的面子上，关照我们一下。

校长刚端起茶，喝了一口。听和和如此一说，“噗”的一声，一口茶喷了出来。他咳嗽了好半天，才清了清嗓子说：看在诗人的面子？开什么玩笑！

和和张口结舌。也许校长觉得和和太幼稚无知了吧，便不耐烦地站起身说，诗人比省长面子大吗？比厅长们面子大吗？比市领导们的面子大吗？比区长们面子大吗？每个家长都有自己的职业和才能，有律师、记者、公务员、企业家等等，有能唱会跳的、有能写会画的，甚至还有会修电视、电脑的，我看在这些面子上，能看过来吗？

和和绝望了，看来在校长眼里，除了省长、厅长、市长、区长这些带长的人们，其他都是没有面子的。诗人算什么，在校长这里，与普通家长们的职业没什么区别，也许对他来说不如其他职业呢。

和和不愿就此认输，为了孩子，她还在挣扎，她把礼品再向前推了推。没想到，这个动作引起了校长更大的反感。他提起礼品，重新递到和和手里，虽然客气但却明显是在下逐客令了：

对不起，我不能收你的礼品。我可以将便条留下，里边既然有你和你孩子的名字，就足够了。我们首先得把便条排队，如果能排到你们这儿，我会通知你。当然，我们的招生考试，也请你的孩子一定参加。如果孩子学习好，这个便条便无须用了。

和和除了表示感谢，已经没有说话的余地了，更没有再滞留的可能。就连她手中的礼品，都被校长强制地连同她一起“赶”出了门外。校长只说了一句，不远送，便关门了。

和和站在校长的门外，像来时一样，眼睛里又一次涌满了泪水。

11

长风未敢回家，他在洗浴店里睡了一夜。

长风感到无比的气短、沮丧和气恼，他的心里充满了罪恶感。就像与妻子面临敌人的枪弹，置妻子于不顾，独自逃跑一样可耻，尤其还是为了孩子。说不仁不义，他自己都觉得毫不过分。

一觉醒来，长风开始进行江城学院诗歌讲座的准备。多年来，诗歌在经济的大潮中其位置被挤得越来越小，为此，长风开始致力于诗歌在人群中的影响。他热衷于奔走大、中、小学，出没于公共文化场所，向社会呼吁诗歌对文明的影响，对灵魂的净化作用。此时，周立山的电话不早不晚也打了来：

我已经出发了，到你家估计还有半小时。

你来金太阳洗浴中心接我吧。

周立山是长风大学时代的诗友，在经济大潮席卷全国之后，周立山看准时机弃诗从商，很快脱贫致富，紧接着又投资铁矿，按同行们的话，是开印钞厂了。这个花花公子般的诗人兼矿主，无论在商场曾经如何坑蒙拐骗，无论在矿业界如何投机钻营，无论在生活上如何放浪形骸，唯有一样，他在对待诗歌的态度上，永远都是认真的，纯洁的。每个周末，周立山都会从他一百公里之外的铁矿赶回来，如果长风开讲座，他会带着他的高级轿车全程陪同。他已经不写诗了，这种讲座似乎成了他与诗歌最紧密的结合点。

在诗人圈里，周立山曾经是一个有相当知名度的诗人。在铁矿主的圈里，他也是相当成功的矿主。有人说周立山之所以能一进入诗界，就写得一首好诗，一经商就发财，一开矿就财源滚滚，主要是因为他那颗硕大的脑袋。如果将里边的脑子挖出来称称，大家都相信，起码比别人多上半斤。

周立山的特长还不仅仅表现在写诗、挣钱上，他追女人的本事也是一般人望尘莫及的。在诗人圈里流传的最经典的故事是：周立山有一次看见诗歌协会里新添一位成员——安丽，便到会员处打听出地址，坐着长途客车一路颠簸了去。没想到，下客车，转三轮，下三轮又骑毛驴，直到晚上经过一个小山村被狗咬了一口以后，才在下一个山村找到了安丽所在的山村。当时他的第一个想法就是扑到那个安静美丽的姑娘怀里哭一通。她让他找得太辛苦了！谁知道最后来到他面前的安丽竟然是一个近四十岁的山村汉子。满身灰尘不说，还一脸黑胡楂。

哎呀，你不是个女人呀！当时，周立山在发出一声凄厉的哀号后，便在累、饿，尤其是吃惊和沮丧中瘫软在地。

山村汉子很内疚，仿佛因为自己不是个漂亮女人而自责，并且一遍遍解释说因为是独生子，父亲才给他取了女名。在山村里有一种说法，女儿好养。他也不喜欢这个名字，这个名字曾经让许多人骂他。尤其是他投稿时，好多编辑都把他误认为是个女孩，甚至有的编辑说他有欺诈之嫌。他很委屈，他可不是有意用这名唬人的。

周立山一刻也没有停留，连饭都没吃就以要打狂犬疫苗为借口，拿着安丽送给他的几个馒头和鸡蛋踏上了返家的路。在第二天到家后，除了打狂犬疫苗花了二百块，还在床上打了三天点滴。不过，从此周立山长了一个心眼儿——不能单凭名字就去追女人了。

周立山从洗浴中心接上长风，就开始大放厥词：

你小子又泡什么妞了啊？胆子越来越大了，竟然夜不归宿啊！

长风哭丧着脸，一脸无奈地说：哪有心思泡妞啊，昨晚不敢回家了。

做什么坏事了？

还不是给校长送礼的事啊。

你躲这事？

哎！别提了，闹心。也不知道昨晚情况怎样，我也不敢问和和。你给和和打个电话吧！

周立山摇着他的大脑袋不高兴地说，你他妈总是让我给你挡枪子、擦屁股。有漂亮妞却从不让着我。我今天通知了秋儿，她会来，你不许接近她，我就替你打电话。

好，好！你拿这作交换条件，真够不要脸的。不过，我可告诉你，开开玩笑，过过嘴瘾可以，可别乱来啊，韩健可是我们的同学啊。

哈！周立山大笑一声，你抢和和时怎么不说这话啊？

长风有些气恼地说，我可告诉你姓周的，这两件事完全不同！

嗬，你简直就是道德模范啊！

哼！长风冷笑一声，提醒周立山，你赶快给和和打电话吧。周立山把车停到路边，拨通了和和的电话。和和一听周立山说是长风让问问情况，立刻炸了：

不要脸的家伙，他还有脸打听情况啊。你告诉他，全砸了，人家把我轰了出来。

长风一直竖着耳朵，听和和说全砸了，傻了：这怎么办啊？

周立山一听这情况，也紧接着问和和怎么回事。和和一五一十把全部经过讲完后，周立山先是将校长大骂了一通，接着对长风数落了一通：

长风呀，长风呀！你真是诗人呀！和和也真是诗人家属呀！这全中国恐怕再也找不出像你们这样可笑的送礼的。你以为这还是十年前，两瓶酒就能解决问题啦！这是21世纪，送礼的形式和内容都已改变了几拨了，你们却还停留在原始社会、母系氏族，停留在光着屁股蹲在树上当猴的时代啊？

周立山气得鼻子都歪了，他盯着长风的卷毛脑袋，两手搓了一遍又一遍，恨不得揪掉他的卷毛：

真笨！笨透了！你们懂不懂与时俱进，与时俱进！你那点破酒烂烟除了去孝敬你丈母娘早就没任何用武之地了。真是可笑，大张旗鼓地提着破烟烂酒，在人家楼下招摇过市，怕全世界不知道啊？这不成心给人制造恶心吗？你说女人红杏出墙，也得出个值得，图个快活。好容易人家背着骂名出了轨，却遇见个阳痿患者。冤不冤呀！

长风一头雾水：不这样送礼咋送礼呀？

银行、商场不到处都是卡吗？递过去，一次性不就解决了吗？

啊！长风张大了嘴。

手到擒来的事情你也能给搞砸。你们真是有本事，我太低估你们了。长风啊，周立山拍了拍长风的肩膀，你当诗人可真当到家了呀。然后手一拧，发动车，气恼地嘟囔着说：和和也算是没白跟你，也成了个诗人。

长风急得满头大汗，他打断周立山，作着揖说：

别骂了好不好，你赶快想想办法吧。

周立山把车开得呼呼生风，沉默了好半晌说：我没办法了！

讲座在一所大学，像长风所预期的，一个容纳百人的教室，也只坐了二分之一。他们不计较，也不气馁。在他们开展讲座的历史上，最惨的经历是只有五个学生。就是如此，他们也把那场讲座从头至尾，没有丝毫含糊地全部讲完了。让他们备感欣喜的是，那五个学生全爱上了诗歌，而且到现在还在写诗。

系团委书记做了个简单介绍就借口有事走了，整个讲座仍然冷冷清清。让他们兴奋的是，秋儿来了，在教室里那群目光呆滞的学生里，秋儿更显得鹤立鸡群，引人注目。这种引人注目，不仅仅是她惊人的漂亮，时尚的装扮，更多是她对这个讲座所表现出的期待和热情。

庄离也来了。长风特意把庄离叫了来。长风认为，既然庄离辞职了，也有写作的想法，就要放松自己，尤其不要自己再吓自己。写诗，生育，顺其自然。他告诉庄离，除了在家多看些名诗人诗集外，一定还要多走出家门，开阔眼界，参加一些诗歌活动，包括诗歌讲座、诗歌笔会、诗人聚会等等，也许没有多久，她的心理会完全健康起来，不仅能写出好作品，而且会生育健康的宝宝。

长风讲座的题目是“青春的色彩——诗歌”。满场学生，除了秋儿、庄离全神贯注，学生大多无动于衷。同样的题目，十几年前却是完全相反的场面。掌声，鲜花，万丈的激情，现在却改变了，连年轻学生们眼睛里所透露出的东西，都改变了。

总是如此，半小时后，已经有三分之一的人溜掉。到讲座结束的时候，仅剩了一半。当年那种讲完课被成群的人围着走不开的场面已经彻底不复返了。长风特意留出十分钟时间，给学生们提问。但是没有人说话。在长风的面前，十几人的脸上毫无二致都突现一种茫然的表情。似乎在说，有什么可问的？有什么值得问的吗？

要结束了，终于有一个学生站了起来，他跨过一级级台阶，一直走到长风跟前。那一刻，长风，包括周立山的心里都充满了希冀：还是有人关心诗歌的，诗歌还是有希望的。那个同学终于站到了长风跟前，他声音极小，而且稍带羞涩地问长风说：

长诗人，我看见你是坐大奔来的，那大奔是写诗写来的吗？

12

靠！一直开出学校大门，周立山还在不停地骂着，这他妈是怎么啦！

学生们听他妈两小时讲座，关心的问题竟是这个。

周立山开着大奔离学校大门越来越远，嘴里骂得越来越臭。

周立山不再用“靠”了，他扯着嗓门大声嚷着：长风，我说怎么着，连个送水的都没有吧！上一次他妈的陈教还说，这个学校风气好，校风正，管理层有文化，起码会请咱们大师喝杯酒。怎么样？

就像反驳周立山似的，长风的电话响了，而且正是刚才那位系团书记打来的。长风刚叫了一声团书记的名字，周立山就咧了咧嘴，然后伸出右手往自己的脸上拍了一下，小声嘟囔着说，看来我错了。

电话里的声音隐约传来，周立山听得清清楚楚：对不起，长诗人，我在外边有事情，本来想请你吃顿饭，只是不巧了，这里事情还没有处理完。等有时间一定请你，一定感谢！

他奶奶的，周立山越骂越难听，打这个电话干吗啊！

陈教也来了，直到吃饭的时候，还对今天的遭遇愤愤不平：

老长，这类讲座停了算了。费力不讨好，纯粹对牛弹琴，何苦！也弄点以文养文吧？

长风虽然不舒服，但因为这类遭遇多了，所以也见怪不怪。郝鸽是周立山新带进来的一个女孩子，听说以文养文，很感兴趣，插嘴道：

教哥，什么叫以文养文啊？

你不需要，你好好写就行了。陈教一边坏笑着，一边向周立山努了一下嘴。

对，对，周立山接话说，你们女孩子不需要挣钱，好好写。如果写作困难了，有我呢，我有矿，能养你们很多人。

正经点行不行！莫菲对周立山的好色嘴脸极其不满，所以经常不客气地损他。

谁不正经啊？话音落时，进来的正是秋儿和庄离。听完讲座后，秋儿载着庄离，跟着周立山的车，跟丢了，所以来晚了。

快，快，坐我旁边，我给你占着座呢。周立山蹿了起来，两步跨到秋儿跟前，拉着秋儿坐在了自己旁边。

看见谁不正经了吧！陈教一脸坏笑。

喜欢美女有错吗？不喜欢美女，要么生理有病，要么心理有病！周立山振振有词。

大家都很兴奋，前半场，大家把矛头都指向了周立山，不一会儿周立山就喝多了。秋儿在周立山旁边，本来准备先给周立山看自己写的诗，没想到周立山一开始被大家骂得狗血喷头，时断时续地没看完。等大家骂劲过去，再看秋儿的诗的时候，已经醉眼蒙眬，逻辑混乱。尽管他一直摁着秋儿不让走，并且滔滔不绝地讲个不停，秋儿还是逮住一个机会坐到了长风旁边。

韩健进来的时候，大家气氛正热烈。庄离正在向莫菲请教写作，陈教与郝鸽、周立山在喝酒，长风正兴致勃勃地在评点秋儿的诗。

韩健对秋儿的行动一般从不干涉，但自从秋儿认识长风之后，秋儿陷入了对诗歌的痴迷之中。迷恋诗歌不是坏事，关键是韩健从中捕捉到一种隐患，并因这种隐患产生了很大的压力和恐慌。所以秋儿说要去听长风的讲座，并且还要一起吃饭，韩健设法挤出时间来赶了过来。

庄离微笑着站了起来，莫菲也迎了上去。只是周立山半调侃着说，韩健你来干吗啊？你公司初建不忙啊？

韩健听着很刺耳，但仍然假装没听出来，并堆满一脸笑容说着：不忙！不忙，我也喜欢诗歌、文学，你们忘了？

有这回事吗？周立山把头转向陈教。

陈教不客气地调侃起了周立山：韩健喜欢诗歌，我们都知道。倒是你，不写诗了，还总跟诗人们混，我都怀疑你是为了写诗，还是为了泡妞！

周立山说话舌头都大了，接过话茬儿，厚着脸皮说：写诗和泡妞有区别吗？不泡妞能写出好诗吗？然后把手一伸指向长风，结巴着说：

你们看长风。我敢说，这两天，他写的诗一定有新的气象。你们谁能说，长风不是泡妞泡出来的诗人啊？说完，周立山哈哈大笑起来，两个肩膀上的大脑袋一颠一颠的，像抽风，硕大的黑脸冒着油光，加上眼睛、鼻子、嘴巴，高低不平，像煳了的锅底。

这玩笑开得有点过了，韩健的脸就像京剧里的变脸绝技，忽地黑了，平和的微笑被一副硬邦邦的铁青所代替。

莫菲打断了这个话题，跨过去，把周立山摁到了座位上，严厉地说：

从现在开始，你给我闭嘴，只许吃，不许说，也不许喝。

庄离给韩健摆了餐具，倒了酒，并叫来服务员让韩健再点个菜。韩健没点菜，他的情绪已经完全坏了！他准备发飙。此时长风与秋儿仍然全神贯注于他们的谈论，完全没有理会周立山、韩健几个人的话题和情绪。

庄离在桌下偷偷踢了长风一脚，悄声说了一句：哥，你要照顾韩健的情绪。

长风转过头，心不在焉地与韩健打了一个招呼，又埋头与秋儿继续刚才的话题了。

韩健气恼，却又不好发作，只好频频举杯来发泄，一转眼，跟陈教、周立山、莫菲、庄离、郝鸽均喝了一杯。几杯下去，脸开始发红，汗也下来了。

到长风了，韩健端着酒杯，叫了两声，长风都没有听见，庄离不得已在桌下又踢了长风一脚。长风才发现韩健已经走到了身边。

长风，不好意思，我是不是打搅你了？

哈哈，长风站起来，一听韩健话中带刺，尴尬地打着哈哈说：不好意思，不好意思，光顾给秋儿的诗挑毛病了，忽略了老朋友。赔罪，赔罪！

长风，我怎么感谢你啊，你对秋儿倾注这么大的关心。

不谢，不谢，长风装作听不出来，对诗歌的挚爱，使他对每一个诗歌爱好者充满了感情，所以他不在意韩健的不友善态度。他仍然兴致很高地说：我得谢谢你娶来这么好的一个诗歌爱好者呢。

谢我，哈！我相信你的感谢是真心的！

当然，发自肺腑！

好一个发自肺腑！主要是我为你又贡献了一个可泡的妞吧！

周立山看热闹不怕事情大，紧着插话说，聪明，聪明！哈——哈——哈！是漂亮妞！

长风一看韩健怒火要爆发，也想把火气压一压，试图转移一下话题，平静地说：韩健，我看了秋儿的诗，感觉秋儿确实有诗人天赋。

秋儿听到长风夸赞，转过身来，搂着韩健的胳膊，扬扬得意地说：你看，长风大诗人都说我有天赋，怎么样啊！然后又跑到长风跟前，认真地说：我要拜长风为师，写诗，当诗人！

长风说：拜师不必了，这里的人都可以指导你。

是啊，是啊，我就可以啊。我也是写了三十年的老诗人，当年跟长风齐名啊。周立山的大脑袋上冒着汗，热气腾腾的，像在蒸一个巨大的黑馒头。

我还是要拜长风为师！秋儿半开玩笑，半认真地说，要不然，他不认真教我。

韩健再也憋不下去了，他只觉得酒精在身体内部熊熊燃烧，整个身体滚烫滚烫。他给自己满满倒上酒，一口干了，然后把挡在长风跟前的秋儿拨拉开，用最后的平静说：

长风，这么多年过去了，你怎么仍然没有任何改变啊！不会挣钱，不会当官，男人应该做的事情，你一样都干不来。男人不该干的事情，却做得越来越技艺高超了。

长风脑袋“嗡”的一声，有些不知所措。他顿了顿，也倒满一杯酒，一口干了，并仿效他的样子说：

韩健，我也说一句。这么多年过去了，你也仍然没有任何改变。除了挣钱，你就不知道人活着还有其他的事情和追求。

秋儿感到韩健的情绪与自己刚才与长风接近有关系，走过来试图制止韩健。韩健已经失控了。也许是十五年的怨气积得太久了，也许是长风与李秋儿的接近激醒了他当年的愤怒。他拨着秋儿的手，高声说：

秋儿我劝你离这个花花公子远些！不，说花花公子抬举他了。花花公子，起码还有一份殷实的家业，而他就是一个不折不扣的流氓无产者，说难听点，就是臭流氓。他没有别的本事，只有一样本事，就是勾引别人老婆和女友。

长风怒目圆睁，韩健跃跃欲试，一场战争眼看即将上演。

陈教和莫菲把韩健拉了开来，庄离试图把长风拉出去，但长风在转身的一刻，正好瞅见秋儿可怜巴巴的眼神，像极当年和和的样子。再看看韩健那一副骄傲的派头，长风突然生出某种邪恶的念头。他停下脚步，也以一副骄傲的姿态说：

韩健，你太不了解我了。我这个人缺点是不少，但我肯定不干勾引别人老婆和女友的事。如果有人的老婆和女友跑到我这儿，你一定要搞清，不是我勾引，而是我被勾引。

嗵，韩健手一挥，一只啤酒瓶从长风的脑袋上空飞过，一声巨响砰然炸响，散裂的啤酒瓶碎片四处飞射，而啤酒带着一层层浓密的泡沫像一块毯子在地上铺开。

13

三天后，胡氏父母没有等来胡新科的任何消息，又过了三天，仍石沉大海一般。胡氏父母忍无可忍，在慎重考虑后，他们终于做出了一个决定：他们决定不再沉默，也不再听任或纵容这对儿夫妻了。虽然从法律的角度，或者情理上说，他们的生活都应由他们做主，父母没有干涉的权利。但是作为胡家独生子，作为胡氏企业的唯一继承人，胡新科与庄离已经不单单属于他们独自的小家庭，他们更属于胡家，属于胡氏企业。至少胡新科负有不可推卸的责任和义务。于是，由胡母出面，分别找胡新科与庄离，各自进行了一次郑重且严肃的谈话。

与胡新科的谈话比较简单，胡母只强调两点儿：

第一，胡新科必须改变对庄离的态度。不能再听任她。既然她辞掉工作了，那么就该说服她生育。

第二，如果庄离不改变，或者说胡新科对庄离无能为力，他们就要干涉他们的婚姻。

胡新科对第一点是勉强同意的，他认为他可以劝说妻子，但至于结果，也就是庄离是否同意生育，他可以骗他们说同意了。因为生育本身并不是一件说生就能生的事。第一点既然能够糊弄过去，那么也就没有第二点了。

因此胡新科与母亲的谈话还算顺利。

胡母与胡新科谈话后的第二天，也就是个周五，胡母将电话打到了庄离家里。也许是为了显示这次谈话的重要性或者严肃性，胡母把庄离约到了酒店。

庄离自知亏欠胡家，所以在他们跟前一直小心翼翼，连说话的声调都低了几分。这也正是胡氏父母一直没有下决心干涉他们的原因。这一次太严重了，如果他们不采取措施，胡氏父母觉得他们胡氏家族连同胡氏的万贯家财也许就在这绵软的柔静里化作乌有。袖手旁观就是不负责任。无论是被冠以恶毒，还是封建，还是什么，这一次，胡母发誓当坏人当定了。

傍晚起了风，北方的风在春天里从来都是风卷尘沙，沙飞风行。当庄离跨出家门的一刹那，敏感的心一下子像条蛇一样，从身体里蹿了出来，冲向天边那片沉甸甸的黑云中，她顿时感觉身体里空荡荡的。在风沙中，有豆大的雨点间或掉下，砸在头上，或身上，她感到无比的疼痛。确切地说，是神经在疼。她不敢想象马上到来的会面，更不敢为此设计将要面临的谈话。她还是什么都不要想吧！她奔进自己的车里，闭了闭眼，然后才发动汽车。

按婆婆约定的时间六点，庄离提前了十分钟。停好车走上楼的时候，她悄悄照了照大厅正中的镜子，发现自己竟然吓得一脸苍白。她很沮丧：因为在婆婆这个精明强干的女人面前，她从来没有自信过。包括第一次见婆婆，她就被这个聪明女人的气势给镇住了。她的高雅、美丽，特别是她的机智、敏捷、善谈，她的洞察一切，使庄离觉得自己和她相比，就好像一食碟水对着对无底的大海一样。从此，在她面前，她永远都像一只小鸡仔一样。

她以为提早几分钟，会赢得婆婆的一点儿好感，从而减弱自己即将面临的不利局面，当然也许是灾难。但是当她一脚迈进房间，出乎意料的是，一眼看见了正襟危坐的婆婆。显然她并不想给她这点儿心理上的安慰。

庄离脸色煞白，强装镇静，在婆婆对面坐定。其实她自己都没注意到，她紧张得连脖子里那条拖到大腿根部的丝巾都忘了摘下。

婆婆很柔和，很亲近地说：饭菜我都已点好了，我们娘儿俩爱吃的菜各点了两个。

谢谢妈！庄离轻声说着，一脸的卑微。

庄离，咱们娘俩好像从来没有单独在饭店吃过饭吧?

没有！庄离知道要进入正题了。她想，婆婆也许该说，知道为什么今天我约你出来吃饭吗?

庄离，你看你来我们家也已经很多年了。这些年，我敢说我们待你不错吧!

是的，妈妈，你和爸待我都非常好。倒是我做得不太好。所以我很对不起你们。

你能这么说，说明你是个懂事的孩子。从你和科儿谈恋爱，我和爸爸都看出你是个善良、懂事、有修养的女孩。到现在为止，我们仍然没有改变我们的观点。也正是这个原因，在生育后代问题上，我们不愿意催促、为难你。你也知道，科儿是胡家三代单传，他现在都三十六岁了。而我和你爸爸也都快七十了。对于我们这样的家族，尤其是我们这样的家族还有着一笔不小的财产，不用说你也知道后代对我们有着多么重要的意义。

庄离心里装满了内疚，但不知道如何表达，只好低着头，万分歉意地说：妈妈，实在对不起，都是我的不好。

胡母夹了一只大虾放入庄离盘子里，很慈爱地说：孩子，我理解你的担心，爸爸也理解。所以我们听说你的问题后，有很长时间我们谁都不再提这个问题了。对不对？

庄离点了点头。

你上班一个工作一个工作换，不仅科儿帮你换过，我和你爸爸也帮你换过吧？

庄离再次点了点头。

你最后彻底辞职，要全职写作。我们尽管十分不同意，我们也没有强迫你。对不对？

庄离又点了点头，已经想要哭了。尽管婆婆的语调很柔和，很亲切，也很友好，但庄离已经感觉到婆婆步步逼近了。她不希望如此的谈话，更不希望听婆婆如此的“质问”，她倒希望婆婆直奔主题，说出让她干什么就行了。于是她爹着胆子，抬起头，看着一脸平静的婆婆说：

妈妈，我知道这么多年，都是你们迁就我了，而我只顾自己的感觉。所以很对不起您和爸爸，更对不起新科。妈妈你现在如果有什么想法，你尽管说出来，我会弥补我的过错。

胡母停了停，思考了几秒钟，显然庄离打破了她的思路。她只好按照庄离的想法，重新设计谈话内容和方法了：

是这样，既然你很坦率，我也不必绕弯子了。你能告诉我一个底线。就是说，你什么时候才能在心理上准备好给我们胡家生育后代？

庄离陷入了沉思。按庄离姥姥家前几代的规律，大致每一代里会出现一个精神问题患者。而出现的年龄大致在30岁至37岁左右。现在的情况是：庄离这一代共有五人，庄离最小31岁，40岁以上的有两个，已经解除警报。第三位35岁，再有两年如果没有问题也可以解除警报。第四位32岁。如果他们都到37岁还没有发现有问题，那么庄离的可能性就非常大。说得更准确些就是，如果前几位同辈人在到达37岁时都一切正常，那么庄离就坚决不能生孩子了。从时间说，再有五年或者六年，差不多一切就水落石出了。

庄离很犹豫，不知道是否应该把这件事和盘托出。不说，她觉得对不起胡家。说出来，她觉得她可能就完了。胡新科可以等她无限久，而胡家却不可能等她，甚至这五六年，他们也许都等不了。

她抬起头，眼睛里装满了泪花。胡母递来一张洁白的餐巾纸，示意她擦眼泪。然后，又给她续满茶水说：

庄离，也许我问得太过分，如果为难，就不要说了。

不，妈妈，庄离擦了一遍泪水后，发现新的泪水又涌出来了，于是再擦，结果又流出来。甚至越擦越多。她突然发现自己特别想哭一通，这个秘密，她一直没敢跟胡新科说。在此时，她觉得最对不起的就是这个疼爱自己的男人。自从她对胡新科说了她家族的问题后，她的妈妈，包括她的同辈兄弟姐妹都将她骂了个狗血喷头。从那以后，她对胡新科有了一点保留，其实也就这点保留。她只是把这个底线的时间含糊了。她告诉胡新科的是，再有几年她心理上坚强了就可以决定生孩子。

她去了卫生间，她需要平息一下情绪。五分钟后，庄离再一次坐在胡母对过，这一次，她安静下来了。她给胡母续了茶水，接着胡母的问答说：

妈妈，对不起，我更对不起新科。这个秘密，我都瞒了新科。是这样……

庄离最终把她家族的秘密全部告诉了胡母。她想，该来的就来吧，不是我的，我交出去。

胡母听着庄离的叙述，眼睛越瞪越圆，脸越来越白，在庄离把这个秘密说完之后，胡母感觉自己的大脑正变得空白，而嘴唇似乎成了两块僵硬的木片。

妈妈，我知道我这种情况，不配做你家儿媳。再有六年，新科就四十二了，而我那时才能决定我是否有精神问题。如果上天垂青我，我那时三十七岁，还可以为新科生养。但是如果六年后的结果，是我有精神问题，那么就面临着胡家后代有谁来生育的问题。我知道胡家三代单传，生育一个有着先天缺陷的孩子也几乎预示了胡家下一代的危险。再说，即使胡家下一代没有问题，但胡家血液里从此将注入带有缺陷的基因。我知道你们不愿意，我也不愿意。

胡母脸色也像庄离开始变得惨白，她用几乎要哭出来的声调说：你这说法，有科学根据吗？

我不知有没有科学根据，我家几代长辈都是这么说的，我们家族几代也确实这样。

我不相信！我不相信！说这句话的时候，胡母的脸色开始由惨白变成青紫。

庄离的眼眶里溢满泪水，她拿起餐巾纸在眼睛上吸着越涌越多的泪水，用力说清楚这句话：妈妈，我会考虑在适当时候离开新科。

胡母陷在椅子里的身体开始颤抖。

庄离此时把头深深地埋在了胸前，泣不成声：我会很快与新科解除婚姻的。

胡母突然从椅子上不见了。

庄离去拿餐巾纸擦眼泪的时候，才发现胡母不知何时已经瘫到椅子底下了。

14

一年一度的“玉泉乳业杯”青年诗人奖又开始评奖了。这是由文联杂志《新月》主办、玉泉乳业集团赞助的一个奖项，奖金三万元。此奖已经评选三届，因为评选出的大奖得主均为女性，于是“玉泉乳业杯”就被一些疾恶如仇的诗人们恶搞成了“玉乳杯”青年诗人奖、“白奶子杯”青年诗人奖。前两届评奖，长风均被聘为评委，由于评选过程充满交易，到第三届长风坚决不再参与。

第四届“青年诗人奖”评选活动即将开始，在选定评委会委员的会议上，长风作为省会重要诗人之一，又被杂志社和乳业集团选定为评委之一。毕竟这种评选活动，是需要一些品德被大家认可的诗人评委来支撑其权威性和含金量的。由于前三届评选活动，过多的商业色彩和私下交易，导致了“玉泉乳业杯”的声誉大大受损，致使文联和杂志社、赞助商对这一届评选活动痛下决心，制订了整改的规定：杜绝跑奖，杜绝交易，杜绝暗箱操作，坚持公平、公正、公开。对于评委会参加人员的选择，组织者也进行了更严格的限定：要求必须具有一级作家身份、在省内有重要影响、口碑和声誉为大家所公认的诗人或诗歌评论家才可以进入评委会。鉴于评委会这几个条件，长风又成为此次评选活动的评委人选。

长风接到邀请函的时候，正在单位准备审一篇文稿。新毕业的大学生廖红刚刚核查了文章的格式、参考文章等，将稿件交给他进行审阅。然后他就接到了快递电话。廖红一听，当下自告奋勇下楼帮他取来。长风打开看清是玉泉乳业杯评奖评委邀请函之后，丝毫没有犹豫，顺手扔到了桌下的纸篓。

廖红好奇地问：长风老师，为什么扔了啊？是个邀请函吧？

嗯，一个诗歌评奖评委邀请函。长风停下手头的事情，把眼睛也从稿子上挪开，抬起头，从桌上的烟盒抽出一支烟。廖红一看长风不但没有不耐烦的表情，反而准备给她说一说，很殷勤地跑到长风桌前，拿起打火机，帮长风点上。长风悠悠地抽了一口，然后慢悠悠地呼出一口烟雾，没有表情地说：

你听说过“玉泉杯”青年诗人奖吗？

没有！

哦！长风若有所思地说，你才学写诗，当然不了解了。他长叹一声说：这本来是一件很好的活动，一个企业赞助的诗歌评奖。只是没搞几届，已经因为掺杂过多的交易，被搞臭了。

诗歌评奖还可以交易啊？那写得好不好，还能用交易改变啊？廖红大惑不解。

什么都可以改变！这世界上没有不可改变的东西。这是辩证法。长风脸上阴阳不定，笑声也显得难以捉摸。

廖红是新毕业的大学生，虽然学理科，但自从遇到长风以后，尤其是读了长风的诗集后，对诗歌表现出了浓厚的兴趣，并开始在长风的帮助下学习写诗。在这段时间，对诗歌的痴迷，使她对诗人、诗歌，甚至对有关诗歌的一切达到了如痴如狂的地步。她从来没有想到诗歌或者诗人有不美好的地方。所以，听到这个评奖活动的结果和长风的看法时，她也感到了某种不舒服。

这件事似乎没有结束，此次活动的组织者看来也下决心要彻底改变以往的形象。下午的时候，长风就接到了主编王老万的电话：

长风啊，玉泉杯评选活动的邀请函收到没有啊？

扔废纸篓了。

哈哈，王老万尴尬地笑了一声，然后自嘲地说：惭愧啊！我们没做好，怪我们啊！

既然王老师不怪我，我也就安心了。

哈，不怪你是一件事，但这次你还得帮忙是一件事。

拜托了，王老师，长风喝了一口茶水，咕咚一声咽下去，声音立即清爽了许多：你了解我，这种评奖活动，愿意当评委的人多的是，条件比我好的人也多的是，我不适合。

长风啊，这次我们下了很大决心，一定保证评选的公平、公正、公开，绝不会再发生以前的事情了。玉泉那里已经换了老总，对这个评奖的荣誉也非常看重。所以，我们才力邀你参加。这次我们还邀了黄老、梅老，他们都已经答应了。

长风还在犹豫，他知道第三届组织评委会的时候，黄老也拒绝了。而梅老，对于此类事情更是从不参与。这次能够参加，看来也是组织者费了一番功夫。也可以看出组织者所下的整改决心。如此考虑下来，长风想了想，也答应了。

周立山像嗅觉灵敏的警犬一样，第二天不知从哪里就听到这个消息，打来了电话：

长风啊，听说你这次去当奶子杯的评委了？

你的臭嘴吃完屎能不能擦一下啊？

靠，又装上了！周立山嘴里刚骂骂咧咧嘟哝了一句，又觉得不妥，便改换口气，认真地说：你当这个评委是件好事，要不然，再组织一帮喜欢交易的家伙还不得又把诗歌评奖弄成了选妓大会。

别胡说八道了，你有什么事，是不是要为泡的妞说情啊？我可告诉你，如果是这事，我先请你免开尊口。

把我老周想成什么了啊？

哈！长风冷笑一声。

嘻嘻！我不是为我泡的妞说话，我是替你泡的妞说话。我想这样啊，咱们秋儿最近写了不少诗，而且进步了许多，前几天我还看了她写的诗，已经像模像样了，我刚帮她发表了几篇呢。我们为什么不鼓励一下她，给她评个奖啊？

我还想要脸呢。长风啪嚓挂了电话。

几乎同时，周立山的电话又拨了过来：

我跟你说，于无出差来访，我订了后花园388房间，你愿来不来吧！

早说这事啊！

不怕于无也为泡妞吗？周立山说完，也像长风一样“当啷”一声挂了电话。

傍晚的天气开始阴沉，长风走出来的时候，“啪嗒”一下，有一摊湿湿的东西掉在鼻尖上，像鸟拉的屎一样，挺大的一摊，然后便像鼻涕一样滑落到嘴唇上方。紧接着又是“啪嗒”一下，一摊东西掉到了耳郭上，接着滑落到耳后，一时弄得他的耳朵痒痒起来。他仰头观天，也就几秒钟的工夫，已经有越来越多的雨点穿过暗灰色的云雾噼里啪啦落了一头一脸，还夹杂着一股若隐若现的尘雾味扑面而来。长风把手里的包举到头顶上，看着眼前的雨帘从稀疏变成密集的丝帘！

长风站在檐下，回忆着办公室里是否有雨伞的时候，一辆宝石蓝小车悄然从身后驶来，停在长风的跟前。车窗落下半截，里边露出廖红年轻干净的面孔：

长风老师，你没带雨具？我送你吧？

顺路吗？我去花园酒店，赶饭局。长风犹豫了一下才说出地点。

没问题，你放心，请上车吧。

雨更大了，长风不再犹豫，上了车。廖红看长风坐稳，在发动汽车的同时，一伸手触动了一个摁钮，车内立即回荡起一段舒缓的音乐，然后一个恬静的女声开始朗诵一首诗。声音很甜，很年轻，乍一听以为是电台的节目。长风再听了几句，原来是廖红的朗诵。长风夸赞着：还真不错，不错！猛一听，还以为电台节目呢！

廖红自我感觉良好地说：有诗人细胞吧？

哈哈，充其量也只能说是有朗诵细胞！

啊——廖红的这声“啊”的尾音拐着弯，显然有一丝撒娇的成分。然后好像下了决心似的，变了腔调，发誓一般地说：长风老师，你等着，我会成为一个和你齐名的诗人！

目标太低，你应该成为一个超过我的诗人。

长风与廖红在热火朝天地聊着的时候，手机响了，陈教火烧火燎地嚷着说，打不上车，希望他们接他一下。他就在长风去酒店的必经之路上。

这雨下得真是时候啊！陈教一上来，扭头正好看见廖红，然后脑子一转弯，把本来正在进行的抱怨一改成了喜出望外的抒情诗朗诵：我一出门，雨恰好下，没有早一步，没有晚一步，刚巧赶上了，现在我没有别的话说，唯有轻轻问一声：噢，你也在这里啊？

不要脸的家伙，你给我闭上你的鸟嘴！

陈教不理睬长风的咒骂，仍然对着廖红，夸张着表情，大张旗鼓地表演着：于千万人之中遇见你所遇见的人，于千万年之中，时间的无涯的荒野里，遇见你，一个像丁香一样的，结着愁怨的姑娘！

廖红被陈教的夸张表情和拼诵两个不同的诗给逗笑了。尤其是看见陈教被雨浇的那副尊容，满身衣服湿淋淋不说，中分的发型被雨水浇过，像两块黑瓜皮贴在三棱四角的头上，甚是滑稽，不觉嘻嘻笑出了声。

陈教终于停下朗诵，一本正经地说，姑娘，能认识一下吗？

廖红兴高采烈地回答说：我叫廖红，跟长风老师一个部门，我还有一个身份，是长风老师的学生，正跟着长风老师学写诗呢。

好！太好了啊！小姑娘就应该学学诗，会变得更灵秀。

车进入后花园酒店大院的时候，陈教力邀廖红一起去。长风试图阻止，他心里想的是，这些诗人好胡说八道，廖红毕竟是个小姑娘。怎奈廖红非常想去看看诗人们的聚会，对她来说，诗人是一个神秘的群体。在她心目中甚至是神圣的，见陈教邀请她，不等长风表态，立即答应了。

这是一个比较特殊的酒店，它不是一座正常意义上的建筑，而是一个种满热带和亚热带植物的带棚顶的花园。走进去，潮热的空气扑面而来，各种奇异植物以各自独特的姿态舒展和伫立着，各色花香缭绕，各种果实清香怡人。一条条弯弯曲曲的石子小路从绿林中蜿蜒穿过，伸向掩映在植物缝隙中不同式样的精致小屋，令人遐想无限。

高挑的服务员在前方引着路，一头浓密的黑发，烫着星星一般的碎花，从后看背影，还真像非洲的女孩：屁股高高翘着，紧身小吊带上衣，紧身碎花长裙将身材裹得性感无比，引得陈教啧啧称赞。

进门的时候，廖红有些胆怯了，都是大诗人啊！她跟在长风的后边，有些畏缩。屋内坐了一桌子人，大家正在聊天。周立山咧着大嘴，晃着硕大的脑袋，本来正跟于无和郝鸽聊天，看见长风和陈教进来，也没有停止说话，直到长风后边突然闪出一个陌生的姑娘，才下意识停下说话，站起身，盯住廖红，粗声大气一下子三百六十度大转弯，柔和地问：

这小妞儿是谁啊？

陈教抢先把廖红往前一拉，高兴地说：一位即将升起的新星诗人——廖红，长风他们杂志社的新来大学生，现在正跟长风学诗，也算长风的学生吧。

好！学诗好。周立山伸出手，要跟廖红握手。廖红有些害羞，伸出手被周立山一把握住：

我们的队伍又添新生力量了，好事，“90后”的孩子还喜欢诗歌，难得啊，我们要好好培养，好好培养。

廖红被周立山拉着，还没有坐下来，就被长风撵走了。他借口有篇稿件似乎处理错了，让廖红回去赶快上网下载纠正，把廖红支走了。

周立山很生气于长风的小把戏，但也无可奈何，嘴里嘟嘟囔囔了几句，转过头跟陈教聊了起来。于无是邻省文联的文学刊物副主编，也是诗人。因为年轻时就与长风、周立山等一起写诗，一起参加活动，脾气性格也投缘，所以成为多年的好朋友。近几年，儿子又考上了这里的大学，所以他来得更多了。他皮肤白净，眼睛黑亮，牙齿健康，尤其是头发稀疏的头顶连着宽阔的脑门，整个脑袋像一只度数颇高的灯泡，把整个人的面貌照得亮堂堂的。在他说话或者微笑的时候，牙齿的光泽和眼睛的亮光，与头顶和脑门的光泽相互辉映，使他整个脑袋显得光芒四射。

长风转过头向着于无，第一句话就是：于兄，何时来的？什么的干活？

哦，没什么要事，路过，顺道来看看。

那好，不醉不归啊！

好，谁不醉谁是这个！于无说着，用手比画了一个王八的形状。

起初郝鸽是几个男人的核心。这个女孩虽然没有结婚，但岁数并不小，三十五岁左右，完全没有未婚姑娘的特质。她应付自如地与于无打着情，与长风骂着俏，还兼顾周立山的情绪，游刃有余地在几个男人中间周旋，使几个男人都兴高采烈。

酒过三巡，长风终于从周立山和于无的话语中听出了这场饭局的目的所在：于无这次也被列为评委之一。所以他这次来，包括这次饭局，都是郝鸽安排的。很明显，她想冲这个大奖。

长风有些不舒服，仿佛被绑架了。平心而论，郝鸽参加这次评选，拿个三等奖不是不可以，如果非拿一等或者二等奖，他觉得他是给不了的。尽管他跟郝鸽关系很好，但原则的事情，他坚决不违背。

郝鸽似乎志在必得，不仅仅是几万奖金的事情，还有荣誉的问题。何况今年的奖金据说已经提高到了六万。尽管这个奖项被恶搞了，但毕竟是个省级最专业的诗歌奖，还是有很大诱惑力的。

于无很明显在为郝鸽做工作，他甚至在说服长风，情真意切地说：

长风，你看现在这评奖，哪个不存在人情？只不过有的在明处，有的在暗处罢了。郝鸽可是我们的朋友，她写得也确实不错。仁者见仁，智者见智。郝鸽一个女孩子不容易，能写到这个高度也不容易，我们给她一个鼓励，不仅是成就一个女孩，更是成就一个女诗人，成就我们的胸怀和慈悲。

哈哈！你是大脑进水了吧？这是评奖，我们是评委，我们有责任选择最好的。否则是对别人的不公平。

谁对你公平了？谁对我公平了？

我不管别人，如果我有对别人行使公平的权力，我绝对不滥用这个权力。

你以为自己是什么鸟啊！于无愤愤地说。

陈教跟周立山从开始就在拼酒，在长风跟于无争论的时候，他们每人已经喝了七八两。听长风与于无争论评奖的事，陈教不由得情绪高涨，大着舌头，打着酒嗝，粗哑着嗓子嚷嚷起来：

我说长——风啊，于无——无啊，听说你——们是评委吧？要我说，评蛋——蛋啊？不——不就是白——奶——奶奶杯吗？我——我建议，报——报名的全部——上台，掏——掏家——伙，比——比大小，完——事儿！

靠！于无哭笑不得。郝鸽的脸则红一块白一块。

哈哈，好主意！周立山大笑不止，他也摇摇晃晃地站起来，手里掂着一把汤勺，拨楞着大脑袋，醉眼蒙眬地说：

没想到陈教这小子这么聪明，这么富于联想，怎么不让你当文联主席啊！回头，我们写封信提出我们的评奖建议：建议所有的评奖都改成掏家伙，按大小个论奖。

呸！莫菲一口茶喷向周立山，立即制住了周立山的胡说八道：周立山，我现在正告你，马上闭嘴！周立山摸着一脸的茶水，看看莫菲的眼色、郝鸽的反应，讪讪地坐了下来，还不忘给自己解嘲，只不过声音低了下来：

靠，一兴奋，又溜口了！

长风也摇着头，站起来往外走。坐在长风旁边的郝鸽从座位上起身，紧追两步，跟了出来。前边树丛中隐约有人正走过去，郝鸽眼睛快，她一眼看见其中一个男人是王老万。然后，她撇下长风，小声说，你等我一下，我看看他旁边那两个人是谁。然后她一路小跑，悄悄尾随着跟了过去。

几分钟后，郝鸽跑了回来。她跑去长风跟前，气喘吁吁地说：

长风老师，你知道他们是谁啊？王老万、张妩，还有一个男人，我不认识。张妩肯定也是为大奖找王老万的。

长风心里“咯噔”了一下，对郝鸽的判断他还是有几分相信的。

郝鸽见长风沉默不语，便一把抱住长风的胳膊，撒娇地摇着，边摇边嗲声嗲气地说着，长风老师，你看这不都是在走关系吗？你无论如何也得帮我啊！

15

胡母出院了，胡新科将妈妈接回家，交给小阿姨后，便兴高采烈地回了自己的家。已经三天不见庄离了。这三天，他忙了公司，忙着往医院跑。庄离只在医院照顾了一天老太太，便借口参加一个活动走了。

胡新科本来很生气，家里需要她，她却还要参加什么活动。他在电话里向庄离吼了好几嗓子，还是没有阻止庄离的离开。老太太终于没事了，他想回家要针对这件事跟庄离谈谈，到家却发现连庄离的影子都没有。拨打庄离的电话，竟是关机。

他很无聊地坐在沙发上，按开了电视，突然发现茶几上花瓶下压着一封信，信皮上的收件人竟是胡新科。再看笔迹，是庄离的。胡新科不由得坐直了身体，内心升起一种不祥的预感。

打开信封，最先掉出来的是一份打印的文件，确切地说是一份离婚协议书，还签着庄离的名字。

胡新科脑袋轰了一声，像头顶上的房顶突然坍塌。

新　科：

不知怎么说这件事，但还得说。我们结婚已经这么长时间，你对我的爱护和照顾，使我感激不尽。越是这样，我对你，对胡家的歉疚就越深，还是分开吧。让我负罪少一些，活得轻松一些。

我已经拟好了离婚协议书，所列条件，想必你也不会有太大异议了。

请多保重！

庄　离

胡新科愣了，琢磨了好半天，他决定去妈妈家里：他坚信这件事与妈妈的生病住院有直接关系，再往前推，他坚信妈妈的住院与妈妈和庄离的谈话有直接关系。

妈妈已经康复，正坐在沙发上，吃苹果。听完胡新科的话和胡新科的质问后，也有些措手不及。在她印象中，庄离不是一个果敢的女人，离婚这样的事情对她来说恐怕需要足够的工夫和决心。她万万没想到，这个女子这么快就行动了。她不得不把那天谈话的内容一五一十全部讲给了胡新科。

对妈妈所说的，庄离的32岁至37岁这个界限，胡新科从没听说。尽管觉得很荒诞，他更多感觉是吃惊。他一直怜惜庄离因为身世缺陷而来的自卑，但从来没有想到庄离还有这样一个巨大的秘密在折磨着她。

妈妈，我不能离婚，你不能这样要求我们，要求庄离。这对她伤害太大了。

妈妈也一脸忧伤，沉默无语。

妈妈，你不能这样对待庄离。也不能这样对待你儿子！

妈妈抬起头，眼眶也已潮湿：

那我们胡家的香火怎么传承？我们胡家这份财产怎么办？

胡新科突然扑通一声跪倒在了妈妈身前，将头匍匐在地上，号哭着说：

妈——我求你了，她能生，她肯定没事的。

胡母蜡黄的脸上，有几块肌肉突然蹿跳了几下，两滴饱满的泪水从昏暗的眼睛倏然滚出。她弯下身躯，用手扶着儿子头，将儿子的脸捧了起来：

儿子，我没有要你们离婚，可是……胡母突然说不下去了，因为她实在不知道还有其他什么两全其美的办法，可以让他们不离婚，还能让他们胡家有后代。

妈，我知道你们想要孙子，你放心，我会让庄离生的。她身体没有问题，她不过是胆小罢了。退一步说，妈妈，假如这几年庄离真的出了问题，我们会领养一个孩子，我不会让胡家断后的，妈妈，你就答应我们吧！

妈妈苍灰发黄的脸上本来愁容满面，听见胡新科这一席话，脑子里突然出现了一道亮光，在这道亮光下，她的心里陡然生出一计：他们胡家有救了。她也不必如此折磨儿子，折磨庄离了。

科儿，你快起来，我答应你们。庄离是个好孩子，我怎么能拆散你们呢！你放心吧！

胡新科一听妈妈表明了态度，立即站起身：

妈妈，谢谢你，我也替庄离谢谢你！

不用谢，你赶快找庄离回家吧！胡母在安慰胡新科的同时，脸上露出一种诡秘的表情。

16

秋儿与长风的频频交往，引起了韩健极大的不满。韩健因为事业刚刚起步，天天早出晚归。偶尔打电话往家里，发现家里的电话总是无人接听。打秋儿的电话，总能听见一片吵闹声音。甚至有几次，韩健都回家了，秋儿还在外边与这群诗人们寻欢作乐。尤其不能容忍的是，秋儿自从结识长风以后，经常带着满身酒气回家，有时还口齿不清，说着醉话。有一次竟然搂着韩健的脖子，一口一口叫着长风。他觉得他必须做点什么，阻止这件事情的发展。否则，多年前的故事也许在他的身上又会重演。对他来说，那将是多大的笑话啊！

他推掉了所有的应酬，特意将这个周末彻底放了假。他本来准备带秋儿到离市区八十公里处的一个度假村去玩儿，并找适当机会说说长风的事情。没想到，他刚提出计划，就被秋儿否定了：

去不了，今天是可可生日。好几天前，她就邀我参加她的生日会。我也已经答应给她买礼物了。

韩健有点措手不及，周末特意为她推掉了所有应酬，她竟然丝毫不领情，还以可可过生日为借口，与长风摽在一起。看来事情比想象得严重多了。想到这里，韩健干脆说：

既然如此，干脆我们请他们一家吃饭，给可可过生日好了。

这么一说，秋儿也只好同意。韩健随即给和和打电话，约了吃饭的地方。只是和和不同意让韩健来请。

和和说，既然你们夫妻来捧场，我们干脆以可可过生日为由，尽尽地主之谊。双方的争执最后也没有完全定下来，只是对于韩健定下的饭店大家没有异议。

对这顿饭，尽管秋儿不愿意，韩健不愿意，长风一家更不愿意，但最后还是吃到了一起。如果说这顿饭有一个人喜欢的话，那就是单纯可爱、不谙世事的小寿星可可。

韩健的恐慌不是没有道理的。在他面前一向静如止水的秋儿，自从遇见长风以后，突然间像变了一个人。她的安静、优雅、淡定突然间消失了，像一条清澈见底的溪流，突变而成了一条奔腾不息的江河。甚至夜里，他们夫妻的床上活动，秋儿也有了新的气象：她变得激情四射，活跃如一只发情的母狼。韩健是真怕了！这种怕就像一条无形的、无头无尾的巨蛇，在他大大小小的血管里匍匐着，蜿蜒游走着，吐着恐怖的气息，浸入每块肌肉、每个骨缝，每个细胞。从那个夜里开始，他连续失眠，他不知道如何拢回秋儿的心，把她重圈进他的笼子里。他现在唯一能做的是，尽可能守住她。

长风刚走进来，韩健再一次目睹了秋儿的变化：她脸上光彩流动，兴奋不已。即使秋儿对着可可说话，对着和和说话，她的眼睛也有一半时间停在长风身上。

也许为了安慰一下自己不平的心，或者为了灭一灭长风的志气，在和和按照礼节，以东道主的身份请韩健点菜时，韩健竟然点了一桌子和和只闻其名却从未尝过的菜，鲍鱼、鱼翅、鹿茸等等。当时和和就冒了一身汗：这差不多得四千块吧。仅鲍鱼一菜，每例二百八十，五例就是近一千五百块。可和和身上才带了不到两千块。出家门之前，她满打满算，觉得这顿饭花个七八百块钱足够了，还特意多带了一千。她扭身看看长风，发现长风丝毫不关心，嘴里还一直说着，点，随便点，拣好的。然后就扭过头继续与秋儿兴高采烈地谈论着诗歌、诗人们。

点你娘的大头鬼！和和在心里对长风的不在乎极为恼火，但表面上却还得强颜欢笑。

可可什么都不晓得，专心致志地玩着秋儿送给她的洋娃娃。

韩健一看长风的态度，干脆问服务员还有什么特色大菜。和和如坐针毡。

韩健还在点着，并打断长风与秋儿的谈话，高声对长风说，既然长风大诗人要尽东道主之谊，盛情之下，我也就不客气了。咱们来点什么酒？

长风一挥胳膊，豪爽地说，点好酒，随便点。

点你奶奶的、你祖宗的大头鬼吧！和和心里咒骂长风，咒骂着韩健，觉得自己快哭出来了。

我们来瓶年份五粮液，怎么样？

服务生随口报价说，这个酒2000元。

长风仍然豪爽地说，没关系，点上，点上。

和和感觉内衣都湿透了。她几乎都看见了自己脑门上正在升腾的汗水汽，不由得在桌下悄然踢了长风一脚。长风回踢了一脚，比和和的劲大多了。显然他讨厌和和的紧张。

这顿饭注定吃得不会高兴。尤其韩健已经打定主意要出长风的丑，更是不停地逗着可可说：

可可，这个菜你吃过吗？

可可说，没有吃过，这叫什么名呀？

鲍鱼，你爸真抠门，就你这么个宝贝，也不给你吃。

我爸不是抠门，他是没钱。

那他太不像话，他为什么不去给你挣钱呀？

爸爸是诗人呀！

诗人就不能挣钱了吗？

诗人不能挣钱，我爸说了，诗人一挣钱就变臭了，写的诗也就有臭味了。

长风与和和一起骄傲地看了看可可，秋儿却气恼地瞪了韩健一眼。

大家各怀鬼胎，除了小可可。尤其是和和，急得嗓子里快冒火了。她必须迅速回家取一趟银行卡。否则，人就丢大了。想起可可晚上的课，她灵机一动说，大家先慢慢吃，女儿一会还要上个培训班，先送她去上课，回来再与大家好好聊。

让秋儿开我的车送你们去，我与长风一边喝酒一边等你们。韩健不知是成心与和和过不去，还是真在帮和和送孩子。

两个女人和孩子吵吵闹闹地走了，房间安静了下来，两个男人单独面对，气氛一下子充满了火药味。

韩健给双方各满一杯。然后一言不发，端起酒杯，碰了长风的杯子一下，一仰脖，咕咚喝了下去。长风一看，毫不犹豫也喝了下去。

韩健又给两个各满一杯，又一仰脖，喝了下去。长风仍然毫不犹豫喝了下去。

差不多一刻钟左右，两个人一言不发，半斤的酒喝了下去。

韩健喊服务员，再来一瓶。服务员端上酒后，韩健又分别注满两杯。

此时韩健已经醉眼蒙眬，他端着酒杯，看着长风那张白里透黄的长脸，以及那头弯弯曲曲的长发，口齿不清地首先开口了：

长风，你知道我现在最想干什么吗？

长风低沉地说了一个字：说！

我现在最想拿起这个酒瓶，向你这花心大瓢来一击。韩健说这些的时候，突然身体里充满了一种勇士的自豪感，那种感觉就像在战场上用手榴弹砸向敌群一样。他的耳边仿佛传来了轰隆隆的爆炸声。他这一辈子，太绅士了，从没有打过架，没有抢过东西。而他的最重要的东西，女人，被抢了一个，看这架势又将被抢一个。而且是被同一个人。一生遭两次雷劈的概率，让他遇上了，简直不可思议！

哈哈，长风抽出一支烟，点上，吐出一口烟雾，冷静地说：那就来一下！

韩健拿起刚空的酒瓶，晃晃悠悠站起来，走到长风跟前，手一挥，“嗵”一下，酒瓶抡到了长风的头上，一股鲜血立即从长风发际流了出来，滴到了胸前洁白的餐布上。

长风用手抹了下，抹得半边脸血淋淋，手上也沾满血迹。他盯着自己手上的鲜血，像观察试验一样，足足看了一分钟，平静地说：

流血了吗！

嗯！

好！长风说完，抽出一张餐巾纸，慢慢擦干净手，又抽出两支烟，一支递给旁边像斗鸡一样站着的韩健，一支叼到嘴里。然后，又拿起打火机，“啪”一声打着火，把火先送到韩健鼻子底下。韩健吸了两口，长风把火又点着了自己的烟，轻轻呼出一口烟雾。

韩健重新坐回原位置，吐出几口烟雾后，脸上的凶狠开始缓和，声音似乎也平缓了：

长风，十五年了，你仍然劣性未改。

长风再次呼出一口烟雾，慢条斯理地说：韩健，我们十五年不见，应该珍惜同学情分。

哈哈哈，韩健大笑着，突然端起酒杯，一伸手泼了长风一脸。

透明的酒，散着浓郁的酒香，从长风的脸上，分成若干条和块，或呈线条状，像珍珠链子般纷纷而下，混着血水，有的进入脖子，有的滴在肩头，甚至前胸。长风深深吸了一口气，一股醇厚的酒香、夹杂着血腥气顺着鼻腔，直逼大脑，回旋、膨胀着一种奇异的力量，然后在一种迅猛的冲击力下，突然冲破头盖骨，以一股不可阻挡之势，喷薄而出，似乎脑瓜顶上被掀开了一个洞。长风刹那间有一种像孙悟空腾入空中的感觉。

酒精也弥漫了双眼，长风的视线变得模糊起来。朦朦胧胧中，长风看见韩健正在号着，比画着，还有那满桌他极少吃过的酒菜向他招摇着。他一向酒后容易失控，打架闹事，但此时他有一种奇怪的念头，看着韩健如此的崩溃和疯狂，他心中充斥一种幸灾乐祸的快感：

这小子终于不装他妈绅士了！

有几缕酒精洇湿的头发正紧紧贴在他的脸上，他默默地举起手，伸出拇指、食指和中指，将这几缕头发拨到一边，然后一举手，也将身前的一杯酒举起，轻轻一泼，韩健顿时也一脸酒水。

一脚迈进来的和和与秋儿都站在屋门口愣住了。

和和电话叫来结账的庄离此时也正推门而进，看见屋里场景，也愣住了。

长风的头上又有鲜红的血渗出来，像一股小溪静静地淌着。

秋儿先发话了，她转身问韩健：怎么回事？你打的？

韩健一言未发，脸死黑死黑。

秋儿再转向长风，去医院看看吧？

长风只是龇了龇牙，摇了摇头，然后他把手中的烟摁在烟灰缸里，起立，扭身，拂袖而去。

长风哥——秋儿追着长风，一溜烟跑了出去。

屋内突然像在深海触礁的一条船，弥漫着终结、死亡的气息。韩健与和和面面相觑，看着长风与秋儿先后消失的背影，以恐惧和无奈的神态，似乎在共同等着船一点一点沉没下去。

庄离站在门口，始终没有缓过神来。

17

黑夜看不见边际，像无垠的旷野，长风则是旷野上一匹自由奔突的狼。二千元的酒，年份酒，多少年份啊，蕴藏了多少力量，压抑了多少能量，积淀了多少爱恨情仇的故事，这一刻都在长风这匹孤独的狼身上爆发了。

他飞快地走着，身上披着红红绿绿的霓虹，一脑袋卷毛在风中像一只毛茸茸的绣球，翻滚着向前跳跃着。秋儿像一个小跟班，一溜小跑尾随着。她是纠结的，而且一直在纠结。从房间跑出来的时候，她分明看见了韩健受伤的眼神，也看见了和和茫然的眼神。可是她似乎没有时间犹豫，因为她已经控制不了自己的身体，她像一只脖子被长风牵牢的小狗。如果不跟着他出来，不追随着他在街上飞奔，那么，她觉得她必定要被长风手里的绳索勒死。她的手机响了三遍，都是韩健打来的，他在命令她回来，他在乞求她回来，他在发疯地咒骂着让她立即回头。可是，她似乎已经无法回头了。她必须跟着长风，跟着那颗卷毛脑袋，那个瘦长的背影，还有那随风吹来的五粮液的酒味。

长风转过身来，他一脸的冰冷，也许还有一身的冰冷吧，秋儿如此判断着，因为他发出的声音都是冷入骨髓：你能不能不跟着我？

我能不能不跟着你？秋儿像在梦中一样，突然反应不过来这句话的意思。她想也许是黑夜的原因吧，她的脑子反应那么迟缓，她重复了一遍，站在长风的眼睛下边，看着长风的眼睛，突然明白了长风的意思：他讨厌她跟着他。既然他讨厌她跟着，那么，她是否能不跟着他啊？

她还没找到答案的时候，她流泪了。眼泪一嘟噜一嘟噜，像新疆的葡萄，像长长的豆荚，流淌没完。韩健骂了她几遍，她都没有任何反应，现在却为长风这句问话哭了。是啊，我能不能不跟着长风啊？

长风又说了一句，请你离我远点！然后，他转过身，擎着被风吹得忽忽悠悠的卷毛脑袋往前继续走了。秋儿停了一秒、两秒，她数着，数到三十秒的时候，她看见长风离她差不多有三十米的距离了，在黑夜的街头，一个个五彩缤纷的背影里，她突然觉得他有可能变成一只飞窜的兔子，或者变成一只野性十足的狼，在她不注意的瞬间，突然消失在某处转角或者某团阴影之时，她一下子感到了窒息。

我不能不跟着他！我必须跟着他。她发现这个答案，并迈出跟着的步子的同时，喉咙像刚学打鸣的鸡一样，突然发出一声呜咽声。她要跟着他，像个跟班也行，像个小女仆也行，像个小贱货也行啊！

人开始变得稀少，灯光开始变得暗淡，高楼渐渐变成低平的房屋。大片大片的原野慢慢伸向远处的黑夜。世界越来越模糊不清，当她死死盯着长风以及他飘在地上的模糊的影子之时，一片繁闹的开阔地，突然像海市蜃楼一样猛然出现在眼前。开阔地的上空和周围烟雾缭绕，烟雾中人影绰绰，如果说是海上美景，倒不如说像夜幕下的一片坟地鬼影。秋儿禁不住打了一个寒战。

长风再次转过身来，他站在秋儿身前，光线从他的身后照过来，他狰狞的脸突然间真的变成了一只狼的长脸，两只眼睛冒着蓝绿的光：

秋儿，我现在再一次告诉你，请离开我。

为什么非要赶我走？秋儿终于再也忍受不了这种屈辱，崩溃了。她那么难过：长风难道真是一只狼，无情无义？

为什么非要跟着我？长风在背着的光线里，仍然一副狼的嘴脸。

为什么不能跟着你？秋儿开始哭泣，声音带着泪水在风里飘飞着，与长风的酒味、汗味混在一起。

哈——为什么？你在问我为什么吗？你跟我有什么关系吗？你是我什

么人吗？你有资格跟着吗？有资格问为什么吗？长风像狼一样，突然围着秋儿飞窜起来。

秋儿咬着嘴唇，克制着哭出声音，直到长风转了几圈停在她跟前，茫然望着她的时候，她才发现自己似乎也进入了迷蒙的状态。

一个男孩搂着一个女孩从他们跟前走过以后，秋儿突然像一棵被伐掉根部的树倒了下去，倒在了长风的怀里。

长风像被枪射中一样，他怀里拥着秋儿，浑身僵硬。夜气四处弥漫，酒力在黑幕掩盖下，更加放肆地泛滥。

两束车光远远射来，穿过缭绕的烟雾，由远而近，照着一对相拥的男女，然后由近而远，消失了。又两束光由远而近，徐徐拨着一团团、一层层烟雾，照亮一对相拥的男女，这一次灯光似乎定格了，它像两只巨大的探照光，而那对搂抱着的男女像舞台上正表演的一对儿男女。

又一个角色出场了，在灯光的照耀下，他西装革履，迈着坚定的步子，沉稳而有力地走向相拥的男女。他走近他们，停下来，似乎观察着男女，一秒钟，两秒钟，三秒钟，直到他们发现了他，他才运足力气，一脚踢向男子。

在女人的一声尖叫里，男子倒下了。远处停着的一辆小轿车，庄离与和和正钻出来，向这里飞奔。

18

长风坐在沙发上，皱着眉头，一支烟接着一支烟地抽着。屋内如深夜的墓地，不仅死寂一片，而且还蕴藏着恐怖的气息。长风周围已是烟雾缭绕，和和一直站着面对着长风，隔着有四米远的距离，似乎在运气准备一场大仗。庄离将两个人送回家，本来要走的，但被和和拦了下来。

庄离，你不要走。你给我作证，我要看看他到底怎么给我解释。

庄离无奈留下来，她坐在两人中间的一只凳子上，有点像是为了给这场即将发生的战争，制造一个缓冲。

十五分钟过去了，仍然没有人打破沉默，庄离想说点什么，却始终没有找到合适的语言。她只是两次起身给两个人倒了水，似乎想用水泼灭每个人心里的火似的。和和站得腿都累了，她一直在等着长风解释，却始终没有等到长风的一句话。她如此看着他，看着他脖子里残留着的斑斑血迹，裤腿上沾着的尘土，左侧大腿处那枚隐约可见的半只皮鞋印，终于累了：眼睛看累了，脚站累了，心等累了。然后她就爆发了，起初她还尽力压抑着正在呼呼飞蹿着的烈火：

你不想解释吗？

长风仍然不说话，用力抽着烟，用力吐着雾。

哥，庄离叫了一声长风，她希望长风能道歉。但长风仍然抽烟，谁都不看，似乎谁都没有听见。庄离走到长风跟前，把他的烟抢下来，小声说：哥，无论怎么说，是你错了，我以旁观者，以你妹妹的身份，也希望你向嫂子解释，并且道歉。

让我解释什么？长风终于抬起头，直视和和的眼神，看不出有什么愧疚。

解释你该解释的。见长风这副神态，和和的火气大了起来。

我不觉得我有什么该解释的。长风说完，又拿出一支烟，点上抽了起来。

庄离也忍无可忍了，她不等和和发火，先自劝导长风说：哥，你需要向嫂子解释刚才那一幕。秋儿是不是一直跟着你？我听韩健打电话让她回来，她回答说要送你去医院，你到底去了医院吗？看了你的伤没有？

庄离其实是想把注意力转移到长风受伤这件事上，但长风好像也没有领会庄离的意思。他沉着脸，简短地说：我没事，不用去医院。

那就是说，秋儿跟着你，不是跟你去医院，你们是在谈情说爱？

一个拥抱而已。

好一个拥抱！和和弯腰举起一个沙发靠垫，投向长风。

长风嗖地蹿了起来，他将和和扔来的沙发垫恶狠狠地扔回去，低吼着：就一个拥抱，又没在床上，要干吗？判死刑！枪毙！还是杀头、剥皮、抽筋！没完了啊！说完他转身向门口冲去。

和和上前，一把揪住了长风的胳膊：你要干吗？

干吗，这还能过啊？一个拥抱，就没完没了。

和和听长风如此一说，气得七窍生烟，她冲上前，在长风的身后低吼着，好！不过了！现在你给我——滚——话音未落，只见和和一把推向长风的后背，长风在没有防备的情况下，一个趔趄，趴倒在地。

庄离想制止和和已经来不及，在长风倒地的一刹那，她想扶住长风，没想到和和的力气太大了，长风身子在倒下的一刹那，连同庄离一起摔在地上。

长风先自爬了起来，在他拉起庄离的时候，他突然发现在庄离的头下，一摊鲜血如一轮正在冉冉升起的红日，越来越大，越来越红，然后开始四下射出不规则的红光。一时间，长风那一身纵横交错、纤维交织的敏感神经一下子如注入了兴奋剂似的，那些如柔丝般交织的蜘蛛网般的神经瞬间膨胀成一座坚硬的钢筋水泥搭成的脚手架。长风瘦弱的身躯也变成一根钢硬的电线杆。他红着眼睛，走到和和身边，一伸手，一掌扇过去，和和脸上立即印上了一个五指手印，比他大腿上残留的那只脚印清晰多了。

长风抱起庄离，打开门，消失在了楼道里。

和和站在原地愣了好半天，才想明白脸上火辣辣的疼与地上那摊鲜血的关系。等她跑出家，跑出楼道，跑出大楼，甚至跑出小区门口的时候，才明白夜已经很深了。而抱着庄离的长风，连影子都没留下给她看见。除了门口的一个保安无聊地抬头看了她两眼外，就是两只夜里不爱睡觉的猫在不远处的门口游荡，其中有一只曾经接受过她食物的黑猫，亲热地跑来在她身边闻了闻，又在脚边蹭了蹭，发现她没有携带任何吃食后，冲她不满地喵呜了两声，迈着失望的步子走了。

她想问问长风，他带着庄离去哪家医院了？庄离要不要紧？拿起电话，也没敢拨。她翻着手机，最终拨通了胡新科的电话。

胡新科完全不知道庄离的事情，他接到电话的时候，也在寻找庄离的下落。听和和说庄离受伤，不知长风带着去哪家医院了，他顾不上问怎么回事，就挂断电话，打通了长风电话。

和和按着胡新科提供的地址，先于胡新科到了医院。等和和找到他们所在房间时，医生已经给庄离做了检查，并且包扎好了伤口。

长风第一眼看见和和的时候，第一声就对和和吼着“滚”，庄离见长风对和和的态度，立即对长风喊着“滚”。

此时胡新科一脚迈进房间，他顾不上房间异样的气氛，直奔庄离，头上汗水滴淌着：

你这是怎么了？严重吗？谁打的？一边说着，胡新科转身望着长风。

庄离没有回答胡新科的提问，而是吃惊地望着胡新科，你怎么来了？

谁告诉你的啊？

胡新科也没有理睬庄离的提问，继续问着，严重不严重？谁打的？因为刚进来听见庄离对长风喊“滚”，便问长风：你打的？

哎呀，谁都不是，你别瞎打听了，我没事。然后她转身对长风说：哥，你和嫂子回家吧。我这里有胡新科，你们不用管了。

长风往门口走，和和却从门口逆着他，往屋内走。她想跟庄离道个歉再离开，但还没有说出来，长风先以厌恶的腔调制止了：你没听庄离让你走啊，你还往前凑什么啊？嫌庄离摔得不够吗？

这腔调再加上和和刚进病房时的那一声“滚”，和和终于也忍无可忍了：你有什么资格这样说我、怨我，庄离摔成这样，难道不是你的原因吗？

哈，你可真会倒打一耙！真应了那句话唯女子与小人难养也！

呸！和和怒不可遏：长风，我第一次看到人可以这样无耻。既然如此，你也别怪我不客气。今天咱当着新科、庄离的面，好好掰饬掰饬，是谁倒打一耙？是谁寻花问柳在先？是谁去勾引韩健的老婆秋儿惹出的事端？是谁不但不认错道歉，反而倒打一耙指责人……

和和越说越气，大有欲罢不能之势：是谁不管孩子择校的事情？是谁不去参加评奖的事？

“啪”，长风突然蹿上去，一掌甩在和和的脸上。手起之时，一股鲜血像一条血色虫子，自和和的鼻孔倏然蹿出，瞬间爬到唇上、嘴里。

胡新科一把抓住长风的胳膊，试图阻止事态的发展。

和和用一只手抹着鼻子，血迹顿时模糊了脸的下半部，像一面小小的彩旗，飘扬在鼻子嘴巴处。和和抹完鼻子，看见一手鲜血，脸一下子歪了，眼睛像两眼喷泉一样，泪水喷泻。她愣了一会，突然低吼一声“不过了”“我给你拼了”，然后抡起两只胳膊，以王八拳的招数，向着长风扑来。眼见三抓两挠，在胡新科能阻止之前，长风脸上、脖子处已经是满是抓痕。其中一条红里浸血的痕迹，自额头头发三七分线处，斜插向左下方，划过眼睛，在左脸颊处一劈两半，直逼左嘴角，使长风的瘦长脸一下子被分成大小两片，从比例上来说，基本上也呈三七分。从分割的比例、弧线的走向、线条的弧度看，似乎是刻意描出来或雕出来的。但它呈现的既不是几何，也不是物理，而是一种着实恐怖的面容。

胡新科扭住了在疯狂挣扎着的和和，长风想再甩几巴掌给和和时，他突然发现庄离拔掉输液针头，跳下了床。长风不得不停下来，而此时，他面对的墙面，正是一面镜子。当他赫然看见自己那副尊容之时，在惊慌之余，用了几分钟平定情绪。他把庄离重新安置到床上，叫来护士，帮庄离重新输好液后，他走到和和跟前，只说了一句：

离——婚！

和和面部狰狞，对着长风，像驴一般哑着嗓子高叫：谁不离，王八蛋！

19

离婚吧！

这是秋儿回到家后对韩健说出的第一句话。她站在门后，把脚上的鞋子脱下后，扭身对着韩建的脸低沉地说：离婚吧！

韩建正一脚站立，脱下一只鞋子，猝不及防地听到这一句话，差点摔倒。他稳了稳，站直身体，满脸疑惑地说：你说什么？

离婚！我要跟你离婚。秋儿口齿清晰，丝毫不含糊。

韩建一旦听清秋儿的话，好像突然中枪一样，脑中一片空白。他目不转睛地盯在秋儿苍白的脸上，似乎想在上面寻找这离婚是真是假的答案。

秋儿的眼睛慢慢湿润起来，她在韩建的注视下转过身去，走向客厅的沙发，坐了下去。

韩建跟过来，站在秋儿面前，哑着嗓子说，你确定要离婚吗？

是。秋儿声音虽然细弱，但一丝不苟。

好！韩健像闪电一样，突然伸手“噼啪”两掌击了过去。

秋儿脸上立即出现了两个红色掌印。

秋儿瞪着满是泪花的眼睛，以仇恨的眼神盯视着韩健，牙关紧咬，一言不发。

韩健瞪着血红的眼睛，凶狠地问：你仍然确定要离婚吗？

是！

韩健想哭，但怒火已经蹿出几丈。他遏制着颤抖，一把揪住了秋儿的长发，拉向墙壁，然后开始往墙上狠命地磕着。

秋儿抱着头，在韩健的击打下，鬼哭狼嚎般地叫着，直到身体慢慢瘫软，开始无力地下坠，声音也由大渐渐变小而停止时，韩健才停下来。他的手松下来的同时，秋儿也像墙上一幅狼狈的画像，无声地滑落在地。

一刻钟后，120赶了过来。

韩健体验了比十五年前还要重、还要痛的受伤。历史是如此惊人地相似，他就像在人世间转了一圈后，又回到了起点。在起点处，十五年的历史又开始重现。他坐在医院的走廊上，百思不得其解。回国时，他是那么自信，衣锦还乡的感觉还没有体验够，市里上层圈送来的鲜花还散发着浓郁的花香，他的信心就被彻底打垮了。命运跟他开了一个恶毒的玩笑！

秋儿的心随着身体的复原变得越来越坚硬，分手已经无可挽回。韩健几乎连回头的勇气都没有了。也许这是宿命，前生注定。

秋儿的条件很简单，她除了汽车和个人物品以外，什么都不要。她是那么坚决，对于离婚，对于财产。在那一刻，韩健突然感到这个女人太不可思议了，也许她真的是一个诗人坯子，她是属于这个诗人圈的。怪不得她不属于韩健。

最后的分手是秋儿出院的第二天晚上，韩健与秋儿在一个咖啡馆共进了最后一次晚餐。这一次晚餐，按韩健的回忆，差不多是他们吃得时间最长、说话却最沉重的一次晚餐。看着这个单纯的女人，他的心里充满了困惑。十五年前，和和突然投进长风的怀抱，他搞不明白。十五年后，尤其是在他拥有众人注目的地位、令人羡慕的物质生活后，秋儿竟然再次投入长风的怀抱。到底是他有问题，还是这些女人有问题啊？在与秋儿离婚后的很长一段时间，在夜深人静的时候，他无数次对着窗外的天空一遍遍发问：这是为什么？她们最后都投入他的怀抱，到底是怎么了？

为什么？长风真得比我好？

秋儿低着头，一截一截咬着一根长长的油菜，她不说话。

秋儿，能不能告诉我为什么？长风到底哪里比我强？

秋儿的声音很低，像夏天的蚊子。她说：我说不清，我就是喜欢与他在一起。

可是，你难道不明白，他有老婆，他不会娶你。

我不在乎，我就愿意见他，与他在一起，学诗，写诗，诵诗。既然你不能容忍，我也只有离开你了。

韩健眼睛瞪圆了：你对长风那种情感，你觉得我应该容忍吗？你敢说你只是与他在一起学诗、写诗吗？

我不敢说，秋儿头低得更深了。

你爱上了他，对不对？

我说不清楚！这句话说完的时候，秋儿脸上已经有两行清亮的泪水，顺着面颊流下来。

可是，韩健不知道怎么表达他的疑问，只好说，你想过未来吗？我是说你的生活。

没有。

这么说吧，韩健忍无可忍终于说出了他的想法：你知道长风与和和，与我当年的事情吗？

知道，和和跟我说了。

既然知道，我也不必忌讳了。韩健干脆直截了当地说：他们这种情况，是不可能离婚的。即使离婚，你能跟着长风过苦日子吗？

我不管，我没有想过那么远。秋儿说完这一句，突然双手捂住脸，“哇”的一声哭了起来。

韩健也很难过，看来秋儿真是为长风着魔了。也许她自己都不知道自己在干什么，当然她也许自己不愿想自己在干什么。有一句歌词“跟着感觉走”，秋儿也许就是如此吧。

如果真的是这样，韩健更不甘心了。他想了想，再次做着挽回婚姻的努力：

秋儿，如果我愿意重新接纳你，你能不能重新考虑回到我身边来。我们可以重回美国。

秋儿刚刚平息的哭声重新开始，她摇着头，断断续续地哭泣着说：

对不起，韩健，我不能了。

可是，我怎能放心你啊！是我把你从美国带回来的，你不了解这里，没有工作，没有收入，我必须为你做一点儿安排。

我不要，我会找工作，我会挣钱养自己的。

不管你要不要，我都要这么做。明天我给你买一套房子。

我不要，秋儿哭得伤心欲绝。

韩健很难过。他一直觉得自己拼命工作，拼命挣钱，为老婆提供充足的物质生活，是他给女人幸福的充分物质基础。尤其可贵，或者说令韩健自豪的是，他并不像有些大男子主义的男人一样，不关心老婆，不体谅老婆，相反，在许多时候，不管多忙，他都会抽出时间陪老婆逛街购物，出外旅游。他自我觉得是一个称职的丈夫。没想到秋儿仍然不满足。他实在不知道是自己错了，还是秋儿错了，或者当初的和和错了。难道真是那句话说的“男人不坏，女人不爱”在作怪?

20

和和没有按长风说的去离婚，她还有更要紧的事情去做——为女儿上学的事托人，找关系。靠长风几乎是不可能了。自从两个人在庄离的病床前大打出手之后，长风又失踪了。按和和的经验，他可能又住到哪个诗友处，吟诗喝酒去了。和和不想找他，她也不愿看见自己给他脸上制造的那些彩妆。庄离也无计可施了，对长风的脾气，她从小就了如指掌。让他去干他不愿的事情，比让他吃狗屎都难。

庄离既然没了工作，婚姻也恢复了正常。鉴于和和对可可上学的纠结，她也开始四处联系，寻找关系或机会。几天来搜肠刮肚，找遍能找的同学、朋友之后，终于有了眉目。她在托人找关系的过程中，有一天跟一个中学同学赵大江聊天，赵大江告诉她一个消息，说另一个中学同学郝俊有一天提起她，并且还要走了她的电话。赵大江还说，这个郝俊有可能帮到她。因为郝俊虽然没在教育系统，但据说与二十二中的校长是发小，两人关系一直交往甚密，有个同学的孩子就是郝俊帮的。庄离听到这个消息，心里着实高兴坏了。因为在高中时候，郝俊一度暗恋庄离，甚至还往她书包里塞过纸条。但庄离当时装作没有看见，一直没有搭理这事。各自进入大学之后，郝俊的这种暗恋也便自行消亡了。但不管怎样，既然有同学情谊做基础，还曾经存在另一种男女好感，所以这件事应该容易些。庄离把这个消息告诉和和的时候，和和感觉一下子有了新的希望。

和和带了三万元，急匆匆赶往庄离家，督促庄离赶快办。然而当庄离打电话给郝俊，约他出来见面的时候，发生了一件令庄离棘手的事情。

郝俊的声音跟过去完全不一样了，从声音，庄离已经完全陌生了，她几乎想象不到这个男人与高中时候的郝俊还有什么联系。他听到庄离自报家门的时候，那种热情令庄离一下子感到浑身暖洋洋的。他说：

庄离啊，你怎么知道我电话啊！我也在找你啊。没想到你先找到我啊！多少年了啊？十几年了，我估计见面可能都认不出来了。真没想到，突然联系上了。

庄离对着电话，也紧着表示亲近：是啊，没想到啊，高中一别，十几年了。

是啊，听说你嫁入豪门，被雪藏起来了。我们一些同学偶尔还见一见，唯有你深藏侯门，不与我们百姓联系啊。

庄离辩解说：纯属造谣污蔑啊！你又不是不知道，我从小胆小，不爱出门。这是性格的原因，跟嫁什么人没有关系。

和和在旁边很着急，不停打着手势，嘴里还在念叨：快，直奔主题，问问行不行？

庄离不等对方说话，话锋一转说：郝俊同学，不要怪我性格孤僻，我今天找你，不瞒你说，是有事相求，不知是不是冒昧了。

有什么冒昧不冒昧，庄离，你说这话可就远了。我们是中学同学，也算发小了，一生中能有几个这样的关系？还说什么求不求，只要我能办到的，我赴汤蹈火啊！

哈哈，庄离笑了起来：不用赴汤蹈火，不是要命的事。既然老同学这样侠肝义胆，我也就不再客气了。我小侄女今年小升初，想上二十二中，听说你跟二十二中校长是好友，我想请你帮个忙。不瞒你说，为这件事，我嫂子就差跳井、上吊了。你如果能帮这个忙，你就是我和我嫂子一家的大恩人啊！

哈哈，没那么严重，我会努力帮忙，尽量促成这件事。你小侄女，不就是我小侄女吗？

和和一听高兴得一蹦三尺高，然后又蹲下来，双手合掌“阿弥陀佛”了两句，又紧接着说快问问什么时候见面，嗯，今天能不能见面，赶快给他活动经费。

庄离接着说：郝俊，你忙不忙啊？如果不忙，今天或者明天能不能见个面？

郝俊在电话里哈哈大笑：跟女同学约会，何况还是曾经暗恋过的女同学呢，什么时候都有空啊。你随时招呼，我随时听令。

和和呼吸急促，两颊发红，就像她要约会似的。她把两手捧到嘴边，小声说着：现在，就现在，快说。

庄离像个被和和控制的木偶，随着和和说：那好，我可招呼了，现在行不？

行，你订地方，我埋单。

四十分钟后，庄离揣着和和塞进她包里的三万元钱，与郝俊面对面坐在了一个小型咖啡馆。

两人对视有几秒钟，郝俊说，你依然年轻美丽，只是多了一些风韵。庄离说，你依然英俊帅气，只是多了一些成熟。庄离又说了一句，如果没猜错的话，我们所说的风韵和成熟，是一个意思“老了”。两人相视大笑。

寒暄几句，庄离准备进入正题。但是郝俊似乎还不想谈正事。他开始聊同学们的情况，比如谁的官职最大，谁做生意做得最好，谁离婚了等等。说着说着，他问了她一句：你从哪里找到我的电话？

庄离说从赵大江那里找到的。

哦，赵大江啊，我昨天刚刚找他要你的电话来着。说到这里，他突然哈哈大笑：你看我们多有缘分，这不是冥冥中的缘分吗？我们十几年不见面，不联系，十几年后，突然在同一时间，彼此开始寻找。这不是心有灵犀吗！

庄离也笑着，但心里不知不觉蒙上了一层忧虑。她想问，忍了忍还是没有说。但郝俊接下来却说了：

你也不问问我为什么找你。

为什么？庄离的心里开始扑腾，她想起和和还在马路对面等着。

前几天，我在我们小区遇见你哥哥了，而且就跟我一个楼门。郝俊突然一脸神秘。

你住哪个小区？庄离非常意外。

景城花园。

庄离知道那个小区，是近几年才开发的一个富人社区。庄离想了想，猜测是哥哥的好友，比如周立山之流在那里买了房子。哥哥跟嫂子医院大打出手之后，估计躲在了那里。庄离想了想，松一口气：

你还能认出我哥啊？看见我哥，想起我了！

哈哈，当然认识你哥了。当年，你有个名人哥哥，可是你的骄傲啊。也正是你这个哥哥，当年给我莫大的压力啊！

有那么严重？

哈哈，你根本想象不到有多么严重，要不然，有可能我会把你追到手呢。郝俊笑了起来，他笑得很干净，看不出有什么暧昧的态度。这让庄离更加放松了。

庄离的电话闪了一下，她知道是和和在询问情况。她想，得尽快进入正题。郝俊似乎看出了庄离的心事，咳一声，清了清嗓子，一本正经地说：

庄离啊，其实我找你电话，也是有一件事相求。你千万不要以为我拿你侄女上学的事做交易啊。这一点一定要先说说清楚啊，我找你电话在前，所以不存在交易之说啊！郝俊笑了笑，继续说：我这个事对你来说，也不是难事。是这么回事：我有个朋友的孩子，喜欢写诗，非常痴迷。这个朋友，是二十二中校长的领导。

郝俊停了停，喝了一口茶，一脸诡异地说：说起这件事，还挺有戏剧性呢。据说前一阵子，你嫂子去求过二十二中校长，而且对校长提起你哥。有一天，校长跟他的一个上司聊天，听说这个上司的女儿喜欢写诗，而且报名参加了玉泉杯。校长当时就想起了你哥哥。然后有一天，校长给我说起这件事，正好我知道你哥，于是这件事转来转去，就转到我们俩这里来了。你说巧不巧，也算是你嫂子和你小侄女有福气吧。这不是二十二中主动送上门的事吗？你哥不是评委吗？到时候，请你哥高抬贵手，给支持支持。据说，这评委里，还有几个人跟你哥是铁哥们儿，让你哥也给他们说说情，给孩子评个奖，鼓励鼓励，不是难事吧？

庄离的脑袋突然木了，她一直觉得遇上一个与二十二中校长相好的同学，事情就搞定了，她做梦也没有想到还有这样的难题等着她。长风是谁啊，几十年来，长风认准的事情，这世上还没有哪个人能把长风给扭转过来呢。但是这件事，如果她不应，眼下可可上学的事情就会再次搁浅。她能想象，马路对过满怀希望等候着的和和如果知道这个消息，对她不亚于遭受雷劈啊。想到这里，庄离给自己打了打气，告诉自己说，我就不信拿不下长风。然后庄离坚定地说：

好，我尽量说服长风。不过我也有个条件，那个孩子不能写得太差！

庄离从咖啡馆出来，看见等着脸黑、手抖的和和时，感觉到无限的内疚，仿佛自己欺骗了和和一样。和和却完全不知道咖啡馆发生的事情，她一溜小跑着，像一个体操运动员一样，左躲右闪着穿过马路后，猛然加速，像一个失散很久的孩子见到亲娘一样，一路狂奔，扑向庄离：

庄离，钱，他收了吗？

庄离迟疑了一下，她想让嫂子有个心理准备，然后才说：他没收。

为什么？和和脸上的肌肉突然跳了几下，那颗红砂痣，像一枚砂粒，滚动了几下，差点掉下来。

他有条件，嫂子，我没想到。

什么条件，和和的身子开始筛糠。

他要哥哥给他一个朋友的孩子，参加玉泉杯大赛的，评奖。

啊——

21

胡新科的部门新来一名漂亮的女大学生安娴，据胡母说，这个姑娘是胡氏公司早在六年前就已经开始资助的大学生之一。刚刚毕业，获英语学士学位和汉语言学士学位。鉴于她出色的语言能力，公司将她放在了胡新科的部门，协助胡新科做好新项目开发工作。

胡氏公司本是一家以生产饮料为主的家族企业。近年饮料市场竞争的加剧，迫使胡氏企业不得不开发和引进新的饮料产品。继两年前新上矿泉水之后，今年年初又开始进行新产品开发工作。到目前为止，深圳某科研机构所研制的一种饮料正在引起胡氏企业领导层的重视，胡父把新项目的考察和开发工作全权交给了胡新科。这也是胡新科第一次接受如此重大的任务。

安娴进公司是胡母一手安排的，既没有经过正常的程序，甚至连人事部门都不了解。本来胡新科对这个女孩还有顾虑，担心妈妈走后门来的女孩没有真才实学，没想到安娴很快就用她的能力打消了他的顾虑。安娴像她的名字一样是一个安静沉稳的姑娘，也许是家庭的过于清苦，使她过早领略了生活的艰辛。因此，她做得小心翼翼，勤勤恳恳，再加上她的工作能力，很快就赢得了胡新科的好感，并成了胡新科的得力助手。比如陪胡新科出去应酬，帮胡新科整理资料，写公文，甚至提醒胡新科的工作日程，她几乎成了胡新科的全职秘书。

这正是胡母的计划之一。而这个结果也证明了胡母的眼力。自从她听说儿子有领养小孩的念头后，有一时间她几乎万念俱灰。这么大的家产，她与丈夫半世的拼搏，还有她与丈夫半生的勤俭，到最后竟然全部拱手送了外人。这且不说，她竟然连一个正常人最起码应该得到的香火延续也没有得到。这活得也太冤枉了吧！她不甘心啊！

儿子不离婚，儿媳不要生。这可难倒了胡母。她用了一个礼拜时间，终于想出了一个两全其美的办法：第一，儿子不离婚就不离婚；第二，儿媳不生，不代表儿子不能生呀！对呀！她又用了一个礼拜，除了在报纸上做招聘广告进行筛选外，终于找到了合适的人选——安娴！

这是一个再合适不过的人选了。首先这个姑娘漂亮，聪明。其次这个姑娘因为家庭贫困，早在上高中时就开始得到胡氏企业的资助，对胡氏企业有一定的感情。第三，姑娘家庭贫困的情况不但没有改善，而且因为一年前弟弟又得尿毒症，家庭更是雪上加霜。在胡母找到她的时候，她发现这个姑娘已经走投无路，准备堕落了。

按安娴的说法，她不是不想有一份体面的工作，可是弟弟需要的大量透析费用，她根本就不可能用正常工作来赚取。因此，她必须走一条非常的道路，迅速赚大钱，否则她的弟弟要不了多久就彻底完了。因此，当她听说胡母提出的条件后，她毫不犹豫答应了。八十万，她做梦都没有梦到这么多的钱。有什么工作能够让她在一年的时间里赚取这么多的收入呢？八十万！为了弟弟和父母，她觉得牺牲是值得的。

更何况，胡母还信誓旦旦答应她，一旦她与胡新科处得有感情了，如果她愿意，胡母甚至可以促成他们的婚姻呢。到那时，她安娴岂不成了胡氏家族一员了吗？胡母在向安娴介绍庄离的完美主义思想时，很自信地判断说：

一旦庄离发现你们的问题，庄离最大的可能是选择不战自退。

两个月的时间很快过去了，胡母的阴谋按着她的计划正在有条不紊地进行着。胡新科无论是工作上还是生活上都已经习惯了安娴的照顾。胡母了解到这些情况后，终于开始指挥安娴实施第二步计划。

胡氏企业与深圳科研机构就新饮料事宜的商谈定在7月。为了保证事情的万无一失，胡母决定亲自督阵。胡新科当然不明白胡母所说的“保证事情万无一失”的真正含义，他认为胡母是太重视这个新产品了。也好，妈妈一起去，他更有把握一些。

南方的天气潮湿闷热，一下飞机，胡新科就感到了扑面的热浪滚滚而来，还没走到出租车处，头上的汗水便哗哗而下。他大步流星地在前边走着，安娴细心地在后边照顾着胡母，并给胡母举着一把小洋伞，像个孝顺的女儿一样紧随在身旁。

车很快就到了预定的酒店，中午饭后，三个人将全部资料重新研究了一遍，重新商定了谈判的基调和预期结果。之后，胡母带着安娴逛街买衣服去了。确切地说，胡母带着安娴去商讨她们自己的计划去了。

胡母先带着安娴到最大的商场买了两套时尚性感的衣服，并且让安娴直接换上了。她看着走在旁边的安娴一身新衣服不自在的举止，以一副严肃的表情说：

安娴，你不能总像个大学生一样不成熟。你必须懂得风情。只有漂亮肯定不行，你得让自己性感些。胡母像个妈妈叮嘱女儿说道，我这个儿子在情感上有点反应迟钝，因此这一次你必须随时寻找机会，主动出击。

安娴很为难，脸红得像烧鸡，张口结舌。

安娴，你放心，有些事情我会为你做好准备的。到时你听我的，一切没有问题。你不用紧张。

可是……安娴欲言又止，她担心胡新科到时不喜欢她，可是她又说不出来。

可是什么？胡母扭身看了安娴一眼，面带自信地笑了起来：没有可是，我们来点小阴谋，这小子还是逃不出我的手掌心的。

安娴像吃了定心丸一样，放心了。其实早在六年前，她第一次见到这个资助人时，她就为这个女企业家的果敢和干练所折服。六年后，当她找到她后，她再一次为这个女人的精明而慨叹。她是一个魔鬼般的女人，她总能在适当时候找到她需要的人。她需要向善时寻找人帮助实现求善的愿望，她需要合作时寻找能与她共同合作的恰当人选。比如南方这个能给胡氏企业带来新产品的科研机构，比如她安娴这个有可能给她胡氏家族生产下一代的合作人。

第一件计划进行得顺利而容易，没费什么周折，合同按照预期第二天就签订了。接下来就是第二项计划的实施了。

为了顺利实施第二个计划，按胡母的要求，他们在深圳的第三天特意彻底放松玩了一天，到下午三点时，他们一起到了深圳东冲海滩。这是个天然的海滩，沙滩细腻、洁净，海水蓝而透明。清贫出身的安娴从来没有见过大海，更没有见过如此美丽的海滩。她第一次穿上胡母给她买的游泳衣，以一份悠闲站在这里时，心里充满悲伤的情绪，她说不清是为自己的卑微，还是为自己的清贫，抑或是为肮脏交易而得来的这眼下美景而悲伤，总之她只有一个想法，就是哭泣。这就是有钱阶级的生活。她只能用自己洁白的身子来交换这个东西。

只是这种伤感很快就过去了，不是因为眼前的景色太美了，而是她无法沉浸于不相宜的情绪中。她必须收拾心情，投入接下来的任务中。胡新科的游泳技能非常好，而她在水里只能架着游泳圈像个旱鸭子一样瞎扑腾。胡新科游完一圈后，兴高采烈地游来，开始耐心教她游泳。这是胡母的计划之一。她必须抓住这个机会，按胡母的暗示，出击，或者说试探性引诱。

想来有点恶心，但她必须干。想想曾经差点去当卖笑女，这还有什么难处？她一脸绯红地在胡新科的指导下笨拙地学着，像个刚学走路的孩子。这时，她才发现胡母是多么聪明。她根本不需要出击，就自然有了。因为她总是被水冲得人仰马翻，然后被胡新科抱起抱下。她想她得有所行动了。于是，当她再一次被胡新科捞起时，像条鱼一样在胡新科的怀里刺溜刺溜滑来滑去之时，她借着身体不稳、四肢乱抓，一用力搂住了胡新科的脖子，同时向上一冲把自己饱满的胸脯贴到了胡新科的胸上。她最初本来是很恶心自己的行为，但当她的胸贴上胡新科时，她突然发现胡新科的脸涨得紫红，而自己的整个身体好像从胡新科的身体里传进来一股电流，这就是触电的感觉吗？她的脑海里出现这样疑问的时候，脸上和整个身体燥热起来。

两个人下意识互相对看了一眼，然后很快把眼神移开了。安娴再一次把自己漂在水中，回味着刚才的感觉，她发现这感觉那么美好，那么令人向往。于是，她又一次沉到了水下，喝了两口水，再次被胡新科捞起时，她趁着四肢扑腾，两手乱抓之际，用其中的一只手一把攥在了胡新科那个蓝色小泳裤包裹着的裆里。

胡新科停下了所有的动作，安娴也停下了手。她横躺在胡新科的怀里，脸向着胡新科的身体，手暧昧地在那个地方抓着，只是力量由刚才的用力变得松动下来。也许只有几秒钟，她手里那个柔中带骨的东西突然像充满气的气球膨胀起来。

胡新科傻了，他突然不知道如何处理眼下的事情，他直挺挺地站着，任那个硬邦邦的东西向前愣头愣脑地直刺着，特别可怕的是，它恰好不差毫分地顶在安娴高耸的乳房上！好在有海水做掩护，他才不至于被别人发现。

谁都搞不清楚如何结束了这个状态，当两人站直身体，在水里相对站着的时候，胡新科与安娴竟然不约而同地在向对方道歉，两人的脸上都是一色的尴尬。

我喝点水去！安娴扭身跑向沙滩。而胡新科一个猛子扎到了海水下。

胡新科是一个温暖的男人，之所以用“温暖”这个词，安娴是切切实实感觉到的。虽然接下来的游泳显得有点别扭，但胡新科仍然用无比的耐心一遍遍讲解着要领，帮她一遍遍纠正着姿势，并且不厌其烦地一次次从水中捞起她。太阳西斜的时候，安娴差不多已经能在水中扑腾一两米了，尽管姿势还没完全掌握。她却在与他如此近距离的接触中，深切感受到了一种温暖。游泳结束时，她觉得她真的爱上了这个男人。她感觉自己与他发生关系，甚至生孩子，不只是为八十万，更多的是她愿意与他有亲密的关系。

晚餐也是胡母安排好的：胡母被她在深圳的老朋友——深圳万良公司的赵总邀请去参加一个聚会，所以晚饭只剩了胡新科与安娴。在这个美丽的海滨城市，在这样一个浪漫的假日，在下午那样一个碰触之后，两个正在燃烧着青春之火的男女在这样的夜里共进晚餐，本身就是一件不太安全的事情。

安娴与胡新科悠闲地喝着酒，相互讲着各自的理想，一切就在这种看似平静的气氛中无声无息发生了。尽管胡新科一直控制着自己的理智，但胡母交代给安娴的那粒药在胡新科的酒里终于开始起反应了。

饭还没有吃完，主食还没有上来，胡新科已经脸色潮红，浑身燥热。他终于再也无法忍受内心的骚动，瞅着安娴若隐若现的乳沟，一把抓住安娴的手，急切地，半商讨半命令地说：

太累了，我们回去休息吧！

22

与郝俊达成口头交易之后，庄离在和和的陪伴下，开始寻找长风。第一次找到单位见到长风，说起这件事，没想到长风像个官场老油条一样，给了她们这样的答复：

如果孩子写得好，他完全可以促成拿大奖。或者写得起码不是太坏，他也可以促成拿个奖项。但是，如果写得特别不好，非得让他帮忙弄奖，一是他没有那么大权力，二是就算他有那样大的权力，他也不会毁坏自己的名声，违背自己的做人原则。

说完这些，他就躲了起来，再一次失踪了。

庄离急得无计可施。她一边寻找其他的出路，一边让和和继续寻找长风。她想一定要找个机会，让爸爸妈妈来一起说服他。和和又踏上了寻找长风的旅程。只是这一次找他更难了。她的电话，打过去，总是接不通。她猜想他已经把她打入了黑名单。打座机，或者占线，或者无人接听。她像一只窝搭在悬崖边上的鸟一样，惶惶不可终日。每天送孩子上学后，在单位心神不定，接孩子下学后，在家坐卧不宁。如此三天，没有发现长风的一点踪迹，她更加慌了。到第四天下午，她把可可托付给韩良后，决定按庄离说的景城花园，去守株待兔。

她先是站着，双眼紧盯着小区出入口。一个小时后，双腿开始僵硬，像两根木棍。眼睛生疼，看小区门口的人，个个都是长毛卷发，就连光头，似乎都长出了长长的毛发。她摇着头，不停擦眼睛，仍然觉得辨不清人。守摊的老者旁边，不知何时多了一位老太太，老者身前的小桌上也多了一盘花生米，一盘鸡爪，还有一壶酒。老太太给老者又续上茶水后，开始跟和和搭腔：

你是等什么人吗？

哦。不是，也算是吧。和和有些不好意思。

累了就坐一会儿吧。老太太心眼儿挺好。

和和坐了下来，感觉轻松了好多。她有些不好意思，要了一瓶酸奶，喝了两口，发现自己的眼睛好使了。小区门口仍然人流量很大，此时应该是吃饭前后，有下班晚正回家的，有吃了出去散步的，来来往往，令人目不暇接。又过了一个半小时，和和坐在冷饮摊，喝了四杯酸奶，一瓶饮料之后，仍然没有发现长风的影子，倒是发现了自己的肚子进入了一个内急状态……

她去了长风的单位。她没有进那座大楼，而是在大楼对过的小花园里找了一条长凳，坐在那里，在周围一片散发着薄荷香味的鲜花丛中，像猎人等候猎物一样开始守候。

时间漫长如身前的万道光线，长得看不见头。她坐在树荫下，夹在三三两两锻炼身体的老人中，也看不出有什么不妥。太阳一点点在头顶移动，她脚下的影子从一个团头团脑、笨里笨气的卡通图画，慢慢开始变长。直到太阳西斜，阳光变得红彤彤的时候，她才发现自己的影子已被拉得如旁边那根电线杆一样长。对过的那座大楼也像飞流而来的阳光，眼花缭乱着。门口开始出现三三两两、一群一堆的男人女人，像河里的鱼一样往外游走着。和和意识到下班时间到了。她站了起来，重新把眼睛擦出两道射程极长又尖利无比的光线，像探照灯似的，在每个人的身上扫视着。半小时后，人流慢慢变得稀少，渐为虚无。一个小时后，和和发现大楼门口几乎没人再出入。

他们都回家吃饭去了吧！和和肚子有点绞痛，她两条腿交换了一下重心，心里也开始说服自己放弃监视。总之她想回家，想好好睡一觉。

她站起来，最后看了一眼大楼的下边，那里正停着一辆红色小轿车，轿车车窗开着，一个漂亮女人的美丽侧影正好对着她。她走开两步，突然觉得这辆车似曾相识，那个侧影也似曾相识。

和和停了下来！她扭过身重新聚拢眼光，两条腿一瞬间软得像面条一样无力。她认出那是韩健的夫人——秋儿！那辆车是秋儿的车。

长风出现了，她找了几天的长风春风满面地从楼里大步走了出来。和和离得那么远，尽管看不见长风的表情，但从他走路的神态，她判断他一定是春风满面：他脚步轻盈，卷曲的头发在头顶跳跃着，像几簇黑色的火焰。像鬼火吧！和和在心里骂着。她像被射中了一样，站在原地一动不动，眼睁睁看着长风带着脸上的阳光，带着头上的火焰，一起飘进那辆红色轿车。直到车开出几米远，和和才闻见那种薄荷香型、带着凛冽气味的花香像一支尖厉银针刺进心脏，她被激醒了。

她打上一辆车，在后边紧紧跟随着。

红色轿车停在一个很雅致的咖啡店外……

她坐在咖啡馆斜对面的一个卖冷饮的街摊上，买了一个面包，安抚着饿得阵阵绞痛的胃，还自欺欺人地安慰自己说：

喝个咖啡不打紧，又不是去酒店开房。

夜幕渐渐降临，霓虹灯不知何时开满了街头，咖啡馆里的约会终于结束了。和和躲在一个角落，眼巴巴地看着长风与秋儿又一起上了车，而且一直开到了郝俊所说的景城花园。

23

黑夜漫漫，有隐约的雷声忽近忽远地传来，空气变得燥热湿闷，站在单元门口不远处的和和，双眼紧紧盯着楼上那个刚刚亮起来的窗户，充满了仇恨。窗口有人影开始晃动，依稀一个女人剪影。

她突然感觉自己似乎支撑不下去这个场面，她需要一个人援助。她的脑子里立即出现了一个人影——韩健。没错，她想告诉他，他的太太仍然跟长风在一起。她需要韩健像那个晚上一样，来惩罚这对儿狗男女。

手机里传来一片喧哗声，韩健显然正在一个酒局上应酬。和和恶狠狠地说：

韩健，你还有心思喝酒作乐，你知道秋儿在干什么？

随她吧，我们已经分手了！韩健声音冷漠得像结了冰。

和和惊得目瞪口呆，好半天才缓过神来，她发现手机里传来的已经是嘟嘟的忙音。

和和站在黑暗中，突然感到了一种危险的气息，就像有一只狼在远远看着她，顿时令她毛骨悚然。楼上窗口的图像已经发生了变化，一个女人旁边多了一个瘦长的男人影子，那应该是长风！和和又看了看手机，她多么希望韩健打来电话。但是没有，她需要同盟军。可是谁能帮她啊？她突然看见庄离的头像了，是啊！庄离能帮她，她一定是她的同盟军。她说过帮她一起说服长风的。

庄离的电话打通了。和和听见自己语无伦次的声音：庄离，我在找长风，韩健与秋儿离婚了，长风跟秋儿在一起了啊——说到这里，和和突然发现自己的声音带了哭声。

庄离大吃一惊，她在电话大喊着：嫂子，你现在在哪里啊？你怎么发现我哥与秋儿在一起啊？

一辆汽车从远处向她这里开来，就在她附近，停了下来。然后钻出一个大腹便便的男人，他看了一眼和和，转身走向单元口，开门。

和和反应过来，她从黑影中走出，跟在那个男人身后，进入了单元门，并尾随进入电梯。

男人到二楼就下了电梯，幽暗的电梯只剩下和和孤独的身影。她依照在楼下窗口的判断，一直爬楼到房门口。就是这套公寓！她站在门前，两手发麻，脑袋空白，浑身像被抽了筋骨一样，无力地向下坠落。最后她只好蹲在了地上。

她在门上无力地靠着，耳朵干脆贴在了门上。有轻微的音乐声隔着厚厚的铁门，带着甜丝丝的气息弥漫而来，浸湿了她的整个身心。手机突然震天地响起，在寂静的楼道里尤其刺耳。和和吓得浑身一颤，将电话切断了。是韩健！和和把手机改成了振动！她倾身听着屋内动静，里边仍是歌舞升平，没有任何反应。电话又来了，振动声比响铃声更让和和心惊肉跳。

嫂子，你在哪里？庄离焦急地叫着，你说我哥与秋儿在一起？

和和“嗯”了一声。

和和，电话里庄离的声音更大了，嫂子，你告诉我，你在哪，你需要冷静啊。

和和说：我要杀了长风。说完，她把电话挂了。不到两秒，手机又开始振动，显示庄离的电话、韩健的电话都打了进来。和和一狠心把手机关了。她决定在这里一直等下去，直到长风从房间里走出来。

时间一点点流逝，顺着楼道内的电梯门、消防门，消防门后曲曲弯弯的阶梯，一点点消失在黑暗的尽头。和和不怕黑暗和孤独，不怕等待的时间长，怕的是这个楼层另一家住户门的动静。搞不好，会被对门当成贼的。她已经打定主意，如果对门住户出来，只要他们不审问她，她就不会惊动房内。如果对门人出来，审问她，那么她就对不起长风与秋儿了。好在对门住户曾经有一个人回来，虽然满怀狐疑看了她好几眼，最终也犹豫着没有说什么，而是开锁回家了。就这样，她一直熬到了十一点半，女儿的电话打来三遍，她都没有动摇。

房内终于有了动静，她听见长风走路的声音。和和对这种声音太熟悉了。她判断这对儿狗男女差不多结束约会了。和和站在黑暗中，身体像刚来时一样又开始颤抖起来。

门悄无声息地开了，和和躲在门后，清爽、优雅的香气像一股柔缓的海浪，平静地游进和和鼻腔。在这股香气的裹胁中，长风迈了出来。和和悄然从门后往外移了移，她离他那么近，甚至能听见长风的呼吸。然而他却没看见她。因为他正站在门槛外，一面系着纽扣，一面与门内的秋儿接吻！

她想她必须采取行动，而且是武力行动，她不能如此软弱。就在她举棋不定，不知道是一头撞过去，还是伸手打过去的时候，长风与秋儿的接吻结束了。然而，他们并没有停下亲热的行动。在和和的注视下，长风那颗卷毛的脑袋开始向下移动，慢慢停留在秋儿的胸部。此时和和才发现，秋儿那宽大的睡袍敞着怀……

“啊——啊——”和和突然双手捂住脑袋，大声号叫起来，像防空演习的警笛，在楼道内一声接一声地长鸣着。长风与秋儿突然停下所有动作，猛然发现黑暗的楼道里，在他们的旁边大模大样地站着一个黑乎乎的人影，两点闪烁的星光正是两只冒着火的眼睛，正直勾勾地盯着秋儿胸口处两只耀眼的“白兔”。在他们还没有做出任何反应时，和和突然猫腰，一个前跃，像扑食的饿虎一头扎向秋儿。

和和被长风抱住了，紧接着在秋儿的帮助下，和和被拉进了秋儿的屋里。

和和疯了，她从小是个乖乖女，长大是一个淑女。从来没有撒过泼，耍过疯，没有打过架，骂过人。甚至在与长风的家庭生活中，她都很少使小性子。但今天，她不管了。

她在长风的臂弯里一跳一蹿地挣扎着，高声叫骂着：不要脸！狗男女！淫妇荡夫！

长风想把她按在沙发上，但和和的力气竟然大得惊人。无奈之下，长风只好放开和和。他坐在沙发上，皱着眉头想，我看你和和能怎么个折腾，能怎么个蹦跶！

和和一旦失去长风的束缚，一下子如一只得了狂犬病的疯狗。她在长风离开她的第一秒，一个动作以迅雷不及掩耳之势，将在大厅中央傻站着的秋儿冲了一个跟头。与此同时，自己一个站立不稳，也一头栽向嗷嗷叫着的秋儿身上。

秋儿被砸得惨叫一声，抱着肚子，躬成了虾米状。和和反应过来，顺势滚在旁边，上半身靠在沙发扶手上，一手抓住了秋儿的长发，开始疯狂地揪扯起来。秋儿一声声地凄厉哭叫着，和和一声声恶毒地咒骂着，整个屋内鬼哭狼嚎。隔壁开始传来抗议的敲墙声。

长风坐在沙发上，沉默着，直到门外传来敲门声，他才站起。他一声不吭，拿起茶几上喝剩的半瓶红酒，走过去，冲着和和的脑袋，一股脑哗哗浇了下去。

和和停下了一切动作。因为此时从头顶流到脸上的红酒已经像摊开的地图开始漫延。也许是被酒精刺激的缘故，她的眼睛开始针扎般疼痛。她不得不伸开两手擦拭眼睛。而上半身仍然靠在沙发上，头顶上的酒水继续浇着。酒瓶空了，长风拿起酒瓶，看了看和和，然后一用力举了起来。和和在偶尔睁开眼睛的缝隙里，看见长风这个举动，她顿时产生了一种濒死的恐惧感：长风要砸死她！

她想，死在这个浪子手里，也算是死有余辜，自食其果了。

楼道里有人在走动，敲门声越来越急。是一个女人的声音，长风仔细辨别了一下，是妹妹庄离。她接到和和异样的电话后，突然想起郝俊说的景城花园，她把电话打到郝俊处，确认郝俊遇到长风的时候，还有一个美艳的女人，才一路狂奔了来。她在门外急慌慌敲门的时候，韩健也来了。

长风看了一眼秋儿，秋儿除了满脸泪水，脸上早已经吓得没有血色了。长风手里攥着空了的红酒瓶，坚决而刚硬地走向屋门。

门开了，门外直挺挺地站着一个高大的男人，在他身后还有一个娇小的女人。屋内射出的光线里，男人脸上像长风一样坚定而且刚硬：这个男人是韩健！女人是庄离！

门被韩健关在了身后。

和和仍然半靠在沙发上，呆若木鸡。只有头上的红酒像一股股殷红的鲜血，从脑袋顶上向面部四散流着，滴淌在白色的上衣上，脑袋像个血葫芦，上身血淋淋，触目惊心。庄离跑过去，一把抱住和和。

韩健没有说话。他缓慢地走到长风跟前，突然一拳直捣长风的嘴巴。长风一个趔趄，摔倒在地，手里的酒瓶也当啷啷地掉了下来。而长风脸上嘴角处，却冒出一小股殷红的鲜血，像和和脸上的血水一样红。

韩健仍然没有说话。他缓慢而坚定地走到秋儿跟前，一伸手两个清脆的耳光，秋儿的两个脸颊上顿时出现两个手掌印。

韩健仍然没有说话。他缓慢而坚定地走到和和身边，一伸手将和和抱了起来。在韩健抱着和和大步走出屋门的时候，庄离最后以满含怨恨的眼神看了一眼长风，然后转身，随着韩健跑了出去。

24

雷声越来越响，越来越近，有闪电在天空蹿来跳去，像一条条飞舞的火蛇，不时照亮韩健后车座上和和那黑乎乎的、恐怖的、鬼一般的脸孔。韩健是坚强而勇敢的，这么多年历经挫折和沧桑，都没有让他害怕过。而今夜，他真的害怕了。他从没有遇到这样的场景，在一对狗男女的通奸现场的妻子会是什么样子。和和靠在庄离的怀里，一动不动，似乎连气息都没有了。

有雨点开始噼里啪啦地砸到车玻璃上，像硬币一样大小，不到一分钟整个玻璃上的雨点便连在一起，形成众多的小溪向下流淌。韩健打开了雨刷，并且不停地按着喇叭，一直高速超着前面的车辆。他怕和和失血过多而死去。

医院到了，他停下汽车，一把将和和抱了出来，疯了一般地冲向急诊大楼的大厅。雨下得很大，一身燥热的和和顿时感到一阵清凉。接下来还没搞明白怎么回事，和和感到进了一个明亮耀眼的大厅。直到看见穿着白色大褂的医护人员，和和才清醒过来：韩健要送她做治疗。

她在韩健的臂弯里猛烈挣扎，然后就掉在了地上。大厅里有几个人看见和和，都停下脚步看向她。和和明白了一切。她扭身跑出大厅，冲进雨中，用衣袖上的雨水擦拭脸颊的同时，爆发般哈哈大笑起来。

韩健吓傻了，庄离吓傻了。

在雨水的冲刷下，和和的脸露出了真面目。韩健明白了。看着韩健、庄离张大的嘴巴和目瞪口呆的表情，和和的笑声更大，更强烈，甚至笑得上气不接下气，似乎着了魔一样。直到韩健把车发动起来，和和的笑似乎被发动机声制住了，一变而为又长又细，又尖又厉的哭声，随后一声捯气儿，开始长哭。

长歌当哭必定是痛定之后的事情，这是大文豪鲁迅先生的话。从和和看见长风与秋儿的接吻到现在，尽管和和那样痛苦和仇恨，却一直没来得及哭。而那一切突然像一场爆炸被韩健的车甩到后边时，和和才发现她的屈辱、仇恨，还可以通过号哭来宣泄。经过一阵疯狂的大笑后，她感觉把声音拉得越长越舒服，越尖越解气。于是在庄离的耳边，韩健的身后，和和哭得一声比一声凄厉，一声比一声尖锐，在深夜里，在狭小的车内，那种刺耳，尖厉，再加上车外的哗哗的雨声，雨刷的唰唰声，把车内空间演绎得凄惨而疯狂。

又一辆车开进院内，正好与他们的车相向行驶。车灯打过去，那几个数字和车的外形清晰地展现在眼前。和和在哭泣的空当，竟然一眼能分辨出那辆车是秋儿的，着实让韩健和庄离好奇不已。

不要脸的狗男女！和和咬牙切齿咒骂的同时，突然大喊着停车停车。韩健莫名其妙停下车，还没反应过来怎么回事，和和一拉车门，身手敏捷地蹿了出去。

她挡在秋儿的车前，像电影上经常出现的英勇就义前的共产党员，昂首挺胸，一副视死如归的表情。

秋儿的车在行驶中，突然发现黑暗中冒出一个行人，虎视眈眈，横挡车前，吓得一个急刹车，停下了。秋儿眼睛一闭，顿时一头汗水。车里的韩健和庄离反应过来后，也都吓得闭上了眼睛。

长风一直没有注意到车前站着的人，直到秋儿突然急刹车，他才在一刹那发现车前似乎站了一个鬼影般的女人。他像做梦一样，看着车猛然停下，看着车前的女人像根木头缓慢倒下的时候，他才像一个大梦初醒的人，明白他们的车前有人倒下了，而倒下的人正是他的妻子和和。

他是第一个跳下车的，韩健是第二个，接下来庄离和秋儿也下车了。在灯光下，雨水里，和和静静地躺着。

韩健一伸手将和和抱了起来，长风冲上前，试图将和和夺过来，但被秋儿制止了。秋儿高喊着，快送进急诊室！

韩健抱着和和转身就跑，长风却挡在了韩健跟前，他低沉而冷静地说：车没有撞着，她要么是吓着了，要么是碰瓷装死。

韩健愣了。庄离也张口结舌，当她清醒过来长风所表达的意思时，她丝毫没有犹豫，一掌掴向长风的脸颊。

庄离——长风被妹妹突如其来的巴掌打晕了。确切地说，不是被妹妹的巴掌打晕了，而是被妹妹对他的这种仇恨行动吓晕了。在他的印象里，自庄离懂事起，一直对他表现的是一种无以复加的崇拜，甚至超过对爷爷那个大学教授、对大画家父亲庄诗的崇拜。多少年来，他是妹妹的骄傲，是妹妹精神世界里的一座偶像。而今，妹妹第一次用她的巴掌对着他了。他捂着脸颊，在雨里愣了好半天，终于不得不承认，妹妹从年幼时对他构建的那座膜拜之塔倒塌了。事实上，这才是真实的世界，妹妹也许早该认识世界的本来样子，早该认识长风的本来面目了吧。世上本来没有神，更何况他长风，有时候是人是鬼，连他自己都分辨不清呢。既然这座塔的倒塌是早晚的，何不让它倒塌得更早一些！更彻底一些呢！于是，他对着庄离大喊起来：

庄离，你疯了，打我干吗！

我打的就是你这个无情无义的男人！庄离哭了，她在一掌击向哥哥的时候，就开始哭了，她哭心中的那片圣地，哭自己几十年来营造的那个偶像，也哭自己今天击出的一掌。

好，好！你打吧，你如果觉得出气，愿怎么打就怎么打。不过我告诉你，庄离，和和没有撞着，你好好看看，她一点儿事都没有。如此说着的时候，长风突然把韩健的手一劈，一伸手将和和从韩健的怀里薅了下来。

和和从韩健怀里掉了下来，长风将她扶住了，此时和和像突然还魂一样，她站在长风跟前，用手制止着试图上来扶她的人，理智而淡定地说：长风，你背叛婚姻这笔账，我暂且不算。我今天当着大家的面问你一句话，孩子的事你管不管？我发誓，如果你能做好这件事，你与秋儿的事我将永远不提！

长风抹了一把脸上的泪水，将嘴唇用力抿了抿，他能感觉到被韩健打裂的嘴唇的疼痛，这种疼痛提醒着他，他仍然是长风，永远不会改变。然后他像和和一样理智而淡定地说：我肯定管，但不是你所说的管法。我有我的原则。

不要跟我说原则，我只想知道，郝俊的朋友所交代的事，你办不办？

好，现在我也告诉你和和，我长风做事一向磊落。我仍然是最初的回答，如果她写得好，促成这件事没问题。如果不好，我仍然坚持自己，不会改变。

好！和和决绝地说：我现在当着苍天发誓：如果你不办这件事，我将离开你，而且永远不原谅你！

哈！长风一听，感觉心脏似乎被重锤敲击了一下，血液顿时泵了出去，脑袋、四肢、腹腔、五脏、七窍等等，各个地方的血液如正在喷发的火山一样，在热气蒸腾中，鲜血滚翻着、向上冲击着，一浪高过一浪，一峰高过一峰，最终突破脑顶，喷了出来，像一朵朵蘑菇云在雨里飘飞着。

然后他感到身体像被掏空一样，想不清楚是轻松，还是虚空。但有一样，他知道，他要告诉和和，他长风从来没有被要挟吓倒过，甚至越要挟，他越反其道而行之。想清楚这一点后，他清了清嗓子，抹了一把脸上的雨水，一字一顿地，就像一块砖头一块砖头往下扔：

和和，我也当着苍天发誓：如果让我长风违背原则，我宁可离开你！

25

像一场大梦，当胡新科回到家里，面对庄离的身体时，他才真正体验到了大梦初醒的感觉。连续三个晚上，他躺在庄离旁边，整夜失眠。他的心里装了愧疚，沉重的负罪心理使他几乎无法面对庄离，更无法完成与庄离的夫妻生活。每天晚上，他一边忏悔，一边思考如何赎罪，如何了结与安娴的关系。

他没有想到安娴还是个处女。与安娴一夜之欢的第二个早上醒来时，他一下子傻了。床单上那摊殷红的血渍，醒目地提示着他的错误。怎么办？他根本不知道怎么办。在他与女性交往的历史上，他从没有犯过如此荒唐的错误。

他不停地向安娴承认着错误，发誓要弥补错误。安娴却阻止了他的道歉。她告诉他，她不要他承认错误，也不要什么弥补，更不要他负什么责任。她说她喜欢他，不后悔这个夜晚。她还说，假如他真想弥补安娴，就让她多喜欢他一点儿。她发誓说，她不会打搅他的生活、工作，也不会给他带来任何麻烦，她只要在他与她一起外出工作的时候，临时喜欢就够了。

胡新科哪里能够经受得起这种诱惑，他的恋爱历史单纯得几乎没有任何免疫力。从小他都是个听话的乖孩子，长大后是一个谨遵父母和老师教诲的学生，情窦初开时，就爱上了庄离，然后一口气追到了手，一口气爱到了现在。因此，他几乎不了解其他女人，更不知道如何对待婚外的感情。一直到被安娴“不小心”攥住，他才突然发现内心深处还蕴藏着自己都不了解的对其他女性的渴望。这个社会是一个开放的社会，在他的周围每天都发生着各种各样的恋情，他的朋友和同事中不乏有情人和走马灯似的泡妞的男人，但这一切均没有影响到他。有时候他自己觉得自己如此高尚，高尚得让他觉得自己的情感系统有问题。而当安娴突然闯入他生活的时候，他才发现他其实与其他男人没有什么区别。安娴给他的新鲜感，刺激感，是他多年来一直不曾有的。她年轻的身体，这年轻的身体里散发出的魅力，还有那种新鲜的交合给他产生的眩晕感，无一不在时时刻刻引诱着他，吸引着他，魅惑着他。所以深圳之行，胡新科彻底投降了，在安娴的柔情面前，在新鲜的情爱面前，他失去了控制自己的能力，也放弃了约束自己的努力，狠狠地背叛了庄离。

但是当他回到家里，面对庄离的时候，他在深圳犯下的错误，像一颗带着斑斑锈迹的钉子揳在了他的心脏。使他一想男女之事，钉子便深深地扎着他。第三天，他终于下定“与安娴结束一切”的决心。

然而，男女的情感，就像决堤的洪水，往往只要开始了，就很难收住。胡新科与安娴的关系也一样。尤其是安娴在肩负着另外一个重大任务的时候，胡新科一厢情愿结束这种关系更就不可能了。

快下班的时候，他趁安娴送文件的机会，告诉安娴晚上一起喝茶。他想，他一定结束这种危险的关系。

胡新科赴约前，用一个小时为这场谈话准备了提纲，同时还准备了一个五万元的存折。

安娴对胡新科的打算一无所知，她以为胡新科刚回来一天就想她了，所以她特地穿了在深圳时胡母给她买的一条性感的连衣裙。

结束的确是一件困难的事情。当胡新科一步迈进茶室，看见安娴穿着那样一件漂亮的裙子时，他顿感身体里的那颗钉子变成了安娴的小手，眼前却开始浮现深圳那些疯狂的夜晚。他那五万块钱也没有拿出来，那些拟好的提纲一字都没说出来。在他还没有坐稳时，安娴已经跑过来，将热烘烘的身体贴了上来。

胡新科再也说不出话来了，只有呼呼的鼻息在安娴的呢喃声中变粗变重。他满脸充血，全身燥热，然后将一只手向旁边的门一伸，咔嗒一声将门上锁了。

26

玉泉乳业杯评审会召开了。评审会定在了灵山。一行十五人，包括梅老、黄老、长风、王老万、于无、陈教，以及文联与玉泉集团的领导，大学、研究所的诗歌评论家。文联副主席、著名诗人杨丰为评委会主任，梅老为副主任。黄老任评审组长，王老万为副组长。杨丰和玉泉乳业集团总经理分别就这次评审做了简短的讲话，梅老作为评委会副主任介绍了大奖设置情况，黄老作为评审组长宣读了评审纪律。接下来的评审即开始了。

两个工作人员提来一个巨大的麻皮袋，扔到厚厚的地毯上，告诉大家这是报名者材料，共有九十份。陈教看着地上鼓鼓囊囊的麻皮袋惊奇地说：

呵呵，看来大家并没因为诗人们恶搞玉泉乳业杯而放弃角逐，竟然还有这么多人竞争这个奖项啊。

为什么不争啊？于无坐在会议桌旁，顺手翻着材料，一边说：

据说前三届评出的诗人，获得了很多实惠，除了奖金，有的凭借这个奖项开始在全国诗会中露脸争名，有的得到了重用。因此，随你们叫什么白奶子、黑奶子，什么玉乳、金乳，只要拿到名次，即是真乳。

接下来的评审会，由王老万把十五个人分成了四个小组，九十份材料平均分到各组。每个组在阅卷中，挑出六个最好的，其中这六份要排出顺序。然后再进行第二轮，从选出的二十四份材料中，再评出一等奖一名，二等奖三名，三等八名。也就是这二十四人中，将有一半人有机会获奖。所以第一轮的评奖相当重要，只要第一轮不被淘汰，获奖可能性就成了百分之五十。

四个小组分在不同房间工作。审核材料之始，工作人员将全部参赛人员资料汇总表发给每人一份。材料刚拿到手，长风即被吓了一大跳。因为在这份名单中，长风不但发现了秋儿，还发现了廖红。他立即打通了陈教电话，并约他到走廊里说话。

开什么玩笑？这是谁搞的？长风看到陈教第一句话就充满火药味。

陈教莫名其妙，翻了几下白眼，还是没想明白：你在说什么？

少跟我装糊涂！名单里的秋儿和廖红是怎么回事？谁让报的？

哈哈，陈教像吃呛了饭一样，边笑边咳起来。

笑什么？这好玩吗？

陈教忍住笑，脸上装出一副认真的样子：这怎么了？你看看材料再说好不好？秋儿发表了八首诗了，还包括一首组诗呢。廖红也发了五首诗。都已经够参加评审条件了。再说了，这玉乳杯……说到这里陈教的脸上闪出一丝坏笑，又紧着掩饰住了：这玉泉杯本身就是针对青年诗人的，也是为培养和鼓励青年诗人而设的，人家两个人评奖有什么不对吗？

简直是胡闹！

怎么是胡闹呢？陈教辩解着：我建议你看看申报条件，再看看这次申报人员的材料，像她们这样的情况多的是。再说了，前几届，像她们这样的情况还有获奖的呢。

我不管别人，但是我警告你，如果你掺和这事了，你必须做一件事：第一轮淘汰掉。说完这句话，长风气哼哼地转身走了。

淘汰你个大头鬼吧。陈教看着长风瘦长的背影，一脸坏笑地说：你给我决定其他小组的权力啊？

下午的评审从开始就混乱起来，估计许多人的手里都有一串关系户名单。长风手里，按说也有一个名单，一个是于无、周立山、陈教很早之前给他说的郝鸽，另一个就是和和与庄离说的郝俊交代的事情。他也私下注意了一下，发现郝鸽没有分到他的组里，而郝俊交代的晓晓却是分在他的小组。他拿到资料首先看了一下资料，感觉晓晓发表的诗不少，从发表的作品看，还是有些韵味的。他长出一口气：从资料上看，给这个女孩评个奖，表面上也还过得去，如此也许能够为女儿争得上学的机会，换回和和与庄离对他的认可。

为了不至于第一轮淘汰掉，许多评委都开始私下做着交易。到四点来钟，梅老不得不召集大家开会，宣布了几条具体的纪律：

第一，所有评委都要把手机上交，集中到梅老处，关机。第二，小组之间不许串门，不许交流。

这一规定立即使评审严肃了许多。傍晚六点左右，各小组的名单基本都出来了。长风所在组，所幸的是秋儿分到了这里，长风第一个就把秋儿pass掉了。他的理由是，他了解秋儿，水平达不到进入奖项的层次。最终选出来的几个人长风基本上也认同：第一名是一位叫占风的男诗人。长风知道这个男孩。不与人交际，不出头露面，不拜师，不趋炎附势，但诗写得非常好，发表在全国各地诗刊上，一看就知道属于凭实力发表的诗歌。第二名就是郝俊交代的叫晓晓的女孩，她在国税局工作，诗写得不错，长相清秀，几人一致同意排到第二。第三名是位农村女孩，从照片上看，是个丑姑娘，但诗也写得非常清新、干净，只是发表作品不多，也就十来篇。估计是长得丑的原因，毕竟编辑们多是男人。在长风的坚持下，排到了前三名。第四名是一位叫牛志刚的公司老板，看介绍还是政协委员。《新月》副主编赵志在力推这个人。长风从没听说此人，但从资料看，发表的诗还不错，按赵志的说法，大赛有鼓励文学新人的义务，所以长风也就不再反对。后边的两个人，张妩排到了第四名，诗写得一般，没有特点，但发表的诗歌数量相当大，关键是这个女诗人漂亮名声远播在外。第五名是叫夏天天，长风也听过这个名字，此女子在诗人圈里以活跃著称，诗也写得很一般，发表的诗歌数量也相当多。

梅老再一次召集大家开会，各小组把所选名单交到了组长手中。在准备讨论这二十四个人选时，王老万匆匆从外边过来，走到梅老跟前耳语。

梅老听完王老万的话，端起手腕看了看手表，把手中各小组交来的名单又放了下来，对大家说：时间不早了，餐厅已经开饭了，我们先吃晚饭吧！

大家刚想起身，梅老双手往前一伸，示意大家先不要动，接着说：我请大家记住纪律：第一，晚饭间及晚饭后请不要议论这次评选情况；第二，晚上，也就是这段非工作时间也请不要向外透露这次评选信息；第三，请大家严格遵守不要与参赛人，或者与参赛人有关系的任何人进行任何联系。

晚饭在一张大饭桌上，十几人坐在一起，因为梅老的监督，没有人过多议论评审情况，大家完全是风花雪月，斗酒唱和，一派欢乐气氛。

吃完晚饭，长风刚洗完澡，准备上床休息的时候，陈教打来了房间电话，他邀请长风出去散步。长风犹豫一下，答应了。

灵山的夜很凉爽，与市区的夜相比多了几份清静和安宁。走在月湖湖畔，长风感觉到一种久违的轻松。孩子上学的烦恼，和和分手的通牒，与韩健的旧仇新恨，与秋儿说不清的纠缠，还有郝鸽为了评奖几次三番的请求，周立山为了这个奖项三天两头领着各色人等找他说情的烦恼，此时全消失了。

或许被扔到湖里了吧。他深深地呼吸着，清新、湿润的空气带着湖边垂柳丝丝缕缕的清苦味和海棠树浓郁的香甜味，悄无声息地撩过全身，袭向面孔，浸入鼻腔，顺着长长的呼吸道进入肺腔，人顿时神清气爽起来。

一直沉默的陈教也说话了：真舒服啊！

长风没有回应，他又沉浸在一种大脑空白的状态中。只用感官感觉，不用大脑思考，这是多么好的境界啊。双脚走在岸边，能触摸到泥土的柔软；皮肤抚着微风，能读懂山风的话语；头发在雾气里描摹，能绘出水烟缥缈的美景。

夜越来越深，湖面上的雾越来越浓，走过月湖最弯的一个堤岸后，湖水在身后已经远了，脚下不知何时换成了一条弯弯曲曲的小路。两旁的树木一团一团的，圆圆的，像沙漠中胡杨树的形状。树上开着模糊不清的花，浓郁的花香也正像这一团团的树形在他们周围团团转着。

身后有灯光照来，由远而近，脚下的路开始变得亮堂，一团团树影在脚下也像水一样晃荡起来。在他奇怪这么晚还有车往大山深处开的时候，小车无声地停在旁边。一个像熊一样的人从车里钻出，站在了长风和陈教前边。

——是周立山。长风回过神来的时候，发现周立山正以一副诡异的表情向他咧着嘴乐着。

长风用力回忆着，将刚才排出脑壳的大脑找回来，思考着。

长风啊，你说咱哥儿俩这缘分啊！周立山抓着长风的手，神秘兮兮地说：没想到，这半夜三更，在这深山老林，还能遇见。

长风盯着周立山，还是有些回不过神来。他被周立山抓着，偶然间发现陈教连翻白眼、表情怪异，猛然间智商回来了：陈教，怎么回事？

哈哈，我也在纳闷，半夜三更是不是遇见周立山的鬼魂了呢！

就算是鬼魂吧！周立山不容分说，将长风和陈教摁进了车里。车顺着一条小路开进不远处一座花园。在花园的深处，竟然是一个幽静的茶馆。

长风在周立山的裹挟下进了一个小房间，里头已经坐着于无、王老万了。

王老万在长风的心目中，是相当正直的。说难听点，甚至有些迂腐。这有点像长风。也许正因为如此，老婆因为下岗找工作一事，与王老万打到最后离婚了，而且带着孩子远走他乡了。社会越来越讲求效益，王老万终于也改变了。

人总是在变化的，但王老万的变化，让人难以捉摸。从前几届的玉泉乳业杯评奖，长风切实感到了王老万与刊物的巨大改变。但不管怎样，长风无法忘记王老万对他的恩情。长风最早的诗歌就是王老万发表的，而且王老万也是除了梅老以外，第二个给他写诗评的人，也是响应梅老，第二次给他冠名“少年桂冠”的人。也就是从那时候开始，这个荣誉开始广为散播，成为伴随他少年、青年时代，让人羡慕，让他骄傲的荣誉。所以看见王老万带头违背纪律，长风吃了一惊：

老万你可是带头犯错误啊！

犯什么错误了？老万眉头一皱。

梅老不是宣布不允许接触参赛人和与参赛人有关系的人吗？

周立山鼻子一歪：我是参赛人吗？或者我与哪个参赛人有关系吗？

王老万一本正经地说：长风，不必紧张，没什么事情。今晚也不过是几个朋友闲来无事聊聊天而已，跟平常没什么两样。

长风一本正经地说：只要你们不涉及这次评审，就没什么事，否则，小心我举报你们。

靠！周立山把大脑袋一歪，愤愤地说：长风你就是一种猪！让你配配种就行了，你过过瘾还不够啊，还真想行使当爹的权利啊！

什么乱七八糟的。王老万一边喝茶，一边指责着周立山。

难道不是啊，评奖是干什么？不就是八仙过海各显其能吗？有胸的拼胸，要不叫什么玉乳杯啊？说到这里周立山又笑成了一朵花，没胸的就拼钱，没钱的可以拼权，什么都没有的就甘心当分母好了。你当评委，就是看看谁拼的资本更强就行了。如果你实在不想看，你也可以以你的正直给评委会充充门面就行了。

周立山，你的嘴永远都是用来吃屎的啊！王老万真急了。

不吃了，不吃了，周立山点着他的大脑袋。

服务员进来了，陈教从服务员手里接过扑克牌，大声嚷嚷着：

从现在开始，谁再提什么评审，或者跟这个词相关联的词，就罚谁今天埋单！

长风也懒得再说什么，与几个人一直玩到了十二点。因为宾馆的住宿有时间限制，在夜里大约十二点左右，几个人像贼一样，悄悄潜回宾馆。

躺在床上，直到睡着，长风的脑子里一直琢磨今晚上这几个人聚会的目的，是为了某个人，可自始至终没有任何人说什么啊？可不为了什么人，周立山大老远从市区来就是为了在这里打一通扑克吗？

按议程，第二天早上召开会议，对前一天选出的二十四人进行评议。

但是早上的会议令长风大吃一惊，因为主持会议的不再是梅老，而是副主席杨丰，不仅如此，根本没有看见梅老的身影。

杨丰早早到了会议室。他坐在中间座位上，平和地跟大家聊天。待大家到齐后，他轻咳了一声，说：各位评委好！估计大家现在心里都在想一个问题：梅老哪里去了。然后哈哈干笑了一声问道，是不是？大家礼节性地回应着，有的点头，有的回应说是啊，是啊。

那好，我现在通报一个情况，昨晚梅老突然血压升高，身体不适，连夜回城看病去了。刚才打来电话说，接下来的评审会工作难以继续主持，所以请假，并向参与此次评审工作所有人员致歉。考虑到梅老年事已高，身体有恙，所以准允梅老提前退出。接下来的工作，委托黄老代理主持。下面我们请黄老说几句。

黄老将过场走了一遍，也表了一遍态。然后杨丰拿着杯子走了。在黄老的主持下，二十四人的评议工作开始。第一是各小组分别介绍所选人员的情况，第二是各小组审核其他小组材料，第三是讨论，第四是打分，最终选出名次。

长风拿着二十四人的名单，发现了郝鸽、廖红，还有几个他熟知的。廖红的材料，他是不用审的，在讨论的过程中，他直接坚持把廖红淘汰了。按周立山的说法，这也许是他们鼓励女孩子们的一种说法吧。对于长风来说，他更看重的是好好写，而不是还没写就把名和利放到心上。

一天的时间漫长，不是时间漫长，而是这二十四个人的取舍漫长和艰难。首先是取出十二名。这十二名的选取，分歧不是太大，经过讨论，投票，没有特别大的分歧，选了出来。这里有关系、有人情，自不在话下，但评上奖似乎也还过得去。起码比起前几届评出来的人员确实要强很多。到第一名和第二名人选评定过程中，大家产生了严重的分歧：

首先是第一名的人选。王老万等至少有五人坚持国税局的女孩晓晓上，长风、社科院研究员范建平坚持占风，大学教授商农硬推的是张妩，编辑部赵志推的是牛志刚。还有几个推夏天天的，于无硬推郝鸽。最后，黄老摆着手，让大家停下来，准备采取投票。

如果投票，肯定晓晓无疑。范建平在工作人员拿来空白票的时候，转身对长风小声嘀咕了一句。不等长风问话，就面向大家声音洪亮地说：在投票之前，我想问问这里有多少人了解晓晓？

大家面面相觑，接下来三三两两的人开始交头接耳。黄老咳了一声，制止着：请大家安静，如果想说话，就大些声音。

有人说：这个女孩写诗很努力，很勤奋，也很有才情。

赵志乐呵呵地说：这个晓晓，我了解得不多，反正人长得挺漂亮，开个跑车。白富美一类。再能写诗，白璧无瑕，锦上添花啊。

黄老敲了一下桌子，无关的事情，在这就不要说了。

商农咧了一下嘴，紧接着说：我不太了解这个女孩，只知道她的父亲是省里一个高官。

有人偷偷笑了一声。

范建平阴着脸说：据我所知，这个晓晓似乎没有什么才情，也写不了什么好诗，她曾经拿诗让我看过。我当时就给她毙了。

长风非常纠结：晓晓关系着他女儿的择校，他当然非常关注了。尽管他在庄离与和和提出这件事情时一口拒绝了，其实内心一直处于纠结中。他也想做一个有情有义的父亲、丈夫，满足和和、庄离的要求，但首先他必须做一个公正的评委。因此在这件事上，他起初也稍稍让自己松了一下标准，所以晓晓才能顺利进入保二争一的阶段。他给自己的底线也就到此为止，他绝对不会再允许事情再向下发展了。他非常了解晓晓的底细。早在两年前，就有人拿她的诗过来，出钱让她帮忙修改，被他婉拒。前一阵子，又有人托关系找他帮助修改，他严词拒绝。他非常清楚这个女孩写的诗绝对达不到一等奖的水平，即使二等奖都已经非常勉强了。这对他来说，已经违背良心和处世原则了。如果让他看着她往一等奖上冲，他绝不可以坐视不管。想到这里，长风也站了起来，明确地说：

这个女孩，我了解。她喜欢诗，而且写得很多，该鼓励和表扬。但诗确实写得不够一等奖水平。她也曾经托人拿她的诗找我修改，我也没有答应。所以，评一等奖，绝不可以。

可资料里发表的诗歌，的确不错啊。有人在反驳。

是因为权力在起作用吧。有人嘀咕了一句，声音虽然小，大家却都听得很清楚。

长风沉默了半天，开始说话。他站起来，大声说道：

我有个问题，问一下老万兄，希望你实话告诉我。

王老万听长风这么一说，警惕起来，紧张地问：什么问题？

这两句话一下子引起了大家的注意，刚才一片混乱的场景和闹哄哄的争论也突然平息，会议室鸦雀无声。

你帮晓晓修改过诗稿吗？

王老万有些措手不及，一脸尴尬，停了几秒，他才平静下来，以一副常态说：

对于来稿，有时候做一点儿修改，也是必要的。毕竟我们刊物还有培养新人的职责和义务。

老万的脸色有些尴尬，他咳嗽了一声，清了清嗓子，平和地说：

关于这个问题，不应该作为否定参赛人的理由。我想我们这里都是诗人或者诗歌评论家，我们的诗歌或者评论文章发表前，编辑有时候给予改动，是太正常不过的一件事了。再说了，长风，你当年发表诗歌时，据说，梅老也是下了一番功夫帮你修改的，是不是？

哈哈，长风冷笑一声。老万脸色也很难看。会场有些冷场。

黄老此时站了起来，严肃地说：既然大家对晓晓的诗歌有如此大的争议，不妨我们再议一议其他不错的人选。我刚才看这十二人的资料里，我觉得牛志刚、张妩的资料也不错。他们两个人的名次也比较靠前。张妩是个女诗人，中学时候就开始写诗、发表诗歌，写诗十几年，成就相当突出，诗写得也比较有个性、灵性，相当不错。另一个人选牛志刚是个企业家，还是政协委员，我觉得这样的人物喜欢诗歌，而且能写好诗歌，也是一件很难得的事。所以，我想，如果在其他条件相当的情况下，我们不妨再考虑一下这两个人选，是否可以？

会场的气氛热闹起来，有人在私下议论，有人在旁观。有人马上表态说：我支持张妩，是一个有才情的女诗人，都出过两部诗集了，比晓晓、牛志刚，当选第一名更能说服人。这句话说完，立即有人附和，表示支持。

有人反对说：我支持牛志刚。此人诗写得还不错，我刚才也看了。虽然起步晚，但对诗歌相当痴迷，甚至狂热。

有人模仿范建平说了一句：我们这里有多少人了解这个牛志刚呢？他既是企业家，又是政协委员，有钱，也有点小权力，难道不怕他的诗也是金钱或者权力的作用吗？

有几个人在哄笑，被黄老严肃地制止了：好了，好了，大家可以畅所欲言，如果没有什么说的，我们现在投票好了。

范建平生硬地说：我不同意投票。

长风紧接着也附和说：我也不同意投票，我建议，第一名人选，放在桌面上说，每个人点名、说理由。最后，以多胜少。

好！黄老一听长风的提议，立即表示赞同：我也同意长风的提议。

因为时间已经过晚饭时间，鉴于第一名、第二名的重要性，又需要评委们个个发表意见，时间将拉得很长。最后黄老决定休会。剩下程序，包括第一名、第二名人选的评定，评委签署意见、资料整理、名次公布等均放到第二天上午进行。

第二天上午，最后的评定工作从八点半开始，一个小时时间，至九点半的时候，第一名、第二名人选终于按前一天确定的原则，评定了出来。一开始支持晓晓的，有的改为支持牛志刚。最终的名次是，第一名是牛志刚。第二名有晓晓、张妩、郝鸽；占风则排到了第三名。

27

周立山电话打过来的时候，和和刚接上上完舞蹈课的可可。听周立山说郝俊所说的那个女孩晓晓评了第二名，高兴坏了。她想可可的择校问题终于可以解决了。

天气晴朗，阳光灿烂，光线跳跃着，翻飞成无数个美丽的小精灵，在可可脑后高高扎起的马尾巴蝴蝶结周围绕着。和和站在阳光下，全身暖洋洋的，心里也变得亮堂了。她买了两支大大的冰激凌，与可可各擎一枝，嘴周围粘着一圈白胡子般的奶油，大口大口地对着吃起来。

自从和和与长风在雨中为晓晓的事情赌誓后，和和与庄离差不多对长风完全绝望了。她们不再指望长风为女儿的事做任何努力。所以，和和与庄离专门为晓晓的事情找了一趟周立山，希望周立山找认识的评委做做工作。这也就是为什么那个评审会召开的深夜，长风在评审组所在的度假村遇见周立山的原因。

庄离听说这个消息后，立即打电话找到胡新科。本来爸爸妈妈让一起回家吃饭，听到这个好消息，她决定让胡新科请一家人到饭店庆祝去。怎奈爸爸庄诗不同意，他说自己的一幅画正在关键时刻，他不想出门。和和因为长风的背叛，尤其是因为对女儿事情的态度，使她对长风再也不抱希望，对他的失踪更是持无所谓态度。夫妻关系的紧张，也使她和可可最近没有往公公婆婆家走过。这个好消息传来，基本上意味着可可择校事情的成功，这使她对长风的仇恨一下子消失了。毕竟让长风改变处世原则，办成这件事，在和和判断，长风指不定遭受了怎样的痛苦呢！这也可以算是他挽救他们家庭所做的重大牺牲吧！如此想来，她便决定带着可可过去，一起庆祝一下，同时也希望借此机会，让婆婆韩良把长风找来，与长风缓和关系。

十点半，阳光正好的时候，和和带着可可，买上庄诗爱吃的辣鸭脖，婆婆爱吃的猪蹄，庄离携着胡新科，带上出差法国带回来的红酒和白兰地，两家人浩浩荡荡奔赴庄诗家吃饭了。

庄家属于艺术之家，大鱼缸是一只随形的山石制成，鱼儿五彩缤纷，水草茂盛，池底的石子形态各异，圆润如玉；旁边立着一枝绿叶婆娑的凤尾竹。墙上是庄诗自画的一幅巨形山水，还有长风的一幅行书。

韩良一直在打长风的电话，却接不通。和和的解释是，他们的评审程序可能还未结束，手机都不允许接，自然接不通了。

庄离与和和一边聊着天，一边准备饭菜。妈妈被她俩撵出了厨房，由胡新科陪着聊天。爸爸在画画儿，可可坐在旁边也拿着画笔，学着爷爷的样子，在庄诗给她特意准备的一张小画桌上画。

天有些热了，因为庄离想试试刚从网上学的一道砂锅炖乌鸡，半小时的火炖，使得厨房的气温更高了。庄离不得不跑到妈妈屋里，找来皮筋把头发扎成一条马尾巴，然后又找妈妈要了一只发卡，让和和把头发卡起来。

庄离拌着鸡蛋，兴高采烈地说：长风就是茅坑里的石头，又臭又硬。这次不用他帮忙，你看，我们找别人也能成功，不是吗？

庄离，你可不能看这件事。要我说啊——和和脸上流着汗，手指着腾腾冒着热气的砂锅说：长风属于这砂锅里炖的鸡，肉烂了嘴不烂。我坚信他其实是想做这件事，但不好意思表面上承认。

庄离撇了撇嘴，不好意思反驳她了。在她对哥哥的印象里，长风绝不是表面上做一套，私下里做一套的。他完全是想什么，就说什么，然后做什么的一种人。看和和如此看待这件事，她也不再争辩了。毕竟她也希望和和与长风能和好。

凉菜一个一个切好，摆上了桌。胡新科把酒也都斟好了。韩良摆着碗筷，不停看着表，厨房里的热菜也开始下锅了，韩良终于忍不下去了。她跑到画室，一边喊着可可去吃饭，一边喊着庄诗，别画了，别画了。她要求庄诗打电话找长风。

庄诗的电话打了四五遍，也没有接通。庄诗没有耐心了，他把电话递给韩良说：这个评审既然在度假村，评完了，还不得放松放松玩啊！我劝你别费神找他了。找也找不到。说着，庄诗起身，收起画笔，揪了揪可可的小马尾巴，看见可可刚撕开的果冻水灵灵的，垂涎欲滴地说：

可可，你还有吗？我也想吃一个！

可可一听，高高兴兴地从身边的书包里，摸出一只，递给外公。两人兴高采烈吃了起来。韩良一看庄诗专心致志吃果冻的样子，只好出去求助胡新科了。

胡新科一向与长风关系不冷不热。确切地说，长风一直对胡新科这个商人家庭充满敌意，捎带着对胡新科也有很深的成见。胡新科有些为难，韩良在鼓励，没事，用你手机拨，我来说话。果不其然，拨了两遍后，长风接了。

哪位？胡新科一听，知道这个大舅哥又把他的手机号码删了，只好赔着笑脸说：大哥，我是新科啊，我们都在妈妈这里吃饭呢。说完这一句，胡新科想了想，没等对方说话，把手机递给了韩良。

韩良一接过手机，就高兴地说：长风啊，你总算接电话了。家里今天就差你一个了，你快回来吧。和和和庄离都等着给你庆功呢。

电话里的长风有些莫名其妙：给我庆功，庆什么功啊？

此时和和正端着第一个热菜走来，听韩良与长风通话，洋溢着一脸幸福，半撒娇地说，还装不知道，哼！臭自尊吧！

韩良哈哈笑着，你媳妇在说你臭自尊，装不知道呢。你就不要装了。我们都知道了，你帮晓晓评上了奖，可可的事情，估计也没什么问题了。

啊——长风的声音变得有些奇怪。

别说了，你快回来吧，我们都等着你呢。可可举着小手，远远对着电话说：让爸爸快回来啊，我都好久不见他了。他上次说让我画鸡蛋，我现在画了好多了，爷爷说有几个快孵出小鸡来了，他再不回来，下次估计都要成鸡蛋壳了！

长风本来不想回家，不想见家里任何人。他评完奖后，其他电话都没接，只接了秋儿的电话。快到秋儿家的时候，可可说的几句话，触动了他的神经，他决定回爸爸妈妈家，看看女儿。

可可提前下楼等着了，手里拿着一只毽子，踢来踢去，马尾巴像一只松鼠尾巴，把脑后边的阳光扫过来扫过去，蓝色蝴蝶结上有些星星在闪烁着，使阳光下的影子里多了一些流动的光影。

长风下车了，手里拿着一盒酸奶。可可跑来，接过酸奶，顾不上吃，就高兴地说，爸爸，我刚刚又特别为你画了一幅，说着从衣袋里掏出一张折叠得整整齐齐的纸，打开，是一只正在破壳的鸡蛋，破开口的地方，露出一只带有天真表情的鸡头，红色的小嘴，一头又黄又嫩的茸茸细毛。长风一看大笑起来：看来是一个画家苗子。

长风的回家，使饭桌的气氛进入了一个小高潮。庄诗一直喜欢这个儿子，并以长风为骄傲，韩良虽然对长风的一些做派有些微词，因为具有文艺情结，所以也是喜欢的成分更多。和和与庄离见长风帮了忙，所有的不快早就烟消云散了。

和和最先巴结着，给长风倒了酒，甚至给长风夹来一块鸭脖。然后说，按惯例还是让爸爸致祝酒词吧。大家一听都一致响应，可可还拍起了巴掌。庄诗清了清嗓子，一本正经地说：

我算了算，我好像至少一个月没有发表致酒词了。今天又逢喜事，一家人都到全了，所以我提议，首先祝全家团团圆圆，其次祝可可择校成功。说到这里，和和小声对庄诗说了一句，爸，今天这个酒还有一个重要的人需要谢呢，一边说着把嘴往长风的方向努了努。庄诗一听，对对，今天这个酒的第三件事，就是感谢长风为咱们家做了一件大事。

长风听着爸爸的感谢词，看着全家人对他像对恩人一般的态度，心里极不是滋味。对于晓晓这件事，他充满了罪恶感、耻辱感，就像一个男人嫖娼，还要戴着面具，穿着衣服，隔着防护套。怎么想怎么恶心。所以，听爸爸致完祝酒词，大家都喝下去后，他才阴着脸说，我也说一句话，这个饭，谁都不允许提这个评奖，提这个感谢，以后也不允许提，否则，我马上就消失！

和和斜着眼半娇嗔地“切”了一声，脚下悄悄踩了长风一下。她想这个死要面子的家伙，帮了忙，还不愿提！

胡新科每次见大舅哥，都想方设法巴结，这次仍不例外，他端着酒杯，对长风说：

大哥，我敬你一杯酒啊，我们公司有个你的女粉丝呢，她总央求我带她来拜访你。我怵大嫂不高兴，一直没答应呢。

和和一听，脸上甚是光彩：我有什么不高兴呢，只要拜访时，多带点礼物就行。

可可也两眼发亮：给我带酸奶和果冻就行。我们班张娅家，经常有人给送礼，我还吃过她家的费罗列巧克力呢。

庄离也有些内疚，自从扇了哥哥一掌，心里很不落忍。歉疚地对长风说：哥，上次我误会你，你原谅我没有？

说什么呢。长风一伸手习惯性地摸了摸庄离的头。

庄离见长风没记恨她，接着说：哥，我看见你最近发表的诗了，一改前一段时间的风格，有了新突破。我也在写诗，回头我给你发过来，你看看，我有没有长进。

长风听庄离在写诗，刚才还有些沉郁的表情突然间灿烂起来：好，庄离，你早该如此，好好写，我相信你能成为大诗人，超过我。

庄诗也高兴地说：好，这又是咱家一件喜事，我也相信庄离会成为一个大诗人，写出传世之作。

咱家还有一件大喜事呢，可可听大家对庄离写诗抱这么大的希望，也抢着话头说。

大家听可可如此说，全把注意力集中在可可身上，等着她的下文。可可绷着小脸，一本正经地说：你们光赞美姑姑了，你们不知道咱们家还蕴藏着一个能画出传世之作的画家吗？

大家先是一愣，长风最先反应过来，高声说，没错，小可可绝对是一个天才画家，绝对是超越庄诗同志之上的。

几个人恍然大悟，不约而同地大笑起来。

我听人说，二十二中的美术很厉害的，胡新科说道，可可在二十二中读书，肯定会有一个大大的进步，像你爸当年获得“少年诗人”桂冠一样，可可在二十二中肯定也能成就一个“少年画家”桂冠。

可可小脸放光，歪着头想了想，有些不好意思。似乎为了掩盖自己的害羞，她突然问了一个问题：

二十二中在哪里啊？远不远啊？我到时候是要骑自行车上课吗？

听可可提到这个实际问题，和和的心里咯噔了一下，她突然想起，这件事需要庄离赶快跟郝俊联系一下，确认一下可可上学的事情。

28

墙上的钟已经指向中午两点了。和和看看桌上的酒，胡新科带来的一瓶法国白兰地，庄诗、长风、胡新科三人基本喝光了，庄离、和和、韩良一起喝的法国红酒也基本见底了。和和站起身来说，爸，妈，我跟庄离去准备主食吧？

去吧，去吧，庄诗高兴地说，差不多了，再喝就有人出洋相了。

可可拍着掌高兴地说，爷爷，继续喝继续喝，我想看看谁出洋相，什么是洋相。

哈哈，洋相可不是好看的。

庄离跟着和和进了厨房。此时厨房里一片狼藉，剩余的菜成堆，有切完没用的，有洗完没切的，有没洗的；肉也有切了没用的，另外还剩一大块洗了没切的，还有一盘子切好的葱、姜、蒜，庄离往锅里加上水，放到灶上后，和和突然神秘兮兮地把庄离拉到厨房角落，压低声音说：

庄离，你是不是赶快问问郝俊，晓晓既然评上了，可可的事情是不是也成了呢！

对，对！庄离也如大梦初醒似的说，光顾高兴了，怎么把这个重要的事给忘了？说完，庄离转过身往外跑着，嘴里说，我去拿手机，现在就打电话。和和在后边嘱咐着，拿手机来这里打啊！

手机铃声响了好半天，没人接。和和在旁边紧张得直出汗。庄离安慰和和说，没事，今天周日，人家兴许在外边玩，听不见手机响。或者这个点在午睡，还没醒，都有可能。我等一下再打。

再一次电话打过去，很快对方接了。庄离听到郝俊的声音时，正好看见和和的脸上像刷了一层白漆似的白森森的，不由得心里也生出一阵恐慌，拿手机的手心一下子攥满了汗水，感觉手机滑溜溜的，似乎要从手里掉下去，声音也开始打战：

郝俊，不好意思，大周末，打搅你。

哦，郝俊的声音确实听起来不高兴，庄离这次听得真切了。他说：我在外边，跟几个朋友在一起。你有什么事吗？

庄离想，不管你有什么事，现在这个事对我来说非常重要，现在必须给你说。所以她认真地清了清嗓子，以干净的声音说：

郝俊，告诉你一个好消息，你朋友的孩子，那个写诗的晓晓，评上奖了，二等奖。很不容易的，祝贺啊！不知道你得到消息没有。

电话里郝俊的声音一点都没有听出高兴来，相反却是一副低落的声调：听说了。

哦，你已经知道了啊！庄离重复着，带着高调的兴奋，她是想让郝俊主动提那个交易的。但没想到郝俊仅仅“嗯”了一声。

和和在旁边紧张得开始喘粗气了，她脸色苍白，两眼直愣愣地盯着庄离。庄离停顿了一下，想了想，还是主动说吧。和和在旁边嘴唇开始哆嗦，似乎想说，好像又说不出来。庄离终于吐口了：

郝俊，既然你们那个孩子的奖也评了，你能不能问问二十二中的校长，我们孩子上学的事情，是不是可以了？

电话突然像断线了，没有声响了。庄离对着电话喂了好几声，里边才有了回话。听声音，郝俊的情绪很低落，他说：

庄离，你可能不了解评奖的具体情况吧。

庄离很奇怪：具体情况？什么具体情况？关心那些干什么？只要评上奖，管那些干什么？

哈，庄离，你可真省事。你知道这次评个二等奖是怎么评的吗？

我们全力而为啊。当初我哥虽然表面上拒绝了，实际上，他用力了。再说了，当初我哥拒绝后，为了保证评奖，我们还找了其他评委，保证万无一失啊！

还万无一失呢。我实话告诉你，这个奖，人家也找了人，本来是保二争一的。结果在争一等奖的时候，你哥公正不阿，把晓晓的一等奖给撸了下来。你说，人家是应该谢你们，还是应该恨你们！

庄离张口结舌，没想明白怎么回事。

庄离啊，咱们是老同学，我当然愿意相信你们了，更愿意把孩子上学的事给解决了。怎奈，这件事人家条件在先。而在这次评奖中，你哥起的作用基本都是负面的。今天上午，人家已经把我骂得狗血喷头了。

庄离仍然没有缓过神来，直到电话里传来嘟嘟的忙音，她才发现郝俊已经挂电话了。她回忆着郝俊后来说的话，只想起了一句话。他说“你去问问你哥哥”就知道冤没冤他了。

和和靠在厨房通往阴台的门边，身体僵直着如棍，眼睛发呆，刚才的一脸苍白，不知什么时间已经被一脸青绿色所代替，眉心处的红痣像吃饭时不小心沾了一块油渍一样，一缕缕卷曲的头发由刚才的整整齐齐，突变而支棱起来，毛扎扎地在脑袋四周，使她整个脑袋更像一只刺猬。她张了两下嘴，没说出话来，只见脸部肌肉突突跳着，双唇不自主抖动了几下以后，她才结巴着说出一句话：

出什么事了？

庄离像被噎着了，她张开嘴，却发不出声。此时锅已经开了，水的咕嘟声在锅盖的闷压下，似乎在积蓄力量，水蒸气四处弥漫，令庄离与和和的脸模糊起来。韩良在外边开始喊话了，似乎在问面条煮熟没有。庄离第一个反应过来，她反应过来的第一个举动，是转身往厨房外跑。她想起郝俊说的，问问长风去。她走出厨房的最后一秒钟，对身后的和和说了一句话：

嫂子，你辛苦点，煮面条吧！

庄离走到餐桌边，二话没说，一把拉起了长风：哥，你跟我来一下。

长风莫名其妙，在大家好奇的眼光里，被庄离拉到了庄离原来的房间。庄离脸上全是恐慌，像被追赶的通缉犯似的，急匆匆把门关上，压低声音说：

哥，我问你个问题，这次晓晓评奖的事，你给帮了什么忙？

她什么情况，我还不清楚啊。评奖，我凭什么帮忙，我不给她弄下来就不错了。

庄离的心开始扑腾起来，她预感的事情终于来临了。她几乎不敢继续问下去了，不过她还得弄清楚事情的原委。于是继续问长风：晓晓的二等奖，有多少人同意？

人不少吧，看来他们还做了其他评委工作。长风脸上出现一丝尴尬，像一个被人逮住的小偷，满脸羞耻地说：我也想了，既然可可上学求着人家了，我也没说什么，让她过了。

好，我再问你一个事：她是不是还想评一等奖？有多少人同意？

是啊，写得那么差，还争一等奖，那些评委不知拿了她多少好处，竟然有一半以上支持。

你支持了吗？庄离几乎不敢听了。

我支持？笑话！这世界还有没有公平？人还有没有良心？长风想起这事，火冒三丈。他在庄离跟前突然跳了起来，前后各蹿了几步，停下来，瞪着白少黑多的眼珠子，像两颗中药丸似的，在眼眶子里滚了几滚，感觉要掉出来。

“嘭”，门突然被人踢开了，和和手拿大马勺，扎着花围裙，顶着一头刺猬毛，一脸凶神恶煞，冲了进来。在庄离和长风都还没有反应过来的时候，但见和和大吼一声“长风，我跟你拼了”，然后，抡起勺落，长长的马勺像长剑一样，直劈长风的脑袋。庄离吓得一闭眼，只听长风闷哼一声，等庄离睁开眼的时候，发现长风的脑门偏左侧处横空鼓出一个圆圆的坟包，一边泛青、一边泛紫，使长风顿时看起来想传说中的寿星。

和和看见长风脑袋的变化，并没有被吓住，她只是站在原地愣了一下神，像战场上打出一炮后须补充弹药一样，接下来，她拿出更高更强的战斗精神，再次冲向长风，只见手起勺落，又一次直击长风脑袋，长风因为有了防备，伸出胳膊想抵挡，没想到一勺敲到胳膊上，疼得他抱着胳膊一下子弯下了腰。他咧着嘴，低叫着：

和和，你简直就是个泼妇！

哈哈，和和脸上眼泪横流：没错！和和说着的时候，再一次冲向长风。

庄诗、韩良、胡新科都冲进来，分成两拨，庄诗和韩良扭住了和和，胡新科扭住了长风，他们分别像扭犯人一样将两人狠狠地扭住了。

和和被韩良抓着，施展不开手脚，一腔正在燃烧的怒火被憋在身体里，似乎体内血液要被烧成灰烬一样，致使她两眼通红，火星飞蹿。屋内静了下来，所有人一动不动，似乎被施了魔法。

是可可打破这种安静的，她在外边玩累了，进得屋来先是看见餐厅人影皆无，接下来闻见屋内全是难闻的气味。她跑到厨房，一眼看见锅内冒着浓烟，不由得大喊起来：

妈妈，妈妈，外婆，锅里着火了！

韩良拔腿想跑，却在转身的刹那，扭了腰，她双手扶墙，嘴里咝咝叫着，疼得站不直了。胡新科松开长风，扶住韩良。庄离跑出房间，奔厨房去了。

是庄诗把和和手里的马勺拿下来的。他指挥着胡新科扶韩良到客厅沙发上躺下，并且试图拉着和和往外走，还说着安慰和和的话语：

和和，你看可可回来了。我们不要当着孩子的面吵架吧！有什么事，我们一起坐下来说，好不好？今天一家人聚在一起不容易，有说不开的，我们说开，有需要解决的困难，我们一起解决。

和和的怒火不知何时灭了，起初她还看见有几个火星在跳跃，最后全没了，什么都不剩。她缓缓地转过身，慢慢向客厅走去时，最初似乎还有一根无形的绳索，一头牵在长风手里，一头牵在她的心上。曾经，她认为这根绳是钢制的，永远不会被任何外力扯断，甚至不会被火烧断。当她一步步走开，心头被牵引的疼痛一度使她无法迈步，但最后在她疼得要死掉的一刹那，那根绳突然断了，断得彻底，断得冰凉，断得没有任何希望，断得没有任何疼痛，断得一下子置身于外了。她判断着，一定是心中那场大火在熔化着它，那会是多高的温度啊！是不是如炼钢厂的高温炉所具有温度啊！而所剩余的最后一点儿火星也许是将这根绳最软弱的连接彻底断送的原因吧！如此判断着的时候，她突然想哭，因为她想起了压死骆驼的那根稻草的故事。

她坐在沙发上，看着长风从屋里走出来，看着他一步一步毫无男人雄壮气概的姿态，看着他脸上僵尸般的苍白，看着他如茅草般干枯的头发，还有那一身松松垮垮的衣服以及衣服下那身苍白的孱弱的肉体时，她突然发现跟自己这么多年同床共枕的男人是多么丑陋！而最让自己难以原谅自己的是，自己过去的审美是多么变态！

可可被庄诗安排到画室画画去了。全家人都坐下来，准备帮着解决一家面临的困难时，和和以从未有过的淡定，只说了三句话：

我曾经发誓永不原谅。现在，我原谅了。我只有一个要求：离婚！

和和说完，起身，在大家目瞪口呆中，扬长而去。

29

庄离本来打算把写的诗给长风看看，让他给指导指导，但长风对待可可的事情，对待和和的态度，令她既难过又失望。从小建立起来的崇拜，越来越感觉像自己想象中的一座假山，逐渐失去了魅力。她在空闲的时候开始投稿，包括诗歌、散文等。但寄出去的稿件，如被大风刮去，不知所终。

例外的事情终于出现了。在一个夏日的午后，当她一觉睡醒，百无聊赖之时，突然收到一个信件。她的散文在本省最具权威的散文刊物——《大地》发表，另一篇稿件的录用通知也已到达庄离手上。庄离从来没有想到，她的好运就这样突然来了。这是件值得庆贺的事情，她首先把这件事告诉了丈夫胡新科，胡新科又告诉了胡氏父母。

胡新科在一家高级酒店为庄离举行了一个小小的“庆祝会”，很诡异的是，胡母竟然欣欣然参加了，并且口口声声说，支持庄离写作。这令庄离甚是吃惊。直到吃饭快结束的时候，庄离才猜到了胡母参加“庆祝”的真实目的。她以调侃的口气说，她差点拆散他们，差点丢掉一个为她们胡家争光的女作家、女诗人，所以一直内疚着。今天参加这次庆祝，一是为了庆祝，二也是为了道歉。当然，还有一个目的是提醒。她笑着说，胡新科当时为了挽救婚姻，可是信誓旦旦答应尽早生育呢，实在不生育，胡新科甚至表示过要领养小孩，给胡家传宗接代呢。所以，既然庄离开始写作了，那么适当时候考虑一下后代的事也是未尝不可的啊！

胡母的这句话令这个庆祝会的气氛一下子变了，就像正在燃烧着的火炉被人堵上了烟囱，不一会儿憋得只剩呛人的浓烟了。

好在第二天，庄离又接到了刊物副主编打来的电话。她说她叫邢愿，很欣赏庄离的诗歌和散文，她想如果庄离愿意，她想推一推庄离。他们的刊物每年都要重推和培植新人，从今年他们接到的稿件质量看，她觉得庄离很具有这个实力。所以她想与庄离谈谈，看看庄离在创作方面有什么计划或者打算。

第三天，在一个茶社，庄离见到了邢愿副主编。邢愿是一个丰腴、漂亮、时尚的中年女人，很有女人味，又很精明。她还是个非常务实的女人。一见面，她就直奔主题，很高兴地说：

你寄的诗歌和散文，我都看了，很符合我们刊物的格调。我觉得你很有天赋，而且感觉好，文笔好。我相信我的眼力。在几个候选人中，我认为你是最具实力的。

庄离欣喜若狂。她想这是她在文学方面迈出的第一步，也是在文学方面第一个对她将产生影响的人。她记得看了许多文豪们和文坛有成就的作家的传记，许多人在创作道路上都有一些对他们产生重大影响的老师或者朋友。她希望这个邢愿是她的第一个贵人。这是个开始，只要她坚持，她就能进步，就能……她有点不好意思，不过她还是想，她觉得，只要她能坚持下去，她也许哪天就能成为一个大作家，也许是“大文豪”呢。

谈话很顺利，也很投机。庄离甚至把自己当年为什么停止写诗的原因都告诉了邢愿。这么隐私的事情，她也说不清为什么愿意告诉她。她觉得邢愿是个知己，尽管不熟，但直觉告诉她，她们是相通的。就像男女一见钟情，她觉得她与邢愿也差不多属于那种一见如故的知音。

从下午三点，一直到六点，她们聊了三个小时。因为有个饭局，邢愿谢绝了庄离吃饭的邀请。庄离因为太兴奋，想着把这个消息告诉谁。想来想去，她不想见哥哥。除了长风，她最愿接近的人就是莫菲。她把电话打给莫菲，然后一路直奔莫菲的家里，希望把这个好消息与她分享。

莫菲已经煮好一壶咖啡，准备了几种精美的小点心，一盘水果。庄离一副欢天喜地的神情。她不停地赞美邢愿，诸如邢愿的美丽、高贵，邢愿的修养、学识，还有她的人格魅力，诸如热情、和善等等。她简直不知如何形容邢愿。她觉得邢愿是她在文坛认识的最有魅力、最有修养的女人。

莫菲听庄离如此赞美邢愿，一直笑着没有表态。直到庄离说起自己跟邢愿一见如故，属同一类人时，莫菲哈哈笑了起来：庄离，你现在有点发烧，我给你泼点冷水吧。

庄离一愣，回过神来想想自己对邢愿的感激和赞美，感觉确实在些过分。于是，情绪稍微平缓一些后笑着说：莫菲姐，你浇冷水吧。不要太凉就行。

好！莫菲看庄离没有受多大影响，痛快地说：庄离，你喜欢邢愿也好，赞赏邢愿也好，我都不想说什么。现在我最想提醒你的一点是，你跟邢愿绝对不是同一类人。就你来说，恐怕你十个都顶不上她一人。就聊那么一会儿，你就下此结论，未免太早了吧？

我不管别人怎么看她，反正我喜欢她，感激她，欣赏她。

是，我也很为你高兴，也因为这件事，愿意感谢邢愿。不过，我还想向你浇一点儿冷水。

庄离心里有一点儿不舒服，她甚至怀疑莫菲是不是有嫉妒之心，只好暂时收住刚才的兴奋，平静地说，好吧，莫菲姐，你浇吧。

庄离，这件事可以说是个天上掉馅饼的事情。不过，以我的判断，担心这馅饼不是免费的。所以，我想问问，邢愿有没有跟你提其他要求或者条件。

庄离思索着她跟邢愿的全部交谈，坚定地说：没有，邢愿说全部免费，没有任何要求。

尽管她的口气如此坚定，但莫菲的话已如巨大的冰块砸在了她的心里。特别难受的是，除了那块冰块堵在心口，还有不断融化的冰水，也正一股一股在她的身体里渗透，漫延。她那颗火热的心，还有她那激情洋溢的身体，凉了下来。

庄离啊，真被我浇了冷水啦？哈哈！

有点，庄离无法掩饰自己的情绪，只好承认。

如此没有自信啊？莫菲边笑边说：太脆弱了，这点打击都经受不了。我是在考验你的自信，考验你的承受力。这一考验，发现了你的短处。所以，你需要在这方面多注意和修炼啊！好了，话归正传。不要气馁，这是件好事，我也替你高兴，替你感谢她。其实大多优秀的文人还是被慧眼识珠的。我相信你有这个实力，你身上潜藏着文人的气质和写作天赋。你终究是要被人发现的，终究要脱颖而出。邢愿也许就是那个慧眼识珠的人。我祝贺你！希望你早日出成绩！

晚上回家，庄离把莫菲的话全盘说给了胡新科。然后问道：

你说，这件事真是天上掉馅饼，不会有其他说法吗？

胡新科想了想，很慎重地说：你要相信自己的实力，也要相信自己的判断。我觉得这件事，没什么问题吧。如果有条件，邢愿下午为什么不说啊？胡新科坐了起来，摸着庄离的手说：我觉得，他们是认可你的实力，不是为了其他。

有实力的作家多着呢，为什么他们选我推呢？

总有人要被选中吧。再说了，你不是说邢愿与你特别投缘吗？也许因为投缘，更容易引起共鸣吧。你的文章最打动她，那么你就能被选中。

万一不是这么回事呢？

胡新科倒无所谓，他一仰身又躺了回去，打着呵欠说，咳，既然写作，谁不愿写出名。就像当兵都愿当将军一样。如果那家杂志有附加条件，我支持。

庄离一听，急了，她嗖地从床上坐了起来，严厉地说：我绝对不干这种事！

胡家科一看惹翻了庄离，赶快改换口气说：好，好，我们不干。

我明天就给邢愿打电话，问问是怎么回事。如果需要钱，那么我绝对不干！

我觉得这不妥吧！胡新科思忖着说；万一人家很单纯，就是为了推你。你这么先问，不是小人之心了吗？

那怎么办？

你最好是等着。如果她不提，就是多虑了。如果她提这事，你再拒绝也不迟，对不对？

嗯！我听你的。说完，庄离终于放心睡了。

30

长风与和和的离婚遭遇到了难题——孩子的监护权到底归谁。对于这个问题，两人几乎斗争到了白热化，谁都舍不得放弃。按和和的理由，长风是个不负责任的家伙，他连自己都不负责任，如何能对孩子负责任，何况这么多年来，他几乎对孩子的生活和学习没有操过心。可以毫不夸张地说，长风根本就不知道如何照顾孩子。按长风的理由，孩子是他长风的，谁都无权将女儿带走。长风甚至告诉和和说，家里所有的东西，他都可以给和和，包括房子，他只要女儿。对于长风如此的态度，和和早已预料到了。长风是个让和和经常莫名其妙的家伙，比如他什么都不在乎，偏偏对女儿极度溺爱，如此溺爱女儿，偏偏又舍不得为女儿上学的事情低头。为了争夺孩子，和和以长风已经为女儿找好后妈为理由，苦口婆心地劝长风说：

你看，你这么快就给可可找了后妈，再说你和秋儿也许很快就会有自己的孩子，到时可可的后妈会对她好吗？

长风的脖子上青筋暴起，他阴沉着脸斩钉截铁地说：

你总有一天会给可可找后爸的，对养女来说，后爸哪有好东西。你不见国家收养法还规定了，单身男人收养女孩的，相差年龄必须在三十以上。

简直是小人之心，你以为别的男人都像你一样吗?

事情卡了壳，和和有点不知所措。她了解这个一条路走到头的男人，他认准的事情绝不放弃，也不让步。和和于是想，干脆抓阄吧，没想到一说出来，就被长风一口回绝了。

时间虽然一天天拖着，但可可一直蒙在鼓里。这监护权问题拖来拖去终于引发了大问题。这天，和和的妈妈过生日，和和不得不叫来长风一起带着女儿到妈妈家吃饭。大家玩得挺开心，一直到晚上九点半家宴才结束。在回来的路上，可可拉着长风的手说:

爸爸，我好像很久不见你了呀!

是啊，谁让可可是头小猪呀。我每天夜里回来时你在打小呼噜，我早上上班时你还在打大呼噜。我都不敢惊醒你呀!

是吗?她奇怪地扭身问妈妈，妈妈，我还打呼噜呀?

妈妈摸着她的小辫子笑了笑，没言语。

她自言自语地说，这可坏了，我可讨厌打呼噜的人呢，我怎么也这样呀!我们班周享享有个外号叫猪哼哼，他就是因为好打呼噜才被起成这名的。说到这儿，她先拍了拍爸爸的脸，又拍拍妈妈的头说，你们千万给我保密，别让外人知道我打呼噜呀!

长风哈哈大笑着，将可可向下垂着的两条小辫揪成了羊角状，在头上直愣愣地向上边指着。

回到家后，可可揪着爸爸的衣服，坚持要睡在爸妈的大床上。而且还要抱着爸爸的胳膊。其实长风早就与秋儿住在了一起，女儿这一闹一下子让长风不知所措了。不过，他想毕竟是小孩，等她睡着再走也不迟。

女儿睡了，睡得很不踏实。长风稍一动弹，就惊醒了可可。似乎意识到了什么，怕爸爸逃走似的，可可睁开眼睛发现长风的胳膊抽走后，坚持爬起来，找来自己一根头绳，将她的胳膊与爸爸的胳膊系在一起。看着自己的杰作，小可可重新躺下，满足地睡了。

女儿的呼吸声慢慢变得均匀、细长，长风知道可可睡熟了。他轻轻解开绳子，走了出来。在他穿鞋时，和和走过来，挡住了他的去路。

我想我们还是再商量一下女儿的问题吧?

长风想了想，又重新脱了鞋，随和和一起走进了女儿的小屋。

长风低垂着脑袋，长长的头发把整张脸都遮住了。空调谨慎地吹着细微的凉风，偶尔吹过长风的脑袋，长风的脑袋似乎与长发一起在忽悠悠地晃动。看着这个熟悉又陌生的男人，和和思绪万千，一时间不知道如何开始这个问题。她张了两次嘴，都艰涩地把话咽了下去。

长风终于抬起头来了，他不耐烦地说：

你有什么新主意，说呀，如果没有，就没必要在这深夜干耗着。

和和想，还是给他讲道理吧：长风，我没有什么新主意，我还是坚持孩子归我抚养。我的理由如下：第一，孩子这么多年一直由我照顾，无论是生活还是学习，养育孩子我有经验。第二，你是个诗人，生活能力差。更何况她是个女孩。第三，从我们婚姻的角度来说，是你犯错在先，婚姻法还对过错一方有所惩罚呢，我觉得你需要接受惩罚……

好了，好了！长风不等和和说完，即挥着长长的手臂制止了和和的长篇大论，你没有什么新鲜的东西拿出来，就没用，这些我都知道。你纵使一千条理由都没有用。我只有一条理由就够了，可可姓庄，是我长风的女儿，就归我。没有什么商量的。我劝你不要做什么幻想了，赶快办理离婚手续，对你对我都有好处。

你这个无耻的男人！和和火冒三丈：长风，我跟你说，如果我跟你好好商量，你不同意的话，我会告你去。

你告我？告我什么？

我告你重婚罪，我有证据，人证，物证都有。

呸！长风一步迈到了和和跟前，晃着瘦弱的拳头在和和脸前比画着，你告，好啊，我就重婚了，你告，现在就去！

门外边有窸窸窣窣的声音，还伴着像小老鼠一样细小的吱扭声。和和先是向门口张望，接着正在咆哮着的长风也停下说话，向门口张望。

门外的声音还在响，而且越来越清楚了。长风与和和几乎同时跳起脚冲向门口，拉开门。他们不约而同吓得僵住了：

可可正披头散发站在门口，拿着剪刀在自己的头上乱剪。她咧着嘴压抑着哭声，满脸的泪水横七竖八，长长短短的头发胡乱粘在脸上、胸前，地上也是黑压压的头发。

对女儿的抚养权的争夺走入了死胡同，谁都不敢再提。不敢提不等于事情不存在，甚至这个事情越不提越让人着急。首先是长风离开家不明不白，与秋儿住在一起还真担着重婚的罪名。不仅长风不舒服，秋儿总是以一个第三者的身份更不舒服。经过几天的考虑，长风想出了一个主意。

星期天，长风约上和和带着可可去了游乐场。夏日炎炎，炙热的太阳像一只巨大的火盆烤得人们蔫头耷脑，长风和和和也像两只晒透了的老丝瓜，满脸的汗水像往外挤着的苦瓜汁。只有小可可见爸爸妈妈一起带她逛游乐场，将那个晚上的担心全部抛诸了脑后。她像只快乐的燕子在游乐场里飞来飞去，穿梭往来。一会儿拽着爸爸妈妈一起玩激流勇进，一会玩疯狂老鼠，还有海盗船。小可可终于玩累了。长风与和和第一次商定在一家大饭店吃饭。可可高兴极了。吃饭的时候，长风用手摸着低头狼吞虎咽的女儿那长短不齐的小辫子，爱怜地说。

可可，今天玩得好吗？

当然好了，下礼拜我们还来吧？

和和摸起手袋，向可可晃了晃说，可可，妈妈钱包快被掏空了。

长风赶紧打圆场说，可可，等你期末考试结束进入前十，我们再来，好不好？

好！可可咕嘟一声喝下一大口饮料，然后擦着下巴上流出的汁液，点着头。

待可可吃得差不多时，和和向长风递来眼色，长风知道该与女儿商谈正事儿了。

可可，跟你商量点事情，好不好？

什么事？可可突然警惕地抬起头，一脸悚然。

是这样，可可都长大了，该上中学了，你看你好多事情也都明白了。我想跟你商量一件有关我们家庭的事情。

你们要离婚吗？可可睁大的眼睛里除了惶恐，已经有泪光在闪烁，嘴角向下撇着，显然在忍着哭。

不是，和和赶紧用手抚摸着可可的小脸蛋说，我们不离婚，不离婚。

可可嗖地站了起来，往后倒退了两步，像准备逃跑似的说：那你们找我商量什么事情？

长风站起身，走到可可身边，用手轻轻揽住可可的肩膀，将可可重新送回座位上，然后轻声地说：

可可，别害怕，我们不离婚。你听爸爸说好不好？

可可半信半疑地看了看爸爸，又看看妈妈，问道：你们真的不离婚？

不离。和和也说。

那好吧，可可往椅子后蹭了蹭，让自己坐得舒服点，然后长叹一声，摸着自己的胸脯说，唉，吓我一跳。既然不是这个问题，那你们就谈吧。

长风与和和相互对视了一眼，和和的眼圈红了。长风平静了一下情绪，以平静的口气说，可可，是这样，你也看见了，那天晚上，我与妈妈吵架了。

我知道，许多爸爸妈妈都吵架，只要不离婚就行。

我们不离婚，但是可可，我和妈妈的关系出了点问题。我们需要调整。

什么问题？怎么调整？可可别看那么小，小脑袋瓜的思路却很清晰。

我们之间，长风沉吟了一下，竭力平静地说：

我和妈妈在有些问题上看法不一样，所以会发生争吵。因此，我们需要一段时间好好想想。在这段时间里，我们最好是分开居住，以便各自考虑问题，当然也免得我们再争吵。因为争吵很伤感情……

我明白了，你们要分居。可可大睁的两眼中立即扑簌簌掉下两串泪珠。

不是，可可，不是你想象的那样。和和赶快伸手抹去可可的眼泪，并将椅子拉到女儿的椅子旁边，用手搂着女儿说。我们只是分开好好想想问题，这有利于我们调整好情绪，有利于我们以后重新在一起生活。

可可听到和和提到以后一起生活，情绪稍有改观。她擦着泪水，含糊不清地问道：你是说，你们还会一起生活？我们一家人还在一起？

当然，长风的心里也酸楚无比，他看见和和的眼泪开始往外涌，迅速向和和递了个眼色，示意她停止。然后，对可可说：

可可不难过，我们分开不是像电视里所说的分居，我们只是为了平静一下各自的情绪，好好想想问题。你愿意看见我们在一起争吵吗？

不愿意。

你也不愿意，我们也不愿意。因为争吵也许真会把我们吵离婚了。所以我们选择这种方式，就是为了不离婚。

真的吗？可可似乎判断不清真假了，她仰着头，脸上依然泪珠滚滚，眼巴巴地等着爸爸妈妈回答。

真的，长风与和和同时回答道。

可可小脑袋依然清晰异常，而眼睛里滚出的泪珠却越滚越多了。她撇着嘴几乎要哭出声来了。好半天，她才轻声问道，那我跟谁住在一起?

你跟谁住都可以。和和的眼睛也已血红，就差一点儿要哭了。她一把将女儿抱到了腿上，擦着女儿的泪水，安慰着说：

不过呢，因为你爸暂时住的条件不太好，所以先跟妈妈在家住。等什么时候你爸爸那里方便了，你也想跟爸爸一起住时，你再跟爸爸住。

31

可可的问题解决后，长风与和和终于正式离婚了。他们的协议是这样商定的：财产归和和，可可归长风。

为了便于可可的成长，先隐瞒离婚事实。可可在离婚的最初半年到一年之内由和和养育，生活费与其他杂费由长风负担。等可可慢慢适应这种单亲生活时，在适当机会再告诉可可事实真相，然后再由长风带回。

当年轰轰烈烈的爱情、轰轰烈烈的婚姻就这样彻底结束了。

一旦生活安顿下来，长风的诗如积蓄已久的火山一下子爆发出了巨大的能量。炽热、滚烫，还隐藏和压抑着某种狂躁的冲击力，膨胀力，一时间国内许多著名诗刊纷纷转载。连长风自己都觉得他诗歌的第二春来了。就像他的第二次爱情一样。他不能不承认，这一切都源于秋儿的功劳，是秋儿的爱给了他无与伦比的激情。她给他丰美的雨水滋润，给他肥美的土壤，给他广阔的天空，还有无拘无束的心灵，天马行空的灵感等等。几年来，他一直觉得他的诗歌在走下坡路，缺乏激情，缺乏美感。生活的压力让他沉重，让他枯竭，让他窒息。他的诗歌在这种压迫下变得呆头呆脑，像他自己的生活状态一样。而现在，他逝去的青春突然卷土重来，并且再度迸发了异常的光彩。在这种光彩中，他的诗歌在质上产生了新的飞跃。

四年一度的华飞文学大奖申报通知已经下发，在许多同行眼里，尤其是周立山们，都觉得长风完全可以拿到大奖。他的诗歌太出众了，差不多已经形成一股带有强劲力量的冲击波。

赶快结集出书吧，周立山着急地劝着长风，和和前几天还打电话让我督促你呢，她怕你赶不上。

秋儿也开始力劝长风。和和在与长风办完离婚的当天，曾经给秋儿打过一个电话，她唯一关心的是，希望秋儿能帮助长风在诗坛更上一个台阶。要做到这一点，眼下最重要的事情是，劝动长风，迅速出诗集，参加评奖。

也许是秋儿的劝说起了作用，但更重要的是，秋儿的爱情，令长风有了新灵感，新突破。诗情的迸发，使他对评奖产生了新的激情和感觉。

天阔地方，人欢马叫，长风有一种春风得意的感觉。诗歌，美酒，美女，又一次名副其实成为他生活中实实在在的三件事。没有世俗，没有油烟，没有鸡飞狗跳的家务，没有鸡毛蒜皮的唠叨，他的诗像一支清新翠绿的竹子，一节一节向上疯长着，跳跃着。他每天都沉浸在作诗的状态中。在秋儿和朋友们的劝说下，他终于决定向这个文学大奖冲刺。

冲刺这个大奖，第一件事就是出诗集。长风盘点自己的积蓄时，傻了。因为他的经济已经到了山穷水尽的地步。要参加这次评奖，秋儿帮他做了一个初步核算，最基本的投入是四万，其中两万元交出版社，另外两万元是装帧设计、印刷等费用。按秋儿的策划，这部书一定要印刷精美，装帧漂亮，而且开本要大气，用纸要精良。为此，她让周立山出面帮她联系了一位大学美术老师做策划和封面设计，这部分费用也相当昂贵。长风遭难了。他与和和离婚时一文不名，离婚后的日子，他的全部收入也几乎都用于家庭开支了。因此要做这部书，长风已经拿不出一文钱了。尽管秋儿说已经为他准备了费用。他想来想去，觉得用秋儿的钱，心里非常不安。这一天，他躺在床上，在黑暗中，大睁着眼睛，盯着黑黢黢的天花板，第一次产生了挣钱的欲望。

秋儿，你跟我后悔没有？你看我别说供养你过好日子了，我连自己都养不住。

我不后悔。再说了，我们平时的生活费不都是你出的吗？有精神、有物质，我觉得挺幸福。

我是不是应该出去挣钱，像周立山一样。让你和可可过上好日子。一提起这个话题，长风感到悲凉极了。

不需要，你是个诗人，你好好写诗就行了。秋儿毫不犹豫地说：倒是我应该出去挣钱，这样我们就拉平了。我挣钱保证我们的物质生活，你写诗保证我们的精神生活。我们的爱情就更完美了。

长风有些心酸，如果让女人出去挣钱，来保证他的生活，他算什么？但如果让他出去挣钱，他如何去挣啊？

周立山似乎知道他无钱出版诗集之事似的，第二天他就打来了电话，那时候他正在坐在书桌前，盯着那摞稿件发愁。

长风啊，你的诗集整理得怎么样了？出版费用准备好了吗？

啊！长风气短得差点背过气去，他犹豫了一下才回答：没有呢，你想赞助吗？

没错，周立山兴高采烈：你看我永远都是你的及时雨吧！

长风听周立山主动借钱给他，心里虽然纠结，但毕竟不需要厚着脸皮张口，不由得高兴起来：岂止是及时雨，我都怀疑你是否在我家装着监控器呢。我这两天都快被逼得抢银行了。

哈哈，你不用抢银行，现在马上就有银行送钱上门给你了。周立山的声音更响亮了：长风，你写了几十年，你已经为自己储存了雄厚的资源。你这资源比我的铁矿资源可厉害多了。我这铁矿再挖几年就枯了，你这资源不但用之不尽，取之不歇，而且越用越多啊！可以变成钱，可以变成名，还可以变成大奖啊！所以说到底，你比我富有啊！

你在胡说八道什么啊！长风不以为然。

呵呵，你可不要小瞧啊。我准备当你的经纪人，替你好好经营呢。现在你赶快下楼，我的车马上到你楼下。我今天找你，一是为你出版诗集送钱，二是为你诗集评奖打第一层地基。

越说越没谱了！长风根本不相信，他觉得周立山又在寻找什么名目喝酒而已。

真的。周立山很认真地说，快下楼吧！王老万来求咱们来了，一是送钱，二是给你评奖，你一会儿就知道我说的是真是假了。

长风确实有点吃惊。据说，这种文学大奖的评委有好几个与王老万有很厚交情。只要王老万愿意帮忙，走点捷径还是很容易的。

周立山也曾经在诗歌方面得到过老万的提携和关心。因此，接上长风之后，去了一个大酒店，点了一桌子高档菜，上了一瓶茅台。老万兴奋异常，满脸光彩。他说，立山是个聪明人，能够及时转行，进入社会主流，不白活。

三人不紧不慢地聊着如今诗坛各种话题，比如谁又转行了，谁的诗越写越好了，谁离婚了。说到这儿，王老万突然问长风说：

听说你也离了，不但离了，还找了个年轻漂亮的。

长风沉吟一下，点了点头。

好！这时代，没有几个人能坚持从一而终。比如我们对诗歌，比如我们对婚姻。周立山倒是没离婚，却对诗歌没有忠贞到底。我们对诗歌忠贞到底了，妻子却跑路了。

周立山听见老万说自己对诗歌不忠贞，有点不服气：万老，你可不能这么说我呀，我对诗歌到现在都是忠贞不渝的。虽然我做了点买卖，但我一直没有停下对诗歌的追求和贡献。

是这样，周立山没有停下对诗歌的追求是真，但他选择了一个好的生存方式。长风挤眉弄眼地挤对周立山说，就像有女子要嫁人，问她想找什么样人家，她说，找个有钱的陪她吃，找个漂亮的陪她睡。立山兄现在已经做到这种境界了。

那又怎样，这难道不是最好的境界吗！周立山咧着大嘴，笑得一脸灿烂。

老万也附和着笑了笑，然后神情凝重地说，我今天找你们，说俗了也是为了钱的事。是这样，一个街道企业工厂现在生意做大了，老板牛志刚想附庸风雅，开始写诗了。而且还挺上心，上次参加“玉泉杯”，不是还获了大奖吗！说到这里，老万对着长风说：我记得是你给评的，当时他在你们那一组，是不是？

哦，长风想起当时大将评选的事情，很大程度得益于大家对晓晓的看法。

他现在想出诗集，可是，我看了看诗稿，需要下大力气修改。今天我是来拜托二位，能不能给把这件事搞好了。

行，周立山答应得挺痛快，不假思索地说，你说怎么帮吧？我们需要做些什么？

他的诗，有一部分是过去写的，比如上次评奖的作品，写得还不错。不用修改。但大部分是他未发表的，我看他是为了结集出版，所以数量上去了，质量却粗制滥造。因为生意忙，他也没有时间和精力修改，所以我想请你们二位帮忙，把这件事给办了。一是修改诗歌，二是每人写个序，三是再写个评论。如果可能，牛志刚还准备开个研讨会，找些人捧捧场，到时你们二位也是主力人员。当然干这些活是需要时间和精力的，牛志刚说了，他出的费用非常丰厚，一是给咱诗刊一大笔赞助，另一个是给修改者一大笔费用。这牛志刚出手阔气得很呢。

周立山马上表态说：王老师出面，我们哥儿俩没问题。我不缺钱，但长风现在出诗集正缺经费呢。周立山看长风一直没有表态，知道这个酸腐书生又开始犯倔驴毛病，于是在桌下踢了长风一脚。长风心里骂着周立山，他奶奶的，原来这就是送钱来的银行啊！

王老万见长风不表态，只好问道：长风不是不帮这个忙吧？

王老师的事情，我们当然应该帮忙了。长风虽然有点为难，但也得赶快表态。不过，他还是不肯像周立山那样没有原则。于是说，我想最好还是先看看牛志刚的作品，水平差些不要紧，但不能太差。否则不但坏我们的名声，恐怕你的名声也会坏的。

水平是不太好，所以才请你们二位给做些一些修改嘛！

看怎么修改了。如果像编辑一样，在别字白字，或者语法修辞问题上做稍微修改可以。

王老万说：基本上就是这样修改。如果问题太多，大修也是必要的。对不？

周立山点头称是。

饭局快结束的时候，周立山有点着急，他不停地使眼色给长风，让长风说说评奖的事情。长风本来想提提这件事的，但因为王老万这个提议对他来说是个难题，他觉得在他没有把握的情况下，不能随便拿来交换。因此，最终他都没有说出来。

长风的直觉还是对的。当他拿着王老万带来的诗稿回到住处，详细审看时，才发现他面临了怎样的一个难题。那些诗，说确切点说，那应该是顺口溜，还有时下在民间流传的一些歌谣。

这太可笑了，长风点上一支烟，一页页翻着，皱着眉头自言自语着。直到翻到快四分之三时，他发现如此密密的文字行里，竟没有找到几个像样的句子。没有灵感，没有文才，没有激情，没有任何一点儿值得称得上诗的东西。他再也看不下去了，他甚至开始怀疑玉泉杯评奖时，那些诗歌是否是出自这个牛志刚之手。如果也是这样修改出来的，那简直是耻辱！

他一把将这厚厚的稿子推到一边，拿起了电话：

老周，你看了诗稿没有？我看这老万是疯了吧？他不怕毁了他一世英名吗？

哈哈，老万的英名已经毁了，再毁一次也无妨。周立山不以为然。

长风有点生气了：你到底看了那些诗没有？简直是狗屁不通。

一是我没看，没那时间；二是狗屁也可以变成诗。

你是不是也疯了！

我跟你说长风，这世界就是这样，只要有钱，猪八戒都可以当选世界第一美女。

猪八戒当美女，我不管。但让我把猪八戒选成美女，我不干。

哈，还真敢下嘴！如果我没记错的话，就在前不久，牛志刚同志荣获“玉奶大将”，难道不是你这一向以清高正直闻名于世的大诗人给评的吗？

——长风正喝水，一口咽下去，差点呛了肺。

周立山心里暗暗乐了，然后半劝半安慰地说：长风啊，识时务者为俊杰。你眼下一是缺钱，二是要评奖。王老万求你帮的这个事，正好是成就你两件大事的及时雨！你可得把握好了，一举两得，机不可失啊！你千万别犯傻。

我是想一举两得，可是要举的这件事，也不能有辱斯文吧！

呸！周立山喊了起来，你都给他评了大奖了，你还有脸谈斯文啊？

周立山气得七窍生烟，不得不压着火气，继续劝解：长风，我劝你好好想想。这是个商业时代，人人都在忙着挣钱。如果还有人愿意当诗人，不仅愿意当诗人，而且还愿意花自己的钱当诗人的话，我们绝对应该接纳，应该吹捧。

你把我们诗人这行当成什么啦？

周立山哈哈大笑：我们诗人是一个美女，谁出钱就跟谁干，谁出价钱高就跟谁好好干。

长风扯着嗓子，恨不得砸了电话，大声嚷着，你干脆说我们是鸡好啦！

哐！长风把电话扔到了一边。然后像扔石头一样，把自己也重重砸在沙发里。

电话铃哗然大作，长风扭身瞅了一眼，一看是周立山打来的电话，干脆连接都不接。周立山好像在与长风较劲，你越不接，我偏要不停地打。这哇哇的铃声终于把书房中给整理诗稿的秋儿给牵了出来：

你咋不接电话？

老周这个混蛋的，不接也罢。

那不好吧，我来接。

你不要瞎掺和。长风眉头皱了起来，秋儿不再坚持。看来周立山与长风较上了劲，不分个胜败就不肯罢休。在固定电话不停响着的同时，长风的手机也响了起来，而且是周立山的另一个手机号。

疯了，真疯了。长风忍无可忍，拿起电话。

周立山在电话里换了一副口气，严肃地说：长风，你可听明白了。如果这个忙你不帮，那么你评奖的事情更不容易。再说了，这种事情并不是诗坛第一，太多了，每个行业都如此。就像一些企业家进入政界，一些明星进入政界，或者一些政界人物进入书画界，进入文艺界一样。这不是什么大不了的事。你现在做的事情早已是人们都做过或正在做的事情，你做了证明不了你低下，只能证明你与时代一起进步了。与时俱进！与时俱进，你懂吗？

我还想要脸！

要脸没有用，长风，对你来说，要大奖才有用！

我不相信，我不做这件事，大奖就评不上。长风是不相信周立山的这些论调的，他不相信没有关系、没有运作，这些事情就做不成。这是他的诗歌第二春。在过去的写诗的历史中，他几乎对自己的每首诗歌作品都存在着不满。但这一次不一样了，他从来没有如此自信过，也没有如此自我感觉良好过。每首诗歌几乎都是一气呵成，首首都堪称精品。这不仅是他的感觉，也是其他诗人朋友和读者的评价。

长风，许多人评奖走的是送礼请客那条路，那不更难了吗？你只不过帮着修改修改诗歌，这其实还是一件在客观上助人为乐，主观上为诗歌做点贡献的高尚事情，何乐而不为呢？

长风斩定截铁地说：我不能做，这与我做人与作诗的原则相违背。

我呸死你！鸡都敲锣打鼓地当了，还想立他妈的什么牌坊啊！

32

这是个多事的夏天，也是个与以往不同的夏天。和和在这个夏天差不多经历了她人生中最大的几个事件。丈夫出轨、女儿择校失败、离婚等等。也许这些事情太多了，所以平日里对离婚这样重大的连想都不敢想的事情，她竟然在这么短的时间里全部做了，关键是做完后也没有多么痛苦。也许，痛苦太多了，人就会痛得麻木吧。这是和和给自己的解释。

夏日就在这样的暴晒中一天天挥洒和消耗着自己的能量。而和和的痛苦也在这种暴晒中一天天被抽干了水分，像阳光下失去水分的干茄子，面目全非地展示着苍老、衰弱和末日。当秋天的气息悄然而来时，和和心里那所谓的痛苦终于再也掀不起什么波澜。她想这些东西也许该扔进历史的垃圾筐里了吧。

对女儿上学的事情，她不得不认命了。好在这所学校已不是传说中的样子了，女儿在这所学校里显然是快乐的。她每天回家都向和和报告着学校的新气象：比如学校里有琴室，有各种乐器；学校里有各种球类场馆，还有体操室、游泳馆……她每天都很快乐，和和终于不再纠结所谓二十二中的事情了。

这种快乐一直持续了将近半个月，突然有一天，女儿在正常回家时间没有回家。和和四处给同学打电话询问时，可可红肿着眼睛，带着姥姥突然到了。和和不知道发生了什么事，但是她感觉到一定是什么地方出了问题。

妈妈与可可没理睬和和吃饭的邀请，而是严肃地一起坐在沙发上，说有问题问和和。和和无可奈何，也坐了下来。

妈妈头发花白，脸上像刚刚抹上一层泥水，又黄又灰，看得出她是难过的，只不过在竭力压抑。她低着嗓子，喑哑地说：和和，你与长风是不是离婚了？

没有，我跟可可说过，我们只是暂时有些矛盾，分开住一段时间，调整一下。

你骗人！可可抢先反驳和和，眼睛里流出两串泪水，撇着快哭了的嘴说：今天我见到你们单位张阿姨的女儿了，她也在我们学校。她说你们离婚的事情，单位里人都知道了。

他们误会了。

那你把结婚证拿出来，证明给我。妈妈脸上的表情不容分辩。

我……和和不知所措。

妈妈全明白了，她灰暗的脸上顿时变得蜡黄。屋子一片静默，邻居家电视里的对话听得清清楚楚。和和也很难过，她知道这一天总会到来的，纸终究包不住火。只是这一刻面对妈妈与女儿的不满，她实在不知道如何安慰她们。她站起来，走到厨房，取出水果，开始清洗。

邻居家的电视改换了频道，一个吵闹的综艺节目嘈嘈杂杂地传来，突然在这嘈杂的声音中，一声尖厉的哭叫，像一支利箭从身后射来，穿过她的后背，直插心脏。

她扭头望去，一眼看见女儿布满泪水的脸，以及泪水模糊下张大的嘴巴。然后，她又看见妈妈布满褶皱的脸上，纵横交错淌着的老泪。最醒目的是，妈妈那双粗糙的手上，捧着一只绿皮的证件。和和一眼认出，那是从民政局领来的，她只看了一眼再也不敢看的离婚证。

对于妈妈与女儿，这实在有点残忍，一切都已经无法挽回。离婚的现实，她们接受也得接受，不接受也得接受。好在时间是最好的医师，起码是最好的止痛药，在更多的时候，当时间像流水缓缓淌过，疼痛便被河里的泥沙逐渐覆盖，并且一起慢慢沉淀。即使留下些什么痕迹，但它终究会被新的泥沙一层层所覆盖，沉淀得越来越深。小可可在沉默了一段时间后，脸上慢慢由阴转晴，偶尔也开始回家与妈妈念叨学校的事情了。只是谁都不知道，小可可的心里留下了什么。

与可可不同的是，妈妈在经历了痛苦的消磨后，慢慢从泪水中抬起了头。经过几个失眠的夜晚后，她发现自己无论如何咽不下这口气。

天气不太好，灰蒙蒙的，看来一场雨就要来了。和和妈妈实在顾不了那么多了。这是她思考了很多天才做出的决定。无论如何，即使今天下刀子，她也一定要找到长风。她去了庄诗家，希望庄诗把长风找过来。但长风的电话无论怎么打都打不通。庄诗和韩良不断赔着不是，道着歉，为了安抚老太太，韩良特意把庄离叫了过来。庄离的到来，使老太太突然生出了一个想法：既然长风不接电话，那么让庄离带她去长风的单位，或者去长风的住处。她一定要弄明白，长风为什么离婚？

无论怎么劝解都劝不动了，庄离感觉老太太的脾气倒是有点像长风，一旦脾气上来，怕是几头牛都拉不回。无奈之下，庄离终于按老太太的要求，载着老太太到了长风的单位门口。

庄离突然害怕了，万一老太太到长风办公室一闹，长风的笑话可就闹大了。于是她开始苦口婆心劝解老太太：在这里等等，等长风下班出来，找个地方去谈。

风越来越大，街上的行人都加紧了步子，一些角落里扬起的沙尘在飞旋，偶尔看见或白或黑的垃圾塑料袋，像断线的风筝在天空飞舞、飘荡，有时还会像低旋的老鹰看见地面上的食物一样，突然向下俯冲。和和妈妈心里也在打鼓，她四处张望着，对即将面临场景的恐惧，使她只好答应了庄离的请求。

长风的身影终于出现了。那个熟悉的瘦长的背影，在大风里，越来越像街头一张飘荡的纸片。早在和和第一次将这个披散长发的诗人带回家时，和和妈妈差不多就预料了这样的结局。这绝对不是她与和和爸爸所了解的那类人，说确切点绝对不是他们所熟知的普通人、正常人。婚姻讲究门当户对，男女讲究同类相求，可和和与这长风既不同类，也不门当户对，结局不会好的。当时和和爸爸妈妈都曾如此担心过。

庄离开始发动车，老太太突然有了新的想法。她一伸手摁住了庄离。

庄离，你陪我跟踪他!

这不好吧，庄离还没彻底拒绝。老太太一看庄离不配合，立即下车了。一辆出租车远远驶来，老太太伸出手，上车，跟踪长风而去。此时长风也正打上一辆出租车，驶向前方。

庄离也跟了上来，怎奈她的车因为被两辆车阻拦几分钟，被落到后边了。她不停地拨着长风的电话，却始终处于无法接通状态。她找和和要秋儿的电话，和和说早删了。找韩健，韩健的电话也是无法接通的状态。

长风下车进了小区，和和妈妈也一路跟了进去，进单元，上楼。两分钟后，她敲开了长风的门。门开了，长风与老太太相互吃惊地对站着，一个门里，一个门外，长风吃惊的是老太太如何像天兵一样空降门口，老太太吃惊的是，长风身后还站着一个漂亮的年轻女人。

一切全明白了，和和妈妈的眼前一下子变得暗黑一片。

妈！长风反应过来，低沉着喊了一声。和和妈妈没有出声，只是手扶门框，身子弯了下来。

庄离气喘吁吁地跑来的时候，和和妈妈正一头虚汗，扶着墙往下出溜。庄离见状一把扶住老太太，嘴里喊着：哥，快拿水来。

秋儿听庄离喊着，知道老太太身体要出问题，慌忙跑去拿来水。庄离蹲在老太太身边，从老太太衣袋里摸出一个药瓶，倒出几粒放在老太太嘴里。然后她示意长风把端着的杯子对到老太太嘴边，喂老太太喝水。没想到此时，老太太缓了过来，她头都不抬，对伸到嘴边的杯子，一举手，将杯子打掉了，一声清亮的玻璃破碎声传向楼道远处。

长风没反应过来，老太太突然再一次伸手，只听“啪”的一声，一掌打在了长风的脸颊上。

你怎么打人？秋儿本能地嚷了起来。

我打得不是人，是畜生！老太太扶着门框慢慢站了起来，低沉地说，你算什么东西，你配和我说话？

你……秋儿气得脸色发红，结结巴巴地说，你……

秋儿！秋儿的下半句还没有说出，长风厉声阻止了秋儿说话。然后，长风低声下气地说：妈，你里边坐吧。

庄离扶着老太太一起走进客厅，坐在沙发上。长风与秋儿也小心翼翼地跟着进来，庄离再次示意秋儿给老太太倒水。

长风，这姑娘是谁，她为什么跟你住在一起？老太太盯着倒水的秋儿，严厉地问道。

长风有点犹豫，他思索了片刻才如此回答：妈妈，和和没跟你说我们的事情？

谁们的事情？你和和和，还是你和这姑娘？

我与和和的事情。

你与和和有什么事情？

我，我们……长风虽然心存顾虑，但已经到了不得不说的时候。很明显，一切都隐瞒不下去了。于是他咬了咬牙，低着头说，我们离婚了。

为什么离婚？

原因很多。长风不知道如何回答，又想了想，主要是性格不合吧！

什么性格不合，你与和和生活这么多年，孩子都上初中了，过去从来没听说过性格不合的问题，今天想离婚了，就拿出这种看不见摸不着的东西了。是欺骗别人，还是为自己离婚找借口，我想我们都很明白。如果我没猜错的话，你没有说实话。老太太思维很清晰，她看着低垂着头的长风进一步说：

其实，你们离婚的真正原因，就是这姑娘，是不是？

长风犹豫了好几秒钟，才低着头小声地说，有这个原因。

什么叫："有这个原因"？老太太的声音突然提高，大声嚷了起来。

好！好！长风抬起头，一脸苦相地说，妈妈，就是这个原因好了吧，今天我长风算是对不起和和了，你愿怎么惩罚就怎么惩罚吧。

说起惩罚，老太太一下子觉得这小子实在该受到惩罚的。可是，她怎么惩罚他呀。她不知道呀，她也不会呀。但是今天她一定要做点什么，否则，她来这一趟太不值了。老太太举起秋儿刚才倒的那杯水，再一次摔在了地上。她太气愤了，不，不只是气愤，她是悲愤。女儿就这样无声无息地被这个无情无义的家伙踹了。她要给女儿出口气，也给自己出口气，欺人太甚了。她忍着要流出的眼泪，咬牙切齿地用手指着长风说道：

你凭什么这样对和和？她哪点对不起你？这么多年她跟着你是享福了还是风光了？

和和没有不好，也没有对不起我。是我不好，是我对不起她。正因为和和这么多年跟我既没有享福也没有风光，所以我把所有家产全留给了她。长风说这些话的时候自己也感到很恶心，他是个鄙视物质的人，之所以说出这些，他觉得老太太贪财，也许会在乎，因为在乎也许会稍微原谅他一些。这一次他错了，他不知道自己犯了多么愚蠢的错误。

老太太的眼里含满了泪水，嘴唇也开始哆嗦：多么好笑，你还有家产，你这么多年浪荡生活，你竟然有家产？

庄离一看老太太脸色青紫，浑身哆嗦，生怕她再一次犯病，不得不紧着劝慰着：伯母，消消气，平静一些。先保重身体，然后再惩罚他。说着递给老太太水。老太太喝了一口，似乎神情好了一些。她接着刚才的话题，严厉地问：

既然如此，我问你，你给和和留下了什么大宗家产？

房子。长风已经后悔自己的自作聪明了。

多大平米？

九十五。

存款多少?

三万。长风满脸羞愧。

老太太哈哈大笑，此时她已经流了一脸泪水：我女儿跟你这么多年最后就是这样的结局。好，总算有间屋遮风避雨。老太太话题一转，再次问道：

和和抚养可可，你每月给多少生活费?

和和不需要抚养可可，可可归我。

……老太太似乎没有听明白，她愣了愣，站了起来，却一句话都没有说出，像一枚哑炮一样被憋了回去。

我也不需要和和付生活费。长风还在解释。

老太太突然走了过来，她走到长风跟前，一伸手揪住了长风的脖领：

你再说一遍，可可跟谁了?

跟我!

老太太突然“哇呀”一声，使足全身力气，竟然把长风一下子推了个跟头。自己也趔趄着，差点摔倒。庄离不得不全力抓着老太太，生怕她有个闪失。秋儿早已明白眼前的老太太是谁，一直在一旁观看着老太太的颐指气使和长风的低声下气。现在看见老太太又动起手来，终于忍不住了：

老太太，你不能文明点儿吗?你怎么动不动就动手呢?你都这么大年纪了。

庄离不停地示意着，让秋儿躲起来，但秋儿似乎怕长风吃亏似的，始终不离左右。老太太越看秋儿越生气，不由得大骂起来：

滚，你这个不要脸的小三。你还有脸跟我说话，你还有脸活着。滚得远一点儿，不要让我看见你!

庄离急了，她把秋儿推到一边，轻声说，秋儿，这里没你的事，你不要掺和了。然后，她继续劝着老太太说：

伯母，我们还是坐下来，再教训长风吧!

长风也试图忏悔：妈，我……

不要叫我妈，我不是。你也不配。老太太毫不客气地打断长风说：我告诉你长风，你必须把可可归还给和和，否则我跟你没完。

妈，我是对不起和和。这一点我认打认罚，随你。但可可的事情，这是我与和和自己的事情，你最好不要干涉。

长风你听明白了，可可是我的外孙女，是我女儿的女儿。可可关系到我女儿，也就关系到我。所以我干涉定了。

长风一言不发，突然扭身走向厨房。出来的时候他的手里拿着一瓶啤酒，他走到老太太跟前，镇静地说：

妈，我也希望你听明白了。我可以接受任何惩罚，但可可谁都别想跟我争。否则的话……长风不再说话，他突然举起酒瓶，当啷一下砸向自己的脑袋。

一声爆响，一声惨叫，还有一声凄厉的尖叫过后，除了秋儿与庄离站在客厅中央，脸色惨白、两眼发直外，长风已经躺倒在血泊中，刚才还像斗鸡一样的老太太也已瘫痪在地，不省人事。

33

庄离在半信半疑中与《大地》副主编邢愿又谈了两次，一切都很正常。邢愿没有表现出任何想让庄离掏腰包的意思。即使庄离几次暗示，邢愿都没有提这件事。看来当初真是多虑了。邢愿甚至都没有答应接受庄离的宴请。庄离当初的兴奋很快重回心里。接下来，邢愿派了一位漂亮女编辑开始与庄离进行细节交流，推介进入实际操作阶段。在庄离提供了一部分她认为最漂亮的文章，还有她自我感觉不错的一些生活照片后，刊物又发了她两篇同类型散文，两幅照片，同时配发了本城一位具有相当实力的散文评论家的评论。

庄离从来没有如此愉快，原来道听途说的一些文坛黑暗和腐败看来并不是真实的，起码不是普遍存在的，否则，她的这种幸运就无法解释。她庆幸自己有这样的机遇，能遇到这样好的刊物，这样优秀的刊物主编。

策划做得不错，特别是评论家的评论不愧是名家之笔，几乎有点石成金之功能。在评论家的文字下，庄离的散文一下子提升了到了一个新的高度。连她自己几乎都没有意识到的思想在评论家的文笔下，都跃然纸上。不久，一些慕名的读者开始发来电子邮件，向庄离请教。还有一些散文圈里的认识不认识的朋友也纷纷打来电话，表示祝贺。庄离的名字在本城的散文圈里开始有了小小的知名度。

这一系列的宣传，包括一系列散文的发表，散文名家的点评，再加上一些读者和散文界朋友的电话问候和邮件来信，使庄离受到了极大的鼓舞。她的作品一时间像流水般不停地出炉，除了《大地》刊登和名家点评外，另外一些文学刊物也开始刊载庄离的作品，有一家甚至开始向庄离约稿。不久，经邢愿介绍，庄离顺利填写了作家协会的入会表，只等换届时讨论评定。

秋天是文人墨客聚会的重要季节，文联也往往在每年秋天举行各种笔会和活动。这些活动大多安排在高山大川，或者海边湖岸，文人们以山寄志，凭水托情，在山水间获得灵感，促进交流。今年文联的活动除了采风和笔会，还有一项重要的任务——“玉泉乳业杯”颁奖大会。因为对玉泉杯的评奖结果不满，长风拒绝参加这个活动。

庄离也是被邀人员之一，这令庄离兴奋异常。她还没有正式参加过文联组织的活动。文人的聚会很单纯，能说会逗是大家的特长，一路上各种幽默的、诙谐的、煽情的、整蛊的故事一个接一个，整个旅程欢声笑语。庄离为走上文学这条道路感到万分的庆幸，为加入这个群体感到无比的幸福。她觉得这就是她要找的家，她的精神花园。

下午四点多的时候，他们一行到了白云山半山腰中的一个宾馆住下。乱哄哄一群人，安排完房间，就到了晚饭时间。

晚饭很有收获，庄离认识了好几个本城散文界的前辈，散文刊物编辑、评论家。这次活动，协会还特邀了邻省文学刊物副主编于无。于无一见庄离明眸皓齿，也多了几分喜欢，并且表示希望庄离有时间向他们刊物供稿。

也许是初到山上，大家的兴奋劲和新鲜劲正大，大家又好长时间不见，因此这第一餐饭，吃的时间格外长，酒也喝得格外多。酒会达到高潮时，主持人交代服务生打开了卡拉OK。

有人唱歌，有人喝酒，整个酒宴喧闹成一片。庄离有点头疼，便想悄悄离开。当她无声无息地走到门口时，被另一个酒桌旁的陈教发现了。他往起一站，正好挡住庄离的去路。

庄离，你可不能走，新人入伙都要挨个敬酒的。这是规矩。来来，我给你介绍我们的老前辈黄老先生。你今天参加活动，不认识黄老先生怎么能算入伙呢?

顺着陈教的手看过去，庄离看见了黄老先生。说老先生，其实并不老，大致也就是五十七八岁左右，头发花白，但面色红润，目光慈善。看见庄离怯弱的样子，他慈爱地伸出手向庄离示意，嘴里也说着，来，来，在这儿坐一会儿。

庄离像个布娃娃一样坐了过来，一桌子陌生面孔令她很紧张。陈教一边给庄离拿杯子倒酒，一边对庄离说，先敬黄老先生一杯酒，以后好请黄老先生指教。

庄离像木偶一样，举着杯子，向黄老先生说：敬黄老师，请多关照。

邢愿也走了过来，抢在陈教之前，指着一个瘦高的中年男人说：庄离，这是商农先生，你的第一个评论者就是他。他是咱江大中文系教授，享誉文坛的文学评论家。

庄离一听，知道这个名字，自然喝了一杯酒。

陈教还在介绍，但庄离已经实在不行了。她感觉头疼越来越厉害，胃里也开始翻江倒海，她想她要吐了。她必须在吐之前离开这里，免得第一次参加活动，就丢人现眼。

陈教似乎介绍了个什么名字，范建平，省文学评论界最牛的大家之一，等等。此时庄离已经开始向陈教抱歉，希望她能迅速离开。但是已经晚了，在陈教的介绍下，范建平已经举起了杯子。

庄离胃里的酒差不多已经到了嗓子眼。她忍着难受，歉意地说着：对不起，我实在不行了。

范建平显然不高兴了：刚才那两杯都喝了，到我这儿不喝？嫌我名气小？

不是，对不起，真不是。庄离几乎要哭了。因为一直憋着的一股酸水突然像喷泉一样，自下而上从喉管冲入嘴里，她不等范建平说话，一溜烟跑出了酒宴。

在她的身后，一声玻璃碎裂在地的声音刺耳地传来。

刚才还星光灿烂，转眼间乌云密布。这世间就是如此，只要有人的地方，就不会那么轻松，更不会永远愉快。在庄离逃出酒宴的时候，她已经知道这个范建平被她得罪了。

这个夜晚注定是个多事的夜。她冲出饭店，冲到野外山坡的时候，一下子清凉了许多。然后她就安心地蹲在一个角落开始了呕吐。

莫菲跟了出来。等她吐完胃里的酒精和饭菜，与莫菲沿着一条小山路向宾馆处走的时候，一件意外的事情发生了。

星光暗淡，整个山区云罩山峦，雾锁草木，小路显得狭窄拥挤。也许是夜深的缘故，周围一片静寂，没有人影，没有人声。只有自然界各种虫类、鸟类在团团浓雾的包裹中时不时啁啾着，鸣叫着。远处偶尔传来狗叫声，让她们稍有安心，但也让她们担心。也许是因为害怕，庄离竟然忘了头疼，她与莫菲几乎不约而同地警觉着、观察着周围的动静，似乎担心会从浓雾中突然冲出一只狼或者一只熊似的。

一种奇怪的声音隐约传来，带着某种模糊的回音。先是莫菲停下了脚步，然后庄离也停下了脚步。她们站在原地，一动不动地辨别着声音：那是一种呻吟声！没错，是女人的呻吟声。

两人对看一眼，再倾听。

哦——很细小，很远，但她们听清了。

有人病了，一个女人，就在不远处，没错！除了呻吟声，还有敲击地面的声音，说明这个女人已经无力呼救了。

莫菲拔脚向发出声音的地方跑了起来，庄离也紧随其后跑去。

声音越来越大，女人显然病得不轻，听声音除了呻吟，她似乎还在往她们的方向攀爬。

雾越来越薄，杂草中慢慢显现出一团黑乎乎的影子，像一头笨重的小熊正在蠕动。

然后，她们跑了过去。

离呻吟声还有几米远的时候，她们同时停下来：傻眼了！

因为刚才看见的黑影不完全是黑影，在那团黑影旁边，确切地说，与黑影叠在一起还有一团白花花的东西在蠕动，在黑夜里，向周围辐射着柔和细致的光泽。两个人好奇地站在那里，一切全明白了：

在不远处，除了一个女人，还有一个上身着黑色T恤的男子。女人在下边像只摊开的海蚌，全身散发着白花花的光泽。男人正像一只庞大的蛤蟆压在上边。特别耀眼的是，男人那只白花花的屁股朝天向上，像一只巨型的苹果！

在她们停下脚步的同时，那团活动的影子也突然停了下来，包括声音，包括动作。

她们面面相觑，完全不知所措，不知是藏还是跑。

一切都来不及了，那团黑影中，两张脸同时转向她们站的地方。

也许只有一秒，只听男人的声音像一声闷雷扔向她们的耳边：滚——

好像这一声“滚”把两人突然震醒似的，庄离下意识地往下一缩蹲了下去，用双手捂住了眼睛。

让她们不知所措的，不仅仅是遇到山野中男女的交合，也不仅仅是那男人的吼声，最让她们不知所措的是，当这对儿男女为突然到来的两个好事者惊讶地抬起头时，那两张似清晰似模糊的面孔：男的是那个邻省文学刊物的副主编于无，女的是刚刚获玉泉乳业杯二等奖的郝鸽。

莫菲突然扭转身体，一百八十度大旋转，像士兵一样干净利索地跑了。蹲在地上双手捂眼犯傻的庄离也急忙效仿莫菲站起，转身，跟在莫菲后边往回疯跑而去。

34

庄离有点儿难过了。前一天刚刚找到的精神家园，却仅仅洁净和安逸了那么短的时间。当第二天一早醒来的时候，这个花园的上空便出现了一层浓雾，它遮挡阳光，散发异味，像一挂又脏又破的幕布，使这个家园再也无法安放她安静的灵魂。

那时候，“玉泉杯”颁奖仪式即将开始。红色条幅，蓝色大字，几只在空中自由徜徉着的五彩气球，像清新的阳光、满坡的绿草一样，似乎在迎着她。她有些惆怅，在前一个晚上的意外发现里，她感觉精神的天空开始阴郁。就是那个时候，一个似曾相识的身影突然出现了，然后在她的视线范围里停留了几秒钟，再定睛看时，却是踪影全无，而那片洁净的花园，开始从脑中、从心中、从记忆中缓缓遁去。

她坐下来，在最后第二排，悄无声息，像个幽灵。领导讲话、评委讲话、赞助商讲话，掌声、讲话声，一阵一阵，热情洋溢，气氛热烈。颁奖时刻终于到了。

首先公布和颁发的奖项是第三名，八个人。这八位获奖人上台的时候，台下气氛已经相当热烈，成群的记者和诗人在拍照，还有几位年轻诗人蹿上台献花。第二名三位获奖人上台的时候，会场秩序已经开始混乱了。因为第二名中有张妩、晓晓、郝鸽。关于这三个女人的获奖，传说飞满天，消息飘满山。关于郝鸽的传说，庄离早几个月前就听说了。晓晓的传说，庄离的家庭更是经历者。关于张妩，传说简直充满传奇。有人说在休会的当天晚上，关于张妩与牛志刚的实力比较中，本来张妩的实力强于牛志刚，但她与牛志刚做了一个浪漫的交易：不是大奖才六万元吗？牛志刚给张妩买一辆宝马，张妩放弃一等奖。这传说，因为没有确切的证据，只能算做传说。这些传说，有人说丑恶，有人说风流；有人说无耻，有人说浪漫；有人在鄙夷，有人在艳羡。但无论什么，玉泉杯仍然在鲜花、掌声、红地毯、闪光灯和欢呼声中，热气腾腾地出炉了。

第一名颁奖环节到的时候，庄离似乎对那个身影仍然没有回忆起来。主持人宣布了获奖者姓名“牛志刚”时，庄离仍然没有顺利打开回忆的锁钥。几个月前与那个商人牛志刚周旋的经历似乎被彻底埋葬了。这个获奖者牛志刚，在她脑子中，完全没有引起任何注意，更没有跟那个牛志刚联系起来。庄离冷静地坐着，看见一个胖胖的男人，带着一脸笑容兴奋上台时，庄离惊得差点掉了下巴。

她想起了早上在她的视线中停留几秒的人物，想明白了早上不舒服的缘由。她甚至想起了最后与牛志刚接触的那个晚上，他从包里拿出来的诗稿：这世界太令人意想不到了！

有几个年轻女孩也跑上台去献花。在鲜花簇拥中，牛志刚像一只巨大的苍蝇，嗡嗡着发表了获奖感言。庄离感觉浑身泛起一层鸡皮疙瘩，她挠了几下，悄然离开，走出会场。

打开会场的外门，一阵山风，像一眼喷泉突然迎面袭来，令她不自觉身体一颤。阳光依然亮灿灿的，远处的白云一团一团悄然移动、变换着阵形，像草原上的羊群。她突然好想去草原啊，做一个牧民，骑一匹白马，带着一群美丽的山羊，在草原上自由自在地驰骋、放牧。

她电话打给长风的时候，长风似乎傻了。他做梦都没有想到，他感觉自己凭着良心，秉持公正，以牺牲女儿择校为代价把晓晓踢下去的结果，是为了推出一个曾经对妹妹耍流氓，而且拿金钱买诗歌和奖项的渣滓！这简直是滑天下之大稽！滑人类之大稽，滑他妈的动物之大稽！

让长风去傻眼吧！庄离刚挂掉长风的电话，手机又响了，她想估计是莫菲在找她吧。庄离下意识看了一眼，一个陌生的手机号，里边传来的却是一个似曾相识的男人声音：

庄离，没想到咱们会在这里见面吧！作为一个诗人，我想，我不比你差吧！

牛志刚！庄离差点叫出声来。

庄离，你看，咱们缘分多深！

庄离再次吓了一跳，因为这句话传到耳朵的时候，已经不仅是手机里的声音，还掺着身后传来的声音。她转过身，牛志刚那张白腻的脸上正在展开一脸的得意。

庄离直视着牛志刚的眼睛，冷冷地说：我请你以后不要跟我联系。我不希望你认识我，也不希望我认识你。

不要这样绝情吧。好歹咱们也曾共度一个良宵呢。再说了，以后我们会一起参加更多这样的活动，我们为什么不能做好朋友呢？

我要澄清一个事实，请你尊重自己，也尊重我。那就是，我们从来不曾共度什么良宵。另外，我也请你记着，我永远都不会跟你做好朋友！

先别这么早下结论！

你放心，这结论不会更改！

我还是希望你改变对我的偏见！

不会！我请你记着，我们不认识。否则，小心我不给你面子！

说完，庄离转身回到了会场。她想，人死了会变成鬼，所以有人的地方肯定会有鬼。关键是见到鬼，你怎么应对。庄离笑了笑，见到鬼，视若无睹，鬼就不存在！

会议已经进入创作交流阶段。大家畅所欲言，各自谈创作经验，交流写作体会，还针对一些作品中的问题，讨论得非常热烈。庄离听得津津有味，连个厕所都不舍得上，生怕漏掉重要的内容，到五点会议结束的时候，庄离发现自己整整记了十三页纸。

阳光仍然很好，满山遍野到处是交织和跳跃的光线，照在静态的绿树、花草上，似乎整个山坡、整个景区，连同景区里的人都在跳跃、在变幻。大家的兴致仍然很高，带着会议上的话题，还在热烈地讨论、交谈，甚至争论。庄离夹杂在人群中，走在莫菲的身旁，也在认真听着。进入饭厅，三大桌凉菜都已经上齐，每桌中间摆满各种酒类，白酒、红酒、啤酒一大堆。顿时给人一种庆功会、不醉不罢休的感觉。大家都很兴奋，一些爱喝酒的人马上露出跃跃欲试的亢奋状态，这也许是这次活动的高潮阶段吧。庄离有点怵头，她首先需要躲着牛志刚，然后需要躲着范建平。到最后座位落定后，她才发现，她躲开了牛志刚，却没躲开范建平。尤其让她不舒服的是，她怕见的于无、郝鸽也没躲开。看来冤家路窄这句话，太经典了。

酒宴没有人主持，也没有什么开场白。也许是因为中午吃了一顿白饭的缘故，大家似乎憋坏了，因此各桌人一满就欢天喜地吃喝上了。庄离这一桌算起来于无岁数最大，资历最老，被推举为主持。

本来心里一直紧张着，当于无以满脸灿烂的微笑端起酒杯对着她的时候，她发现最初的恐惧是多么多余。文人们其实还是相当简单的，一切都不是她最初想象的样子，她是多么高兴，她能应付自如。范建平也一脸平静，似乎昨晚的事情没有发生过一样。如此想来，她觉得，这个圈子说简单也复杂，说复杂其实也很简单。一切过去了，也就过去了。包括于无的屁股，范建平摔碎的杯子，昨夜的一切似乎随昨夜的白雾全部飘散了。今天与昨天无关，一切又从头开始。

酒精可以助兴，但也可以败兴。随着空酒瓶的增多，有些人开始走样，像太阳斜射下的人影，变得或歪斜或扭曲，庄离再次感觉有点看不清了。

酒宴已经混乱不堪，各桌之间纷纷乱串，许多人喝多了。正在庄离准备溜走之时，牛志刚像鬼一样又出现了。他擎着一杯白酒，满面冒着白光，肿着厚厚的眼泡，眯着三角眼向庄离走来了。

庄离，咱俩怎么也得喝杯酒吧，无论怎么说，曾经有过那么一段交往，对不对？

庄离立即恼了，她压低声音，恶狠狠地说：牛志纲，我再告诉你一遍，我不认识你，请你永远不要跟我说话。

哈哈，这又何必呢？你看咱俩现在也算同道人了，以后打交道，交流写作的机会将更多，为什么不化干戈为玉帛呢。再说了，这次我能进入大奖，也多亏了你哥啊。所以，就凭这，你永远都是我的朋友和恩人。

不提评奖这事还好，一提这事，庄离恨不得端起桌上那盆热汤把牛志刚的脑袋浇成一只红烧猪头。她咬了咬牙，恶狠狠地说：

你这奖得的，不觉得成本太高了吗？

牛志刚把声音压低，一脸无耻地说：不高，一点儿都不高。当初这辆车我本打算给你的，你忘了？实不相瞒，这辆车本来是买给一个女人的，她只用了几次，背叛了我，所以我收回来了。扔了可惜，卖了不值钱，看着碍眼。对我来说差不多成了垃圾。现在用在这里，不仅获了大奖，还得到一个比你年轻、比你漂亮、比你诗写得好、比你有名气的女诗人，对我来说，没有比这次交易，更合算的事了。

呸！庄离气得咬牙切齿，转过身去，不再理他。

邢愿走来，看见牛志刚站在庄离身后，热情祝贺着，并问庄离：认识今天玉泉大奖获得者牛老板吧？

庄离本来心里憋着一肚子火，顺嘴说：我不认识。

啊，不认识啊。邢愿完全没有注意庄离的情绪，高兴地说，那好，我给你介绍一下，这可是咱们省内有名的老板。我们诗人队伍能有这样的企业家加入，也是我们的荣幸啊。

庄离鄙夷地看了牛志刚一眼，心想，我看是耻辱吧！

范建平正在一个一个敬酒，牛志刚先自上前敬范建平了。他高兴地说，范老师啊，我来这里是专门感谢你这个评委的，据说，我这次能评上大奖，也有你的支持啊。

范建平本来喝了不少酒，见牛志刚来谢他，脸一下子紫得像被注射了紫药水一样。他讪讪地说了两句，也准备跑开。显然，他跟长风一样，为这次评奖恶心了。范建平转过身，正好看见邢愿与庄离在小声嘀咕。

邢愿其实在小声征求庄离意见，她要陪庄离为昨天的事向范建平道歉。没想到范建平一看她俩嘀咕，顿时想起庄离昨晚对她的不礼貌，怒气兜头而来：

你们看看，邢大主编与这庄离小姐的关系，就明白了吧？我说庄离小姐怎么那么看不上我呢。人家是有靠山的！

邢愿一看气氛不对，赶紧端着酒杯说，范兄，我们敬个酒，表示道歉，你给个面子，如何？

我给你面子？我有面子给吗？

有，当然有了。邢愿在努力缓和气氛：你是我们刊物的主要撰稿人，我们刊物可不能没有你啊！

邢大主编，你千万不要拿我这样的穷文人开心。我算什么，一个写点酸臭文字的小人物。这样的人满街都是。你们刊物离了我照样红火。而庄离小姐就不一样了，她写文字给你供稿，她还出钱给你们发奖金。你们离了像她这样的人恐怕才是问题呢！对不对？范建平把下巴抬得高高的，指向庄离说：是不是庄离小姐？请问，你今年这一系列的宣传和包装，花去了多少？

庄离的腿突然哆嗦了起来。

邢愿急忙过去，她想拉开范建平，但范建平也许是喝多了，正好借酒耍疯，出一出昨夜的气：

拉我干吗？我是不是把你们的商业秘密给说出去了？

庄离脑袋在一点点儿变大，她感觉眼前的一切突然变成了一个巨大的花盆，而这些人都成了花盆里栽的一圈洋葱头。

她用力摇了摇头，想看清眼前的一切，但结果发现眼睛里的泪花被摇了出来。她给自己倒满一杯酒，一言不发，一仰脖灌了进去。

看看吧，不是不能喝，是不想喝吧。有钱人只要用钱一切就都有了，干吗给我面子呀！不是吗？

这社会只要有钱了，什么买不到？比如买个委员，比如买个什么代表，比如买个诗人，买个作家，买个大奖玩玩，这不有的是吗？郝鸽插话附和。

是啊，陈教走过来，听见郝鸽的话，再看见庄离的眼泪，不由得仗义起来：是啊，花钱算什么本事啊，弄点色相卖一卖，赚个诗人、作家什么的，甚至搞个奖项什么的，岂不成本更低啊！

那当然了，范建平端起酒杯碰了郝鸽的杯子一下说：干杯！郝鸽。我们都是穷人，我们只能出卖自己的体力和脑力。有钱人就不同了。想玩什么都是一件现成的事。只要把钱拿出来，成群的人愿意做这个生意呢，对不对？

全明白了，庄离无比难过。范建平还在说什么，她听不清了。除了眼睛还能看清点东西，眼球还能转动一下，她实在累得全身没有一个地方想动弹了。她往下坐着，却是坐到了椅子之外，然后她就坐到了地上。在最后清醒的一刹那，她看见对过一个男人的大手正在一个女人裙子下的大腿上游移。

她想起那个方向的座位正是于无和郝鸽。那个巨型的白花花的屁股一般的苹果在她的脑中一闪之后，她带着一副恬静的表情睡了。在意识最后一闪的时候，她记起范建平对郝鸽所说的“我们穷人只能出卖自己的体力和脑力”。她想这句话还不完整，比如那个郝鸽还有白花花的像打开的海蚌一样的肉体可以用来换名啊。那个像海蚌一样摊开来、白花花的肉体啊！

35

可可在五十五中的学习生活很愉快，期中考试过去，可可考了全班第二十八，成绩不太理想。自从知道爸妈离婚后，可可的情绪一落千丈，学习自然也受影响。特别是爸爸与姥姥的那次冲突让她明白了她的处境：从法律上来说，她已经不再是妈妈的家庭成员，爸爸成了她合法的监护人。她很难过，难过的是她应该离开妈妈。但她同时也很感动，感动的是爸爸为了养她差点把自己的脑袋砸出脑浆子。这是姥姥的话。姥姥也不再为可可的监护权争斗了。她怕了，与她的女儿和和一样，怕那个疯子再做出什么疯狂的举动。这也是姥姥的话。

但是可可仍没有下决心跟随爸爸生活，毕竟那里还住着一个秋儿，她不知道如何面对她，如何与她相处。还有，如果她离开妈妈，她不知道会如何想念妈妈。所以在医院的病床前，当爸爸表示希望她搬来住时，她摸着爸爸满脑袋的绷带安慰爸爸说：

爸爸，你先养伤，让我再与妈妈住一阵，我就搬到你那里，孝顺你。

爸爸的伤很快好了，甚至专门带着玩具，带着零食两次来接她，但在最后一刻，可可仍然没有走。搞不清为什么，她就想再拖些日子，在心里似乎有一种这一走就失去妈妈的感觉。

日子这么一拖就拖到了期中考试。期中考试一过，学校最大的事情就是家长会，这也是可可在新学校的第一次家长会。无论是学生还是老师，甚至校长们都很看重这次家长会。在这个时候发生了一件事，让和和突然产生了到爸爸那里住的念头。

在开家长会的两天前，可可的班主任——语文老师韩琳突然在课间把可可叫到了办公室。她以课堂上少见的笑容，向可可提了一个很可爱的要求。她说：

可可，平时你的家长会是妈妈开，还是爸爸开？

可可有点莫名其妙，她说，是妈妈开。

爸爸为什么不开？

爸爸忙。

你爸爸叫长风？

是啊！可可想了想，才想起她入学时所填的学生情况表里写着爸妈的名字。

你爸爸是写《天与地》的诗人吗？

是啊，老师怎么知道？

韩琳老师更高兴了：我上学时就经常读你爸爸的诗，我非常喜欢。

噢！可可有点像做梦的感觉，她心目中那个像皇上一样的老师竟然知道她爸爸长风，而且在上学时就喜欢她爸爸的诗。看着老师脸上的笑容和向往，可可终于搞清楚了，她的爸爸也像“超级女声”一样，有粉丝，有崇拜者，而且还是她的老师。她多么幸福呀，多么骄傲呀！就因为她有这样的爸爸，这样一个能写诗的爸爸。那一刻，她决定住到爸爸那里去。

韩老师的脸上有点羞涩，她一伸手从办公桌抽屉里拿出一块巧克力，递给可可说：

可可，这次能不能让你爸爸来开家长会，或者让爸爸妈妈一起来。

可可丝毫不犹豫地回答说：当然可以啦！

那好，一言为定！小韩老师的脸上笑成了一朵花，可可的脸上也笑成了一朵花。直到临走时，小韩老师还叮嘱可可说，你爸爸进校门口之前，一定给我打个电话。别忘了这件事，这很重要！

可可太想不到了。当爸爸长风进校门口打完电话后，老师竟然让他在门口等着。然后小韩老师带着十个学生亲自迎到了门口。这种礼遇太崇高了，这是可可的同学梁晓说的。他是跟着小韩老师到校门口迎接长风的十名学生之一。平时威严的韩老师在长风面前笑得灿若桃花呀！这也是梁晓说的。

这可是有史以来第一次见老师如此巴结家长的。梁晓下课后一直对着一群好奇的同学绘声绘色地描述当时的场景。

你看，咱班的家长有副厅级领导，有处级领导，有大款、企业家、老总，还有专家学者，唯有可可的父亲受到这样的礼遇，咱爸不得了啊！梁晓是多么羡慕，竟然用了“咱爸”这种称呼，那神情恨不得让长风变成他的爸爸。在旁边听着的几个孩子同样满脸向往。

不到一天，全班都知道了可可有一个著名诗人爸爸。而可可自此在大家心目中成了公主一般的女孩。

家长会后，可可主动把电话打到了长风那里。她说，爸爸你来接我吧！

尽管流了几滴泪水，看着站在黑影里妈妈孤独的身影，她有点儿难过，但她最后还是挥手告别了妈妈，住到了爸爸家。

这是一种全新的生活方式，她从来没有想到家庭生活可以如此过。她自小都是在妈妈戴着手套穿着围裙的忙碌中长大的。在她的眼里，妈妈除了上班和上街外出时衣帽整齐外，家里的妈妈永远都是在随意的服饰里擦洗、打扫、做饭、收拾家务、数落她、埋怨爸爸。而现在不同了，整个家里几乎没有油烟、不做饭、不做家务、不打扫。这太新鲜了，吃饭都是买现成的，清洁有钟点工。秋儿阿姨只做一件家务事，就是把脏衣服扔洗衣机里，然后从里边拿出挂起来。

然后，她就痛恨起秋儿阿姨了，怪不得她能把爸爸抢了过来。其实，她本来是痛恨秋儿的，只不过刚搬来她有点吃不准怎么与她相处。在看了她的生活方式后，再回头看看妈妈，她一下子觉得妈妈可怜极了。然后这种痛恨便在行动上体现了出来，也就是说她知道了如何与秋儿相处。

秋儿喜欢叫外卖，可可经常尝几口就说难以下咽，不吃了。问喜欢吃什么，可可总说喜欢新煮的炸酱面。外卖叫来的可可又坚决不吃，要么说面糟，要么说面凉。为此秋儿不得不下厨做饭。这让秋儿很是恼火，但又无处可发泄。秋儿不喜欢用手洗衣服，但可可经常把水笔里的墨沾到浅色衣服上，搞得秋儿又不得不用手给她搓。本来秋儿准备了那么多糖衣炮弹，玩具、头饰、小挂件，她觉得以此哄得一个小姑娘的心很容易，没想到在可可这儿一点儿都不灵。小姑娘每看见一次礼品，就高兴一会儿，也就一会儿，再从屋里出来时，本来就不太圆的小脸，又往长处拉长了。

这还不是太难受的。因为小姑娘上学早，每天要早上六点半叫起床。这是一件太要命的事情，秋儿在尽心尽力做了几天后，几乎怀疑自己是否有承担这项任务的能力了。早上按点叫，小姑娘总是半睁只眼睛，看看表说，再让我睡五分钟，我困极了。等过五分钟去叫，她往往一睁眼便开始大发脾气，怨秋儿叫她晚了，故意让她迟到了。这种事情几乎每天早上发生，秋儿终于有一天再也忍受不了，与可可吵了起来。

秋儿六点半叫了可可起床，可可又说要赖一下床，她便去准备早餐，等准备好，她再一次过来，可可仍说要眯一下。于是她又回屋待了一下，再过来叫可可时，可可一睁眼便大叫起来：

你怎么这么晚叫我呀，我要迟到了。我今天还要做值日呢，你知道不知道？

秋儿委屈，只是忍着说，我这是第三次叫你了，怎么叫晚了？是你起晚了好不好。

刚才你叫我时，我说再等一下，可是你等了这么久才叫我，这不是成心让我迟到吗？

没多久，就三分钟，秋儿试图辩解。

谁让你三分钟，我说就等一下。三分钟是多少下？

秋儿忍无可忍了，她的话里已经透出强硬的成分：可可，如果你觉得晚，那么就不要为这点小事争论不休。

这是小事吗？这关系我迟到不迟到的问题。可可一听秋儿强硬起来，她的嗓门更大了。

秋儿终于也爆发了，她声音低沉，但声调却相当严厉：可可，我看你纯粹是无理取闹！

我倒觉得你是成心跟我过不去！

听见吵闹，长风从卧室走了出来问道：怎么回事？一大早就吵吵闹闹。

秋儿阿姨叫我那么晚，她成心让我迟到。

我希望你说话要凭事实，你也不是小孩了，你都上初中了。秋儿眼里有了泪花。

我怎么说话不凭事实了，你看几点了，你看。可可一边指着墙上的挂钟，一边对着爸爸说，爸爸，这不是成心让我迟到还是什么。她觉得叫我起床，给我做早饭很委屈。我能感觉出来。每天她都拉着长脸，好像我欠了她多少人情似的，我受不了。爸爸，如果你们嫌弃我，我回妈妈那儿好了。妈妈无论替我做什么都没有委屈过，也没有给过我脸色。我想妈妈！可可本来是假装哭的，没想到说到这儿，眼睛里真蓄满了泪水，她是真想妈妈了。

秋儿脸上也有泪花，她是气的，她不管可可的泪水如何打动长风，还是忍不了这口气：可可，我真没想到，你这么小，就这样坏！

哈！我坏！可可声音突然放高，一边大声嚷着，一边流着泪水：我坏，爸，你听见了没有。她竟然说我坏。我长这么大，没有人这样评价过我呢。

说完这些，可可觉得还不解气，她扭身冲着秋儿大声说道：秋儿阿姨，我不怕你说我坏。我倒是觉得，如果这里有人坏的话，那个人倒是非你莫属了。年纪轻轻，抢人家丈夫，虐待人家女儿，竟然还给人家女儿扣一顶“坏”的帽子。你不觉得你才是那个道德败坏的女人吗？

秋儿“嗷”的一声发出长长的哭声，然后一扭身跑回了卧室。

36

胡新科陷入了双重困境。

第一件事是庄离的出走。

庄离没等活动结束，便草草提前回家了。她无法忍受胡新科用钱给她买荣誉这种行为，她必须找胡新科说清楚，一刻也不能停。她要让他明白，她庄离是个洁净的人，任何用不正当手段得到的东西，她都不会要。如果她愿意的话，如果她要的话，她完全不必辞职。

胡新科觉得做得非常保密，他想不到这一切如此快就露馅了。从接到庄离怒气冲冲的电话，他就料到有什么地方惹恼了她。他以为安娴的事情东窗事发，因此，当他惴惴不安，心惊胆战地回到家，听庄离的叫嚷后，他才明白，他的错误只是拍了一次愚蠢的马屁，而且拍到了马脚。

胡新科，你给了邢愿多少钱？这是庄离看到他发出的第一声质问。

胡新科知道一切都瞒不住了，只好低声说：对不起，我只是想帮你。看你那么辛苦。

多少钱？

三万。

“啪嚓”，庄离举起茶几前的玻璃杯，疯狂地摔了下去。大小不一的玻璃碎片立即如天女散花般在客厅内四处散飞而去。然后她又摔了下去。

好，三万，买得好！她突然起身，低头抓起茶几上又一只玻璃杯摔了下去。

在胡新科的印象里，庄离从来不曾发过如此大的脾气。她摔了三个玻璃杯，一个茶壶，还有一个花瓶，踩踏了花瓶里一束新鲜的玫瑰，砸了一个花盆，踩烂花盆里的一束君子兰。她在客厅里上蹿下跳，飞奔着，咆哮着，怒吼着，几乎折腾了十分钟，才慢慢将气消下来。站在一边的胡新科傻了，他第一次确确切切地见识了庄离所说的精神病家族里所潜在的精神疾病的歇斯底里。他当时最大的担心就是：这个女人是不是就此疯了。如果是这样，那他胡新科这一辈子再也别想良心安宁了，他不折不扣成了一个千古罪人。

狼藉的屋内慢慢安静下来，像战争后的废墟，缭绕着一种凄凉和杂乱，胡新科一直没有找到适当的道歉词语或安慰词语。他耷拉着脑袋，像个罪人，在沉寂中思索着如何弥补过错时，庄离突然起脚冲进卧室，一阵丁零当啷声后，她拿着一只小皮箱出来了。

你去哪？胡新科沉默不下去了。

去一个没有铜臭的地方。庄离以一副拒人以千里之外的表情回答胡新科。

胡新科试图说服，或者阻止，或者请求庄离别走。但庄离完全没有缓和的余地，他拨开胡新科，以一副决绝的表情离开了。

庄离离家出走了！

胡新科的第二个困境更可怕：安娴怀孕了，之前商量好的打胎之事，她又反悔了。

对他来说，安娴那里的麻烦相比庄离更大。这安娴差不多怀揣了一颗巨型的定时炸弹，他如果不及时处理，如果处理不好，那么这颗炸弹一旦爆炸，其破坏力对这个家庭来说将是毁灭性的。因此在目前这个阶段，他必须全力以赴安排好这件事。其实，胡新科被庄离叫来之前，他正与安娴进行交涉，而且刚刚商量好去打胎。在胡新科的印象中，安娴一向是一个小鸟依人、善解人意的女孩。她温柔、安静、善良、聪明，但让人想不到的是，怀孕一下子让一个柔静的女孩变成了一个让他难以看清的陌生人。

胡新科搞不明白，这女人是怎么想的。当初安娴信誓旦旦地说，她不要胡新科负任何责任，也不会给胡新科带来任何麻烦，她不要名分，不要地位，不要金钱，只要胡新科让她喜欢，让她爱就够了。而如今这一切突然随着安娴怀孕，全改变了。

安娴也很难过。自从接受胡氏老太太的协议后，她自认为通过这个方式，挣一笔钱，是救全家人于水火中最快的途径。虽然有些肮脏，有些卑劣，但对于走投无路的她来说，总比到歌厅卖身更容易接受些。她一直认为这就是个交易，而且还是一个肮脏的交易，这里除了耻辱，她从来没有想到还会有什么美好的东西。但是随着与胡新科的交往，她也搞不清何时被吸引了。这个豪门男人的不事张扬，对她的体贴入微、柔情蜜意，使她这个从小被人忽略，几乎没有获得过什么疼爱的女孩，被深深吸引了。特别是随着怀孕这个重大事情的来临，随着胎儿在身体里的成长。她的心里已经被胡新科这个男人和这个男人在她的身体里播下的种子全部占满了。什么胡氏老太太，什么协议，甚至救全家性命的八十万元全部在她的脑中弱化了。这个白纸一样的姑娘，终于在不知不觉中把自己完全陷了进去。

日子像日历，一页页往后翻着，孩子像豆芽，在腹中一天天长着，她甚至开始想象这个小儿的眼睛、鼻子、头发、皮肤会吸收他俩的哪些元素，它是个男孩还是女孩。有一天，她路过一家书店，不可遏制地买了几本育儿书籍。其中一本书里的一张宝宝照片，无论怎么看，都像她和胡新科的孩子。那个宝宝的眼睛像她，嘴巴像新科，眉头像她，鼻子像新科。这个发现令她生下孩子的欲望更加强烈了。

庄离的出走，让胡新科懊恼万分。现在还得去面对这件棘手的事情。他哪里遭受过这样的折磨。因此，他驱车赶往安娴住处的时候，胸腔里装满了愤怒。

你到底想怎么着？刚才不是说好了吗？为什么又变卦啊？他进到安娴的屋里，第一句气就哼哼地质问起来。

安娴很委屈，一脸泪痕。她可怜巴巴地乞求着说：

求你让我生下来吧，我没有别的意思，我就是想要你的一个孩子。我不要你承认，也不要你养。我不会给你添麻烦的。

废话！你不要我承认，难道就不是我的孩子吗？你不要我养，难道我就能安心吗？

那我带它走，走得远远的，永远不要你知道，也不要你看见。

是自欺欺人，掩耳盗铃！你把我当成什么了。

可是，我就想生下它，我爱你，更爱它。

不行，绝对不行。这是我们当初讲好的，你不能违反。胡新科一点儿商量的余地都没有。

安娴再一次搂住胡新科的腰，伏在胡新科的胸前大哭起来。也许是为了抚微安娴，也许是安娴的楚楚可怜触动了胡新科，他轻轻拉着安娴坐在床上，然后双手捧起安娴的脸，亲吻着安娴脸上的泪水说：

安娴，你是个懂事的女孩。你看我有老婆，我不能娶你。咱们最初交往的时候我就给你说了。我没有骗过你，对不对？

安娴带着一脸泪水，点了点头。

你也不能让我难堪，是不是。

我不会让你难堪，安娴试图辩解，她说：我悄悄生下它，谁都不让知道。然后我就嫁人。不会有人知道的。

不可能，纸包不住火。胡新科继续半请求半安慰地说：退一步说，即使这件事瞒过了别人，能瞒过我吗？你让我以后怎么安心生活。既然你口口声声爱我，就不要让我如此难受，好不好？

安娴一头扎在床中间呜呜地哭了起来。

安娴总算是同意了，为了安抚她，也为了感谢她，胡新科第一次晚上留在了安娴的家里。并在睡觉前，约好了第二天下午，由胡新科陪伴到医院做手术。

然而，第二天胡新科上班后，安娴的思想又产生了极大的波动。或者逃走留下孩子，再挣八十万元；或者留下杀掉孩子，讨得胡新科的欢心。这两条路，她衡量来衡量去，又开始倾向第一条路。特别是，只要一想打掉孩子，她就感觉到心慌。她想她一定要做点什么，获得帮助。她终于想起了一直关注她及整个计划的胡氏老太太。

她告诉老太太说她怀孕了，胡新科要求她做手术。

这两个消息对胡氏老太太来说太震惊了。她在半小时之内就赶了过来。然后在开出一张支票，打了一通电话后，她就带着安娴离开了这个公寓。

这一切都太迅速了，胡新科做梦都没有想到，当他中午处理完公事，赶到安娴住处时，突然发现屋内安娴的衣物全部消失了。只有安娴的一张没有抬头的便条，让他一下子瘫坐在了床上。那张便条是这样写的：

对不起，我走了。我想来想去，觉得还是不能听你的。请你原谅！

37

家庭矛盾成了长风最头痛的事情，秋儿与可可虽然表面上争吵不多，乍一看风平浪静，但长风能感觉到两个人都在暗中较劲，平静的水面下一场风暴的呼啸声正隐约传来，并越逼越近。面对这样的局面，长风犯了难，他搞不懂她俩为什么喜欢进行一些没有理由的较量。每天的生活对他来说简直如履薄冰，他担心那层薄薄的冰层随时都有可能被不小心戳破，然后被压抑的滔天巨浪吞没。

天气越来越冷，冬天的第一场雪到了。一向奢侈的秋儿为自己买了一件华贵的大衣。那天是周五，可可下学早，她偷偷翻看了大衣的标价，一万三千元，吓坏了。那一夜，她气得一宿没有睡好。想起前几天爸爸买的新外套，才三百九十元，可可的牛仔裤子才二百块。这太不公平了，她凭什么这样奢侈，凭什么？直到黎明的时候，她终于想出了一个报复秋儿的计划。

第二天是周六，吃早餐的时候，可可提议全家出去转转。这“全家”当然包括秋儿了。过去，可可只要有事从来都是叫爸爸陪着，不叫秋儿。这一次特意用“全家”这个词，很显然针对的是秋儿。长风和秋儿一听可可愿意三个人一起出去，自然都高兴起来。长风顺嘴问：

可可，想去哪？

我想上午去公园坐高空飞机，下午去商场买鞋子。我的鞋子已经开胶了，我需要换新鞋了。

好，今天全听可可的。长风很高兴，一口答应。

我们都听可可的，可可想去哪，我们就去哪，可可想买什么，我们就给你买什么。秋儿也赶快巴结。

这样的时候很少有，自从可可搬来同住，这家里的成员就没有真正地一起高兴过。今天有点特殊，尽管秋儿有点疑心和顾虑，但还是被可可与长风的快乐感染了。也许可可想通了呢！人总得长大吧。

外面天气不太好，灰蒙蒙的，天空像罩了一层灰。长风仰头看了看天，据天气预报说可能有小雪。那才好呢！可可的心情并没受阴天的影响，她在前边飞跑着一路直奔秋儿的轿车。

秋儿穿着那件新买的大衣，雍容华贵，美丽典雅，再加上红色小轿车，俨然一个贵妇。相比之下，长风那身低档的衣服，可可的着装，简直就是两个阶层。坐在副驾驶座上，可可强装着一脸快乐，心里却充满了自卑和不平，还有难以平复的愤懑。

上午玩得很愉快，这也是可可战争前的一个弹药准备。中午饭吃得很不舒服，本来可可想的是吃饱了，喝足了，好干仗的，没想到中午饭都没有吃好。因为吃饭的时候，秋儿先自说的一句话让可可深受刺激。当时他们进的饭店是一个中档饭店，落座后，秋儿财大气粗地说：

难得全家出来玩儿，今天阿姨来做东，可可放开点好菜、贵菜吧。也算阿姨巴结可可啦。

可可一听，感觉那么别扭：怎么秋儿做东竟然与爸爸做东还不是一回事？于是问，你做东不就是爸爸做东吗？

当然不是啊！秋儿很自然地说。长风想辩解，半打趣地说，可可，秋儿阿姨从小在美国长大，跟咱们在一些观念上不太相同。

具体在哪里不同？可可口气咄咄逼人。

比如在钱的使用上……秋儿想解释，却被长风打断了：可可，东方和西方的生活方式差别很大，思维方式也是如此。以后等你长大了会发现，其实有好多东西，我们应该向美国人学习。

可可脸色越来越黑：原来是各自花钱！她突然明白，为什么秋儿穿那么好的衣服，爸爸却穿那么差的衣服。这算什么相爱？你既然把爸爸的家都搅散了，也把爸爸抢到了手，为什么还与爸爸分着你我？她受不了，于是冷冷地问：

你们是各自花钱吧？

不是，不是。长风急着辩解。

可可不理长风，仍然步步进逼：秋儿阿姨，你是不是觉得我爸爸穷，所以各自花钱？

那怎么可能？秋儿眉头一挑，如果我嫌你爸穷，就不会跟他好了，是不是？

可可语塞。

长风赶紧打圆场说，是啊。再说，我们也没有各自花钱啊。

从这个小小的漏洞，可可已经找到下手的地方。接下来的活动，可可的目的非常明确。在她的提议下，他们先逛了一家普通商场，在那里可可一件东西都没有相中。出来的时候，可可盯着秋儿的大衣，以欣赏的口气问秋儿，你这件大衣从哪儿买来的啊？太漂亮了！一听秋儿说从白莎买来。可可立即提出也逛逛白莎，开开眼。

长风本来想阻止的，但看可可高兴的神态，欲言又止了。他想，那么贵的东西，估计她一看就吓着了。在这一点上，他觉得还是了解女儿的。女儿在和和的影响下，从小就是一个本分、节俭的孩子。所以他想既然她愿意逛就逛吧，开开眼不是坏事。

白莎的确与一般商场不同。商场的硬件环境自不必说，女儿几乎一进来就目不暇接。特别值得称道的是商场的购物环境：整个商场的空中飘着细若游丝的轻音乐，零零落落的顾客在这种悠闲的音乐中，优哉游哉地逛着。没有拥挤，没有吆喝，也没有因为打折而抢购的场面。一切都是轻松的，舒适的，悠闲的。可可一家家看着，一次次小声感叹着。

然后她就看到了一双漂亮的鞋子。翻毛牛皮，褐色，时尚，漂亮，大气。一看就是高档品质。翻开价钱，一千五百元。

多漂亮的鞋子！我太喜欢了！爸爸，我要买。可可爱不释手，对着爸爸撒娇。

长风看看价钱，毫不犹豫地说：太贵了，可可，我们不能买。

我就买一次，还不行吗？我们好几个同学穿这样的鞋呢。

你在上学，精力要放在学习上，不要在吃穿上攀比。

谁攀比了。可可不高兴了，她把鞋往鞋架上猛地一放，我什么时候攀比了？我们好多同学穿名牌，我一件名牌衣服都没穿过呀！我不就是仅仅买这双鞋吗？

有这双鞋就会有名牌衣服，人一旦开始奢侈起来就难以回到俭朴了。

爸，我看你舍不得我花钱，是为了省着给秋儿阿姨花吧？

可可，不许胡说！

我怎么胡说了，秋儿阿姨的衣服多漂亮啊，我就买双鞋子你都不让。

秋儿阿姨自己有钱，你不同。

我挣钱以后还你还不行吗？我就要这双鞋。可可又把鞋子抱在了怀里。

在旁边的服务员看父女俩争吵没有结论，便走开接待别的顾客了。秋儿也感觉不好意思了，终于说话了：

长风，买了吧，可可又不是经常要高级衣物。

长风本来坚持不买的，也许是女儿太坚持了，也许是实在麻烦，听秋儿也在帮腔，干脆也就懒得争吵了。就这样，可可买下一双对她和爸爸来说相当奢侈的鞋子。

可可很兴奋，当场就穿上新鞋子，把旧鞋子放在了鞋盒里。她提着鞋盒，兴高采烈地提议到服装区看服装去。服装区仍然顾客稀少，他们这一来，几家服务员都盯住了他们。可可走在前边，一边欣赏衣服，一边评论。在女装部，可可指着好几件衣服，表示适合秋儿。但秋儿均没有试穿，更没有购买的打算。逛完女装部，长风提议离开，可可却说要去男装部看看，即使不买，也一定看看。男装部人更少，整个大厅的售货小姐比顾客要多出一倍。可可很疑惑地问：

这商场怎么赚钱呀？售货员比顾客还多。

秋儿很内行地解释说：这种高档商场要的就是这样的购物环境。他们不追求人多，也不希望所有的人都来逛。他们只要上层人来就够了。

“上层人”这个词对可可的刺激很大。她走在爸爸与秋儿的身后，不由得观察起两个人的背影。这一看不要紧，她才真真切切地发现，爸爸的服饰彻头彻尾就是一个书生，而且是一个穷书生，尽管他的身上有一种高贵的气质。而秋儿的穿着雍容、华贵、典雅，说是“上层人”一点儿都不为过。可可为爸爸难过、不平起来了。她觉得爸爸不折不扣才是一个具有贵族气质的男人，秋儿算什么，她凭什么要穿高档衣服，爸爸为什么要把自己搞成个穷酸书生样？

一旦打定主意，她很快就看到了一件品质高贵的夹克。然后，她一把把爸爸拉到了衣服跟前，并且大声叫着：

爸爸，你看，多好看，你试试吧，太适合你了。

长风没有细看衣服，倒是翻了一下衣服的标价，15200。他毫不犹豫地拒绝了：

可可，太贵了。爸爸不需要穿那么好的衣服。

为什么不需要？你看秋儿阿姨还穿那么高级的衣服，你不觉得与她走在一起，太寒酸了，不相配吗？

我无所谓，我不在乎这些。我是个男人，不需要这些。

不，我不同意。可可立即截住了爸爸的话：正因为你是个男人，你才更需要，而且是咱们家最需要的。是不是，秋儿阿姨？可可故意扭头看着秋儿问。

秋儿有点尴尬，不知应该附和还是应该沉默。可可不依不饶，继续问秋儿：秋儿阿姨你的大衣多少钱？

秋儿已经明白可可的意图了，她非常生气，但又无法发作。只好如实回答道：一万多吧。

一万多？可可故作震惊地嚷道：爸爸，秋儿阿姨的大衣一万多，你的这件外套，我记得好像才三百块钱。你们俩简直一个富翁，一个乞丐。爸爸，你无论如何要换外套，太给秋儿阿姨丢人了。这件衣服必须买，是不是？秋儿阿姨。

长风与秋儿相互对看了一眼，两人心里都明白了这小姑娘的用心：这小可可是来者不善啊！

是应该买。秋儿无可奈何地说。

可可，长风有点不耐烦了，他皱着眉头说：我看你是不是成心跟我过不去呀？

爸爸，我干吗跟你过不去啊！你为什么不认为我是关心你。再说了，秋儿阿姨都穿那么贵重的衣服，你怎么就不能穿？

因为爸爸收入没有那么高。

那你的意思是，以后我们家做饭的时候，也要做两种档次的饭。我与你吃低档饭，秋儿阿姨吃高档饭？就像穿衣一样？

不要不讲理，可可。长风恼羞成怒。

我咋不讲理了？

本来一直在旁边等待的服务员一看这家的状况，知趣地躲开了。在如此安静的商场里争论这样的问题，秋儿也感到丢脸。她悄悄拉了拉长风的衣角，说：长风，我们买吧！我来出钱。

秋儿的声音本来很小，没想到可可还是听到了。她走过来，很生气地说：

这么说，秋儿阿姨还是与爸爸各花各的钱了？

长风忍无可忍了，他觉得到这个地步，干脆告诉她实情好了。他先阻止了转身准备叫服务员的秋儿，然后把可可拉到商店的一个角落，低声而严肃地说：

可可，我告诉你，我与秋儿阿姨基本上各花各自的钱，因此我没有能力买那么好的衣服。

可可虽然已经猜到这种情形，但还是感到奇怪。不由得问道：你们为什么这样生分？

不是生分，是因为我们还没有结婚。

你们为什么不结婚？没结婚为什么住到一起？可可从来没有想到最后的结果是这样的。他的爸爸与秋儿阿姨都一起住了这么长时间竟然还没有结婚。这算什么关系？她觉得这是一件可耻的事情。

长风语塞。他也搞不明白他们为什么从没有商量过结婚的事情。秋儿这时也已经走了过来，听见可可的问题，她也很为难，不知如何回答。对于结婚的问题，两个人心里并不是没有想过，但是他们谁都没有正式提出，更没有正式谈论过。也许他们都刚刚踹了自己的婚姻，对婚姻恐惧吧。

可可，长风试图解释点什么，只好说：我们之所以没有结婚，是因为我们还没有想好。

什么叫没有想好？难道没有想好就可以住到一起？难道没有想好就可以与我妈离婚？可可突然爆发地哭了起来，她不知道是因为想妈妈了，还是因为爸爸的行为让她难过了。

对不起，可可。秋儿也试图安慰可可：在这点上我们是做得不好，一是对不起你妈妈，二是对不起你。我们会想办法弥补我们的错误。好不好，可可，请你相信我们。

我相信你们？我相信你们什么？相信你们赶走我妈妈，相信你们没有廉耻，非法同居？你真让我恶心！你夺走了我爸爸，赶走了我妈妈。你却让我相信你。你与我爸爸住到一起，却因为你有钱，与我爸过不同阶级的生活。你真会算账。还说弥补，真可笑！

不许你这么说秋儿阿姨！长风虽然心疼女儿，看女儿骂秋儿，也受不了。

我这么说她过分吗？她爱你吗？她爱你就不应该与你过两个阶层的生活。妈妈当初怎么做的，她把节省的每分钱都花在你我的身上。她买十块钱的内衣，给你买二十块钱的袜子。她买五十块钱的裤子，给你买二百块钱的裤子。她买三百块的手机，给你买两千块钱的手机。妈妈对我们没有任何保留。她恨不得把自己的生命都给了我们。你说踹就把她踹了。秋儿阿姨买一万块的衣服，你买三百块的衣服。她把自己的钱独自藏着，用着。什么叫爱？爸爸，你知道吗？

可可的一番话让长风与秋儿都沉默了。尤其是秋儿，在可可的这顿指责中，她也有些大脑迟滞，缓不过神来。也许该考虑结婚的问题了，更该考虑可可所说的经济问题了。

38

庄离去了南方。在上飞机之前，她给邢愿打电话，说停止一切有关她的作品和评论。邢愿在电话里焦急地试图说服庄离，但庄离告诉她，她马上登机，没有时间，也不想谈论这件事了。说完，她关掉手机，毅然决然飞离了这座城市。

原来她一向害怕单独旅行，对独自出门有严重的心理障碍。比如，怕错过车，怕坐错车，怕在车上上厕所出不来，怕找不到路，怕找不回家，等等。但这一次她突然感到了单独出行的好处。不需要说话，不需要迎合人。想吃即吃，想睡即睡，想玩就玩，自由自在，无拘无束。她本来想散心的，可是没想到还没下飞机，原来那种郁闷的感觉早就随着飞机在高空的飞翔而散在了白云之中。什么诗歌、散文，什么评论，什么邢愿、范建平，什么郝鸽、于无，全他妈的鸡鸣狗盗之徒，统统滚一边去好了。至于胡新科，她突然觉得有点愧对他了。不是他，她庄离如何能够说辞职就辞职；不是他，她庄离如何能够说写作就写作。还有，不是他，她庄离如何能够说出去旅行，就出行了呢！他之所以错，完全出于好心。如此想来，还不到目的地，她也差不多原谅了胡新科。

不过，胡新科这样不理解她，她还是要对他进行惩罚的。于是她的手机一直关了几天。让他撞墙去吧！

她玩得那么开心。买一张旅游图，白天随意找个景点，坐了车玩去。累了吃，吃了玩。晚上在街上找家小吃，吃完在陌生的城市街头散散步，看看夜色，夜里累了再回旅馆看电视，睡觉。第二天不想起床，可以睡到中午。多么惬意的生活。至于回去以后，要做什么，是不是还继续她所谓的写作，回去再想吧！

一周的时间很快过去了。她终于做出了回去的打算。然后，她打开了手机。两分钟后，她的手机便像一条叮咚的小溪开始不断响起短信的提醒。那时她正收拾衣物，等她收拾好东西，翻看手机，才发现胡新科给她发了几十条短信，快把她的手机撑爆了。

她接通了胡新科的手机，听着胡新科因为激动而没有逻辑的话语：

庄离，你在哪？你终于来电话了，你再晚一天，我估计就疯了。我差点报警了，差点登寻人启事了，你在哪，我去接你吧。你快说，你在哪呀？我现在就去开车，你等着我。

庄离不得不说话了，胡新科要开车来接她，几千公里呢。她想笑又想哭，擦着泪水，装着平静：

你没法接我，我在云南，我一会儿坐飞机回去。晚上九点你到机场来接我吧。

你上飞机之前跟我说话好不好，我有好多事要跟你说呢，你千万不要再关手机了。

我不关手机了。你有什么事情要跟我说呀？

胡新科的声音越发地颤抖：

是这样，有你的信，是一家刊物的，好像叫什么《野火》。我估计是好事。还有，长风与秋儿要结婚了，就这个礼拜，你快回来吧。和和搞不好要去闹婚宴呢！她前两天向我打听呢。你爸妈急得够呛，他们不同意长风与秋儿结婚，他们的意思是，秋儿说不定哪天就后悔了，只要他们不结婚，和和与长风就有复婚的希望。还有莫菲也给你打过好几个电话，她也说找你有事情。另外，你舅舅与表哥前两天到北京办事，住了两天一直等你，也没等着，你妈很着急。还有一件大喜事，公司新产品已经上马，第一批产品近期将出炉。你快回来，参加我们的庆典吧。

庄离抱着手机，泪水长流！她想，以后她再也不这样惩罚和折磨胡新科了。

还有，还有，胡新科的声音稍稍平静了一些，说话也开始放松一些：还有一件事，咱们老家的邻居大妈的大白猪下了一窝猪崽，十八只呢！

什么邻居，什么猪崽？庄离突然感到胡新科不知所云。

哈哈哈——胡新科的笑声像一个天真的孩子。庄离也一头扎到床上，蜷缩着身子笑成一团。

胡新科的一堆短信，尤其是胡新科的一堆消息，让她产生了归心似箭的感觉。在家里，在那座城市时，她天天开着手机，天天都在能被找到的状态里，却几乎没有人找她，也没有人需要她。而当她突然从那里消失的时候，她发现她竟然对许多人还是重要的。如此一想，对家，对那座城市的思念不断层层叠叠地堆积，像脚下的白云一样。她爱她的家，爱她的城市，爱那个城市里的朋友和亲人。

三个小时的路程终于结束了，胡新科像个热恋的情人站在接机口，正眼巴巴地向她这里望着。胡新科憔悴了很多。他原来白胖的脸似乎瘦了一圈，泛着青色，显然是因为没有睡好或者没有休息好的原因。其实，庄离不知道，他的憔悴里还有一部分原因是安娴的怀孕与出逃给他造成的。

回到家已经是十点多了，梳洗完毕，快十一点了。小别胜新婚，何况在这样的一种分别情景下，两个人的亲热自不必说。第二天天不亮，庄离就起床跑到书房打开胡新科放在她书桌上的《野火》信件。

像胡新科说的一样，这是一件大大的喜事。这是《野火》杂志社寄来的信。信的大致意思是庄离的散文《风狂雨骤》已经被录用，近期将刊出。并且希望庄离以后继续赐稿。

《野火》是一家综合性文学刊物，在文学界有一定知名度。能得到他们的认同，说明她还是有天赋的。在她被范建平奚落后，突然得到这样的消息，对她来说不仅太及时，而且太珍贵了。庄离捧着信件，冲入卧室，对着正在鼾然大睡的胡新科的脑袋“吧唧”就是一口。胡新科睁开眼睛，听庄离兴奋地说着：

都说文坛没有关系，没有金钱，就没有发稿的可能。我现在才知道那纯粹是谣传。

更好的事情还在后边，当她打开多日未开的电子邮箱，发现除了因为邢愿的刊物而吸引的一些读者来信外，她还收到了另一个令她狂喜的邮件：那是另一个省份一个重要刊物寄来的稿件录用通知和邀稿信。

好事接二连三，让庄离有点不敢相信了。在许多时候，人是承受不了太多的喜悦的。所谓否极泰来，泰极否来，庄离又深切地体验了一把。当天回妈妈家吃饭，妈妈又向她透露了一个重要消息。在聊天的时候，她的舅舅和表哥说，在深圳工作的三表姐前一阵子因为工作出了点问题，精神显露了一些异常。但由于非常轻微，医生也不好断定。妈妈凭家族经验分析说，还不能就此确定表姐是否就具有精神问题。因为他们家族每个人都在个别时期会出现一些异常。就像正常人有时会歇斯底里，会抑郁，或者会自闭一样。如此一番话后，庄离从喜悦又跌进了恐惧中。因为正像她妈妈说的一样，她在出游前曾经在胡新科面前也显露了歇斯底里。那个晚上，她几乎一夜未睡，她一直在祈祷：

但愿那不是她要疯掉的先兆。

39

莫菲的散文集出版了。在出版社的操持下，举行了一个小型的研讨会。研讨会邀请了一些散文界朋友，其中包括散文界前辈黄老先生，陈教、郝鸽，另有评论家商农、范建平、出版社社长等等。庄离也在被邀请之列。

庄离听说范建平参加，心存恐惧。倒是莫菲的一番话让她消除了顾虑。据莫菲说，范建平后来对自己的无礼表示过愧悔，尤其是听说庄离停止《大地》刊物对她所有的宣传后，还赞赏了她。所以庄离与范建平在这个场合见面，也是扭转关系的一个机会。再说了，这次聚会大部分也都是庄离在山上见过的，再见一面会越来越熟，对庄离的写作也是有好处的。总之这一群人从文学的角度来说，也算得上志同道合，庄离即使暂时还不能融进这个群体，起码应该与这个群体多联系。

庄离忧心忡忡地参加了。就像莫菲所说的，文学不是圣学，文坛更不是圣坛。实质上，文学就是人学，任何一个从事文学创作的人如果不接触人，是不可能写出好作品来的。因此躲进小楼成一统，不是一个好的选择。庄离对莫菲的这种说法半赞同半疑惑，但最后还是觉得见一见范建平，缓和关系是必要的。

让她高兴的是，范建平见她的第一反应，一反以前在山上时的冷嘲热讽，转而为热情似火。这让她有点始料未及，甚至有点难以适应。按莫菲的解释说，这个圈子里许多人就是这样简单：喜欢即喜欢，厌恶即厌恶，不隐瞒。

范建平说这几天偶尔看了庄离在《大地》杂志发表的一些文章，感觉还不错，是一个有天分的作家，他为自己在山上那些不当的话而道歉。或许是为了弥补点什么，他甚至马上大张旗鼓地把黄老先生拉给了庄离，希望黄老、商农多多栽培庄离。

除了商农曾经给庄离写过评论，表示了解庄离的作品风格，并且也给予肯定外，黄老先生也表示了愿意帮助的意思。特别是黄老先生在研讨会中间休息时，特意提出让庄离给他送几篇作品的建议。

那太好了！范建平当时正与莫菲说话，突然听见黄老先生这句话，一下子兴奋起来，并接着话腔对庄离说：

庄离你太幸运了，如果黄老先生能看上你的作品，那么你的出道也就为期不远了。在黄老先生亲手培养下，很快走向全省，响遍全国的散文大家有好几个呢！

在以范建平为首的一群人谈论着帮助庄离的话题时，旁边的郝鸽一直与出版社社长热火朝天地谈着。郝鸽一听黄老对庄离的培养，注意力也转移到庄离这里，半真半酸地说：

庄离你太幸运了。我巴结了黄老这么久，都没有得到黄老如此的点头。你第二次见黄老，黄老就准备帮助你了。太让我嫉妒了！

商农也在推波助澜：郝鸽说得一点儿不假。在我的印象里，黄老一向都非常慎重，我从没有看见他如此痛快。

莫菲也附和着说：没错，黄老今天的举动确实与往常习惯不太相同。庄离你也太幸运了！你一定要举办一个拜师宴，我们今天在座的，你都要请来。

庄离不知说什么为好。她觉得，在这种情况下，她必须表态。于是，她端起茶壶，给黄老倒了一杯茶水，又高兴又害羞地说：

谢谢黄老的不嫌弃，也谢谢各位的帮助。

黄老谦和地说：别听他们几个瞎说。我也愿意结交文友。如果你愿意的话，过几天你把作品送到我那里，我看一看，在写作方面可以多交流一些。

庄离赶紧接过话谦虚地说：在写作方面，我是初出茅庐，既无天赋，也没经验，因此我只能作你的学生，希望黄老师以后能多多指导。

好，好！不管文友也好，师生也罢，总之多联系。黄老说完拿来纸笔，写下自己的住址和联系电话，然后递给庄离说，来之前，先打个电话给我。

这是一个意外的收获和惊喜，结束时莫菲一本正经地说：庄离一定抓紧时间，千万别拖延，这机会太难得了。范建平也认真地说：庄离，祝贺你！等黄老爷子收你为徒那天，一定叫我，这杯酒我必须得喝。

第三天，庄离给黄老打了电话。黄老一听庄离的声音，很高兴的样子，当下就约好让庄离第二天过来。

这是一个寒冷的日子，天空阴沉沉的，呼啸的北风像肆虐的野马四处奔突，偶尔有飞沙打到脸上，像针扎般生疼。庄离很重视这次拜访，她除了仔细穿戴打扮外，还特意买来两瓶上好的五粮液。她记得莫菲说黄老喜欢喝酒，所以她想这见面礼也许只有酒最合适了。为慎重起见，她又特意向莫菲咨询：比如跟黄老怎么相处，怎么交往。莫菲说，黄老先生说简单是个极简单的人，因为只要他看上的人，不需要任何世俗的东西。但如果不是他看上的，那么，无论你如何复杂，那都不显多。她让庄离放心，既然黄老爷子开口要看她的作品，必定对她有一定了解。按莫菲的猜测，像他这样的人物，对每期的《大地》杂志肯定会非常关注，也会认真阅读的。尤其是新人，他没有看过作品，绝对不会随意主动表示接近。在这类事情上，他是极为挑剔的。

庄离提到买了两瓶五粮液好不好给他，莫菲沉默了一下，也犹豫不定地说，这件事她也说不好。按说黄老很喜欢喝酒，如果庄离请他喝酒，那没什么。但把酒送他家有点像送礼，她也说不好这件事情。最后莫菲说，愿带就带吧！

庄离带着酒去了。那是一个旧式小区，位置在市中心繁华地带，但小区的一切都太过时、太老旧了。无论是房屋还是地面、墙面，处处都像油渍斑斑的旧抹布，似乎早该丢弃了。不说小区内的规划杂乱无章，就是各种违章建筑就把小区搞得乱七八糟了。特别是许多楼房下边一块块鸽笼子般的自建小房，像一个个鸡窝。还有各种各样自封的阳台更是五花八门，除了大小不一，材料应有尽有。庄离把车停下，突然有一种悲怆的感觉：这样一个散文大家竟然还住在九十年代的小区和房子里。不知在这样一个物质生活飞速发展的时代，这文学大家是否有被遗弃的感觉。

进得黄老家里，庄离更感到压抑和难过。像小区的外表一样，这个家依然满目苍凉。破旧的家具，过时的装修，都显现着这屋主人的生活状态。还有满屋子的杂乱无序，满沙发的书刊、报纸等，使人感觉屋主人还生活在十几年前的时光里。

庄离局促不安，不知坐在哪里。黄老倒很省事，他将手从沙发处一扫，像扫帚一样简单，瞬时将沙发中扫出一块空地，然后庄离就在黄老的热情引导下坐在了那里。

很快庄离就轻松下来了。一切就像莫菲说的一样，黄老是一个简单的人。他只给庄离拿了一杯瓶装水，然后就一屁股坐在旁边的小沙发上拿过庄离的稿子翻了起来。甚至不顾屁股下坐着的一份杂志和两张报纸。

这个浏览的过程大约五分钟，他就停了下来。他把稿子放在旁边的扶手上，认真地说：

庄离，其实你的作品我早在《大地》杂志看了，觉得还是有天赋的。这样吧，你这几件作品先留我这儿，容我好好看看，我们再商量以后的事情，好不好？

庄离本想聊点其他事情的，但一听黄老如此说，知道应该走了。于是她站起来，拿过盛着酒的袋子，递给黄老说，黄老师，初次登门，不知给你带点什么见面礼，既然都说你爱喝酒，我就给你带了两瓶，希望你不要……

庄离的话还没说完，黄老先生便打断了她：

庄离，我觉得你是个不俗的女士，才愿意结交的。你千万不要搞世俗那一套。如果你真要请我喝酒，这样吧，这两瓶酒先收回去。等我看完你的稿子，商量以后事宜时，我们再打开一块儿喝。好不好？

庄离有点不知所措地从黄老手中接过袋子，然后在黄老的注目下离开了。

40

在等着黄老消息时候，庄离有点忐忑不安，就像一个犯人在等着判决。好在黄老先生也是个急脾气，第三天就打来电话，兴高采烈地开门见山说：

庄离，写得不错，有天赋。我的眼光没错。

庄离一听高兴极了：黄老师，你的意思是，我通过了，你能收我为学生了？

收学生算不上，在培养新人上，我愿意尽点儿力。无论怎么说，我在这个圈里也算上老人了吧？起码比你时间长了，对不对？哈哈！

黄老你太谦虚了。你愿意帮我，我自然感激不尽啊。黄老师。我要举办个拜师会。

哈哈，你还真听他们瞎开玩笑啊！黄老笑得很天真，像个可爱的孩子：拜师就不必了，大家一起聚一聚还是不错的想法，何况还有你上次买的好酒，我是一定要喝的。

酒宴是庄离让丈夫胡新科给安排的，在一家高级饭店，以表示庄离对这件事情的重视。饭局很热闹，范建平主动要求做主持，也不知是从哪里学来的规矩，他在开篇说明此次酒宴的主题后，便让庄离敬黄老先生三杯酒，然后行大礼。所谓行大礼就是叩拜。庄离听明白后，还没有开始，就被黄老笑着制止了：

庄离，范建平在开玩笑，你也听不出来。再说了，什么师徒，师生，我倒觉得文友更好听。所以我们还是以朋友相处更轻松，更友好。庄离有点不好意思，也没有弄明白到底应该怎么做。倒是莫菲指着座位对着庄离说，别听范建平瞎指挥，坐下就是了。

三杯酒下肚，周立山端着一杯酒，走到黄老跟前，打趣道：

黄老师啊，你可真有艳福，我打庄离的主意已经好多年了，都没有任何进展，还是你老姜辣啊。你一着棋就把这大美人纳到麾下了。所以我不但在文学成绩上佩服你，在招降美女成绩上也佩服你。所以我敬你一杯酒。

尽管黄老在这群人中间德高望重，但由于这种玩笑在文人之间司空见惯，所以黄老不但不计较，反而调侃周立山道：

你周立山妻妾成群，那可是出了名的。我与你可不一样，我们有本质的区别。我看重才气，你看重美貌。所以你那里美貌者多，有才气者不多。这叫各取所需！你还是招美貌的去，留下有才的给我们文坛吧！立山，我劝你不要为这点小损失而吃醋吧。

不吃醋，不吃醋。周立山一副心服口服，把酒喝干了。然后对庄离说：

庄离啊，你可真有洪福。多少人打黄老的主意，多少年水泼不进去，针扎不进，你不用费吹灰之力便得到黄老先生的厚爱，真是了不起，了不起。所以，我也敬你一杯酒！

好！庄离很痛快地喝了。大家本来都没有拘束，一看庄离喝干了，都兴奋起来。不一会儿，庄离感到有点酒多了。她想还是躲避一会儿吧。于是以上厕所为名，溜了出去。先上了趟卫生间，出来后，她想再避一会儿，便坐在卫生间对过一个隐蔽疏散口处的一把椅子上。在那里正好可以看见来厕所的每个人。

黄老先生来厕所了，他有点晃，显然喝得有点多，一边走还一边用手挠着脖子和脸颊。据庄离判断，估计是有点酒精过敏。又有两个不认识的男女走过，接下来郝鸽也过来了。她没上厕所，而是在外边站着，还不停地整理着衣服和发饰。

庄离有点糊涂，还没有搞明白郝鸽的意图，黄老出来了，很狼狈的样子。毛衫的后襟被卡进了裤子里。裤子也系得歪七扭八。郝鸽快步上前，一把搀住黄老，像个女儿一样把黄老的毛衫后襟拉好。接下来，奇怪的是，她没有搀着黄老往回走，反而把黄老拉到了一边。

庄离怕郝鸽看见，一闪身藏在了疏散口里边，隐藏起来。而郝鸽此时拉着黄老已经走到她刚才待的地方。

黄老，郝鸽的声音清晰地传到庄离的耳朵里：我巴结你那么久，你都不管我。为什么你一见庄离，就收她作学生啊？

你与她不一样。

我与她有什么不一样？郝鸽的声音变小，还带着某种暧昧的骚情：你把手伸过来，看看我与她有什么不一样？

说完这句话，郝鸽的呼吸声突然加重，同时磕磕绊绊的走路声也传到庄离耳边。庄离才意识到这两个人正在走向疏散口她隐藏的地方。她一阵着急，一溜烟下到楼梯拐角处，正好有个小门虚掩着，庄离一闪身钻了进去。喘息未定，扭身正好看见郝鸽与黄老先生正站在她刚才藏着的地方。

这是个二十多层的高级酒店，大家上下楼几乎都选择电梯。因此步行梯几乎成了一个摆设。而庄离所隐身的那个小屋，也就容得下一个人，里边除了一些清扫用品也别无他物。显然这只是一个清洁用品储物间。

庄离有点紧张，不知道郝鸽与黄老先生躲在这个黑暗的角落会做些什么。她想闭上眼睛，但又忍不住好奇，扭身看过去。

郝鸽此时已经把黄老挤到了墙上。她攥着黄老的手往自己胸上放，嘴里还在重复着刚才的话：

黄老，你看看我与庄离不同吗？我也是女人，也很漂亮，也很年轻，而且还有才情。特别重要的是，我爱慕你，我愿意献身给文学。她能吗？

黄老先生的手起初还被动地在郝鸽的握持下滑动，滑动了几下之后，庄离发现黄老先生的手开始自主动弹，同时把脑袋靠到了墙上，闭上了眼睛，专心发出呼哧声。

一粗一细、一男一女的呼吸声在幽静的走廊里很是清晰，庄离突然感到心脏压闷，似乎小储物间缺氧一样。郝鸽的说话声又一次传来：

黄老，我是不是也很可爱？

庄离大睁着眼睛，想看清黄老的脸上表情，更想了解黄老到底怎么答复郝鸽。在庄离的努力下，庄离看清了：黄老已经睁开眼睛，他放在郝鸽胸上的手也已经挪开。

郝鸽，黄老说话了，他先清了清嗓子，然后低沉着嗓音说：郝鸽，我非常感谢你对我的情意，我也非常珍惜。不过，你不属于我所选学生的类型，让我来培养你恐怕也不对路，所以我不想耽误你。再说你在这个圈子这么久，欣赏你的人有的是，你完全可找个更适合你的老师。好不好？

黄老亲了郝鸽的额头一下，毅然扭身走了……

庄离重新走回刚才坐着的角落，想着刚才黄老和郝鸽的事情，脑子里一片混乱。在这混乱中，她有一种感觉越来越清晰：这文坛的确是有点乱，让人看不清楚，摸不着头脑，辨不清是非。这样想着的时候，她便有一种心灰意懒的感觉。

大家酒兴仍然很好，看见庄离进来，要求惩罚庄离的呼声一片。尤其是郝鸽，她殷勤地转到庄离身边，给庄离倒了满满一大杯酒，话中有话地说：

庄离，你太让人羡慕了，也太让人嫉妒了。如果今天不把你灌醉，那是平复不了大家尤其是我的嫉恨的。所以你就准备牺牲吧！

庄离端起酒杯，走到黄老跟前，恭恭敬敬地一仰而尽。刚才在暗处的一切证明，黄老是一个值得敬慕的文坛前辈。

庄离确实喝多了，不仅庄离，大家都喝得晃晃悠悠。饭局结束时，范建平提议黄老由庄离护送回家。

风更大了，有雪花在霓虹的闪烁里飘飞，落在头发上，像一只只美丽的蜜蜂；落在脸上，像朵朵轻柔的蒲公英。大家在飘飞的雪花里，相互握手、告别，恋恋不舍地说着一些依依不舍的话，似乎要分别很久。

庄离把黄老安排在车后座上以后，本打算坐在副驾驶座上，不料黄老攥着庄离的手，不但没有放松，反而抓得更紧了。嘴里还不停地说，坐在一起，坐在一起。庄离只好坐进来了。黄老紧紧抓着她的手，似乎生怕她跑了似的，身体也紧紧挤着她，似乎喝得太多需要依靠似的，令庄离非常不舒服。

车开动了，黄老用力摸搓着庄离的手，嘴里不停地说，干吗那么紧张啊？我有那么可怕吗？放松一些，放松一些啊！庄离不知该说些什么，也不知该做些什么，眼看着自己被挤到车门边，她感到了无限的惶惑：她不明白黄老如此的行为，对她是一种师生之谊还是男女之情。但无论如何，她告诉自己必须坚持。她以晚辈侍奉长辈的样子，迫使脸上堆出了笑容。

黄老喝了很多，一会他把另一只手伸到庄离的后边，搂住了庄离的腰，另一只手依然摸着庄离的手不停地搓着，嘴里还在自言自说着一些庄离不太懂的话：庄离，你等着，我会帮你迅速进步，让你迅速进入圈子，走出省，走向全国。你能成功，我会帮你成功。

庄离不太想说话，也不太想动，她就那样听着黄老滔滔不绝的许诺，用强装的笑容掩盖着内心的排斥。好在黄老的家并不太远，大约一刻后，黄老家到了。

依然是那个乱七八糟的家，依然散发着霉味、菜味的混合味道，夹杂着卫生间的异味。庄离把黄老安排在沙发上，倒了一杯茶水后，准备离开。黄老突然问了一句：

你这就走了吗？

是啊，黄老师你还需要我做什么吗？

黄老歪坐在沙发上，似乎犹豫了一下，然后嘟囔了一句说：没有了。

庄离扭身向外，拉开门。

等等，黄老突然站起身，走到庄离跟前，在庄离疑惑的时候，他说：拥抱一下，再走吧！

庄离有点措手不及，面对黄老，她突然感到不知如何应付：是严厉拒绝，还是策略逃开？正在她思考对策的时候，黄老一副豪放的口气说：

不至于这么小气吧！

正在庄离犹豫的时候，黄老一把抱住了庄离，声音变得怪异起来：

庄离啊，矜持对一个女人是一个优点，但对于一个写作的女人来说，自由才能写出更好的作品。

黄老说完这句话，把头低在庄离的发际。庄离几乎感觉到整个头部和脸部都被黄老呼出的热乎乎的气息所熏蒸。

庄离，你是我喜欢的女作家类型。别害怕，孩子。我只是喜欢你。我想告诉你的是，我会帮你的。

谢谢你，庄离想把气氛平静下来，于是试着以轻松的声调说：你将是我终生的恩师！

呵，黄老突然发出一声短促的声音。还没等庄离反应过来，黄老不知哪来的力量，突然间用胳膊紧紧箍住了她，令她的头无法动弹。然后再次出乎庄离的意料，黄老以闪电般的速度，突然将嘴巴贴向了庄离的嘴巴，几乎同时将滑溜溜的舌头以蛇咬人的速度，不容分说顶进庄离的嘴巴。庄离尽管用力排斥着，但嘴唇最终还是被撬开了。

短短的一秒或者两秒，一刹那的工夫，庄离心里升起的不仅仅是厌恶，因为黄老舌头上的一块黄豆般大小的食物，磨动在庄离的牙齿边，让庄离顿时感到了翻江倒海般的恶心。

她不顾一切，用尽全身力气，挣脱了黄老的束缚。

庄离一直冲到楼下，眼前晃着的都是黄老那惊愕的眼神，而嘴里弥漫的，越来越像一粒老鼠屎的感觉。

那就像一粒老鼠屎！在很久以后，只要想起那个接吻，庄离都觉得她的嘴里有一粒老鼠屎在磨动。甚至只要看见黄老，不，甚至想起他，她都会有一粒老鼠屎在嘴里的感觉。

41

随着时间的飞逝，胡新科一天比一天着急。掐指算来，从与安娴发生关系到现在，已经过了四个月，按安娴的怀孕时间也差不多快三个月了。也就是说她肚子里的孩子正在无声无息地一天天长大。

胡新科从来没有如此无能为力过，他几乎找遍了城市的每个角落，仍然没有发现安娴的任何消息。在这个城市，安娴像朝露一样蒸发得无踪无影。这太让人着急了。白天他疯狂地工作，希冀用工作忘却这个肿瘤对他的侵蚀，一下班便开着车在城市里的大街小巷四处奔跑，希望出现奇迹。

这个孩子不能生出来，无论如何不能。否则他与庄离的婚姻就完了，也许庄离自己就完了。对于庄离，他仍然强烈地爱她，更难以放弃她。所以他必须以最短的时间找到安娴，阻止安娴，阻止即将发生的灾难。

寻找太艰难了，他在寻找无望后，终于开始考虑求助于人。这个人就是他的妈妈。毕竟是妈妈找来的安娴，也只有她了解安娴的过去和家庭。但这又太危险了，万一被妈妈了解到安娴的真相，这可不是闹着玩的。所以他又陷入了新的恐惧中。日子一天天像尖刀一样在胡新科的心上跳着，胡新科几乎被折磨得要崩溃了。他夜夜噩梦，梦见孩子越长越大，越长越胖，有一天竟然会走了，而且走到他面前开始叫爸爸了。他终于受不了了，孤注一掷，孤注一掷，必须如此，必须寻求妈妈的帮助。即使翻遍整个城市，他都要把安娴这个臭女人给翻出来。

他撒了一个谎，告诉妈妈说，他的助手安娴辞职走的时候，有一份重要文件没有交给他，不知是她带走了，还是放到哪里给遗忘了。因此他现在必须找到她。

老太太脸上一副吃惊的样子，但心里早已经乐开了花：臭小子，终于憋不住了吧。然后，她很关心地望着儿子一脸的憔悴，先自转移话题，以一副担心口气说：

儿子，先别说安娴。我看你这脸色很难看，你是不是病了？

妈，没事。只是最近工作压力较大，睡眠不太好。

胡母走过来，爱惜地摸了摸胡新科的脑袋，然后给儿子倒了一杯热茶，关心地说：

不要太伤神了，健康要紧。说完这句话，老太太话题才转到安娴身上：这个安娴怎么这样粗心呢，这样吧，我找找看。她肯定找了新工作，应该不难找吧。我先与她的老家联系一下，她的父母肯定知道她在哪里。

没用，我跟她老家联系过，他们说也搞不清她在哪上班。

老太太的心里又暗自笑了起来：多亏她先嘱咐安娴不要把地址与联系方式告诉老家。因为她已经料到胡新科找安娴的第一个地方就是老家。

胡母没有去找安娴，因为她不需要。安娴在她的安排下正在一个公寓里过着深居简出的日子。为了避免安娴在外面露面，胡母特意为安娴雇了一个五十几岁的保姆来照料她的生活。胡母则每隔一段时间去探望安娴，并悄悄带着她去进行必要的体检。她是多么高兴，她的孙子正在健康地成长，而且一天天在长大。晚上睡不着的时候，她最大的快乐就是掰着手指头，数孙子出生的天数。她知道胡新科终有一天会找她来，她早已做好一切迎接准备。因此，在胡新科愁眉不展地离开后，她开始实施她的下一步计划。

第二天，她首先从公司抽出司机和汽车奔赴二百里之外的安娴老家，然后便大张旗鼓地、假模假样地开始在市里奔跑。然后几乎每隔一两天便与胡新科联系一次。一周后，胡母打电话告诉胡新科她已经找到了安娴。

妈妈，你把她的电话告诉我，我跟她联系，看看那份文件还有没有。

胡母停顿了一下，似乎在措辞，然后她很严肃地说：儿子，我想我们有必要面谈。我已经见到了安娴。

你……胡新科突然结巴着说不出话来了，他知道东窗事发了。

这次见面注定是一件很棘手的事情。胡母特意把地点定在了一个咖啡馆，时间定在了晚上。她觉得要说服胡新科，肯定需要充分的时间，特别是需要充分的准备。她必须考虑好这次谈话的整个过程，把握好谈话的进度，争取把胡新科拿下来。

胡新科垂头丧气，他是准备听妈妈的责骂的。但是他并不怕责骂，只要找到安娴，拿掉孩子，一切指责和打骂，甚至经济损失，他胡新科都可以忍受、承担。而胡母的目的却正好相反，她的全部意图就是保住孩子，尤其是说服胡新科允许孩子出生，一切就大功告成了。

那一天，胡新科早早坐在了咖啡馆。他没有什么其他想法，他觉得自己像一个伸着脖子等着挨宰的小鸡，没有什么可选择的。

说说吧！胡母刚刚坐定，就拿出一副严肃的样子对胡新科说：到底怎么回事儿？

就那回事儿，我没有把握住自己。胡新科一脸丧气。

你知道现在成什么情况了吗？

我知道，她要把孩子生下来。胡新科一提起这个话题，立即火冒三丈：这个女人太不遵守诺言了。当初她若不口口声声地说不会给我找麻烦，我才不会犯这样的错误的。

哈！胡母突然也火了：你可真会给自己找借口，看来你找女人，是因为女人的错误啦？

意识到自己的话语有问题，胡新科赶紧纠正道：

妈，我不是这个意思。我承认，首先是我的错，我不该立场不坚定。当我发现自己犯了错误时，我确实打算纠正的。我甚至准备好给她一笔钱结束这种关系的。是她再三向我保证，不要名分，不拖累我，我才没有把握好自己的。没想到结果成了这样。

你是傻子吗？胡母不理胡新科的辩解，仍然厉声地质问着：自古以来，哪个第三者会早早声明自己准备替代正房？哪个情妇会先告知对方要名分来着？我告诉你，胡新科，这根本不能算是你开脱自己的理由，更不是你犯错误的借口。事情发展到今天这一步，你没有任何理由推脱责任、逃避惩罚。

我没想逃避，我接受惩罚。胡新科耷拉着脑袋，把手伸进口袋，拿出烟点上一支。在喷出第一口烟后，他才小心翼翼地抬起头，眼睛瞟过妈妈的脸，轻声问道：

妈妈，你去找她谈吧，让她开个价。无论多少，我都认！

瞧你多么大方！胡母腾地站了起来，她走到儿子跟前，张开双臂，高声大嗓地嚷着：她愿意开价就好了，我也就不会找你在这里生气了。

胡新科一口一口凶狠地抽着烟，不知所措。

屋内沉默了，只有胡新科嘴里不断喷出的烟雾，在无声地搅扰着咖啡的幽香。在昏黄的光线里，胡新科的烟头上明灭闪烁，像一炷神秘的香在点点的灰烬中燃烧着某种希冀。屋外风声呼号，在深夜中，有时似野狼的哀叫，与屋内这种温暖和静谧形成鲜明的对比。几分钟过去了，胡新科手指间的香烟越燃越短。他最后使劲嘬了一口，又嘬一口，然后张开嘴，狠狠地吐出一口长长的烟雾。眼见那烟雾像一袭乳白色的薄纱飘至空中，然后在翻卷了几个跟头后，散落，消失。胡新科突然前倾身子，伸手把剩下的烟头狠狠地摁到烟灰缸里。

妈，你把她的电话给我，我有办法让她拿掉孩子。

胡母本来正在琢磨如何开口说生下孩子之事，被胡新科这一句话打断了思路。她当然不会答应胡新科这样的话，因此回应道：

科儿，你可不能乱来。我可告诉你啊，安娴是打定主意要把孩子生下来的。胡母在思索着将话题如何引入她的计划：

我昨天与安娴谈了三个小时，软硬全用了，包括补偿款，无论多少，均不管用。她已经说了，如果想拿掉她的孩子，除非她去死。

那就让她死去，我倒要看一看。胡新科忽地站了起来，像个被困笼子的豹子一样，在屋内来来回回窜了几趟，然后他停下来，看了看妈妈，拳头攥得咯吱响。他真是恨不得揪住这个可恶的女人猛揍一顿。在胡新科的记忆里，他还从没来没有要打人的念头。在他的周围，不乏找婚外情人的男人，也不乏有婚外情人的女人，他却从来不见那个女人动辄要生孩子。

科儿，胡母见胡新科有点失控，紧着半安抚半解释地说：你千万不能失去理智。一旦失去理智，会酿成难以预料的灾难的。自古以来，由此引起的灾难太多了。事情发展到这一步，要说错，说难听点儿，其实还是你自己造成的。安娴是个单身女孩，她有权利爱任何男人，但是你不一样，你难道不知道你是有妻室的人吗？至于当初安娴的承诺，你不能说她在骗你。任何男女在热恋时所说的一切山盟海誓均是真诚的，但时过境迁，山盟作废了，你能说他们在欺骗吗？不是。再说安娴拼命要生下孩子这件事，作为一个女人，我是能理解的。

胡母在脸上堆起一副痛楚的表情，她端起咖啡喝了一口，然后长叹一声说：

科儿，你太不了解女人了。有一种女人，视孩子如生命，为了孩子，那是什么都敢做的。安娴这小姑娘就是这一类。既然你招惹了她，就认倒霉吧。不管怎样，我们千万不能闹出人命来。昨夜我也一宿没有睡着，我想，科儿，我们能不能换一种思路。

什么思路？胡新科站在屋中央，一脸期待，他希望妈妈有一个两全其美的主意。

我想，既然她如此坚决，我们不妨顺水推船，让她生下孩子。

妈——你疯了！胡新科大叫一声，一步蹿到妈妈跟前，低着头，将脸抵到胡母脸前，似乎要看看妈妈是否老糊涂了。

我没有疯，你听我说。胡母仍然装出一脸沉重。她先伸手把胡新科拉到旁边的沙发上，然后开始庄重地实施她计划之中最核心的部分内容：

我昨夜一宿没睡，天快亮的时候，打了一个盹，在那么短的时间我竟然做了一个梦。

……胡新科莫明其妙地盯着妈妈，不知道妈妈到底想说什么。

我梦见有了孙子，你抱着他，他在喊我奶奶。

你是想孙子想疯了吧！胡新科气得两眼发直。

也许是吧！但梦醒后，我突然有了新主意。科儿，这么多年，你与庄离都没有给我们生个孙子。我们都快七十了，说不定哪天我们就走了，我们不甘心呀！现在安娴突然怀了你的孩子，而且她还要坚持生下来，你不觉得这是上天的旨意吗？

妈，你真是疯了。

我没有疯！这就是上天给我们胡家赏赐的孙子呀。科儿，胡母突然一脸兴奋，她拉着胡新科的手说：科儿，你知道在梦里我是多么高兴吗？你爸爸是多么高兴吗？

这太可怕了。胡新科嗖地站了起来，他再一次像笼子里的困兽，上蹿下跳起来：不可能，绝对不可能，我绝对不允许。

科儿，你先不要着慌，妈妈会给你把这件事办妥。

怎么办妥？孩子如何养？安娴如何安置？庄离那里如何解释？庄离如何接受？胡新科四处乱窜着，不停地用手砸着脑袋，嘴还在嚷嚷着：这太可怕了，这世界岂不乱了套了？

你放心，科儿，妈妈会安排好一切的。我保证会想出一个万全之策，既不让你陷入麻烦，也不让庄离难受，还能让安娴满意。

有这样好的事情吗？胡新科根本无法相信妈妈的话，因为这三者之间绝对是三个利益矛盾的对手，对任何一方有利，就会伤害另一方。

有，请你相信妈妈！

我相信，我凭什么相信？胡新科还在上下乱窜，他实在不知道如何相信妈妈。来回乱窜了一阵后，也许累了，他终于慢慢安静下来。然后，他踱回原地，坐在沙发上，在沉默中思索了一段时间，才平静地说：

这样吧！妈，你先拿出计策，说服我，我才会准许孩子出生。否则，即使坐牢杀头，我也要找到安娴，拿掉孩子。

胡母思考了一会儿说：我刚考虑了一个初步计划，就是想办法说服安娴把生下的孩子送给我们抚养，毕竟她一个未婚姑娘带孩子不方便。然后在适当的机会，让孩子认她做干妈，这样她可以经常看见孩子，在心理上满足她的母爱。我们再给她一大笔费用作为补偿。据说她的家里仍然很贫困，我想这对她也是一举两得的事情。庄离那里，我们可以说从农村老家收养了一个被遗弃的孩子，或者说花钱买了一个超生的孩子。我想这是可以说得通的。

胡新科听完，几乎连思考的时间都没有，立即否定：

妈妈，我告诉你，我通不过。这计划简直就是掩耳盗铃。太可怕了，只要生下孩子，那么，就像在我们家里装了一个定时炸弹。一旦爆炸，后果将不堪设想。我不同意。

胡母一看胡新科的态度，也急了：这不行，那不行，你想怎样，难道你真想弄出人命来吗？你惹下的祸端，我不指责你就不错了。你还有理了！我告诉你，这是目前最好的办法了，没有其他选择。你听也得听，不听也得听。

42

长风与秋儿正式结婚半个月后，长风的诗集终于印了出来。本打算也开个庆祝会庆贺一下的，但因为婚宴上，和和的突然出现和告诫，令秋儿心有余悸。尤其是和和看似好意的提醒，令他们的婚姻就此蒙上了一层阴影。和和说，秋儿既然你已经结婚了，就应该好好维护婚姻，要维护婚姻，就应该从长风的诗人圈子里走出来，做一个妻子应该做的，像任何一个家庭里的妻子应该做的。而不是再以一个准诗人状态，与长风相处。她警告说：如果想维持婚姻，你就得离开这个圈子，如果你想在这个圈子里跟长风摽在一起，就不应该结婚。

这是她过去从来都没有想到的，结婚意味着这样的一个结果。但实实在在分析起来，结婚的确意味着一种新的生活，说具体是一种新的社会角色和新的责任。再具体点说，她已经是一个妻子，一个诗人的妻子，还是一个孩子的后妈。她有义务照顾他们的生活、学习和工作。

捧着诗集，她一夜未睡，不是为诗集而激动所致，而是因为这样的一个结果而失眠。直到天亮的时候，她才安慰自己说：也许这就是爱一个诗人的代价吧。

早饭过后，长风上班走了，可可上学走了。她收拾完餐桌，再一次习惯地坐到书桌前，才发现一直忙着的诗集已经结束了。她打开电脑，茫然地看着桌面上的各个文件夹，一下子感觉生活没有了方向。她应该做什么？她不知道。窗外的阳光灿烂如花，屋内的暖气丝丝扑面，她就那样置身在这种温暖中，努力思索着她的志向、兴趣和爱好。直到桌面上一个文件夹打开后，一个“秋儿的诗”的题目映入眼睛，她才想起，她喜欢长风，原是想当诗人的。可是，今天，她还能当吗？

身体突然打了一个寒战，没有来由。她想这当诗人的想法看来应该埋葬了，她必须做好一个妻子，一个诗人的妻子，还有这个诗人的孩子的妈妈，总之是做好一个三口之家的主妇。也许以后她还会与诗人生孩子，那样的话，她就必须做好一个四口之家的主妇。否则，她的结婚就没有任何意义。她突然想哭：这个结果与她当初喜欢诗歌，喜欢诗人的初衷，是多么的遥远，是多么的背离。

这个念头在脑子里跳了两跳后，她又开始自责。凭什么这么想啊？她喜欢诗歌，喜欢诗人，喜欢长风，而今她已经得到了她所喜欢的东西，包括诗人，包括长风，还有长风的诗歌。她还有什么不知足的？为他做点什么，或者付出点儿有什么值得难过的啊？

最终她把这种想法归结到自私的个性上了。为了批判自己的自私，她关掉电脑，开始做家务。做完家务，她想她必须以一个家庭主妇的标准要求自己，完善自己。做好一个家庭主妇，或者说让一个家庭更好地生活，财务是第一位的。而长风却没有任何理财能力。所以她必须把家里的财务管好。

想起财务，她再一次陷入了困境。长风的诗集总共花了四万元，其中两万是借周立山，另外两万是借她的。这就是说长风的工资除了维持家计，几乎没有剩余。而她自己呢。秋儿拿出自己的各种银行卡和存折，发现账上只剩二十万。

她第一次真切地意识到，他们家庭最大的一个问题，就是迫切需要挣钱。那一天，秋儿什么都没干，她用了一个下午时间，把家庭的全部收入、开支和当下的存款情况，做了一个详细账目。

晚上，她第一次把自己的全部财产亮到长风眼前，并把他们家庭的财务细目全盘告诉了长风。

我决定出去挣钱！秋儿有一种慷慨赴死的悲怆感。

挣什么钱？长风迷迷瞪瞪地看着账目上那密密麻麻的数字，一头雾水地问：我的工资不是够我们的生活吗？

这不假。但是，家里一旦有额外的支出，就拿不出。比如你出版诗集，就是一例。

这的确是事实，长风沉默了。他很不舒服，秋儿本来有一个养尊处优的阔太太生活，是他把她拉进了这样的一个境地。秋儿出去挣钱这件事，如果传到韩健耳朵里，不知让他怎么嘲笑呢！想到这里，他拿起那个账目，仔细研究了几分钟，说：

能不能压缩开支，比如我们不要钟点工，也不要叫外卖了。如果你专职在家里做这些家务，我们也会省下一笔开支。那样你也不必出去工作了。

省不下多少。再说了，我也总不能这样无所事事地待在家里。

你可以写诗啊！长风一脸兴奋，他还是那么真诚地希望秋儿成为诗人。

我不写诗了。我要做个好妻子、好妈妈。秋儿心里又痛又幸福。

……长风沉默了，心里涌起一股酸楚。

所以我要出去工作，我要挣钱，我要让我的诗人专心写诗，不操心生活，我要让我的诗人的孩子幸福地生活，别的孩子有的，我也得让她有。

……长风的沉默更深，像掉进一口深不见底的黑井。

秋儿往长风的怀里拱了拱，喃喃着说，我会给你们挣好多好多钱。

长风眼睛里慢慢雾色四起，两颗豆大的泪珠自眼眶缓缓而出，然后顺着面颊滚落而下。与此同时，只听他低低地呜咽一声，将秋儿一把抱进了怀里。

从来没有哪个女人令他如此感动过，也从来没有哪个女人如此令他悲痛过，包括和和这么多年的付出，一切他都觉得是那样合理，那样自然。在他心目中，他觉得和和就是一个家庭妇女。而秋儿，在他的感觉里是不同的。她是花，是需要养在温室里，捧在手心里，安置在花瓶里的。她怎么能去做这些俗事凡事。在他与她相爱，甚至与她结婚的时候，他都没有认真地想过，秋儿追随他的结果却是如此令他伤悲。

43

秋儿踏上了寻找工作的征程。她每天买好几份报纸，圈画感兴趣的招聘启事，然后开始在这些招聘单位之间奔波。起初她对自己的条件有着充分的信心，比如她大学本科毕业，外语好，美籍身份，海外生活经历，年轻，漂亮等等，因此她选择的岗位大都是一些外企，或者有相当实力的国内大型公司。但是一周之后，她才发现她看中的企业竟然没有一家愿给她相应的职位。

很沮丧，也很受伤。尤其是每到晚上，只要看见长风，便有一种丢人的感觉。她当初可是夸下海口，不出三天，凭她的条件，找到一个年收入十万以上的职业是不难的。但一个礼拜过去了，她甚至连个年收入五万元的工作都没找到。第一天出门的时候，她还是十万元的标准，两天后由十万降至七万，再两天后由七万降至五万。但仍然没有公司愿意聘她。

第二周，她蔫多了。一方面把收入标准降至五万元，一方面开始把眼光放在一些小型公司上。一周过去了，除了一些朝不保夕的公司愿意以这个标准聘她，却让她缴一大笔保证金外，其他大多不是公司太差，就是薪水太低。因此到最后仍然是一无收获。接下来，她再也不敢在长风跟前提找工作的事情了。长风也不再过问。倒是可可见秋儿嚷嚷了一阵找工作之事后，却发现没有任何迹象表明秋儿已经工作。有一天，可可忍不住发问了：

秋儿阿姨，你还没有找到工作吧？

秋儿正在盛饭，一听这个话题，脸红了。她低着头，两眼盯着米饭，很不自在地回答说：还没有找到呢。

为什么？可可其实也很希望秋儿上班，这样他们家里的收入自然就多了。自从爸爸与秋儿结婚后，可可与秋儿的关系缓和了许多。特别是知道爸爸的诗集用了秋儿的积蓄才出版，她对秋儿的印象一下子改变了。几天前，秋儿决定找工作之前，又与可可谈了一次心，她把她要出去工作的决定，工作念头的缘起，包括全家的财务情况，与可可进行了交代。可可对秋儿完全改变了看法。因此对秋儿的关心，可可并不亚于长风。

我也说不清。

唉！长风接过话说：最近几年整个国家的就业形势都不太好，许多大学生一毕业就失业。因此找工作的事情不要着急，慢慢来，这需要运气和机会。

可可却不这么想，听说秋儿这么长时间没找到工作，开始着急地乱出主意：

那等什么时候啦。秋儿阿姨不是学金融的吗？哪个单位不需要会计呀，再说了秋儿阿姨还会英语。对了！可可像发现新大陆似的说：秋儿阿姨，你去外国语学校看看，他们肯定需要像你这样的老师。

我不喜欢当老师。

那这样。可可兴趣不减，还在不停地出主意：姑夫家不是有个大公司吗？我们去找找姑姑，你去他们那里不就行了吗？

长风不喜欢胡新科，尤其是不喜欢胡母，所以一听可可出这个出意，立即否了：可可，你不要管大人的事，你只做好学习这件事就行了。

可可想辩解，张了张嘴，最后没有出声。大家闷头吃饭，气氛有点压抑。过了一会儿，可可突然又抬起头，激动地说：

秋儿阿姨，你可以炒股票啊。我们班张倩说她妈妈炒股挣了一辆小汽车，周新光说他爸爸炒股挣了一套房子呢。

别听他们瞎掰，长风立即制止了可可：那纯粹是赌博，你还不知道许多人赔得倾家荡产呢。

秋儿没有参与他们对炒股这件事的讨论，但脑子里却突然有了一个念头。在她寻找工作的过程中，她真的可以用剩下的时间考虑炒股。在美国她曾经有过炒股的经历，而且收益还不错。

说干就干，第二天，她暂时没有去跑招聘。在长风与可可走后，她第一件事就是偷偷到证券交易所开了账户，开始炒股。

一旦有炒股这件事做，她找工作的目标又提高了。她想工作一定得七万元薪水以上。在这种标准下，她找工作的事情基本上就成了一个自我安慰。大多时候，她是坐在电脑前，或盯着股市行情，或分析股市走势。一个月很快过去了，工作虽然没有找到，但投入股市的资金已经升值不少。确切地说，她已经赚了六千元。差不多达到了她对工作薪水的要求。如此一算，寻找工作的念头更加淡了。

节气进入严冬，寒冷在街头像个幽魂无处不入。秋儿眼见股市的资金一直在飞升，干脆再也不出门寻工作了。整个家庭又恢复原来的样子，只不过谁都不知道秋儿在私下里进行的工作。到圣诞节前一天，一场大雪突然而至，令天性浪漫的秋儿异常兴奋。再加上上午股市一直走红，因为炒股被压抑了的浪漫个性突如而至。到中午近十一点时，她脑中突然生出一个想法。她连电话都没有打，穿戴齐整下楼。

她太兴奋了。她要庆祝。她要让他们知道她的战绩。但是，她不想要长风那些诗人朋友，因为今夜是平安夜，她怕那些诗人们再酒后制造不“平安”。为此，她必须提前截住长风。按她的计划，中午与长风一起吃饭，然后到九华宾馆包一间豪华套间，用一个下午的时间与长风约会，以补足这些日子里他们清心寡欲的生活。傍晚一起去学校接可可，然后共同参加宾馆举办的平安狂欢夜。

雪下得很大，地下积雪已经很厚。满街的汽车像车胎撒了气儿一样，慢腾腾地行驶着。秋儿也不得不放慢车速，一点点往前拱着。

往常二十分钟的路程，竟然走了四十五分钟。走到长风单位的门口，准备打电话让长风下来时，秋儿突然心生一计：她直接到办公室去找长风，给他个惊喜不更好吗？秋儿甚至都希望悄无声息地进去后，蒙上他的眼睛，让他猜猜。

说句心里话，秋儿也想看看长风的办公室。自从结识长风以来，秋儿除了在楼下接长风以来，从来没有迈进过这个单位大门，更别提进长风办公室了。这一次，也许大雪的缘故，也许圣诞节的缘故，秋儿心情出奇地好，在每个环节，她甚至都想制造出一点儿浪漫或者惊喜。

她顺利进入了大院，顺利找到了他的办公室。不顺利的是，当她按着自己的计划，悄无声息地推开办公室的门，却发现他正与一个漂亮女孩亲亲热热地一起吃饭，而女孩正用勺子舀着一大块肉送到他大张的嘴巴里。

秋儿目瞪口呆地站在门口。先是长风目瞪口呆地将目光盯在秋儿脸上，接着漂亮女孩也扭过身来，将目光盯在秋儿脸上。而她手里的勺子却还停在长风的嘴巴里。

长风最先缓过神来，他一推漂亮女孩的勺子，站起来。就像什么都没有发生一样，兴奋地问：你怎么来了？

我不能来吗？

当然能！长风笑着说：来，我给你介绍一下，这是廖红，我们部门新来的大学生，文学爱好者。这是我老婆秋儿。

两人相互问好，秋儿看见廖红脸上一丝尴尬倏然飘过。长风给秋儿搬了把椅子，仍然一脸阳光灿烂：你吃饭了吗？

秋儿本来没有吃饭，早已饿了，但刚才那个场面已经让她没有胃口了。她摆了摆手，很认真地说，我已经吃了。你们继续吃，愿意怎么吃就怎么吃，不要受我影响。

廖红的脸腾地红了，她明白秋儿话里的意思。犹豫了一下，她最终还是下决心站起来，端着自己的饭菜告辞了。

秋儿满腔怒气，等着解释。长风却开始闷头吃饭，一言不发。

你不想说点什么？秋儿忍无可忍，先开腔了。

说什么？

秋儿火冒三丈，她低着嗓子，一字一顿地说：你难道不想为刚才那个场景做个解释？

什么场景？

她喂你吃饭的场景！

哈！那需要解释吗？她就是在喂我吃饭。那还能解释成她喂我喝水吗？

别跟我玩文字游戏？

谁玩游戏？你以为我有那兴致吗？

你知道我什么意思？

我不知道！

你不知道？好，那我问你，你跟她什么关系？

太可笑了。你说我跟她能有什么关系？

不正当的关系。

就凭喂一勺饭？

是的。

长风哈哈大笑，笑得几乎上不来气儿，好半天他才停下来，带着一股不屑于争辩的口气说：秋儿，你搞搞清楚好不好。喂一勺饭，不是亲吻，不是拥抱，更不是在床上，如果你用喂一勺饭去说某某与某某关系不正当，会笑掉大牙的。知道不知道？

秋儿毫不服输：如果你告诉某女喂某男饭，大家肯定会往这想。

随他们想去。谁都管不住别人怎么想。长风突然很烦，他一把搂住秋儿用最后的耐心真诚地说：

秋儿，请你相信我，好不好？我如果与某女人有什么事情，只要被你察觉，我是不会骗你的。说难听点儿，做贼心不虚；说好听点，叫光明磊落。

秋儿想想也对，长风不是一个遮遮掩掩的人。也许是自己小题大做吧。再想想今天的计划，这样一个美好的节日，白雪，平安夜，股票上升等等，她想还是不要让莫须有的事情影响了好心情。

从下午到晚上的活动，一切都过得非常美好。直到晚上的狂欢后，才出现了小小的不“平安”。

狂欢晚会结束时，可可与长风一致要求秋儿公开她的新工作。秋儿因为最近战绩颇好，也就堂而皇之地宣布了：我怕一说，会吓着你们。

那有什么可怕的。长风在旁边直笑，可可却心急火燎地催着说：除非你的薪水一个月一百万美元，否则有什么可怕的？

薪水没那么高，不过相对我最初的期望已是很高了。我告诉你们吧，我在炒股。

可可一听，差点跳起来，喊了一声“太棒了”。长风没有出声，只是细长的眼睛瞪得溜圆。

你们知道现在我已经赚了多少？

一辆汽车？可可兴奋地喊着。

两万，我仅仅用两个月就赚了两万。秋儿脸放异彩，高声地说：我最初找工作的月薪标准是九千，现在已经超出了。你们说我们不该祝贺吗？

哇！可可跳起身来，对着秋儿的脸蛋，吧唧就是一口：秋儿阿姨，你真伟大！

长风的眉头却拧成了疙瘩，一脸担忧地说：

秋儿，你投入了多少钱？

十五万元。

秋儿，我劝你理智些。长风语重心长地说：你要知道，这不是工作，这是赌博。我不愿意你把这当成主业。另外，股市的输赢偶然性太大了，常赢家几乎没有。股市还是及早撤出为好，趁着现在有赢，跑吧。如果你实在不愿工作，可以不工作，但不要在股市陷得太深。

我已经找到用武之地了。这两个月的经验，让我觉得我太适合做这一行了。如果我的资金再多一点儿，我会很快赚成大款的。

不要如此自信，许多倾家荡产的炒股者大多都认为自己是炒股天才，但最后都炒成了一无所有。

不要咒我。

我不是咒你。我希望你不要被眼下这点胜利冲昏了头脑。

那一夜，长风与秋儿为此争论得不欢而散，但最后也没有说服秋儿。第二天，第三天，长风与秋儿又为这个话题吵得不可开交，但秋儿仍然没有丝毫放弃的打算。

长风感觉，秋儿已经走火入魔了。

44

胡新科一直在寻找安娴的下落，他几乎用所有的业余时间跟踪妈妈，希望有所收获。但半个月过去了，仍然一无所获。他意识到妈妈估计都是在上班时间悄悄去的。所以干脆放弃了这种跟踪。他想他必须从别的地方下手，可这个地方是哪里呢？经过冥思苦想，他终于想出了一个新主意。

既然妈妈已经与安娴联系上了，那么她的手机上肯定有安娴的电话号码。为了得到这个号码，胡新科拐弯抹角找到了移动公司的技术人员，将妈妈最近三个月的话费详单全部打了出来。

大海捞针，寻找安娴的电话是一个很费力、又很尴尬的工作。这件事又不能让别人去做。为了不让对方辨别出是他，他还特意买了一个新号。经过一个个详细的核查，功夫不负有心人，这个电话终于被胡新科找到了。不仅如此，从中胡新科还发现了一个重大秘密。

事情经过是这样的。胡新科从他与妈妈那个谈话的日期开始，按着顺序从后向前一个一个寻找。按妈妈的说法，安娴的电话应该在这一周的电话记录上存在。果不其然，在打了第七十三个电话后，胡新科终于听到电话里安娴的声音。而安娴却在听到胡新科的声音后突然关了手机。

胡新科气无处撒，只好开始发短信给安娴，希望她出来见他一面。他不相信，安娴永远不开手机。下午下班后，他又开始反复拨打安娴的电话，与此同时无聊地翻看妈妈的手机详单。就在这种翻看中，无意间他发现了一个重大问题：妈妈的手机详单上，并不是最近才有这个电话，而是几乎每过一段，号码就出现一次，甚至几次。这说明什么？

胡新科身子突然坐直，这太明显了，这说明妈妈与安娴一直在联系着。他迅速接通移动公司朋友的电话，让他把再往前的电话详单也打出来。等他取到详单，他一下子傻了：从日期上看，这个电话差不多在安娴失踪不久就出现了，而且一直与胡母联系着，几乎没有间断。

胡新科不敢往下想了，他坐在汽车内，尽管车内暖气开展了，但浑身仍然一阵一阵发冷。他想他是需要喝杯酒的。

酒吧内光线昏暗，人影浮动，有一种迷迷蒙蒙的感觉。他特意坐在一个热闹的地方，就是为了不让自己独自胡思乱想。听周围的人聊天，看周围的人喝酒，然后自己也一杯接一杯喝。在这个时候，没有什么人能够安慰他，更没有什么人能够陪伴他，唯有酒精除外。

电话在响，手机铃声是庄离给他设置的，是最新电影《满城尽带黄金甲》的主题曲《菊花台》，忧伤的音乐穿过混浊的空气在他的耳边轻轻唱着，此时他的心里也是充满了忧伤。让他唱吧，音乐此时与酒精有点异曲同工之妙。手机唱了一遍，又开始唱第二遍，到第三遍的时候，他终于拿出了电话，不看不要紧，一看，他清醒了。

那是安娴打来的电话。

胡总，我是安娴。对不起！

胡新科因为意外，显得手足无措，脑袋里一片空白，原来计划想说的话到此时一句也想不起。而电话里安娴说完这一句也沉默了。

可是总得说点什么，否则安娴又关了手机咋办。胡新科端起一杯酒咕咚喝了一大口，然后才想起他最感兴趣的一个问题之一：安娴，你在哪？你能出来见个面吗？

对不起，胡总，我不能。安娴很客气地回绝了。

对不起，对不起，你除了说对不起，还能不能说点别的？难道你说足了对不起，你就对得起我了吗？

对不起，安娴又说了一句，她不等胡新科发脾气，赶快接着说：胡总，我只能说对不起了。我也不知道如何面对你。其实我并不想这样，我对自己也无能为力，我没有办法不这样做。

可是，你知道后果吗？你知道你给你自己，还有给我将带来多大的麻烦吗？

我不知道将来的麻烦，也不想知道。因为我现在只能顾眼下了。眼下如果不这样做，我就过不去。

你太可笑了。胡新科气得都想摔了手机。这当儿，他终于想起一个重要问题：你与我妈妈是不是始终联系着？我妈妈是不是早就知道你怀孕这件事？

……安娴在电话里沉默不语。

说话！胡新科大喊着，引来周围几个人的注目。他不管那些，仍然大声地喊着：说呀，这是不是你和妈妈一起谋划好的？

……安娴仍然沉默不语。

胡新科突然想起去海南的事情，想起妈妈为什么非要带安娴一起去的事情，一切似乎不需要证明了。

去海南之前，你与妈妈就计划好了，是不是？胡新科此时彻底酒醒了。

电话里仍然沉默着，约一分钟后成了嘟嘟的关机声。胡新科将手机“哐”地砸在了桌子上。除了酒杯被碰倒，掉在地上摔碎外，他手机上的一个零件嗖地飞了起来，像一只蚂蚱，在昏暗的光线里一跳，不知所终了。

胡新科的车开得歪歪扭扭，酒后的脑子尽管清醒，但手下却没了准。他一定要去妈妈家，告诉妈妈，他胡新科不答应。

他踢翻了沙发前的一只脚凳儿，然后才在迎过来的妈妈身前站了下来：

妈妈，安娴的怀孕是你的一个阴谋？

妈妈仰着头看着胡新科涨红的脸。她一边判断这红脸是因为愤怒还是因为酒精的原因，一边迅速分析胡新科到底知道了什么。

你与安娴一直有着联系？

……胡母因为不知道胡新科了解了什么，仍然没有说话。

不要骗我，妈妈。胡新科突然一伸手扔下一卷纸，大声嚷了起来：这是移动公司的话费详单。

胡母捡起纸卷，先是吃惊，然后沉默，过了好长时间，她才答复胡新科说：

科儿，既然你已经发现了，那么我也不需要隐瞒你了。你的猜测是对的。这确实我计划好的。

为什么？胡新科一步上前，一伸手抓住了妈妈的胳膊。此时胡父正好回家，看见胡新科的行为，大声呵斥起来。

胡新科放开手，一屁股坐在沙发上，双手捂脸，大声号啕，像一个丢失心爱之物的小男孩。

胡母将纸卷递到胡父手里，胡父一看也傻了眼。他一边使眼色表示对胡母的责怪，一边思索着如何在儿子这里解释。

胡父起初并不知道这件事，直到胡母带着安娴出差回来后，她才把计划和实施情况透露给胡父。当天晚上胡父对胡母如此荒唐的计划表示了强烈的反对，并且要求胡母立即终止计划，做好善后工作。但胡母不为所动。安娴怀孕后，胡父就知道这件事终究纸包不住火。果不其然，胡新科找上门来了。

事已至此，据说安娴已经怀孕六七个月了，要做掉实在太可惜了，就连胡父都舍不得。等胡新科哭停了，他带着歉意对胡新科说：

科儿，我理解你。这件事最初我也不同意，我曾劝阻你妈妈。可是事已至此，我们最好顺水推船。毕竟孩子都已这么大了，眼看要出生了。你总不能还杀掉他吧。再说了，我和你妈妈都这么大年纪了，我们也需要个孙子呀。

孙子？难道我们不会生吗？胡新科一脸愤怒地瞪着爸爸妈妈嚷了起来。

会，可是你们生吗？胡母也生气了。

胡父急忙示意胡母停下嚷嚷，自己平心静气地对胡新科继续劝解着：

这一点也正是我要说的。其实这也是你妈妈犯错误的一个关键。庄离与你结婚这么多年了，一直不生育。她有她的原因。这原因我们可以理解。但是你也得理解我们。她自己都不敢生育，为什么？因为她害怕孩子有问题。难道我们就不怕了吗？更何况我们的孙子不但要继承数千万的家产，还要承担繁衍我们胡家的子孙万代的任务呀。即使孩子暂时没有问题，但你能保证我们的后代遗传基因里没有精神异常基因吗？

……胡新科沉默。

你妈妈之所以出此下策就是因为：第一，不说庄离现在不愿生育，即使生育，我们子孙后代的遗传基因里就有了精神异常的可能。也就是说，她的孩子会使我们家族的后代基因产生问题。第二，如果我们想要保证我们后代的遗传基因健康，就不能要庄离的孩子。这意味着，你必须离婚。而这一点显然你不会做。基于这两点，你妈妈才出此下策，第一保证你们不离婚，还可以照常生育。第二保证我们的后代有健康的一支。

爸爸，你们总想后代，想过我没有？我与庄离是夫妻，我得为她负责。还有安娴，如果她生下孩子，那么，我对她与孩子也就有了不可推卸的责任。到时我怎么办？爸爸，你想过我的处境吗？

胡母搭腔说：我们当然也想过了，你放心，这一切我都已经安排好了。我不会让你为难受罪的。

你可真会说，妈妈。胡新科又愤怒地嚷了起来：我不为难？怎么可能？那个孩子只要生下来，这一辈子我再也别想安心生活了，你知道不知道？

你嚷什么？妈妈也急了，声音比胡新科还高：你安心生活？你就知道你自己，你的处境，你的生活。你怎么不为我们想想，你怎么不为我们胡家的财产想想，你怎么不为我们胡家的后代想想？

那就要牺牲我？

如果这叫牺牲，为我们胡家牺牲一点儿幸福，一点儿安心，又怎么啦？难道不可以吗？作为胡家唯一的男丁，牺牲性命都应该，更何况区区的一点儿幸福。胡母也站了起来，慷慨陈词。

可以牺牲，但不是这样的牺牲。这是胡闹！

过分！胡父也急了。不许你这样说你妈妈。

这就是胡闹，天大的荒唐！

你——胡母脸涨得通红，指着胡新科的鼻子大声骂了起来：你这不孝之子。我胡闹，好，好，如果你认为这是胡闹，我就胡闹了，怎么着吧？

你胡闹去！胡新科双手往前猛地向妈妈一伸，就像向妈妈扔一块巨大的石头一样恶狠狠地嚷着。然后他迈开大步，往门口冲着，嘴里还高声嚷着：

你们愿意怎么荒唐就怎么荒唐吧！但我会坚持我的原则。

他走到门口，扭回头，举着手里的包，一字一顿，大声地说：

我告诉你们，我坚决——不——认！

接下来，门在后边“哐当”地震天价关上了。随着门“嘭”地关上，老太太手捂胸口，一屁股坐在沙发上。

45

长风与秋儿为炒股的事情还没有争论出高下，两个人之间又产生了新矛盾。

四年一度的华飞文学大奖活动开始报名，长风把需要准备的所有资料，包括要评奖的诗集全部整理好，报送了上去。按周立山的说法，找关系，寻门路，请客送礼是很有必要的。据知情人说，每四年的这个时候，整个文坛上层浸透了拉关系的酒水。长风却说，酒可以喝，但不是为此事儿喝。如果为此事喝酒，这个奖不评也罢。

秋儿力劝长风走走关系。按她的想法，既然参评，那么就争取评上。不是没有实力，因此送礼请客也不丢人。毕竟人人都在这样做，又不是你长风一个人如此。反过来说，如果大家都在走关系，偏偏你长风清高，不理评委们，因此最后没有评上，倒显迂腐，更是可惜和遗憾。更何况一个大奖不仅是荣誉和奖金，在许多单位，也是晋升的重要砝码。

长风像秋儿炒股一样固执，坚决不为所动。即使秋儿已经准备好礼品，甚至愿意陪着他一起送礼，都被长风回绝了。他是真的愤怒了：这令他想起了当年和和为女儿上学逼着他送礼的情景。所以在秋儿苦口婆心劝他的时候，他强硬地打断她，以不容置疑的口气说：

秋儿，你一定记好了。如果当初我愿意这样做，我与和和就不会离婚。你还要记住，可可上学的事情比我评奖的事情重要多了。

可是，我觉得对一个诗人来说，诗歌荣誉是更重要的事情。

不对！看来你永远也成不了诗人。长风一脸不屑地说：一个真正的诗人，不应该追逐诗歌之外的东西，功、名、利、禄等等，甚至这种诗歌荣誉。华飞大奖，可以参评，但如果为此去搞那一套，这种奖就不再是荣誉。

秋儿很生气，她搞不清长风这套理论是对还是错。如果是对的，那么现在那些操作出来的荣誉到底该不该得到社会承认，而这种荣誉下的诗人到底还是不是合格的诗人，或者说真正的诗人。不过，据秋儿了解，那些获大奖的人都很受尊重呀，而且他们很快就因此红了，紫了，有分量了呀。她不服气地说：

如此说来，那些操作出来的大奖不值得一提了，而那些诗人更不是真正的诗人了？

没错！长风字字铿锵。

那你的意思是，我们就只有等着了。

没错！长风说完，开门走出去。然后又走回来，拧着眉头说：根本不必等。

好吧，不必等，你就等后悔吧。秋儿盯着长风瘦长的身影，她第一次有点理解和同情和和了。

年关越来越近，本来这是一个非常好的送礼机会。秋儿觉得这大奖安排在这时候报名，是不是就有这样的一个原因呢。只是长风太固执了。秋儿转念一想，让他清高去吧。反正我不是诗人，我就俗一把。秋儿在心里已经打定了主意，在适当的时候，她去做这件事。像当年和和自己单独送礼一样，谁让她秋儿现在成了长风的妻子呢。既然选择一个诗人做丈夫，也只有像和和一样，牺牲自己了。

秋儿是这样想的，但不料接下来发生的事情使她已经没有时间或者精力考虑长风的诗歌大奖问题了。在周三这天，一开市，她的一只股票突然下跌，当天就跌停，第二天又是如此，以为第三天会振荡向上，没想到又是跌停。秋儿急火攻心，一时间扁桃腺发炎，接着全身发热，又伴随支气管发炎，病倒了。输了两天液后，病稍微减轻，星期一她又匆匆回家，开始操作股票。此时那只股票已经停止暴跌，只是大盘总体有下降趋势。秋儿调集所有资料，通过对股市行情进行分析后，决定来个孤注一掷，进行补仓。按以往的经验，她觉得十有七八成的把握。于是，她把家里仅剩的另外五万元一股脑全部投了进去。

没想到，这一次又失策了。第二天，那只股票仅仅往上稍微波动，接下来就像大河决堤一般，再次下冲了一个跌停。与此同时，她的另一只股票也开始下滑。

为了保住盈利，她采纳了上一只股票的教训，在适当时机迅速卖出了第二只股票。她想这部分钱最好不要再往股市进了。谁知经不住诱惑，她平时比较关注的一只股票在大盘形势不太好的时候，却意外地开始蹿升，秋儿一咬牙，将这部分资金又投了进去。

第一只股票补仓后，股票不但没有上升，反而大势还在下降。第二只股票投进去后，没两天也开始下跌。不等秋儿对整个股票市场看清楚，整个股市便开始天天下滑，而且越滑越快。大有崩盘之势。秋儿那两只股票就在犹豫中越跌越深，到年根之时，差不多已经被彻底套牢了。也就是说秋儿的二十万本金，包括所赚取的三万元全部被淹没在股市里了。

真让长风说中了，秋儿欲哭无泪。她现在才知道什么叫炒股炒到跳楼。

秋儿这次是真病了，整个春节过得暗淡无比。唯一的好处是，因为生病，似乎得到了庄诗和韩良的怜悯。自从长风与和和离婚，庄诗与韩良一直不接纳她，甚至不允许长风带她回家。也许是时间对错误的清洗，初一的下午，韩良在庄离的陪同下，带着可可一起来看她了，而且带着饺子。这件事让她灰暗的心情好了许多。

谁都不知道她为什么生病，她不敢告诉长风，更不敢说给庄离和韩良。可可因为不用上学，快乐得像只小鸟，在韩良问话的空当儿，向秋儿叽叽喳喳地数叨着他们学校的奇闻逸事，说着说着，说到了股票上，然后煞有介事地问秋儿的股票现在是否赚到了一辆小汽车。

秋儿当时正把一只饺子往嘴里夹，一听可可的问话，差点流出泪水。但她不能哭，不但不能哭，还得强颜欢笑，于是她说，快了。小姑娘一听，兴奋地抱着秋儿的额头吻了一下，然后就说开学要告诉她的同学，非得把同学的爸爸比下去。

韩良离开的时候，感觉到了某种不安。她递给长风一个存折，嘱咐长风好好跟秋儿过日子。

长风是敏感的，在正月初四秋儿病情基本稳定后，他再也忍不住向秋儿发问了。秋儿本来想捂下去，怎奈实在忍不住心痛，还没有说出谎话，就流出了两串泪水。

一切不言自明，长风本来一肚子的气，看见秋儿那副可怜兮兮的样子，也不禁心软下来。她拍了拍秋儿明显见瘦的小脸，只说了两句：吃一堑长一智吧。

春节是朋友亲戚联络最广的时候，秋儿生病的消息也随着这种联络迅速传了出去。几个好朋友相继来医院探访后，韩健也捧着一束鲜花，不请自来。

长风避了出去，他觉得有点难堪。毕竟秋儿与韩健曾经是夫妻，因此说点什么也是常理。韩健是了解秋儿炒股这件事的，因为起初秋儿还向韩健做过咨询。韩健坐在秋儿对过的床上，昔日的夫妻，在这样的场合，两人都备感心酸。

怎么搞成这样子？韩健有点心疼。

秋儿不知如何回答，尽管忍着泪水，眼圈还是红了。

长风待你还好吧？

秋儿用力点了点头。

与可可相处呢？

秋儿再次点了点头。

那我也就放心了。韩健很厚道，他拿出一张银行卡说：

秋儿，离婚时本来要给你一套房子的，你坚持不要，我就给你存下了。我想，现在你经济上肯定不宽裕，我给你带来了。

此时长风正好回来，听见这句话，顿时火冒三丈。他两步冲过来，一把夺过韩健手里的银行卡，“吧唧”扔到门外，然后指着韩健的鼻子低沉着说：

滚！拿上你的臭钱滚远点！

韩健站起身，走出去拿起银行卡，然后又走了回来。他站在长风跟前，咬牙切齿地说：

长风，既然秋儿跟了你，你怎么照顾她的，你不觉得亏对她吗？

有你什么事？秋儿是我老婆，我怎么照顾是我长风的事情，你要搞清楚，这跟你无关。长风怒气冲冲地嚷着。

这跟我有关系。韩健本来见秋儿如此憔悴，就对长风有了怨气。长风再这样撒野，他的火气一下子被勾了起来：秋儿是我的前妻，她过得好不好，我肯定要关心。

秋儿一看两人干起架来，急得乱喊乱叫，但二人谁都不听她的。一急之下，她拔掉输液的针头，干脆从床上走了下来，摇摇晃晃，眼看要晕倒。

长风与韩健一看这阵势，都忘了争吵。长风急忙过来扶秋儿，韩健跑去叫大夫去了。这才避免了一场凶架。

正月初七，也就是春节假日的最后一天，秋儿病愈出院了。看着长风与可可在家里殷勤的样子，她感慨万端。想起最近炒股这段日子，就像做了一场噩梦一样，她都搞不清楚自己为什么那样疯狂，那样执着，那样痴迷。最后那段时间，秋儿有时都不敢回忆，股市给她的感觉就像一头吃钱的猛兽，她仅剩的那点钱一下子全部被吃掉了。秋儿很难过，她一向认为自己是个不在乎金钱的人，她能够舍弃与韩健那种荣华富贵的生活就是一个证明。但现在，她却变了，变得自己都快不认识自己了。她爱钱，而且有强烈的挣钱念头。失去金钱时，她竟然会痛苦得大病一场，这又是一个证明。到今天为止，她不得不承认，她再也不是当初那个单纯的、浪漫的、高贵的女人。柴米油盐的生活已经把她变成一个庸俗的、视钱如命的家庭妇女。这也许就是爱一个诗人的代价吧。她不知道她是应该为此悲哀，还是应该为爱一个诗人而自豪。

46

春日是诗人的季节，一个冬天积蓄的热情，在春暖花开时候成了释放的最好时机。这个春季之初，诗歌协会与《新月》杂志就酝酿着联合搞一次诗歌活动，以端午节为主题，名曰端午诗会。长风本来是诗歌协会副秘书长，利用春天这个时机加强诗人之间的交流、友谊，促进诗歌的发展和对社会的影响，是诗歌协会义不容辞的责任。《新月》杂志特意提出把这次活动办得有规模，上档次，并且有声有色，丰富多彩。同时还要求这次活动除了文学意义外，最好还能够有一定的经济效益。按领导的说法，文学必须拓宽道路，融进经济大潮中，不能在狭小的王国里坐井观天，自生自灭。

王老万的观念已经彻底转变了，按他的说法，他搞了一辈子文学终于开窍了，或者说不得不开窍了。经济社会，商业时代，赚钱是一件光荣的事情。所以以后搞一些活动，也要赞助，要赚钱。

这样的活动，过去赞助最多的就是周立山，他几乎是这个城市诗人圈的经济后盾。大多时候就是吃顿饭，喝个酒，因此也不需要多少钱。这一次不太相同，因为要创收，要经济效益，使一个纯文学的活动一下子掺入了铜臭。尽管王老万几次打电话让长风找朋友们拉拉赞助，甚至许诺的提成越来越高，但都被长风都拒绝了。

秋儿自从股市被套牢后，一直赋闲在家，无所事事。炒股的惨败，使原有的一点儿积蓄几乎化为乌有。她再也无法像过去一样无忧无虑地单纯生活。更多的时候，她开始琢磨挣钱和发财。当他听见长风与王老万往来的电话内容后，她产生了某种想法。

她要去见韩健。百分之三十的提成，对秋儿来说具有很大的诱惑。

与韩健离婚后，秋儿因为热恋长风，一度把韩健忘得干干净净。最近一段时间，自从她开始琢磨当一个合格的妻子后，尤其是挣钱的想法充斥脑袋后，韩健的影子开始在她眼前飘浮。尤其是离婚时韩健所说的房款，像一只散发着诱惑力的蝴蝶，不停地在她的周围翻飞。直到春节那次生病，韩健带着银行卡过来，使秋儿连做了好几夜美梦。于是，几乎每天她都会不自主地关心韩健所投资的工程——全市最大的超市航母“联美”的进展情况。秋儿之所以动了韩健的脑筋，是因为联美铺天开地的宣传已经展开，其开业时间定在五月十八日，这一天正好与诗歌协会的端午诗会时间很近。

这个想法让秋儿很兴奋。但在装扮的时候，却又很难过。她翻遍柜里所有的春季衣物，发现都是当初韩健给买的。也就是，今年这个春天，她一件新衣都没有买过。这也是她认识韩健以来从来没有过的。她在沙发上坐着想着，可实在没有能力去为自己购买衣服了，尤其是没有能力购买那种漂亮的衣服了。

她是虚荣的，她不想让韩健看见自己的经济拮据。所以她用力回忆着当初的衣服哪件是穿得最少的，韩健看见最少的。最终她想起了一套深灰色的套装，很朴素，却透着大气。当时她只穿了一次，因为韩健说有点过于庄重，属于办公室着装，便没再穿过。

韩健还是看了出来，或者说记了起来。当他从宽大办公台后面走出来，吃惊地看着秘书小姐领着秋儿进来的时候，他的眼里很快潮湿了。他只与秋儿坐了两分钟，甚至秋儿连秘书泡的茶水还没有来得及喝一口的时候，他突然站起来，交代了秘书一下，只对秋儿说了一句：

走，我们换个地方谈话。

秋儿本想在公司谈的，她觉得一是为正事，二是她与韩健毕竟有过一段婚姻，所以在办公室见面更适宜一些。但是韩健却不这么想，他不容秋儿分说，就将地点做了更改。

咖啡馆，那是他们谈恋爱时经常光顾的地方。韩健与秋儿相对而坐，四目相对，秋儿垂下了眼睑，韩健眼睛也潮湿了。韩健最先打破沉默，伤感地问：

最近过得好不好？

挺好。秋儿抬起头，一改刚才沉重的情绪，竭力想说得轻松点儿。

我不信。韩健伸手摸了摸秋儿的上衣领子，这还是你跟我生活时买的衣服。难道长风连件衣服都不给你买吗？

秋儿本来很坚强的，但韩健那最后一句话，一下子勾出了她的委屈。这一年来，她确实很少买衣服。不过，这不能怪长风，长风从没有隐瞒过他的经济，甚至在秋儿最初表示爱情时候，他就提醒过。所以一切都是自己的选择。世界上没有完美的爱情。她选择了精神上的丰足，就得忍受物质上的贫乏。于是，她调整了神态，很肯定地说：

物质生活不如过去好，但精神上很充实。

秋儿端起咖啡，脸上换上一副开心的神态，半调侃地说：跟着诗人过诗人的生活，我现在不喝咖啡，只喝酒。我仍然觉得很幸福。这也是我为什么今天来找你的原因。

什么原因？

听说你的超市要开张？我想与你商谈一件生意。

韩健一把攥住了秋儿的胳膊。

嗨，秋儿挣扎着想脱开韩健的束缚，但韩健的手像铁钳一样，将秋儿攥得紧紧的。她只好叫起来：

韩健，你能不能放开我。我觉得我这样挺好的，这是我的追求，你是不会理解的。

她伸出另一只手，试图把韩健的手掰开，没想到，她越掰，韩健攥得越紧，秋儿终于疼得嚷了起来：

你把我的胳膊弄疼了。

我的心疼了。韩健坚硬的腮帮子上，肌肉突然跳了起来。

秋儿沉默，韩健也沉默了。

不知何时，韩健的手终于松了，他缓缓地站起身，走到秋儿跟前，居高临下地盯着秋儿。秋儿浑身不自在，紧张地思索着对策。她突然想起自己的目的：

韩健，我们能不能一起做个活动？

……韩健不说话，代替说话的是，他突然一弯腰将秋儿抱了起来，并一下子将嘴唇堵在了秋儿的嘴唇上。

啊——几乎同时，韩健突然脑袋后仰，大张嘴巴，惨叫一声，一缕鲜红的血液隐约从舌头和嘴唇上往外渗了出来。

47

于无来了。

莫菲打来电话的时候，庄离正与胡新科在胡母家一起吃午饭。庄离一听，赶紧离开饭桌，向阳台走去。这一类活动，尤其是涉及文友们的电话，她在胡家公婆面前，都有些心虚。胡母看着庄离走开的背影，脸像一张门帘瞬间奄拉下来。她手拿筷子指点着庄离的位子，愤愤不平地说：

是不是又要参加什么文人聚会啊？像什么话，一个女人不上班，那就安分守己在家相夫教子，不相夫教子也就算了，起码尽一个人妇最起码的职责，生育后代吧？整天跟一群所谓的文人瞎混，算怎么回事？

胡新科眉头紧皱，辩驳道：妈，她不上班，不代表她没有事做。她不是现在写作吗？她那些文友就相当于她的同事啊。来往那不是很正常吗？

哼！胡母还想说下去，被胡父截住了：吃饭吧。

庄离因为在饭桌上，没有听得太清楚，所以到了阳台上又重复问了一遍：于无？莫菲以为她忘了于无是谁，解释着：

《山风》副主编，莫菲的声音透着高兴，《山风》不是前一阵刚采用了你的稿件吗？他也提到你了。他这次来是组织一套散文丛书，是一个很好的机会。散文出版现在也不容易，如果你能被选中，也是一件好事。于无对你印象也不错，今天晚上务必参加，黄老也特别说叫上你呢。

我哥去不？

长风晚上有个诗歌活动，他去不了。我们这次聚会的人以写散文的为主。

庄离听长风不去，决定参加。这类聚会，她发现长风并不愿意跟她一起出现。所以有时候，她也避着长风。

庄离不知是高兴还是不高兴，但应该感谢于无。毕竟，她跟于无没有任何交情，于无发了她的稿子。这有点出乎她的意料。但是她又怕看见他，山上那白花花的屁股曾经让她做了好几天噩梦。尤其是她怕见黄老。自从与黄老那个夜晚接触后，她对黄老产生了一种畏惧。

跟黄老的相处，她也请教过长风。只是她不好意思跟长风说具体情况，比如那粒老鼠屎的感觉。长风认为一个拥抱，也不过是长者对晚辈的爱护，应该不是什么问题。他相信黄老的人品，他觉得庄离想多了。

晚上参加聚会的人，大多也都是庄离熟悉的人。一见于无，不由得又紧张起来，那个状如苹果、白花花的屁股在眼前像一个飘在空中的气球晃来晃去，令她总是脸红心跳，似乎她在于无面前做过什么丢人的事。于无在她面前，倒是一副坦荡的神情。他半戏谑地握着庄离的手，没有放开的意思：

真是个大美女，没想到啊，每次见，每次一个新气象，而且越来越漂亮。我见多了女作者，文章写得很漂亮，可人呢，往往很给文章丢人。没想到庄离，文如其人啊！不，应该是人如其文啊！

黄老正好进门，听见这句话，也兴致很高地说：

你也不看看，这是谁的学生？

谁的学生啊？于无兴趣盎然地转向庄离。庄离的脑海里却在第一时间又想起了那粒老鼠屎的感觉，然后急忙用微笑掩盖着脸上的尴尬。

那还用说吗？郝鸽从黄老身后闪出来，替黄老脱下外套，向大家做了一个鬼脸：

只有名师才出高徒啊！

那粒老鼠屎的感觉又一次涌入庄离嘴中，她感觉嘴里顿时弥漫了一股唾液，想咽下去觉得不舒服，想吐出来，又无法吐，以至于说话都不利索了。

就在她纠结于这口唾液的时候，黄老似乎在跟她说话，并且向她张开了手臂。她突然意识到，黄老是说要拥抱。庄离伸出手臂，口腔一瞬间嚅动了一下，“咕咚”一声，唾液全部吞了下去。

大家落座，黄老在主位，于无在上宾，庄离自觉资历浅，坐在了最次的位置。

三大杯酒进到胃里，血液循环加速，酒桌气氛开始欢腾。周立山的目的很明确，大家要让于无喝好。按他的话说，于无能喝一斤。在他的忽悠下，大家纷纷跟于无喝酒，不一会儿于无就显出醉态了。

莫菲示意庄离敬黄老。庄离只好向黄老走过去。在她开口之前，黄老先半批评地说：

庄离，你这学生表现可不太好啊。这么久都没有问候一声。

莫菲一听，赶快打圆场说，庄离，有黄老这样的大腕做老师，是你的幸运。你这么不努力，不像话！

庄离赶紧赔罪说，是我不好，黄老请你原谅。

郝鸽添油加醋地说：你知道我是多么羡慕嫉妒恨吗？郝鸽真真假假地说，我好几次请黄老收我做学生，他都没有收。然后转向黄老，黄老，你为什么不收我啊？我那么招你嫌啊！

不是，不是。黄老挺认真地说，鸽儿，我会收你的。这不是个事儿。

什么时间？郝鸽一听，立即忘了罚庄离的事。

黄老酒后说话有些随意，没想到让郝鸽抓住不放了，只好说，很快，很快。

很快是多久啊？一分钟？一个月？一年？还是三十年？郝鸽眼睛似乎湿润了，她仰着脸，满脸的期待和恭敬。她今天穿了一条红丝绸中式旗袍，头发大波浪翻卷，脸上勾画得精致又艳丽，像20世纪30年代的美女，特别扎眼。黄老突然被眼前的美女打动了，他出神地盯着郝鸽，似乎想起了什么。他拿起茶杯喝了一口茶，缓缓地说：

就现在吧。

郝鸽一听，像蚂蚱一样弹了起来。她冲到黄老身边，出其不意地在黄老脑门上"叭"地啄了一口。一个红色唇印印在了黄老脑门上。

像捅了马蜂窝一样，大家注意力全部集中到了黄老和郝鸽两人身上。郝鸽的兴奋和媚态，相对于庄离的若即若离，不温不火，令黄老失落的心理获得了某种补偿。这也许是黄老突然一改往日对郝鸽的拒绝，而收纳为徒的原因吧！

饭结束了，人们似乎意犹未尽。不知谁的提议，一群人吵吵嚷嚷着又去了歌厅。庄离坐在角落里，百无聊赖。她不喜欢唱歌，也不喜欢这种嘈杂的环境。但是大家兴致高昂，所以她也不忍扫了人们的兴。周立山毫不客气先上场了。周立山属于五音不全跑调类麦霸，歌唱得虽然恐怖，但好处是能活跃气氛，鼓舞人心。只要听过他唱歌之后，再不会唱歌的人、再不敢唱歌的人都会跃跃欲试，踊跃点歌。所以，大多时候，都是周立山打头炮，名副其实的抛砖引玉。

歌声起，郝鸽率先拉黄老跳起舞。于无也蹿到庄离跟前，邀请跳舞。

于无喝多了，乐点都踩不上。他一手紧紧攥着庄离的手，一手在庄离的腰上抓着，走得东倒西歪。不一会儿，似乎要睡着似的，把身体挤到她身上，两只手干脆环到了庄离的腰间。

庄离有些反感，试着将他的一只手从腰间拿出来，但试了两次，都没成功。于无揪住庄离的一只手，往自己的脖子上一放，气哼哼地说：

你老夫子啊！我环住你的腰，你环住我脖子，这不挺好吗？

迈不开步子啊？

迈步子干吗啊？摇晃就可以了啊！

庄离只好笨拙地随着于无摇晃着。于无摇晃了几下，又大声嚷了起来：

你怎么像个僵尸啊？不会放松啊？就跳个舞，又失不了身！

庄离松开于无歉意地说，算了，我实在不会跳，别让你嫌弃了。然后走回去，坐回到沙发上了。于无被晾到一边，无可奈何地摇了摇头，也走回沙发坐下。

周立山唱完了，接下来是一首男女对唱歌曲，郝鸽挎着黄老走到屏幕前，依偎着唱了起来。

于无刚想找庄离跳舞，范建平突然出现。他端着两杯酒，大声嚷着：

于无，瞧你刚才跟庄离跳得歪七扭八的，别跳了，喝酒吧！

靠！于无接过一杯酒，大声发起牢骚：这庄离，真笨！

下一首是于无的歌，没想到于无唱得非常好。郝鸽又邀请黄老去跳舞了。莫菲坐到庄离身边，拿起两片西瓜，一片给自己，一片给庄离，并向着郝鸽的方向努了一下嘴，对庄离说：

庄离，你看郝鸽多巴结黄老啊，你也需要做点学生样。

庄离眉头立即拧了起来，我做不来！

莫菲咯咯乐出了声：哎，孺子不可教也！不过，你至少邀黄老跳个舞吧？这也是礼节。

郝鸽一直缠着他，我怎么跳啊？

抢啊！周立山不知什么时间坐到了旁边，大声笑着说。

庄离咬了咬牙，似乎下了决心。一曲结束，下个舞曲尚未开始之时，庄离就傻乎乎地等在了黄老旁边。周立山乐得一口酒喷了出来，溅得莫菲一身。

舞曲起，庄离终于挽着黄老跳起了舞。虽然身体僵硬，动作笨拙，但这个邀请确实令黄老非常高兴。黄老一直盯着庄离，似乎想说什么。但庄离却始终扭头盯着屏幕，故意把注意力集中在歌曲上。黄老无奈，只好大着嗓门说：

庄离，你是不是对我有看法啊？

怎么可能啊？庄离不得不把脸转向黄老，歉意地说。

那为什么跟我联系那么少啊？

我，庄离犹豫着说，我这人性格不好，内向，不好意思！

黄老突然把嘴对向她的耳朵，热烘烘的气息像一股火苗直赴她的耳道。她感觉自己的半块脸似乎被烧着了。她忍着脸部的刺疼，用力向后仰着头，竭力让自己的脸离黄老的嘴巴更远些。

在庄离用力往后仰头的时候，黄老却在用力往前倾着身子，以跟她保持更近的距离。原来他在说话，但声音比刚才低了。他说，一会儿我们一起回家，好不好？

庄离假装听不清，把头一转，远离他的嘴巴，大声问：

你说什么？

黄老又试图把嘴对向她的耳朵，庄离梗着脖子，只把脸对着他。黄老只好把嗓门放大一些：一会你来送我，好不好？

好！

庄离嘴上答应了，心里却忐忑不安起来。音乐的节奏几乎再也进不到脑子了。脚下本来就别别扭扭，现在更变得深一脚浅一脚，一会就踩了黄老几脚。黄老终于受不了了。他把头抬起来，对庄离说，不跳了，出去透口气。

黄老先去了卫生间，从卫生间出来，庄离搀扶住了黄老。

庄离啊，你需要改变一下啊！

庄离笑着说：江山易改，本性难移啊！

你看看郝鸽，多伶俐啊！适当时候，你也该学学。

黄老语重心长地说着：矜持对于一个女孩子来说，是一个难得的优点，但过于矜持，会影响你的发展的。所以，你以后要多参加活动，多跟我们交往。

看来黄老还真把庄离当成初入文坛，不解风情的女人了吧。以他的经验，他认为他这个位置，只有他选择垂青哪个女人，绝不会有被哪个女人拒绝的道理。所以当庄离说自己内向时，他一边鼓励庄离，一边把庄离搀着的一只手腾出来，搂住了庄离的腰。

庄离第一反应是排斥和拒绝的，但考虑了一下，想想这还是自己可以忍受的限度之内。于是继续着刚才话题说：

是啊，我也愿意跟大家交往，也愿意向你多讨教。只是我不好意思打扰。

不要不好意思。我非常愿意你打扰。说“打扰”一词的时候，黄老的腔调带有一丝调皮。与此同时，放在庄离腰里的手突然往下一滑，在庄离的屁股上拧了一把。

庄离一哆嗦，像被扎了一样，弹跳开来。黄老笑了起来，怎么像小姑娘似的！

庄离脸上出现不高兴的神态，黄老也许是没看清，也许是认为她害羞，仍然自我感觉良好地说：

过几天，有个全国最高级别的作家采风活动，我费好大劲才给你要了一个名额，跟我去吧。

面对突如其来的邀请，庄离有点措手不及。她早听说，这种活动是许多人渴望参加的。大作家、著名文学刊物主编们欢聚一堂，对新手会有很大帮助。庄离想去，但一想到黄老的企图，又胆怯了。

黄老本以为庄离会惊喜万分，没想到庄离竟然在犹豫，有些失望地说：你还犹豫啊，好几个人都在求我要名额呢，郝鸽刚才还在求我呢。

我，庄离只好搪塞，哎，家里有点事，不知道到时候能不能腾开身。你给我点时间，我回去调整一下，再定，好不好？

好！我等着你。别辜负我，也别辜负你的才华啊！

黄老不再说话了，若有所思的样子。庄离有些尴尬，一时间找不到合适的话语搭讪。

风有些凉，一阵阵从庄离和黄老的身边吹过。庄离看见黄老的稀疏的头顶上，一缕头发像墙头草一样随风东倒西歪。四五个男女叽叽喳喳从身后走出来，其中一个女人还盯了他们一眼。黄老拉了庄离一把，以一副诡异的神态说：

我们回去吧。他们找不到我们，会造谣生事的，哈哈。

K歌结束的时候，郝鸽就一直伺候黄老穿外套，提包，搀扶走路。一直走出歌厅。庄离想起黄老说的一起走，只好硬着头皮走到黄老跟前：

黄老，我送你回家吧！

好！黄老也愉快应承。

不，不用了，我送就行了。郝鸽立即拒绝了庄离的提议。

黄老临上车的时候，又提醒庄离说，那个事，早点定啊。

黄老的车走了，莫非张罗着说，让周立山送于无。于无嘻嘻笑着说：

你们谁都不用管我，我让庄离送。

庄离已经烦透了，想起跟于无跳舞的过程，黄老拧在屁股上的手，她再也忍无可忍。她想，管他呢，我再也不想这样应酬了。于是，硬邦邦地说：好！我送他。

出租车到了，她不管于无的拉扯，坚决坐在了副驾驶座。在于无的宾馆处，把于无放了下来。她已经打定主意，你脸皮厚，我也要无赖，我就不跟你下车。

于无说，上楼坐坐，喝杯茶！

太晚了，不打扰你休息了。

没事，我睡得晚，我们聊聊你的散文。我们正在组一套散文丛书，我看你的文章写得不错，是有可能入选的。

谢谢你的关心！庄离的话已经软中带硬了：我的文章数量不够出书。

那也不要紧，我们还有时间。你可以赶出来。

算了吧，我写得慢，怕耽误你们。谢谢你抬爱！

于无最后转身离开的时候，庄离看见他的眼里流露出绝交的神态。

去他奶奶的吧！

这个聚会的另一个结果是，第二天，郝鸽帮黄老订了两张参加名家采风会的机票，一张黄老的，一张郝鸽的，五天后郝鸽跟着黄老飞向了那个全国著名作家采风会。庄离在黄老那里的关系也终结了。

48

端阳诗会如期进行了，它随着美联超市的开张，在美联超市连续四天的大型春日歌舞晚会后，于第五天，也就是端阳节这天，在超市晚会所搭建的舞台上开始了。

一改前四天锣鼓喧天的气氛，诗会在如水般清冽的音乐声中开始。无论是迎风飞扬的彩旗，还是空中荡漾的气球，无论是前厅广场时喷时歇的泉水，还是广场上时停时飞的鸽子，还有那一群群穿梭往来的行人、顾客，在一首首或淡定从容，或慷慨激昂，或风花雪月，或电闪雷鸣的诗歌中，都被染上了一种绵长的、典雅的气韵。这也许就是诗歌的魅力。

一直认为诗歌与商场风马牛不相及，无论是王老万，还是韩健都对这次活动抱着一种担忧。诗歌是典雅的，宁静的，高贵的，而商场是世俗的，繁闹的，平庸的。这两者无论如何都难以找到契合点。尤其在这样一个开业的时机里。没想到这新鲜的创意竟然取得了意想不到的成功。当成群的女人拥至商场时，除了陪同而来的男人成群地留在了诗歌舞台下边，还有一群年轻女孩带着某种浪漫和好奇留了下来。于是这个端阳的诗会比起前四天的文艺晚会，无论在关注者人数上，还是在关注者的兴趣度上，都不亚于前四天。尤其是当激情澎湃的诗朗诵至高潮时，如潮的掌声使这场诗会更显得隆重和激情飞扬，而整个华丽的商场，在这种氛围中也被罩上了一层美丽高雅、品位至正的光环。

诗会从晚上七点到十点，气氛一直持续在热烈和激情中。因为夜晚的星光，因为商场的霓虹，还有这一群诗人们所造就的氛围，使这个露天的诗会别具风味。长风也来了，他不会因为韩健在这个商场的位置，而放弃这一次诗歌的宣传机会。在他的思想中，将诗歌进行到底，是他一生追求的事业。尽管这是个商业时代，文学已经边缘化，诗歌也退出社会主流，但他依然痴心不改。他所做的就是，让人们了解诗歌，向人们展示诗歌的美。他还要告诉人们世上还有这样的一群人，一直在致力于诗歌的传播，致力于揭示真的东西、美的东西。

诗会举办得非常成功，不但如此，还吸引了众多的顾客，有几个甚至在诗会结束后一直恋恋不舍，追要电话，希望能够走近这个群体，甚至进入这个群体。长风一听，立即自作主张，邀请他们参加接下来的酒会。

诗与酒自古以来是一对儿难分的兄弟，因此诗会更缺不了酒精的助兴。在诗歌朗诵结束之后，几十位诗人仍然沉浸在诗歌的激情里，即使走过五百米长的街道，诗兴仍然不减。订好的酒店在商场五百米以外的大团圆酒楼，很出众的名字，诗人们一边打趣着酒店名字，一边猜测赞助者是谁。

这个人很快就浮出水面了。是牛志刚！当周立山一眼看到站在门口像新郎官一样，西服领带、满脸笑容的牛志刚时，他一下子明白了这顿饭的赞助商。

周立山捅了捅长风的腰，你千万不要跟我说你不认识啊！

长风又好好看了看，似曾相识，但想不起在哪里见过。

周立山拍了拍长风的肩：牛志刚啊！江湖上大名鼎鼎！你也是这个神

话的制造者之一啊！

长风突然想起，庄离参加玉泉杯大奖时给他打来的电话，想起在医院牛志刚抱头鼠窜的情景，脸上飘过一阵阵尴尬。长风走过牛志刚的时候，没有看他，他怕看见那副嘴脸，会把上一次没有凑成的行动给完成了。

周立山一屁股坐在了长风的旁边，一边剥着筷子上的塑料包装，一边骂骂咧咧地说：你看那小子那牛样，蓝西服，白衬衣，红领带，把自己整得像个新郎官似的，活脱脱傻帽一个。

郝鸽坐在长风另一边，接过腔说，人家就是新郎官，他说了，今天就是他大喜的日子，他娶的新娘就是诗歌。

什么？周立山一听也冷笑，新娘！就他那样，还娶诗歌？呸！我呸死他！就他那样，只配娶驴。

郝鸽捂着嘴笑起来。

酒宴开始，王老万主持，文联领导致辞，然后还有一通介绍。到此时长风才发现，除了参加诗会的诗人们，酒会还特邀了一群大小官僚，诗会的赞助商韩健带着一个漂亮女助手也在座。

长风有点厌恶，因为有了这一群领导，酒会立即就改变了气氛，变成了开会。大小官僚，按序排位，先互递名片，然后点头哈腰，先相互寒暄，然后彼此吹捧，一时间整个酒会成了一个小官场，乌烟瘴气，臭气熏天。几个没有骨气的诗人也开始效仿小官员们的行为，一个一个弯着腰，顺着眉，脸上堆着巴结的笑容，走向领导桌，各显神通向大小领导们献着媚，讨着巧。

长风起身，想走，周立山拉住了他。

领导们开始转桌向诗人们敬酒。最先到他们这一桌的是文联副主席兼诗歌协会会长杨丰和王老万。杨丰看见长风时，像突然想起什么似的，一下子兴奋起来，给长风立即换了一大杯酒。

长风，你这次得来一大杯，你可是大喜即将临门啦。

长风疑惑。大家也都等着杨丰的下文。

是这样，据可靠消息，这次华飞文学奖，长风已经入围。

是好消息，得喝，喝。周立山也在起哄。

长风本来觉得获奖有十之五六的希望，听到这个消息，还是很高兴。他不等杨丰说什么，痛快地端起大杯，豪爽地说：不管这消息是否可靠，这大杯酒都值得喝。然后一仰脖喝干了。

郝鸽轻轻扯了扯杨丰的衣服问：杨主席，还有谁？

杨丰刚想说下去，发现牛志刚与韩健正好走来，于是兴奋地把手往牛志刚的肩膀上一拍说：还有这位，牛大老板。牛老板也得喝一大杯，像刚才长风那样。

牛老板？周立山嘴张得老大。

是啊！我难道不可以吗？牛志刚一脸傲气，大有这大奖“舍我其谁”的气魄。

是啊，牛老板难道不能获奖吗？王老万在一旁附和着说，并用一只胳膊搂住了牛志刚的脖子：看看牛老板这气势，这风度！

你们知道这一桌饭多少钱？王老万此时似乎忘记自己的诗人身份，毫不羞涩地表现着他对金钱的迷恋。他一脸诡秘地等大家猜测。

大家相互看看，摇头。

五千，不算酒水！王老万大声宣布，似乎在宣布一个重大的消息。而站在旁边的牛志刚也差不多快把胸脯挺到了脑门上。

有两个诗人作惊呼状。不知是真的震惊，还是为了附和王老万。

杨丰一脸兴奋，腆着肚子走了。周立山大受刺激，冲着作惊呼状的两个诗人，大声责骂：瞧你们那点德行。五千怎么了，值得那样吗？

一人反驳了：立山兄，我们这样反应怎么啦？你以为我们都像你一样开矿有钱吗？

精神贵族比什么都重要。韩健打着圆场。

长风带头，与几个诗人半虔诚、半强硬地把牛志刚、韩健、王老万邀请坐了下来。然后长风恭恭敬敬地给牛志刚倒了杯酒，一搂牛志刚的脖子，笑里藏刀地说：

牛老板，还认识我吗？

牛志刚的脸像刚刚注了水一样，油亮油亮的。他兴奋地笑着说：当然认识，你也算是我的恩人呢！有空了，我一定登门拜访和感谢。你帮我评大奖的事，我都记着呢！

长风反问了一句：我只是评大奖的恩人吗？

啊——牛志刚翻了翻眼睛，想了想，似乎没有想起他们其他打交道的地方。

长风猜想那个晚上他没有看清他，于是话里有话地说：好，你记着就好。但愿你永远也不要忘了。

周立山说：牛老板的诗，我也拜读过，写的是别具风格，与众不同呀。

哪里，哪里！听有人夸他，牛志刚满脸放光。他挥舞着手粗声大气地说：好多东西其实就是那么回事，在你不接触的时候，觉得神圣得不得了，难得不得了。等你一走近，你就会发现，其实没那么神秘。这做生意的时候，是这样。现在写诗，我发现也是这样。

看见大家被他说得一愣一愣的，他扭身对韩健说：韩大总经理，你说是不是？如果你哪天有兴头写诗了，没准一写也就写成诗人了，没准一参加评奖，也就获奖了。

靠！周立山小声嘟囔着骂了起来。

韩健很客气地说：我不懂诗，也不想写诗。我这一辈子除了当商人，当不了诗人啦。

长风接过话头说：韩健说得好！我与韩健是老朋友了，他说他这辈子除了当商人当不成别的，我正好相反，我这辈子除了当诗人当不成别的了。只有咱们牛老板牛，我佩服。

长风给自己倒满一大杯白酒，然后对众人说：

这样吧，既然大家论起身份来，那么很明显，我们这一桌，有诗人，有商人，有诗人兼商人。无论是诗人还是商人，我们坐在一起就是缘分，就是朋友。作为朋友，我先按身份敬酒。

长风端起一杯酒，说，我先与诗人朋友们喝一杯。我说的诗人是纯诗人身份，因此，不包括牛老板。让我们祝贺我们的端阳诗会圆满成功。诗人们与长风碰杯喝了。

长风再端起一杯酒说：我与纯商人喝一杯。这一杯包括韩健，也包括周立山。周立山现在不写诗，只开矿挣钱，所以列为纯商人之列。但牛老板同时写诗、经商、因此不能属于纯种商人。谢谢你们支持我们的端阳诗会。长风与韩健和周立山喝干了。

长风再倒一杯酒，这一次对着牛志刚说：我刚才与纯诗人们，与纯商人都喝了。现在只剩了牛老板。牛老板兼具这两种身份，既不是纯种诗人，也不是纯种商人。说俗点干脆叫杂种吧。

牛志刚本来觉得长风前两杯酒的名目喝得有点奇怪，还没有反应过来是什么意思，突然听见长风用“杂种”这个词称呼他时，一下子措手不及，呆愣起来了。

长风倒满一杯酒递到牛志刚手里，继续说：牛老板不要误会，我说的杂种没有贬义，纯粹是相对于纯种商人，纯种诗人的意义来说的。是褒义的。

牛志刚仍然没有反应过来怎样应付眼下的局面。

长风走到牛志刚跟前，一只手端着酒杯，一只手搂住牛志刚的脖子说：

对于人来说，这世界上最难做是纯种，最容易当的是杂种。

啪！一声清脆的响声，牛志刚突然将手中的酒杯摔在了大理石地板上，紧接着清脆的玻璃杯碎裂声，牛志刚一蹿跳了起来，两只手一圈掐住了长风的细长脖子：

长风，我X你姥姥！

我也X你姥姥！长风把手中的杯子一摔，也跳了起来，并将手一伸，也掐住了牛志刚的脖子。

49

安娴的肚子一天天在长大，胡母的欣喜和期盼也一天天在增加。在预产期前一百天的时候，胡母开始在一个隐秘的日历上倒计时，同时也开始考虑以什么方式让庄离接受孩子。

她挑了一个胡新科出差的周六晚上。她把庄离正儿八经约来吃晚饭，来了个突然袭击。

老太太给庄离夹了一只虾，不等庄离吃，就直奔主题，突然问起她关于生育的事情。庄离表示还没有准备好的时候，老太太可怜巴巴地说：

科儿前一阵子说，你因为对生孩子心存恐惧，愿意领养一个孩子，有这事儿吗？

庄离一愣，思索了一会儿后说：是，我说过。

老太太一副可怜相说，我不知道你当时是随便一说，还是真的考虑过这件事。如果你当时是考虑过这件事才说的话，就好说了。如果你当时是随意一说，你现在能不能考虑一下领养一个小孩的事。

突然面对这个问题，庄离心理是复杂的。她不敢生育，不代表她不想生育，实事上，越不敢生育，说明她越重视自己的生育，越想生一个自己的孩子。虽然有时会因为这种压力而生出领养一个孩子的想法，但那并不是她愿意做的一件事。所以当老太太正式提出这个问题时，她感到了万分的不甘心：

妈妈，新科愿意领养吗？

新科说听你的。老太太脸上堆起一脸的希望。

哦！庄离低下头，不知道如何回答了。她也搞不清自己是怎么想的，很多时候，面临胡母的催促，她真想领养一个小孩，但到最后做这个决定的时候，她才明白这是一件多么困难的事情。

妈妈，再让我想想，好吗？她觉得自己想哭。

好吧！老太太也低下头，一副低落的情绪。她无声地吃了几口饭后，夹起一块鱼放到庄离碗里，讨好地说：

回去好好想想。有这么回事，我先给你说一说。前几天，老家有个亲戚的远房亲戚，家里很穷，生了两个儿子、一个女儿，没想到又怀孕了。发现的时候已经三个月了，这家有个不能生育的亲戚听说后，就去求他们生下来，给他们领养。结果，现在快到生产日期了，这个亲戚家却自己怀上了，又不要了。这一下子傻眼了，做掉不可能，生下来又养不起。当时这个远房亲戚就给我打电话，让我在城里给这个孩子找个好家庭。我一听，动了心。老太太脸上开始出现兴奋的表情。

这是个挺好的机会，我也打听了，这家夫妻都长得一表人才，也都挺聪明。所以，我很希望能领养这个孩子。这样，你也可以解除压力。也许压力没有了，你也就慢慢长出生宝宝的勇气，没有压力，也才会养育健康的宝宝。是不是？

这套说法很有说服力，庄离没办法拒绝，但仍然不甘心这么痛快地答应。

我想这样。老太太仍然紧张地注视着庄离说：这个孩子不会影响你以后的生活，也不会影响你所生的孩子的任何东西。如果你不愿意抚养他，由我们来抚养。如果你想抚养，也可以给你，一切听你的。另外，你以后如果生了孩子，家产的主要部分也是由你的孩子继承。

庄离有些吃惊，对于领养孩子，她想到的只是生自己孩子的问题，关于财产和抚养的事情，她还没想到过。是啊，还有这些问题呢。是挺复杂的，不仅仅是做母亲的感觉问题，还有那么多实际的东西。

让我想想，庄离觉得胸口里好像堵了一团棉花。

好吧。回去好好想想，不着急做出回答。老太太说完这句话，心有不甘地加了一句：我和你爸都非常希望你能答应这件事，毕竟我们都这么大岁数了。

庄离为这件事困扰了一周，她几乎夜夜做梦。问胡新科，胡新科说，听她的。问妈妈，妈妈的回答也等于白说。那天全家在一起吃饭，长风带着秋儿一起来的。妈妈听庄离问这个问题，也充满纠结：

这件事，你自己决定。领养孩子必须有承受领养孩子的心理准备，比如不是自己孩子那种感情上的疙瘩，比如日后孩子知道身世后的反应和对你的态度，孩子亲生父母以后会不会找麻烦等等。话又说回来了，领养小孩也有领养的好处，比如马上可以解除来自胡家的压力，比如你不会为生育纠结了，比如你不必这样无所事事了。还有啊，尽快体验母爱给你带来的快乐啊，会给你一片全新的生活啊。

那我到底要不要这个小孩啊？庄离听妈妈啰唆了半天，也不知道她支持不支持自己领养小孩。

妈妈当时正拿着一个土豆削皮，听庄离突然打断她，向她直接征求意见，手里不禁一抖，土豆掉了下去。她看着土豆叽里咕噜滚了两米远，好像才大梦初醒一样，盯着庄离，像苍蝇嗡嗡一样，小声嘟囔着说：我可不知道！

庄离本来就是来找妈妈拿意见的，见妈妈说了半天竟然给她这样的一个回答，气不打一处来。于是，转过身捡起土豆，扔到水槽，一板一眼地逼问道：

妈！如果你是我，你要不要领养这个小孩？

我不是你！

如果你是我呢！

我……我，我是你，我也不知道。妈妈声音更小了，好像怕庄离听见似的。

庄离哭笑不得，只好跑到客厅求助爸爸和长风。长风最先表达意见：

领养小孩干吗？你又不是不能生？自己吓唬自己。

是啊，是啊。秋儿刚接可可回来，可可在楼下玩着，她先回家了。进屋听到家里在议论这件事，不由得也插话说：庄离，你完全没有必要害怕，快生吧，肯定不会有事的。

爸爸听了，也附和着说：

你看，咱们家所有人都在支持你生宝宝吧！要我说，也是这个意见：你根本不必领养，自己生，就现在生，没任何问题，相信自己。

庄离站在客厅中间，看看几个人，想了好一会儿，还是说：不行，我不能生，现在肯定不能生。万一有问题呢？

健康的夫妻都有可能生出不健康的宝宝，难道就不生了吗？长风反驳着。

我们家族不是生不健康宝宝的概率大吗？

谁说的，都是你们自己吓自己。你看你这不是很好吗？爸爸在反驳。

你不用劝我，我现在绝对不会生自己的孩子。庄离很坚决地制止了大家的劝说。

那就领养这个小孩。爸爸不假思索地说出自己的看法。

为什么？庄离感到心里好像被突然扔进去一块石头，沉甸甸的。

你不敢生，总不能急死人家胡家老头老太吧？再说了，从小领养的孩子，从小培养的感情，跟自己生的没什么两样。

爸爸说出这句话的时候，庄离感到那块石头突然消失了，整个人好像轻松了。

晚上，当庄离把这个决定告诉胡新科时，胡新科表现得心事重重，一脸茫然，看不出高兴，也看不出不高兴。庄离猜测胡新科这种情绪可能是因为他还是愿意要自己的孩子，就像她做出决定之前一样在纠结吧。然而，当她把这个决定告诉婆婆时，婆婆在电话里的声音竟然颤抖了，她带着哭腔一遍遍地说着：

庄离，谢谢你，谢谢啊，庄离，你对我们胡家的恩情，我们感激不尽啊！

庄离感觉老太太的那种劲头，如果在眼前，估计会跪下来。

庄离被感染了，眼睛也变得潮湿起来，婆婆的声音让她感到自己做了一个多么正确的决定。

50

一个风雨交加的夏夜，安娴终于住进医院待产了。直到黎明的时候，一个健康的男婴在胡母焦心期待与欣喜若狂中出生了。

孩子出生的前三天，老太太除了吃饭睡觉，几乎所有时间都是在自家供的佛前念经度过的。在走廊上听见护士报出男婴这两字的时候，只惊呼了一句“我终于有孙子了”，便瘫软在地。随后，她抑制不住自己的欣喜，把消息告诉了老伴、胡新科。

按协议，小孩出生三天后要交给老太太抱走，老太太支付安娴剩余的报酬，从此两清。安娴在当初签署协议时，丝毫没有怀疑过这份协议有什么问题，也没有怀疑过自己会有悔约的可能。但是，毕竟婴儿不是物品，婴儿与母亲之间的血缘，往往不是一纸合同所能约束和割断的。所以，当这个婴儿啼哭着来到她眼前时，她一下子傻眼了。八十万，就这样卖掉他？从此无瓜葛？

她心里开始纠结、疼痛。小婴儿睡着的时候，她不眨眼地盯着他又细又软的头发、毛茸茸的脸蛋、半张半合的小嘴、轻轻翕动的鼻翼，还有又嫩又薄的耳郭……小婴儿醒着的时候，他仍然不眨眼地盯着他，看他哭闹的表情、小手的抓挠，小腿的蹬踹。如此看着的时候，她发现了问题，她突然觉得这个小儿似乎也在观察她，好像发现了她要卖掉他似的。这一发现，把她吓坏了，致使她开始考虑是否一定要履行合约。最终导致她下决心悔约的，是小孩出生第三天上午发生的一件事。

那时，她正在喂他吃奶，看着他的小嘴裹着奶头吃奶的样子，她的心里开始难过：她们娘儿俩在一起只剩下一天时间了，一天后，他们将永远成为陌路。安娴如此想着，心里充满悲伤的时候，小儿似乎感觉到了一样，突然停下了吃奶。他的小嘴含着奶头，一动不动。过了几秒钟，小儿的脑袋离开了奶头，脸正好对准了安娴的脸。安娴这次吓了一跳：因为小儿的两只眼睛正好盯住了安娴的眼睛。那一刻，安娴清清楚楚地看见，小儿的眼睛里含满了泪花。

他一定是有感觉的！安娴流泪了。就在那个上午，当太阳把一窗阳光全部照进屋内，照上床头，照到婴儿头上那光亮软弱的头发时，她做出了最后的决定：

我要孩子！

这个决定一旦在脑海里定格，她突然发现自己心里那种疼痛消失了，代之而起的是一种快乐的母爱。我要养他，无论多困难！我要看着他一天天成长，看他一颗一颗地长牙，看他一句一句地学说话，看他学爬，学走路，每天接送他上学，等他长大。什么都别想阻挡我！

于是，在协议规定的三天之际，当老太太满面喜悦，颤抖着拿着支票来给她的时候，安娴采取了一个缓兵之计。她说她希望再带几天，出院之时，也就是第八天，完全交给老太太。她的理由是，孩子太小，母奶多喂养一天都对孩子的免疫力有好处。

老太太的第一反应是反对，但冷静了一下后，她觉得这个理由也有道理，考虑不愿跟安娴太较真，也就允许了。她想，这么一大笔钱，尤其是对于安娴那样急需这笔钱救命的家庭来说，她们无论如何不会悔约的。

事实证明，老太太对这件事太过乐观了。

51

庄离说服自己接受婆婆的建议——领养小孩之后，已经完全进入了准妈妈角色。尽管不是自己怀胎生育，但即将做妈妈的决定一旦在心里认同，很快就扎了根，伴着这根须的生长，一种难以言说的喜悦一天天在滋长、壮大。这也许就是女人——做母亲的天性吧！

她开始逛书店，购育儿书籍，学习小儿吃奶、洗澡、护理等各种学问和技巧。她越看，对小儿的渴望和喜爱越强烈，甚至在某些时候会生出自己生个宝宝的念头。尤其是书籍中宝宝的各种憨态照片，令她爱不释手。到婆婆所说的预产期还有五天的时候，就像自己要生育一样，她也开始倒计时，她不停地想象着即将到来的宝宝是什么样子。是男孩还是女孩？头发是黑的还是黄的？脸是圆的还是方的？下巴是不是嘟着肉？小胳膊是不是像笋一样一节一节的？她想起同事的小孩，肉嘟嘟的胖屁股上有着像云朵一样的胎记。这个即将到来的小孩是不是也会有这样可爱的胎记？连续有两个晚上，甚至她还做梦梦见这个即将降临的宝宝已经躺在她的床上了。

预产期的日子，她在家里坐立不宁，就像她要生产似的。终于等来了婆婆的电话。婆婆欣喜若狂，声音都颤抖了：

庄离，是个男孩。生了，七斤呢！又健康又漂亮！

庄离也激动万分，拿电话的手似乎也在抖动，脚下轻飘飘的。更令她没想到的是，她感觉眼睛好像也湿润了。

一个孩子，对于一个女人，对于一个家族，到底有多大的意义，庄离在那一刻，感觉困惑不堪。她坐在宝宝房间里毛茸茸的小毯子上，望着满屋子崭新的宝宝用品：漂亮的小床、温馨可爱的小被子、小毯子、小衣服、奶瓶、五彩气球、拨浪鼓、风车、风铃等等，两腿发软，脑子混沌一片。

第三天一早，平时一向爱睡懒觉的庄离早早醒了，而且躺不下去了。她在屋里走来走去，寻找有没有什么地方还没有做好。因为婆婆坚持不让她去接宝宝，使她在家里如坐针毡。

庄离就那样在宝宝小房间一直坐到中午，终于等来了婆婆的消息。意外的是，婆婆的声调充满失落：

庄离啊，人家说再养几天，第八天我们再抱来。为了提高宝宝免疫力。我想也好，对孩子有好处。

又是五天焦灼的等待和期盼。

第八天，婆婆一大早给庄离的电话是，中午就把宝宝接过来了。然而，四十分钟后，婆婆又打来了第二个电话，这一次电话里婆婆的声音完全变了。她一改往日充满神采的声音，声调低得几乎听不清，而且结结巴巴：

坏——坏了，好像，唉——

婆婆似乎在叹息。庄离听明白了，婆婆说，那家可能有点后悔了！

庄离终于听清楚了，婆婆的声音已经带着哭腔了。

庄离一时间没有反应过来，她搞不明白发生了什么。茫然地问着：

妈，那怎么办呢？

电话里又是一阵叹息和吭吭哧哧、吐音不清的话，庄离用力把耳朵对到手机上，最后才听明白，老太太的意思：

哦，哦，估计是想多要点钱吧！

庄离做梦都没有想到，婆婆遇到了什么样的问题：

孩子出生的第八天，当老太太按捺着激动，带着久久的渴盼，身心颤抖着，按约定时间，带着支票，来到医院准备一手交钱，一手交货时，推开病房门，却发现房内空了。

婴儿，连同安娴，她们的一切全部不翼而飞。只有窗户边的地上，一个已经衰败了的花篮，向胡母昭示着：她没有走错房间，一天前，她的孙儿就在这个房间！

52

秋儿的生日到了，这是秋儿与长风结婚以来的第一个生日。然而直到生日前一天，长风仍是一副无动于衷的状态。更让她难过的是，当她收拾长风的衣物时，发现长风的一件衬衣的下摆处印着类似两个唇形的红印。

她坐在地板上，盯着那两个唇印，心里充满了悲伤。韩健提前祝贺她生日快乐的电话就在此时到了。

那是多么不合时宜，却又是多么及时！韩健不但说要给秋儿提前过生日，甚至还说有生日礼物送给她。

自从在咖啡馆与韩健见面，秋儿与韩健差不多结束了离婚以来那种相距千里的关系。虽然韩健在吻秋儿的时候，被咬了一口，但这个行动仍使他们的关系蒙上了一层新的暧昧：不是朋友，不是情人，不是兄妹，总之什么也不是，但似乎什么又都是。尤其是韩健隔三岔五以各种借口约她出来喝茶或者喝咖啡，使她对他们的关系更感到困惑和迷茫。接受他的邀请，肯定不对；但如果不去，拒绝起来似乎又很困难。就在这种纠结中，她又见了他几次。

她去赴约了，强颜欢笑着。韩健这一次没带她去咖啡馆，也没有去茶馆。她坐在他的副驾驶座上，沉默地看着市区的繁华在车窗外飞逝着，就像她曾经荣华富贵的历史。已是下午三点，她不知道他准备带她去哪里，去干什么。她也不想打听他要带她去哪里。她有点无所谓，只要不是一个人，只要不在房子里看着长风衣物上女人的痕迹，她就不难过。

一小时后，车已经驶出市区，车窗外大片大片的麦田飞跃着，在太阳的照耀下，翻涌着一浪浪的金色。有农人在麦田里忙碌着，偶尔还看见有小儿和狗在田间小道上奔跑、撒欢。车拐过一个弯，景色突然一变，麦田消失了，代之而起的是一个漂亮的建筑群。建筑群依山傍水，草木葱茏，车到跟前，秋儿看见一个宽大气派的门上写着几个大字：四季岛温泉花园。

韩健停下车，仍然没有告诉她要干什么，反而开始打电话：

你到了吗？——哦，到了，在哪？哦，看见了。

韩健扭身往窗外看，秋儿也跟着扭头往窗外看。此时，在大型的停车场前方，与韩健的车相距十几米处，一辆红色保时捷的车门刚好打开，一位亭亭玉立、面容姣好的女子正笑盈盈地挥着手向他们走来。

韩健打开车门出来，秋儿也木着脑袋，笨头笨脑地走出来。

我来介绍：秋儿，我前妻，现在是好朋友。范珍，我好朋友，可能是后妻。

范珍大方地伸出手，向着秋儿甜甜地一笑：别听他瞎逗。

秋儿握了握范珍的手，心里开始流淌起悲伤：韩健在做什么？是报复她，奚落她，还是在炫耀什么？她想走，觉得如此走有失风度；不走，又丢人。犹豫着，就留了下来。

接下来的活动，她更没有力气或者兴趣参加了。

韩健与范珍骑马，她坐在观众席上观看。

韩健与范珍游泳，她坐在休息椅上观看。

他们是那么高兴，与秋儿内心的忧伤形成鲜明的对比。他们像一对儿恋爱中的少男少女，展示着他们的幸福、激情、浪漫。秋儿也曾经如此幸福过，浪漫过，只是现在都过去了，像节日的礼花，在某个夜空闪耀一刹那以后，永远消失了。秋儿不知是在羡慕他们，还是在后悔自己。心里一阵一阵开始疼痛，她站起来，向外走去。

韩健追了出来，他披着浴巾，追过去：秋儿，你上哪？

我要回去给我老公做饭去。她特意强调“老公”两个字，是在提醒韩健，她爱长风胜过韩健。

说好今天给你过生日的，干吗还回去？

这不是已经过了吗？我挺高兴。她扭过身，继续往前走，扔下一句话：谢谢你的精心准备！

范珍也走了过来，诧异地问：秋儿，怎么啦？

秋儿没有回头，以轻松的语调说：噢，我该回家给老公做饭了。你们玩吧。

回什么家，做什么饭呀。范珍大大咧咧地说着，一把拉住了秋儿的胳膊：刚才听韩总说，明天你过生日，他还说今晚我们好好吃一顿大餐，提前预祝你生日呢。你就当今天生日，饭让他自己做去。

不行，我得回去。秋儿说完这句话，丝毫不留商量的余地，挣脱范珍，抬脚继续往前走去。此时，她的眼睛里已经含满了泪水，她觉得自己太愚蠢了：她是个多余的人，为什么非要留在这里?

秋儿，韩健试图抓秋儿的胳膊，但秋儿一步走入前厅。

韩健没法再追了，他跑回更衣处，换衣服去了。几分钟后，他跑向停车场，开着车进入度假村外的大道。

秋儿伸着胳膊正站在度假村大门口前边大道上，一辆路过的出租车正好驶来，停在前边。秋儿拉开车门，迈腿进入。韩健加大马力，冲过来，抢先驶到出租车的前边，然后一个急刹车停下来，挡在前边。

韩健出来了，他走到出租车跟前，伸手拉开车门，将出租车里的秋儿一把拉了出来。然后不等司机明白是怎么回事，将秋儿摁进自己的车里。

秋儿没有挣扎，心灰意懒，一切无所谓的样子。反正是回家，坐哪个车都可以。她没有说话，她也不想打听韩健如何安排女友范珍的事情。靠在车后座上，她干脆闭上眼，让自己放松下来。

韩健也没有说话，他一脸严肃地开着车，将速度跑到最快。到达市区后，他也没有理睬秋儿回家的提议，而是一路把车开到一个酒楼下，将秋儿半劫持半邀请地带进了一个房间。

谁都没有说话。韩健连喝三杯酒，秋儿也连喝三杯酒。然后韩健再喝三杯酒，秋儿又喝三杯酒。像是喝酒竞赛，又像是沉默比赛，看谁能耗过谁。半个小时过去，韩健终是憋不住说话了：

秋儿，你看我女朋友咋样?

挺好！秋儿头都没抬。

她拥有一个资产千万左右的公司，只是年龄比你大两岁。

秋儿没有说话。

她的父亲是省政府要员，哥哥有一个集团公司。

秋儿还是没有说话。

你说咋样？我现在有点犹豫不定。

秋儿仍旧没有说话。

韩健声音提高了八度，摁住秋儿夹菜的手，再一次问：说话啊，你帮我拿拿主意好不好？

好！秋儿突然说话了，她的表情恶毒、凶狠，像猛虎、像巫婆：

多令人羡慕的一个结婚对象啊！美色、财富、智慧，样样俱全，你还等什么？还征求我什么意见？还让我帮你拿他妈的王八蛋主意啊！秋儿在一口气骂完这几句话后，一甩手将手中的筷子扔到了韩健的脸上。韩健脸上顿时出现星星点点的油渍，并油腻腻地闪烁起来。

韩健故作诧异地问：你干吗生这么大的气？

干吗？秋儿的泪水顺着脸颊流了出来，她嘴唇发紫，脸色发红，干脆站了起来：你说我干吗生气，我不就是吃醋吗？这不就是你想要看到的吗？这不就是你想要证明的吗？

韩健想说话，被秋儿一伸手制止了。她继续哭着说着：你不就是炫耀自己，嘲弄我吗？你目的已经达到了，不是吗？我很丢人，你很风光。可以了吧？你满足了吧？现在我总可以走了吧！

秋儿推开椅子，转身，却被一步迈过来的韩健一把搂住了。秋儿在韩健怀里挣扎着，暴怒着，哭泣着。但无论怎么挣扎都脱离不了韩健的怀抱。直到秋儿累了，停下来，韩健才搂着秋儿，轻声地说：

秋儿，我就是想证明你是否已经不在乎我了，我就是这个意思。没错。我挺高兴，因为结果证明你是在乎我的。所以我一定要让你知道，我没有女朋友，范珍只不过是我请来的帮手。我没有炫耀，更没有嘲弄你。我只是像过去一样在乎你。在乎你的生日，在乎你的生活，在乎你高兴不高兴，在乎你幸福不幸福。

你错了，韩健，你太自作多情了。我实话告诉你，我既不在乎你，也不需要你在乎我。秋儿在说这些话的时候，她实在不知道自己到底是否是这样的。

你不要自欺欺人了。韩健把秋儿一揽，像哄小孩似的说：走，看看我给你准备的生日礼物去。

秋儿还在羞愤地挣扎，却抵挡不住来自韩健像铁钳一般的力量。她被裹挟着，跟着韩健磕磕绊绊地离开酒楼。

从酒楼走下，韩健没去停车场，而是拉着秋儿顺着人行道向北走去。这是一片灯红酒绿的酒店服务业消费区，在林立的大小酒店、酒吧中，一群群或华丽或时尚的红男绿女熙熙攘攘，往来进出。不知不觉间，秋儿随着韩健走进一个酒吧。秋儿有点迷惑，依稀有一种曾经仿佛的感觉。太遥远了，离这种感觉遥远，离这种情景遥远，离这个男人遥远。不知多久了，秋儿一直生活在一种完全不同的生活中。封闭，落寞，似乎被世界遗弃了似的。她已经完全是一个家庭妇女。

一个漂亮女孩过来了，她毕恭毕敬地送来两杯酒。一个黑暗的角落，偶尔会有一两束昏暗的光线窜来又窜去，秋儿与韩健对坐着，沉默着。

酒吧开始歌舞表演。两个年轻的男女演员卖力地唱着各种热歌。几个全身黑衣打扮得漂亮女孩在热舞表演，酒吧一时间像沸腾的铁锅，呼呼冒着热气。秋儿仿佛游离于酒吧和噪声之外，仍然沉静地在角落里，想着心事。

表演结束了，夜越来越深，陆续有人离开。刚才人声鼎沸的酒吧开始显得空落。有点像酒后的饭桌，除了狼藉，更多的是寂寥。自始至终，秋儿只重复说过一句话“该走了”。而每一次韩健只说的也只有一句话“再等一等”。

韩健在看表，秋儿也不知道几点了。她想管它呢，等就等吧。她只要一想起长风衣服上的口红印，就难受。

韩健终于站起身，低声地对秋儿说：

走，跟我过来！

绕过几排座椅，韩健带着秋儿走到更隐蔽的一个角落。在韩健停下脚步的时候，在秋儿面前豁然出现了一间挂着“总经理办公室”牌子的门。门似乎没有上锁，韩健轻轻一推开了。秋儿跟着韩健进来，茫然地看着这间办公室。房间不大，装潢却极为考究、时尚，色调以灰色为主，有一种神秘和不羁的感觉。在房间的正前方位置处，放着办公桌和办公椅。周遭办公用具一应俱全。在满屋的灰色中，唯一引人注目的是身后一个小型吧台上所盛开的一束白色康乃馨和一束红得耀眼的玫瑰。乳白色的安静和鲜红色的跳跃形成强烈的对比，一下子把野性的、酷冷的办公室装点得明亮、温暖、热情起来。

韩健两手扶在秋儿的肩上，推着她一直走到办公椅边，将她轻轻按下来，温柔地说：

来，坐下，感觉一下。

秋儿坐下来，脑中茫然。

此时办公桌后面的墙上，突然响起钟声，那是报时的钟声。秋儿扭身细看，发现此时正是午夜十二点。

韩健走向前来，低着头温柔地说：生日快乐！

秋儿也突然意识到新的一天到了。

韩健弯腰将嘴抵到秋儿的额头上，轻轻吻了一下，然后温柔地说：闭上眼睛！

有窸窸窣窣的声音传来，还有轻轻的唰唰声，似乎在拉一副窗帘。然后是韩健的声音：

宝贝，请睁眼！

一声久违的宝贝，令秋儿的眼泪哗啦流出了两串。泪眼蒙眬中，她睁开眼睛，看见前方的办公桌上，赫然放着一只燃满烛火的生日蛋糕。透过温暖的烛光，对面墙上展露出一张大幅的美女照片，那张照片正是他们初恋时，由韩健亲手给她拍的一张风景照！

秋儿眼里、脑子里仍然茫然，似乎在梦中。

韩健再次走到秋儿跟前，用轻得不能再轻的声音说：

这个座位就是我送你的生日礼物！

秋儿抬眼望着韩健，脑中更加茫然。

这是你的了。韩健屈身蹲在秋儿的椅子前，仰首望着秋儿的眼睛说：秋儿，这是你的。

为什么？秋儿终于明白了眼前的一切，她像被马蜂蜇了一下，弹了起来。

这间酒吧共投资一百二十万，其中包括你的房款一百万，我的股份二十万。你是大股东，所以你是总经理。

秋儿目瞪口呆。

你不用担心经营问题，我已经聘好有经验的经理和调酒师，你主要管一管账目即可。你拿红利和总经理薪水，我拿我的分红。

秋儿不知何时又坐了下来，好半天，她才感觉眼睛里流出了长长的两行泪水。

53

秋儿是那样难过，当她一觉睡到上午九点醒来时，发现长风早已没了踪影。他一定把我的生日早忘在了脑后。秋儿有点心灰意懒。说来说去，昨夜韩健那个巨大的生日礼物还是没有冲淡长风给她带来的痛苦。说确切点儿，她还是更在乎长风，在乎长风对她的态度。

十点钟，长风突然打来电话说，有个朋友从外地来了，让她现在下楼陪他去看他。他没有容她说话，就挂了电话。

秋儿做梦都没有想到，这是长风给她精心安排的生日。

秋儿走下楼的时候，已经看见长风从出租车中伸出的脑袋。他弯曲的长发在灿烂的阳光下闪着健康的光泽，细长的眼睛散射着一种迷人的风流和过人的智慧。秋儿总在他这样的眼神里迷失自己，迷失理智。像飞蛾一样，明知前方是火，偏要冲过来。她已经不关心生日了，她想跟着长风见他的朋友吧。

长风把她带到了一家高级酒店，在秋儿还没有反应过来的时候，长风没有敲门而是直接拿出房卡拉着秋儿走进了一个豪华套间。

展示在秋儿眼前的一切让秋儿呆住了：

满屋子的玫瑰，红的、白的、蓝的、粉的，沙发上、窗台上、衣柜上、电视上、冰箱上等，几乎遍布各个角落。红的像燃烧的烈火，白的像冬日的白雪，蓝的像神秘的海洋，橙的像温暖的摇篮。整个房间鲜花簇簇，花香弥漫。

长风没有说话，轻轻拉开衣柜门。一套熟悉的女装，一下子映入秋儿的眼帘。秋儿想起那是逛商场时，她曾经驻足留恋的一套服装。

秋儿脑中一片空白。

长风又牵起秋儿的手，拉着她走到套间里。巨大的双人床上撒满了鲜红的玫瑰花瓣，就像巨型的玫瑰花丛。在橘黄色的灯光里荡漾着铺天盖地的激情。

生日快乐！长风打破寂静，一伸手将一条柔软的丝巾蒙在了秋儿的眼睛上。然后，他牵着秋儿坐在一只沙发上。

一曲轻得像发丝的音乐悄然而起，在慢慢放大的声音中缓缓流淌，一个低沉的男中音随着音乐如歌如诵，那是长风的诗朗诵。

秋儿的胸口开始憋胀，她觉得眼泪已经如背景音乐那样长流不息，并慢慢开始浸入纱巾。长风的诵诗起初像静静开放的鲜花，月白风清。一会儿如山涧流淌的小溪，明净清澈。小溪流过一片片小草，秋儿几乎可以看见其中零星生长着的卑微的小花在溪水的洗濯下的美丽。小溪穿过一条条山涧，与无数只溪流漫漫汇合后，水势开始汹涌奔腾，经过陡峭的山崖后，溪流突转而为激流，势如破竹，豪情万丈，像夏日的暴雨，汪洋恣肆，像冬天的寒风，呼号驰骋。那是怎样一个动情的时刻，秋儿感觉除了眼泪正在如泉水喷射而出以外，身体里巨大的情感波涛像被一股巨大的台风掀动了似的，奔流冲撞，纵横不羁，并不断地疯长、膨胀，几乎把她有限的身躯挤破冲开，她想哭，她想告诉他，她爱他，一生一世，永生永世。

音乐终于停了，长风的诗也停了。

秋儿不知何时已经跪在沙发前的地上。她全身匍匐在地毯上鲜红色的花瓣中，随着肩头的猛烈耸动，她在房间里安静下来的第一刻，幸福地哭泣起来。

音乐声又起，一曲小提琴曲《梁祝》缓缓在房间内响起。长风抱起秋儿，放在他的腿上。他手伸进后衣袋里，像变魔术般摸出一个精致小盒子，打开，拿出一只美丽晶莹的钻戒戴在了秋儿的手上。然后，长风撕开蒙在秋儿脸上的纱巾。

秋儿盯着手上的戒指，她觉着这一切更像是一场梦境。这怎么可能？长风，如何能够给她如此奢华的生日。

生日快乐！

长风将秋儿轻轻抱起来，走过铺满玫瑰花瓣的地毯，走向那张巨大的玫瑰花床，把她轻轻放在里边。他站起身，把旁边的被子一抖，一大堆玫瑰花瓣像一团红色的浓雾刹那间在他们的上空纷纷扬扬撒落开来，浓郁的香气像一池被搅动了的春水，一浪高过一浪在他们的身边弥漫和飞旋。

54

安娴在孩子出生后的第三天，也就是她决定悔约的当天，就开始做悔约的准备。她首先在网上购买了一部手机，买了一个新号。然后利用这部手机租了一间房子。孩子出生第六天，她回家把东西打了包，雇搬家公司帮自己送到了新租房子处，然后又找家政公司雇了一位月嫂。第七天，她悄无声息地结了账，带着孩子消失了。这所有的过程，她都没有用旧手机，也没有找任何认识的人帮忙。所以当她关掉旧手机，带着孩子搬到新寓所以后，跟过去所有认识的人全部断了音信。

隐藏的日子虽然过得提心吊胆，但儿子一天天变胖、变白，变得红润可爱，给她带来无限的快乐。如果衡量儿子对她的重要性，她想即使给她一座金山，给她一个王位，来交换她的儿子，她也会毫不犹豫地拒绝。她想起曾经看过的一篇报道：有个妈妈把儿子反锁在家。回来时，远远望见儿子正从阳台的栏杆上爬出来。千钧一发之时，离阳台还有百米距离的妈妈，发疯似的冲到阳台下，在儿子掉下的同时，伸手接住了。按她奔跑的速度，田径冠军也难以能达到。后来，有专家对此事进行研究，让这位母亲一遍遍跑这段距离，始终没有达到这个速度。可见母爱一旦被唤发出来，不可估量。

儿子长得很快，月嫂按时给她各种提醒，比如说该给孩子打疫苗了，该给孩子上户口了，该给孩子体检了等等。安娴哪里敢带孩子出去啊！她觉得自己像个偷孩子的贼一样，而胡母倒像是丢了孩子的失主。什么户口，疫苗，她想先等等再说吧。现在，她思考最多的问题是将来的问题。比如，她和孩子什么时间才能出门？她是不是搬到别的城市去？为了给孩子上户口，她是不是应该迅速找个男人嫁了？可是，她去哪里找这个男人啊？有一次她拿出过去的通信录，翻找曾经喜欢过她或者对她有过好感的男人。让她印象最深的一个是，有个开网吧的小伙子曾经追她半年多，并且一再向她发誓，这辈子非她不娶。

她回忆着那些日子，记得那小伙子其貌不扬，学习也不好，发点小财就不知天高地厚。安娴想，如果这小伙子对她还痴情未了，起码她和孩子以后的生活可以有依靠了，孩子户口也可以上了。至于有没有感情，她想可以培养，只要好好过日子，感情是可以处出来的。

她把电话打了过去，没想到的是，这个男人连她的声音都听不出来了。

于是，她把通信录扔到了一边。跟过去彻底拜拜！

过一天算一天吧，也许胡母找不到她，过一阵子寻找她的行动也松懈一些，到那时她再出去找工作，找对象，安排孩子等等。只是胡母已经预付她的那笔钱，她觉得很惭愧。她想等有了工作，她会慢慢攒钱，偿还胡母。

她盘点了一下近期的支出和存款：当初胡母预付给她的二十万，她除了给妈妈用于治疗弟弟的病，她留了三万。这一次生孩子住院，是胡母支付住院费。而她自己租房、雇月嫂花去一万元，手中剩余两万元存款。而现在情况是，她每月支付房租一千元，月嫂一千元，她跟儿子生活费最少也得一千元。这样算下来，她的生活马上就捉襟见肘了。这样一想，她决定尽快辞去月嫂，单独带孩子。她不信自己养不活儿子。

就像老天跟她故意过不去，在她刚做好辞去月嫂计划的第二天，孩子病了。当时已经深夜，孩子因为饥饿醒过一次，她喂了奶之后就睡去了。不知什么时间，儿子又醒一次，再喂奶，孩子不吃了，还不停哭闹。最后她不得不下床抱着孩子在地上转来转去。折腾了差不多一刻钟，月嫂被吵醒了。她跑过来，刚抱起孩子就惊叫一声：

哎呀！孩子发烧呢！

安娴摸摸儿子，的确脑门发烫。她吓得也惊叫起来：怎么办啊？

送医院，送医院吧！他这么小，我们可不能瞎给孩子吃药！

安娴慌神了。这些天她一直沉浸在当妈妈的幸福里，所想的全是如何把这个孩子养大，孩子如何漂亮，如何成才。她还从来没有想过孩子会生病。她在屋里像拉磨的驴一样转了一圈又一圈，嘴里不停地念叨着：这么小的孩子，哎呀！他怎么会病了呢？什么病啊？医生怎么治疗啊？

月嫂看安娴如此慌乱，只好以半吩咐半安抚的口气说：安娴，不用着急。小孩生病是正常的事情，现在医疗水平很高，没问题的。我们现在需要做的是，包裹好孩子，带好外出的东西，带足钱，然后去医院。

已经夜里两点了，街上空无一人，连路灯都半睡半醒着。为了省钱，她租住的房子比较偏远，差不多到了城郊。半夜三更，别说出租车了，就连三轮车都没个毛。偶尔有个过路车，都像疯狗一样，想拦都拦不住。一刻钟过去了，车仍然等不到。怀里的孩子开始还在用力哭叫，也许哭累了，竟然悄无声息了。安娴心急如焚，她一遍遍伸到小毛毯里摸孩子的额头，声音带着哭腔说：张嫂，张嫂，你看，你看，孩子不哭了，呼吸好像都费劲了，这是怎么了？他不会有事吧？

月嫂也急得满身大汗，她四处张望，来来回回乱窜着。希望在那个小胡同里能够出现奇迹。又过了五分钟，仍然没等到车。月嫂把手伸到小孩的头上摸了摸，慌乱地说：

安娴，不能再等了，你有亲戚或朋友有车的吗？向他们求助吧，让他们过来接一趟吧！

找谁啊？安娴搜遍了脑子，也没有可找的人。突然听见警车的声音，这时安娴与月嫂几乎同时想起，救护车！

没有多长时间，救护车确实来了。只是到达儿童医院后，救护车收了一大笔钱。月嫂心疼得只骂救护车黑。

对安娴来说，这确实不是个事，因为接下来的事情，才让安娴切实感到了对未来的恐惧。第一件事，当她们坐下来，抱着孩子接受医生的诊治时，医生拿起空白病历本，例行公事问了一句：

孩子姓名？

安娴愣了，大脑一片空白。

孩子叫什么？医生又问了一遍，以为安娴没听清楚。

安娴张口结舌：是啊，从知道自己怀上这个孩子，她几乎就认同这不是自己的孩子。这是一件交易，是八十万元。回想起来这怀胎十月，她好像从来没考虑过孩子起名的问题。直到她偷走孩子，在养育这个孩子的这些天里，她才给孩子起了小名宁宁。至于孩子的大名，是应该姓她的姓，还是姓胡新科的姓，还是姓将来找的男人的姓，她一直没有想过。如果姓她的姓，几乎就是向人昭示，她的儿子是个单亲家庭孩子。就这样，孩子的大名糊里糊涂耽搁下来了。现在医生突然问起，她掩饰着慌乱，在脑里迅速转着名字：

哦，哦，叫安宁，安宁！

挺好听。医生说了一句，然后转向哭闹的小孩柔声说，小安宁，现在需要安宁了啊！

小孩仍然哭闹，似乎不承认这个大名。

第二件让她恐慌的事，接下来也出现了：经诊断，儿子得的是小儿肺炎，需要马上住院，住院押金先交一万元。

住院手续办完了，坐下来与月嫂守着儿子开始输液，安娴才开始算账。病房很静，另一个小儿安静地睡着，年轻的爸爸和妈妈都趴在床边打盹。儿子刚才还一直哭闹不止，输液十分钟后，也安静下来，睡着了。也许所输的药里有镇静剂吧。看着儿子翕动的小鼻子，她才切切实实为刚才的那两件事，感到了恐惧：

儿子到底姓谁的姓啊？她怎么给儿子上户口啊？这件事她向谁求助

啊？难道让儿子真的生下来就在一个残缺的家庭里吗？还有，满打满算够半年生活的费用，一下子就被这场病花去了近一半，接下来的日子她怎么过啊？

月嫂开始打盹，胖胖的脸上冒着油光，嘴巴张了开来，呼吸的声里带着咕噜声，像鸽子一样。安娴再也睡不着了，孩子姓谁的姓？这接下来的日子怎么过？这两个问题像输液器里的滴液，一点点滴落着，滴在心上的疼痛就像硫酸滴下，每一滴都刺刺啦啦冒着白烟，烧着血肉，她被折磨得坐立不安。她闭上眼睛，想把这一切清除出去，想让大脑彻底空白。

数羊！她闭着眼睛数着，一只羊、二只羊、三只羊……不知不觉中，她好像还在数着输液器里的药滴，心里又刺刺啦啦地生疼。当她数到二百滴的时候，心中阵阵的抽搐逐渐加强，每抽搐一次好像心头长了一撮草。那撮草越长越多，越长越密，最后胸口似乎被完全堵上了，她又开始憋闷起来。

55

胡母是真的傻了！

胡母从商这么多年来，还从来没有受到过这样的欺骗。当她拨不通安娴的电话，到安娴的住处也找不到人的时候，她才彻底相信被这个小丫头骗了。然后她动用了所有的手段，找安娴的妈妈，调出安娴的朋友电话，筛查了差不多一个星期，仍然毫无线索可找。好像一夜之间，安娴蒸发了。她一个小姑娘，什么时间生出这样的本领？

时间一天天过去，胡母的焦躁几乎把整个家都烧着了。白天满世界寻找，一个希望一个希望地破灭。晚上，整夜失眠，她感觉耳边全是孙子的哭声，眼前是孙子的小脸。功亏一篑啊！

她怎么可能善罢甘休！那是她的孙子啊！无论多大代价，她都要找回来！看着老太太几近崩溃的势头，胡父也沉不住气了。一个夜晚，他停下所有事情，开始与胡母一起分析安娴失踪这件事：

胡父提的第一个问题是，安娴是什么时候动了反悔的念头？

胡母皱着眉头，认真回忆着这几个月以来与安娴来往的各种迹象，然后说，好像一直没看出来。

胡父接下来提的不是一个问题，而是成堆的：如果安娴是生下孩子以后才有这个念头的话，那么是谁帮她出院？她搬到何处？会搬到亲戚家或者同学、朋友家吗？

胡母很利索地回答说：她的亲戚，关系好的同学和朋友，都查过了，应该都不是。

如果这些不是，那她是自己租房了吗？

胡母想了想说，看来是！

如果是租房，是谁帮她租的啊？又是谁帮她搬家的啊？还有现在谁来帮她照料月子和孩子啊？

搬家公司！

胡母突然从沙发上一跃而起，晃了几晃，差点摔倒。她弯下腰，一只手扶住沙发宽大的扶手，一只手捂在眼睛上。

对，没错。胡父走过来扶住老伴，若有所思地说，无论她往哪搬，都不可能自己动手搬家。对不对？

对！从搬家公司入手查起！胡母“腾”地从沙发上站了起来。

说做就做！胡母刚才的病态一扫而光。她拿起电话，打给她的公司助理，让她把全市搬家公司电话和地址全部给她集齐。

第二天一早，助理把电话和地址整理得清清楚楚送给了胡母。从早上八点开始，胡母就开始一家公司一家公司寻找。到下午的时候，她终于查到了线索。一家叫好运来的搬家公司在孩子出生的第七天，也就是约定安娴交孩子的前一天，曾经为一个登记名字为张宁的客户搬家，地点正是安娴怀孕期间的住所。显然这个登记名是安娴的化名。胡母兴奋异常，她悄悄给了搬家公司提供信息的小姑娘三百元钱，拿到了搬家地址。

拿到地址的时候已经是晚饭时间，胡父劝胡母第二天早上再去，怎奈胡母无法按捺见到孙子的迫切心情。她硬是把胡父从餐桌旁生拉硬拽走了，临走不忘揣上支票。

胡母一心想着如何责骂安娴，而胡父想得最多的是带走孙子有可能遇到的各种障碍。按胡母的想法，既然安娴反悔，那就不必客气。一手交钱，一手交孩子，他们站在情上也站在理上。胡父担心的却是，既然安娴反悔，那么让她放弃孩子肯定不是一件简单的事。

没事，胡母胸有成竹，丝毫不怀疑这一行的成功：我最近去她妈妈家好几趟，她家情况更严重了。她妈又得风湿病了，弟弟尿毒症丝毫没有缓解，估计用不了多久，就得换肾。就是为这笔钱，她也会放手孩子的。现在不愿放手，那不过是因为母爱在挣扎！

搬得这么远，这么偏！当胡氏夫妻随着导航系统，费了九牛二虎之力，拐弯抹角找到安娴新搬住所时，胡母不仅慨叹：这是怕我们找到她啊！

站在门前敲门的时候，胡父下意识看了一下表，九点三十分！

敲门声响过三遍，屋内没有动静。胡母沉不住气了，小声嘟囔着说，肯定是在猫眼里看见我们不敢开门。

也许是早早睡了呢！毕竟有小孩！

不可能这么早睡！

胡母再一次开始敲门，敲门声加重了许多。屋内仍然没有反应。胡母的耐心终于没有了，对着屋内喊了起来：

安娴，安娴！你给我出来！我知道你在这里。

胡父急忙制止了胡母这种说话方式。他再次敲了敲门，很轻的力量，同时用很柔和的声音说：安娴，请你先开开门，事情呢，我们在屋内商量好不好？

仍然没有回音。胡父扭身对胡母说，会不会是找错地方，或者他们不在家啊？

不可能，我都核实了。就这个住所。他们现在肯定在家，大晚上带着小孩能去哪？

胡父无计可施，只好说：要不明天再来看看！

不行！明天她有可能跑了呢！

胡母再次重重敲起了门，并大声嚷了起来：安娴，你给我出来！

门一直没开，像一堵砌死的墙一样没有生气。正在他们无计可施，想走又不甘心的时候，一旁邻居的门突然打开了。一个漂亮的少妇，牵着一个三四岁的小姑娘，站在门口。

胡母心里升起新的希望，脸上堆满了谦和的笑：请问，你们认识这个住户吗？他们今天在家吗？

我认识，我认识。小姑娘奶声奶气地冲到胡母跟前，仰着白嫩的小脸抢着说道。

少妇把小姑娘拉到身边，转过身很友好地问胡母，我能知道你们是他们的什么人吗？

哦，胡母急中生智，顺嘴说道：是我女儿，跟我赌气，离家出走。我们到处找，都担心死了！

少妇听完胡母的话，似乎在求证这句话是真是假，把头转向胡父。胡父赶快附和着点头：没错，娘儿俩生气，姑娘就挺着大肚子搬出去了，连生孩子这件大事都不让我们管了。

她的丈夫呢？少妇似乎还有疑问。

哦，你说我们的女婿啊？胡父看见胡母有些反应不过来，赶快接腔说：在国外呢，回不来啊，所以才让我们着急啊！

哦，是这样啊！少妇眨着水汪汪的大眼睛说，怪不得，只见她和月嫂呢！

胡父胡母一脸期待，等着少妇的下文。

少妇说：她们这几天都在医院呢！

胡母一听，两腿发软，差点坐在地上。胡父赶快搀住了他。胡母的反应，让少妇更相信了他们所说的谎言，于是毫不隐瞒地说：

她们遇到了麻烦，小孩生病了，在医院呢。我也是前天遇到月嫂回家拿东西，才知道的。

住哪个医院啊？胡母恨不得马上找到她们。

儿童医院？不是，好像不是，听说是夜里突然高烧，应该是最近的人民医院吧？说不好，忘了问了。

什么病啊？胡父一脸焦急，他更关心的是孩子的病情。

肺炎！好像小儿肺炎！

混蛋！胡母脸色煞白，像个大病在身的人一样。谢过邻居少妇下楼的时候，胡母还不停地咒骂着安娴：

简直是个混蛋，不折不扣的混蛋。如果孩子有个三长两短，我不但把这笔钱拿回去，而且还让她赔我已经付出去的第一笔钱。

不，这都不够，我还得让她赔偿在她怀孕期间我给她所付出的全部房租费、生活费、营养费和在医院的生产费。

别着急，胡父安慰胡母说：有医生呢，现在医疗条件这么先进，肺炎不是什么大事，不会有问题的。

从楼道出来，一阵凉风扑面，在远处有雷声隐约传来，偶尔还有闪电划破昏暗小区的上空。

要下雨了。胡父抬头看了看黑乎乎的天空，迟疑着说，咱们是不是明早再去医院找她们。

不行，一点儿都不能耽误！胡母丝毫没有商量的余地。

胡父没有争辩，他了解胡母的脾气，也能理解她找孙子的急切心情。他不再说话，拉着胡母，向离这个小区最近的人民医院驶去。风在悄悄加大速度和强度，似乎从遥远的城外赶来，偶尔有闪电在前方的天空蜿蜒飞过，伴随着或大或小的雷声。似乎在为胡母寻找孙子渲染气氛似的。胡母心急如焚，她坐在旁边，没有心绪理睬外边的天气。她一会儿双手合十祈祷，一会儿打开手包看看里边的支票，一会儿又擦擦脑门上不停涌出的汗水。胡父只要瞥见她擦额头，就不由自主地安慰着：不要紧张，要放松心情。但是胡母似乎没有因胡父的安慰而放松下来，相反额头的汗水越出越多，因为胡父发现胡母擦汗的举动越来越频繁。

到医院的时候已经快十一点了。他们找到小儿科病房，问护士，突然发现不知道小孩登记什么名字。只好一个病房一个病房找，找了将近半个小时，把所有的病房找了一个遍，也没找到安娴。

走出病房大楼，一脚跨出去，才发现外边已是风狂雨骤。在病房里心急火燎四处寻找安娴时所出的一身热汗，被这暗夜深处袭来的冷风冷雨激过，每个毛孔处就像堵上了一颗颗冰球，胡母感觉浑身长满了冰痘，禁不住打了好几个冷战。胡父盯着恶劣的天气，再次向胡母询问：

这天气，咱们还是回家吧？

不行！

那也得等雨小些吧？

不能等，现在马上就去！

胡父只好从刚进来的病人家属中借过一把雨伞，小跑着去车里拿来伞，然后又来接胡母。雨好大啊！两人头顶上虽然撑着雨伞，但四周没有秩序的狂风和冷雨，从四面八方向两人猛冲猛撞，胡父感觉到胡母的身体开始瑟缩，便伸出一只胳膊紧紧搂住她的肩。然而，也许是太冷了，也许是太着急了，胡母感觉满身的冰球开始融化，毛孔在打开，一股股潮热的汗水，像喷泉一样，迎着冰冷的雨水，往外奔突，紧接着心脏也开始一阵紧一阵的发慌。离车不到几米的时候，胡父把胳膊从胡母肩上移开，拿出钥匙开车锁。此时，胡母再也撑不住了，她伸手抓住最近的一棵树。她想不起那棵树有多粗，但是她好像摇动了那棵树，像在秋风中一样，满树的叶子簌簌下落，然后又被风卷了起来，围着她的身体开始旋转，像无数个鸟儿在密密麻麻地飞舞，挡住了视线。此时，一切都昏暗下来。在胡父发现胡母神情异样，把手伸出去接住她之前，胡母像雨水浸湿了的一截泥墙，无声地坍塌在地。

56

秋儿很清楚不应该接受韩建送的生日礼物。但是，在那个凌晨，在那种心境里，她鬼使神差地接受了。长风给她安排了一个浪漫的生日约会之后，她虽然对长风有很深的歉疚，但让她把这份充满诱惑的礼物退回去，她又有些纠结。为此，她向韩健表示，她不要股份，只做酒吧的管理人，拿薪水就可以。

为了安定秋儿，韩健在秋儿正式上班的第一天傍晚下班就跑来了。那时候，酒吧已经热闹起来，三三两两的客人有喝酒的，有聊天的，风流倜傥的调酒师在吧台后面，手拿酒杯，上下挥舞，调出一杯一杯色彩斑斓的酒，有几个漂亮女孩坐在吧台前，不时喝彩或尖叫。

韩健事前没有跟秋儿打招呼，他很随意进来了。服务生看见韩健，打完招呼，用手指了一下角落。顺着手势，在一个光线幽暗的角落里，韩健看见秋儿着一件黑色长裙，像一尊雕像，正独自坐着。

在那一刻，韩健心里突然哆嗦起来。几年前，也是一个酒吧，只不过是在美国。情景那么相似。也是在这样的一个黄昏，他也是这样走进来的，看见的也是这样的一幅画面：着一袭黑裙，一尊雕像般的秋儿在角落里安静地坐着，眼神游离着像在做梦。

当年就是这样的一刹那，这样的一幅画像一块强力的板擦，一下子擦去了和和在他心底留下的伤疤。他的心顿时平坦如镜，映满了秋儿的影子。他的初恋就那样消失了，初恋的痛也就那样分解了，像水在电解下分解成氢和氧一样，不留痕迹，也没有声息。

今天，仍是这样的一幅画，没有任何预兆突然出现在韩健面前。历史重演了？还是一切都没有改变？还是又归零回到原地了？韩健神情恍惚地走过去，站在秋儿跟前时，他才明白，今天的画面与当年的画面虽然一样，但感觉却是不一样的。那时他的痛电解了，而现在他的心仍在抽搐：秋儿追随长风的勇往直前，离开他的决绝等，那种种疼痛和伤楚一时间像飞旋的水流重又旋回心中。

秋儿站了起来，带着与往日不同的表情：客气的微笑、暧昧的巴结，还有尴尬的自尊，他说不好，总之，她与以往任何时间都不一样，与当年的高贵，相爱时的依赖和霸道，离婚时的决绝等，都不一样。她像一个获得施舍后，又强撑着尊严的小女孩，站在他面前，充满纠结。韩健那一刻多么难过，他更希望秋儿在拿到酒吧后仍然理直气壮，仍然充满霸气，仍然不失任何尊严地与他相处。

他仍然如此爱她，不，韩健突然感觉，他甚至更爱她，更怜惜她。他多么希望还能像以往一样疼她、爱她、宠她，给她怀抱让她撒娇，给她肩头让她依靠，给她买最漂亮的衣服，给她一个温暖舒适的家，给她他拥有的一切富足、柔情和呵护。然而，他却不能。他给她，不但需要有冠冕堂皇的理由，还不能让她有负债的感觉。

他让服务员上了两杯红酒，不知如何开头。秋儿倒是转换很快，立即进入了经理的角色。

她端起酒杯一脸灿烂：欢迎视察工作！

韩健哭笑不得。对于秋儿的感情，他既困惑又纠结，他几乎说不好到医院给秋儿现金卡，给秋儿送这件生日礼物，甚至今天来酒吧，是出于什么目的。秋儿几乎净身出户，对韩健来说，更加触痛了秋儿在他身上留下的伤疤。他不但要承受秋儿的背叛所带来的痛楚和仇恨，在许多时候他又因为秋儿的背叛，而产生深深的自卑和厌弃；而仇恨秋儿，又令自己产生难以克制的自责和担忧。尤其是后者，他几乎无时无刻不在担忧秋儿嫁给长风的生活。他怕她买不起漂亮衣物，怕她因为买不起高级化妆品而变得面貌丑陋起来。可是，他有时候又自己打着自己耳光问，这跟他有什么关系呢？他很清楚，他已经是秋儿的历史了。如果真把秋儿重新追回来，做他的老婆，行不行呢？偶尔想想这个问题，他发现自己嗓子里好像被噎了一只臭袜子，又难受又窒息。可是秋儿又好像是拴在他心脏上的一只风筝，她走得越远，那根看不见的线揪得越紧，他对秋儿的关注就越多。

因为客人还不多，秋儿叫来了三个最漂亮的女员工，几个人轮流讲着笑话。一开始大家干干净净，一副拘谨的样子。几杯之后，气氛热烈起来，荤段子越来越多，大家也越来越不忌口。三个漂亮小姑娘也分外卖力，争先恐后地表现，巴结和讨好韩健。韩健不一会儿就有了醉意。

客人越来越多，韩健支开几个小姑娘，让他们招待客人去了。剩下秋儿和韩健，韩健显然意犹未尽，还想喝酒，更多的是，他想单独跟秋儿在一起。秋儿担心韩健借酒说出什么话来，对韩健说：

你要么在这里喝点茶，醒醒酒，要么去办公室休息一下。我得工作了。

韩健本想坚持，一看这形势，思索了几秒钟，站了起来。光线昏暗，灯光摇曳，歌舞声、叫好声一片嘈杂，韩健感觉脑袋发蒙，腿脚绵软，不自主晃起来，一屁股又坐了下来：

哦，我在这儿休息一下。有点头晕。

秋儿走过来，柔和地说：

去办公室休息吧，那里安静。

秋儿搀扶着韩健到了秋儿办公室隔壁的一间办公室。办公室是一个套间，外间是办公室，里间放有一张床，一只床头柜。

秋儿把韩健扶到床上，泡好一杯茶。然后关掉大灯，只留一个壁灯，准备离开。就在这时，韩健突然抓住了秋儿长长的裙摆，喑哑着嗓子低吟了一声：

秋儿！

秋儿转过身来，韩健正仰着脸，昏暗的壁灯照过来一片橘黄，橘黄的灯光里，韩健仰着的脸上竟然布满泪水！在泪水横流的嘴角，韩健正颤抖着、嘶哑着说：

别走！

秋儿的心突然像被电击了，她感到心脏一下子突突突抽了几抽。她在疼！在恋爱中，在婚姻中，她几乎都是被韩健疼爱，好像韩健从来不需要她疼爱似的。他那么强大，那么能干，那么周全。一切都不需要她帮助，不需要她爱护。她在他的翅膀下，像一个孩子，可以任性地蹉跎时光；像一个公主，可以任性地购物、任性地享受；像一枝鲜花，可以只做一件事——美丽。她从来没有想到韩健也有软弱的时候，包括她背叛韩健的时候，她都没有想过强壮的韩健会受伤。所以当她毫无预感地看见韩健那一脸的泪水时，她第一次发现自己对韩健的忽视，发现这种忽视给韩健带来的残忍。

她下意识地收回迈出的一只脚，停在韩健的床边，眼里涌出了泪水。

看见秋儿停在身边，韩健一把抓住了秋儿的手，突然爆发般哭出了声。

呜——呜——呜——为什么？为什么离开我？这世界上有比我更爱你的人吗？有比我对你更好的人吗？

秋儿无言以对，她相信这世界上，韩健是最爱她的人，也是对她最好的人。无论是当初，还是与长风一起生活的时间里，她都能体会到，比起韩健，长风对她的爱少多了。可是，可是，她为什么当初那样义无反顾啊？

她爱长风！秋儿纠结得一塌糊涂。

难道她不爱韩健吗？秋儿一想到这个问题，她发现自己也那么爱韩健。可是回过头，比较对长风的爱，她还是觉得更爱长风。发现这个结论后，她一下子对自己产生了鄙视和仇恨。

秋儿蹲下身来，用手轻轻给韩健擦去泪水。这一刻，她第一次意识到自己的背叛给韩健带来的伤害有多大，也第一次意识到自己对这个深爱自己的男人是多么忽视和粗心。

57

酒吧的工作五彩缤纷，没有普通上班族限时限点的束缚，也没有普通工作那种重复和单调的枯燥，更不须看人脸色，秋儿感觉到了久违的快乐。尤其是每月不菲的收入，令秋儿一下子又接近了原来的消费水平。她又雇上了保姆。那些令人烦恼的无尽无休的家务：洗衣、清扫、可可和长风的一天三餐等等，包括那些管道、灯具、厨具等的修理一下子全解决了。最可贵的是，她再也不用干刷洗马桶的活儿了。

有钱真好啊！经过这段清贫的日子，秋儿第一次发现有钱的日子是多么开心。现在她再也不用奔波找工作了，不会为股市大跌急得生病了。这些还不是主要的，关键是她现在有充足的后盾为长风评奖了。

在端午诗会上，秋儿记得大家都在传着长风诗集入围初评的事。所以抓紧最后攻关，还来得及。说干就干，第二天一早，她把庄离约到了酒吧。

庄离到来的时候，也吃了一惊。她没想到秋儿现在成了一个酒吧的经理。本来春节时候，她跟韩良去医院看秋儿时，还打算跟秋儿商量，让秋儿到胡新科公司做点事的，但这个想法跟长风一提，就被长风否了：

我可不敢让秋儿离你们胡老太近了，我怕把秋儿给熏臭了。

这件事就这样过去了。没想到一段时间不见，秋儿有了这样的一个工作。在庄离看来，这件工作更适合秋儿，看来收入也不错。秋儿恢复了往日的风采：一袭长裙，雍容华贵，妆容精致、时尚，神态从容，举止优雅，俨然一个生活优裕的美丽女人。

秋儿泡了一壶茶，与庄离一起坐下。茶香袅袅，在她们周围游移、逡巡着，令人精神一振。关于给长风跑奖这件事，她想来想去，觉得找庄离商量最合适。她喝了一口茶，让嗓子更舒服一些，缓缓地开头了：

庄离，我不知道怎么跟你说这件事。从我的价值观来说，我是绝对不赞成的。但是，这段时间，我耳濡目染，发现这件事还是挺重要的。所以我今天约你来，就是想跟你商量商量，这件事，我们是不是应该做，怎么做更好。

庄离其实是心有余悸的。对这件事，她不抱支持的态度。听秋儿提出这件事后，她想的是，要尽力阻止秋儿这个行动。只不过，她还没想好，以什么更有力的理由来阻止。她思索着说：

秋儿，你知道我哥与和和离婚的主要原因是什么吗？

秋儿一愣，对于长风与和和的分手，外面传说很多，甚至传说中有她的故事。她想了想，认真地说：肯定有我的原因，当然也有他们俩内部的原因。我听说和和逼他为孩子择校的事送礼，激怒了他。

你说的只是其中的一部分。他们离婚的直接导火索，是我哥当评委，其中一位参赛者想评奖，交换条件是帮可可办择校。这件事本来我哥是举手之劳，甚至连举手都不必，就可以办成。就因为此人评奖条件不够，我哥硬给拉了下来，其结果自然是可可的择校也泡汤了。

秋儿似乎没有听明白，或者没有反应过来，瞪着迷惘的眼睛，一动不动。

庄离继续说，从这件事，你能看出我哥是什么样的人没有？这个评奖，能比可可择校的事重要吗？

秋儿眨巴着眼睛，想了好半天，才长叹一声：可是评奖对长风来说也是非常重要的事啊！现在一切都准备好了，他也完全有评上大奖的实力，如果是输在没有运作上，我真的于心不甘啊！

庄离不解地问：难道不运作，就评不上吗？这是谁告诉你的？

所有人都是这么说的啊！

两个人从九点聊到十一点，仍然没有达成一致的意见。庄离不赞成为了评奖，请客送礼找关系那一套，她建议尊重长风的意见。秋儿却仍然固执地认为必须送礼找关系，而且有志在必得之意。到最后分手时候，庄离看着秋儿不甘心的神态，心里莫名产生了一种深深的不安。

秋儿为长风评奖的事失眠了。她想了几个晚上，越想脑子越乱。一个问题是，就像庄离问的，不运作，难道真的就评不上吗？第二个问题，如果找人托关系请客送礼，是不是要瞒着长风？第三个问题，既然瞒着长风去运作，她谁都不认识，找谁帮忙？第四个问题，如果瞒不好，被长风知道了，会是什么结果？

这些问题越想越乱，越琢磨感觉越复杂，越拿不定主意。如此一耽误，几天过去了，这种无休止的纠结，令她开始心慌。又是周末了，她想这个周末，她无论如何必须定下来，如果决定运作，那么周一就开始行动。否则可能也来不及了。

又逢周末，和和准备来接可可了，她几乎每个周末都会带可可回去住一晚上或者两晚上。她打来电话的时候，长风正洗澡，可可正在做作业。秋儿拿着长风的手机想送到卫生间的时候，脑子里突然生出一个想法。她是不是可以与和和谈谈长风评奖的事。和和与长风生活这么久，看看和和对这件事有什么想法。

想到这里，她悄悄接了电话。和和一听是秋儿愣了一下，紧着解释她给长风打电话的目的。她说明天一早她来接可可，带可可去姥姥家。姥姥想她了。秋儿截住了和和的话头。她说：

和和，我想向你咨询个事，不知道可不可以？

哦，和和顿了一下，反应过来后说，当然可以，你说！

是这么回事，我记得你曾经特别关心长风的评奖，是不是？

嗯！和和情绪突然低落下来，似乎不太愿意提这件事。

和和，是这么回事，你一定帮我拿拿主意。我现在实在不知道跟谁商量好了。长风的诗集，费了好大劲才出版，还借了周立山的钱呢。已经报上去了。前一阵听说已经过了初评。据说这往后的关，不找关系，是很难评上的。这件事我跟长风一说，他就急。我找庄离商量这件事，庄离也不同意。他们兄妹非常反感送礼托关系。我现在都不知道应该怎么做了。和和，我找你商量，是想让你帮我参谋参谋，我应该怎么做，是听长风和庄离的，还是怎么做？

电话里的和和好半天没有说话，等她刚开口一句话还没有说完的时候，长风洗完澡出来了。秋儿只好大声说，和和姐，长风出来了，这件事咱们回头再聊，你现在跟长风说吧！

长风把电话拿过来，跟和和说好可可的事后，挂了。长风去书房看书了，秋儿躲在卧室里，一直记着跟和和商量的事。便悄悄打通了和和的电话。

和和显然是好好想了想，这次说话也痛快多了：秋儿，这件事，按说我不应该说任何话。不过，你既然问了我，长风又是我女儿的爸爸，所以我也愿意他好。如果说评奖这件事，依我的判断，我也认为如果不做任何努力，肯定不行。所以既然报了名，长风又有这个实力，当然不应该抱无所谓的态度。我觉得，我们做任何事，不做是不做，要做就做好，做成功，是不是？评奖这件事，更是如此了。

秋儿一听跟她的思路一样，高兴极了。但是毕竟长风是当事人，而且是个个性十足的诗人，按庄离的说法，他为了女儿上学那么大的事，都不肯做任何交易，这件事，他能允许吗？想到这里，她又感到很为难：和和姐，你不知道，长风坚决不同意，只要提这件事，他就生气。庄离也不同意。你说怎么办？

当然是悄悄做了。这件事不能跟他们兄妹说，而且不能让他们知道。尤其是不能让长风知道。如果让他知道了，依我对他的了解，结果不堪设想。

那怎么做啊？

你在私下，悄悄做这件事。和和思考了一会儿说，这样，这件事你肯定不知道怎么做。你找找周立山，他懂得人情世故，而且也会运作。你跟他只要做好保密就行。

噢！秋儿豁然开朗：好，你终于给我指了一条好路子。和和姐，太谢谢你了！

你先别急着谢我，我还有话没有说完呢！这件事可以这么做。但是，我也得提醒你，这件事的后果。长风是什么样的人，我想你现在估计也了解了一些，庄离不是也提醒你了吗？所以这件事，做好了当然是皆大欢喜，如果做不好，特别是被长风知道了，后果有可能非常严重。甚至重蹈我的覆辙，所以这件事，从我的立场我是支持你做的，但是从另一个方面，我也告诉你有可能出现的后果。因此，这件事最终做还是不做，你还得自己拿主意。因为最后的后果是需要你自己来承担的！

秋儿本来满心欢喜，和和最后几句话，像一盆冷水兜头而下，顿时又傻了。直到躺下，一直纠结着到天亮。昏昏沉沉中，当窗外的阳光像水一样清洗了她的房间，清洗了长风那一头柔软而卷曲的头发时，她忽然一下有了决心：

不做就不做，要做就做好，就做成功。为什么让那些失败的后果先把自己吓住啊！

58

和和来接可可了。秋儿特意把可可送下了楼。阳光正好，和和似乎比离婚时漂亮多了。她远远地站着，优雅地笑着，一身时尚的装束，头发拉直了，垂到了肩上，又顺又亮，显然也是精心修整过的。秋儿与和和的眼神对视着，脸上一副自信而坚定的表情。她觉得和和能够理解她传达给她的意图。

可可背着书包，兴高采烈地跑向和和。然后搂住了和和的胳膊。在秋儿的注目下，和和拉着可可向着旁边一辆轿车走去。车门打开，一位干净、儒雅的中年男人抱着一只小熊从车里出来，向秋儿点了一下头，表示礼貌，然后向可可微笑着，自我介绍着，并递过小熊。可可起初犹豫了一下，和和说了句什么。可可接了，然后随妈妈上了车。

长风也去参加什么活动了。等家里安静下来，秋儿立即给周立山打了电话。一个小时后，她带着酒吧发给她的薪水和她炒股剩下来的积蓄，将周立山约到了她的酒吧里。

嗯！周立山进入酒吧，刚坐下，听说秋儿管理这里后，一下就跳了起来，好像坐在钉子上一样。嘴里大叫着：

这真是你管理的？

秋儿给周立山准备茶水，笑而不答。

为什么？周立山再一次蹿将起来，围着秋儿转了一个圈，像条狗闻到了肉味，嚷着：为什么现在才让我知道啊？这难道不是给我们准备的场地吗？周立山撇下茶水，冲向吧台，拿起一瓶洋酒：

我要喝洋酒！

秋儿不得已，只好给他开了洋酒。周立山陷在柔软的沙发里，品着洋酒，红光满面地说：

狗日的长风太有艳福了。交桃花运不说，这事业运也长这桃花上了。一箭双雕啊！

秋儿打趣道：不许骂长风！

哈！骂他又怎么了。你看你，嫁他有什么好，赔了美色赔钱财不说，还赔尊严。他狗日的长风有什么值得你这样赔的？

秋儿习惯了周立山满嘴的脏话，只好又倒酒又倒茶地献殷勤。

你愿给他当孙子，当去，干吗还拉着我一起当啊？

周哥，周哥，谁让你心眼好，热心肠啊！

我心眼好，热心肠，你怎么不嫁给我啊！周立说这句话的时候心里又酸又嫉妒：你如果嫁了我，我会好好把你养起来，让你专门写诗，做诗人，做一个跟长风齐名的诗人。我会给你评大奖，让你比长风还牛！让长风当你的粉丝，天天追着你，他想跟你共进个晚餐，约个会，还得看你心情好不好。

哈哈，秋儿大笑起来，我心情好，就可以跟他约会？

周立山摸了摸鼻子，想了想，奇怪地说：说着说着，怎么忘了你是嫁给我的啊！

哈，还嫁你呢！我倒是想问你，你敢娶吗？秋儿抓住周立山把柄，反击了周立山一句。她知道周立山虽然好色，但家里母老虎的地位他是绝不敢撼动的。

当然，周立山把大脑袋一拨楞，像表决心似地说：当然不敢。

哈哈哈。秋儿大笑。

我实在愤怒。长风这龟孙子凭什么那么运气好啊。一个美女又一个美女都甘愿为他赴汤蹈火。你们，简直是一群蠢娘儿们！我还得为你们这群蠢娘儿们卖命！

秋儿笑而不语，听他发牢骚。

你给我打完电话，我就开始给狗日的长风忙活了。我已经弄清楚了这次评奖的九个评委，张大山，冯山行，王运……

秋儿打断周立山说，周哥，你不用一个个说了，我谁都不认识，你说吧，我现在准备了几万元钱，你觉得行不行？

差不多吧。有几个不用送，我请他们吃顿饭，把这几个狗日的灌趴下就搞定了。有几个得送礼。尤其是说话算数的。

周哥，这样吧，我把钱给你，具体你定吧，送谁，送什么，怎么送到他们手里，麻烦你全权代理吧。钱不够，我再给你。

好家伙，你可真省事，当孙子的事，都派给我啊？你知道有多少个爷爷吗？我当得过来吗？

你不去，谁去啊？我又谁都不认识。秋儿装出一脸愁容。她知道周立山只不过是发发牢骚，他肯定会帮忙。

你不用认识谁，就凭你这美貌，只要出马，连这钱也省了。周立山喝了一大口酒，一脸坏笑：

你现在也不比往日当阔太太了。其实，你出马找我，也可以省下这五万元钱。

我呸死你！秋儿手里正拿着一支笔，顺手砸到了他的胸前。

还挺贞节。周立山把钱装在包里，继续愤愤不平地骂着：

长风狗日的，简直是走狗屎运了。

一瓶酒，周立山喝了差不多已经有三分之一了，看着眼前自己喜欢的女人投入他人的怀抱，气就不打一处来，再想想自己还要为这鸟诗人，当孙子去，更是气愤。他嘴里喷着酒气，满嘴就开始胡骂了：

想想他狗日的平素端着诗人的架子装鸟，我就生气！

秋儿听周立山的胡骂乱骂，差点笑喷了：什么叫装鸟儿啊！

你还笑！气死我了！我从他这儿得到什么了？凭什么他装爷爷，你让我当他姥姥的鸟我就得当啊！

周立山本来嘴就脏，喝点酒，更不掩饰地大骂着。秋儿一直笑着，她想，不管你怎么骂，反正你答应给长风跑奖就行。

送周立山走的时候，秋儿特意叮嘱周立山，第一件事是关于这间酒吧的事暂时别跟长风说，第二件事是这次评奖托关系的事一定要对长风永远保密。

59

劳累、奔波、期待、激动，胡母还没有找到安娴和孙子，从第一家医院刚出来就倒下了。胡父边打胡新科的电话，就势把老太太又送回了急诊室。胡新科刚赶完一个文件，正离开公司往家赶。接到父亲的电话，他急忙掉转车头，驶向医院，同时也打通庄离电话，让她去买些粥过来。

胡新科到病房时，老太太已经清醒过来，护士正在给老太太输液。

爸，妈怎么样啊？你们大晚上怎么跑这个医院来了啊？胡新科一进病房，先伸手摸了摸妈妈的额头，接下来向父亲打听情况。

胡父见儿子来了，顿时轻松地长出了一口气。他坐在一把椅子上，擦着脸上不停往外冒的汗水，以一副埋怨的口气说：

唉，还不是为孩子的事啊！

找到了吗？

哼！找到还会这样子啊！爸爸等护士走出去后，把这些日子寻找孙子的事情，以及今晚在安娴邻居处听到的消息说了一遍。

那么小就住院了！这是谁造的孽啊？妈妈接过话茬儿，在说这句话的时候，泪水扑簌簌流了下来。

胡新科本来想安慰几句，门突然打开，庄离一脸焦急地进来了。

屋内的谈话戛然而止。为了掩饰母子三人的紧张，胡新科站起来，把庄离手上提的一个食盒接过来，对妈妈说：

妈，这是庄离专门去尚品粥屋给你买的粥，然后又转脸对着爸爸说，这么晚了，估计爸爸也会饿，我让她特意多买了些，你们二老趁热吃一些吧。

庄离给二位老人盛粥，心里有些狐疑。她也纳闷，怎么大半夜跑这家医院了。不过，与公婆多年的相处，她已经习惯了，不该问的事情不去多问，也不多说。她只是以一个儿媳的态度，关切地问了病情，喂了老太太饭。

没有大碍，就是因为血压高，又累了些。胡父不敢把详请说出来，只含糊说今天一起出去办了点事，累着了。老太太吃了些粥，身体感觉好了许多，便提出输完液要回家。大家一听，都表示不可以，她只好又安静下来。半小时后，老太太睡着了，庄离在胡新科的催促下，先把胡父送回家休息，然后也回家了，只留下了胡新科在医院陪老太太。

整个夜晚，胡母睡得很不踏实，甚至说起了梦话，还不时醒来。早上不到五点，胡母做梦吓出一身虚汗，惊醒了。一睁眼就问几点了，是不是天亮了。

胡新科正在打盹，被老太太一吓，也醒了。从窗帘缝望望外面黑漆漆的夜。又低头看了看腕上的手表，随口说了一句，还早着呢，继续睡吧！

到底几点啊？妈妈执拗地继续问着时间。

差一刻五点！

五点！胡母惊呼一声，然后就用力往起坐。胡新科急忙上前扶住，疑惑地问道：

妈，你要上厕所啊？

不，我要走！胡母把外套往上身一披，急急地说：你现在马上陪我去儿童医院。

胡新科一听急得额头直冒汗：妈，妈，你身体还没好呢，就是出去，也得等早上见了医生再定。胡新科试图把妈妈的外套要过来，嘴里说着：再说了，也不差这么一会儿，她们既然在医院，还能跑了吗？

那可说不准。听胡新科说了一个“跑”字，胡母感觉心脏陡然跳得更快了，额头上立即又浸出汗来。她坚决地下床，穿鞋，站到床边，对胡新科斩钉截铁地说：

新科，你现在如果不陪我去，我立即给你爸打电话，让他陪我去！

看妈妈如此执拗，胡新科无法再坚持。只好扶着妈妈，一起从医院溜出来。晨风很凉，空气凛冽，马路上因为少了白日的繁华，显得空阔静寂。胡新科车开得很快，胡母仍然嫌慢。她不时地催促一句：能不能快点啊？有一次，还对胡新科所表现出来的漫不经心有些发急：你怎么那么无所谓啊？

我挺着急的啊！胡新科试图辩解。但胡母立即打断了他：我怎么看不出来啊？

胡新科只好再次加快速度，嘴里还嘟囔着说，都快一百迈了，还不快啊？再说了，急什么，这大半夜的，她们还能跑了啊？

那可没准！胡母头上又急出了汗。

事实证明，胡母的直觉真的没错。当他们以最快的速度赶到儿童医院，一个病房一个病房找过的时候，确实没有找到安娴。胡母站在走廊里，眉头皱成了一个大疙瘩：

按安娴邻居的说法，她们不在人民医院，应该在这里啊！

她想了想，突然额头再次浸出汗水，声音发抖着说：不会是因为孩子病重，又转到其他医院吧？

不应该。胡新科看妈妈恐惧的样子，急忙安慰说，这里是咱们省最好的儿童医院了，还往哪里转啊？

胡新科说这句话完全没有其他的想法，他只是否定妈妈的猜测，却没想到把妈妈吓得差点瘫软在地。她一下子扶住了走廊的墙壁，双眼紧闭，脸颊苍白，豆粒一样的汗珠从双颊滚滚而下，嘴唇哆嗦着说：

会不会是省里看不了，转到北京的大医院了？

会不会是……哦……哦……老太太突然感觉眼睛模糊了起来，脑门上的汗珠越来越大，开始滚滚流动。她趔趄了一下，下意识把手伸了出去。

妈，妈，胡新科急忙双手托住老太太，以轻松的口气安慰老太太说：妈妈你不要瞎想，没事。小儿肺炎是常见病，这是省里最好的儿童医院，怎么可能治不了呢！可能有的病房我们还没找到吧！这样吧，我们还是去护士那里找找登记吧。

胡新科扶着妈妈来到护士值班处，央求护士给找一个出生一个月患肺炎的男孩。排查了好半天，终于发现一个以安宁名字登记的患儿与小孩各项情况吻合。尤其是安宁这个名字，分明是安娴按自己的姓氏取的。胡新科发现妈妈的手开始剧烈颤抖！

胡新科与妈妈对护士小姐千恩万谢，直奔安宁所在的病房。

天已经亮了，走廊里开始有人走动。有年轻的妈妈抱着哭闹的小孩在走廊里来回走着、哄着，一个小伙子扶着小儿车在走廊里打盹，有人提着暖壶去打开水，各个病房不断传出孩子的哭声、大人的说话声、饭盆叮当声，使整个病房很快嘈杂起来。胡母此时似乎全然没有了刚才的虚弱，像个健壮的小伙子，她转动着灵活的头，四处张望着病房号，脚下健步如飞，比胡新科都要利索。到病房尽头，拐过弯去，终于看见了安宁所在的病房号。

这里！胡母伸手一指门上的号码，一步跨过去。在她准备推门的刹那，她突然感觉心脏像一只正要跃出篱笆的奔兔，在撞击着她的身体。她扶着门，不得不忍着焦急，在平息一下激动之后，才推开门。

胡母站在门口，两眼冒光，屋内，一个蓬头乱发的少妇正背对着门，背对着胡母！

那个女人长发披散，衣衫敞开垂在两侧，一对孩子的小脚露在女人的腰旁。她在给孩子喂奶！

安娴！

胡母在叫出这个名字的时候，感到心跳加速，浑身血液沸腾，她想冲过去，把孩子抢到怀里，然后……在那一刻，她特别想做的一件事就是揪住安娴狠狠地抽一耳光，最好把她的腮帮子抽肿了，以解这么多天积起的愤怒和担忧。这件事简直快要她老命了，这多半生，还没有哪件事对她的刺激如此之大！

就在这一闪念刚划过脑海，她还没来得及冲过去的时候，那个女人把头转了过来。

哦——胡母目瞪口呆，直挺挺站在门口，一动不动，呆若木鸡！

那女人不是安娴！

胡母脑中一片空白。她就那样在门边，茫然站着，等着。胡新科看见妈妈的神情异样后，急忙从妈妈身后挤到屋内。那个转过头来的女人已经将抱着孩子的整个身体转了过来。她看见胡新科母子，急忙用衣衫挡住了裸露着的白白的奶子，然后嘴角一扬，微笑着问道：

你们找谁啊？

安娴！胡新科在回答问话的同时，看见另一张病床上还躺着一个人。而这个人既不是安娴，也不是小孩，是一个胖乎乎的男人正在鼾睡。

安娴，女人重复安娴的名字，安静地说：哦，是叫安娴，可是，她们走了。

走了？出院了？胡母不知什么时候冲到了胡新科的前边，她抢到女人身边，直视着女人的眼睛急切地等着答案。

好像有什么急事吧？女人思索着说，我也拿不准她们是怎么回事，昨天晚上，好像接了个电话后，急匆匆地走了。

此时，对面床上的男人也醒了，他从床上下来，走到胡母跟前，手一指他刚刚躺过的床，睡眼惺忪地说：

你是说这个病床的人吧？没错，昨天晚上接个电话，冒着雨就走了。

站在病房中间的胡母此时又开始摇晃，眼前似乎有无数个鸟儿在盘旋飞舞，她只听着男人齆声齆气地说：当时雨正大呢，电闪雷鸣，我还劝她们雨停再走，可她们急得很，一刻没停，连东西都没有收拾全。

男人走到窗台边拿起一包已经撕开口的尿不湿，两三件宝宝服，还有一个奶瓶，一件件给他们看，嘴里说着，你看，这尿不湿、宝宝服、奶瓶，都拉下了。他好像突然想起什么似的问道：

你们是她什么人啊？男人没等老太太和胡新科回答，突然一步蹿到老太太身边。

此时，老太太又一次如昨晚重现，像一堵洇湿的墙软塌塌地垮下来。

60

炎炎夏季，酷热难当。文联发起了避暑采风活动。活动兵分几路，或去避暑胜地秦皇岛、青岛，或北上东北到长白山，或南下到春城昆明。长风、周立山、陈教、莫菲结伴报名到长白山。莫菲力劝庄离参加，庄离拒绝了。对领养的那个小孩，婆婆一直没有放弃希望。按她的说法，她在做工作。庄离在想，说不定哪天，婆婆就把小孩带回家了，所以她不敢出门。不过，即使不是这件事，她也不想再在这个圈子里混了。

两个小时飞机，又坐了近两个小时的汽车，在傍晚时分，汽车终于在欢快的气氛中驶入大山深处的一座庄园。

这是一座环境幽静的庄园，三面环山，正面临水，风水极佳。环顾周围，似乎看不到边界。一座座红砖绿瓦的小别墅在绿树掩映下，像嵌在画卷中一样。看不见人影，听不见人声，偶有飞鸟远远划过天空，落入树林深处，感觉有无数光点和绿色被激荡。庄园门口左上角飞起一块巨石，像巨形金刚，威风凛凛地守卫着庄园。巨石上边，镌刻着四个遒劲大字：观云山庄。

大家从车上下来的时候，似乎一下子融入了这个山庄的安静之中。几个人手拉着行李，在小院里先自溜达了起来。有服务生过来带他们入住。几个人随着服务员，走过第一座院落，穿过一个花园。花园树木茂盛，小桥流水，一条弯弯曲曲的廊道横在空中，走上去，木质的地板空空作响，凉风从水面袭来，从脚下顺腿而上，莫菲的裙裾也像水面上开出的莲花一般呼呼啦啦地翻飞。

度假胜地，真名副其实啊！莫菲感叹着。

好家伙，大手笔，投资不小啊！周立山又酸又佩服地说：谁他妈这么有眼光，有气魄，有实力啊！

这个问题，吃晚饭的时候，得到了答案。那时候，大家都已经入住，洗漱齐整，按着会务安排，相约来到餐厅门口的时候，突然发现牛志刚、王老万正一左一右，各自腆着肚子，脸上堆着微笑，以一副主人的身份，站在门口迎着。

牛志刚把手伸向了周立山，王老万把手伸向长风。牛志刚像牛一样的嗓门也高叫起来：

恭候光临，小山庄蓬荜生辉啊！

周立山与长风第一眼看见他们的时候，相互对视了一眼，都嘟哝了一声：靠！等周立山的手被牛志刚握起来，他也学着牛志刚的腔调，像牛一样高叫起来：

这地盘原来是牛老板的啊！然后嘴里连说：确实牛！真牛！等手从牛志刚手里拽出来后，他一拳砸在牛志刚胸上：你可真他妈牛逼！看来，我得重新认识你了！

哈哈，牛志刚满脸生辉，连挺着的肚子似乎也开始透过衣服向外冒光了。他也伸出大手拍着周立山的肩膀，兴高采烈地说：

看来成见是可以消除的。然后转过头，把手伸向长风，脸上笑成了一朵花：

长风大诗人，我们又遇见了，看来我们缘分不浅啊！

长风自从在端午诗会上骂了牛志刚，两个人的怨更深了。牛志刚在那个酒会之后，也弄明白了长风为什么对他如此口出恶言。尽管两人都相互避着，但总免不了会在一些场合不期而遇。没想到这次度假又遇上了。长风心里骂着，表面上把手伸过去，嘻嘻哈哈地说着：

没错，缘分未了！

当然未了，因为诗歌，我们打交道的日子长着呢！牛志刚手上突然用力，嘴里的吐字也变得铿锵有力起来：

我们肯定还会有故事，精彩的故事！

好，期待！长风苍白的笑容里也闪过一丝阴影。

落座以后，周立山又开骂了。因为他看见牛志刚旁边坐着张妩，而王老万的旁边也坐着一个年轻的女诗人。

这他妈的什么世道啊！牛志刚刚进这个圈，就把诗界花魁给圈走了。马克思老师说得太好了，经济基础决定一切啊。不但如此，连王老万这老夫子都泡上女人了。还有好人吗？

人家王老万可是离了婚的啊。莫菲不以为然地说。

呸！上次这老家伙带了另一个女人。

有这事吗？莫菲很好奇地问道。在诗人圈里，关于王老万正派、不为女色所动早已是众所周知的事情。

这还有假啊！周立山夹起一筷子纷丝，“提里秃噜”地吸溜到嘴里，含混不清地说：最近王老万不遗余力地吹捧牛志刚，近朱者赤，近屎者黄啊！

还让我们吃饭吗？莫菲一脸不高兴地说：

再说了，你有资格说人家吗？你，周大老板，长风大诗人，陈大主教，你们哪个不是阅尽人间春色啊？这王老万只不过是脑瓜开窍晚些而已。

对，抓紧时间，把损失补回来！陈教拿起杯子，起立，向前面走去。

靠，周立山顺着陈教的方向，看见一个漂亮女人刚进来，正往临桌落座。周立山顿时一脸梦幻般的表情，似乎自言自语，又似乎在询问：

这就是传说中那个新入行的女诗人张媚吧？

莫菲、长风都把目光聚焦过去，莫菲正喝着一口茶，看见周立山的表情，差点喷了。

比姐姐还漂亮啊！周立山眼睛迷离，半梦半醒。

莫菲拿手在周立山眼前晃了晃，周立山如梦初醒，率先端起服务员刚给倒上的一杯酒，一仰脖先自喝了，然后把杯子往桌前一蹾，大脑袋一扑棱，三角眼一瞪：

这女人是我的了，谁跟我争，我就阉了谁！

61

周立山来了。他坐在张媚旁边，他毫不隐讳他的好色：

哎呀，这桌人，我都认识，唯独这位美女，是不是传说中的张媚啊？

张媚笑了起来，我是张媚，但没有传说吧。

你好！认识一下，我叫周立山，不知道你听说过我没有，江湖上我周立山也有许多传说。不等张媚伸手，就自作主张抓住了她的手。

真美啊！他摇着张媚的手，眼睛一眨不眨地看着张媚说：只知道张妩漂亮，没想到妹妹也这么漂亮，也会写诗！

张媚一脸通红，想抽出手，却被周立山紧紧攥着。王老万端着酒杯过来了，看见这状况，笑着说：

立山，好色老毛病又犯了吧？

这不是老毛病，这是习惯，是优点，喜欢美！你说我多么想多攥一会儿这美色啊！

你快撒开手吧，流氓成性的家伙。

周立山松开手，张媚一脸粉红，尴尬地坐下来。

周立山也坐了下来，他把椅子搬得离张媚非常近，令张媚有些不高兴。但周立山丝毫不在意。他厚着脸皮，开始吹嘘当年写诗的成绩，如何获奖，如何被女孩子们崇拜，吹嘘自己的生意，如何获得成功，如何一掷千金。张媚开始还表现出一些耐心，但一刻钟后，她找到一个空当，站起身，说了一声我去敬长风大诗人一杯酒，转身往长风的桌跟前走。周立山一看，也紧着说，走，一起走，我也该回我座位了。

一前一后，张媚、周立山走过来，先后坐下。莫菲调侃着周立山说：立山兄，能不能内敛一下啊？

我本来不是内敛的人，干吗要装啊？

一直在长风旁边坐着的王老万也笑着说：不是让你装不喜欢，而是让你绅士一些，别一说喜欢，就一脸流氓相。

牛志刚一听这里热闹，也走了过来，有人给他让了座，他边坐边问：

什么事？这么热闹啊。

美女又遭遇流氓了呗！王老万笑着说。

周立山愤愤不平地反驳说：流氓，流氓，老万，你能不能不用这个词啊。我们是诗人，风流一点，那是诗人天性。你看看那唐伯虎、钱谦益、徐志摩，哪个被称流氓了？个个还不是大家都喜欢的风流才子啊。

是啊，是啊，牛志刚也附和着说，没文化的人好色，那叫流氓，文人好色叫风流。

哈哈，这叫无耻！莫菲笑着说。

周立山见牛志刚的两眼也对着张媚冒光，心里泛起了酸水。他整理了一下思维，接着牛志刚的话茬说：

牛老板说得太对了，生意人的头脑就是好使。

看大家都莫名其妙地盯着他，张媚也把注意力放在他身上，周立山刚刚还酸溜溜的心一下子燃烧起来：

你看看，牛老板多聪明。如果他不写诗，现在肯定大流氓一个吧！他挣钱了，想要耍流氓，就开始写诗，一写诗，成了风流。对不对？

牛志刚虽然听不出周立山是骂他还是夸他，但听起来总是不太舒服，便给周立山倒了一杯酒说：

哈哈，彼此彼此吧。立山兄，咱们两个不要相互攻击吧。在这群人里，咱们两个最相似。写诗，又做生意。而且诗写得不太差，生意也做得风生水起。偶尔喜欢喜欢美色。这一方面呢，你也是名闻诗坛，我顶多也只是东施效颦。但总的来说，我们跟耍流氓还是有本质区别的。所以，为了咱们那么多相同的地方，干一杯，如何？

一点儿都不“如何”！因为我们不一样。周立山不阴不阳地说：先说做生意这件，我是真不如你。你看看这大庄园，我哪里有这实力。我那点生意纯是小本买卖，也就够我吃个地摊烧烤的。再说写诗这件事。你可真不如我，而且差远了。

我也同意周立山说的。长风突然插话，他想起王老万当初拿来的牛志刚的诗稿：平心而论，牛老板的生意，我们这里没人能比得上。但从诗歌角度来说，似乎牛老板没有优势。

王老万出来替牛志刚说话了：我觉得应该这样说，牛老板不是写诗写得不好，只是写得晚而已。他是典型先生存后发展。更何况，他的诗获了玉泉杯大奖，这次又过了华飞大奖初评，所以他的写诗水平，与他的生意一样，也是令人佩服。

不说大奖还好，一说大奖，周立山、长风都受不了了。周立山首先开了腔：

他获大奖？大家用脚指头也能猜得出来。

牛志刚脸色黑了下来。

更何况那诗集，是怎么改出来的啊？长风又补了一句。

牛志刚恼了。其实上次端午会上，牛志刚遭到长风的辱骂，早在心里记恨上了，他一直在寻找机会报仇雪恨。没想到这次在自己的庄园，遇上长风。他的计划是在结束的时候，要狠狠羞辱长风。没想到，他还没出手，长风又先出手了。

牛志刚不慌不忙地站起来，义正词严地说：

你们说我写得不好，不该获奖，不该入围大奖，我都可以接受。因为我进诗坛晚，写诗晚，所以水平低，也是说得过去的。但是你们不能拿捕风捉影的东西去污辱我的人格，起码我是在独自打拼，以一个男人的身份来打拼生活，打拼诗歌，打拼大奖。不像有些人，要依靠女人生活，依靠女人花钱出诗集，依靠女人红杏出墙造绿帽子拼大奖。

尽管牛志刚没有说出名字，但周立山一听就知道牛志刚针对的是长风。所以周立山截住了牛志刚的话头：

牛老板，请不要造谣生事！

我造谣生事了吗？

长风苍白的脸更白了，他一步跨过去，一伸手揪住了牛志刚的衣领，咬牙切齿地说：

今天，你必须给我说清楚，否则，我宰了你！

你让我说清楚什么？是说清秋儿用前夫投资的酒吧为你们家挣钱这件事，还是说秋儿拿从前夫那里挣来的钱帮你跑大奖的事？

长风两眼通红，似乎要流血。

牛志刚还在说：不要告诉我你不知道，全世界的人都知道了，你不知道？谁相信啊？钻进王八壳里，掩耳盗铃装傻也就算了，还装什么纯种诗人！牛志刚说到这儿，突然猛啐一口：我呸！纯种诗人，纯王八种——诗人吧！牛志刚说完这句话，把头转向大家，得意扬扬地问：

你们谁见过纯王八种吗？

“哐”，长风拿起酒杯，一下子拍了过去。牛志刚头一偏，酒杯结结实实砸在了牛志刚的左侧额头上，在牛志刚像牛一样“嗷”叫之时，只见牛志刚额头一股扎眼的鲜血刺溜一下流出，眨眼工夫流到了眉心，浸入眼窝。而在额头肇事的杯子像一只白色鸟，一路雀跃着、俯冲着，一头扎到墙角，“当啷”一声，碎了。

牛志刚伸手摸了摸脸上热乎乎的液体，一手鲜血。他大眼圆睁，盯着鲜血看了几秒钟后，“嗷”地再次像牛一样高叫一声，直挺挺，僵尸一般仰了下去。

酒宴顿时鸦雀无声。

62

安娴带着孩子和月嫂从医院仓皇逃出以后，没敢回家，而是冒雨进了一个旅店。这一惊一急，再加上雨淋，不到中午，安娴开始咳嗽、发烧，终于病倒了。小孩本来刚开始治疗，如此一停，病情也明显加重了。上午仅仅安静玩耍了一会就开始哭闹，而且越来越厉害，到中午，小孩似乎是累了、困了，睡下后一直不清醒，而且睡眠很不安静，呼吸越来越急，脸开始发紫。

更糟的情况是，安娴的病也越来越重，到中午感觉头痛欲裂，浑身酸疼，躺在小儿旁边，一睡就再也不动了。等月嫂拿来体温表，给安娴量完体温，发现她已经三十九度八了。

月嫂又给小孩量了体温，发现小孩也已经高烧三十九度。

不得了啦，不得了啦。月嫂把昏昏沉沉的安娴推醒，大声嚷嚷着说：

安娴，你快起来吧。你们娘儿俩都得去医院治疗，都高烧快四十度了，会烧坏脑子的。

安娴有些迷糊了，她睁开眼，晃了晃头，发觉自己的身体那么沉，而眼前的月嫂，有一种似曾相识的感觉。月嫂刚才在她头边说的几句话，她好像也没有反应过来。

月嫂拿来一杯水让安娴喝下去，试图把安娴扶起来，但试了几次没有成功。安娴又躺了下去。月嫂毛了。她疯狂地摇晃着安娴，高声喊着：

安娴，你可不能躺下，你的孩子，已经烧得昏迷不醒了，你必须起来，把她送医院，否则就危险了。

安娴突然睁开了眼睛，迷蒙地说：你说谁昏迷不醒了。

宁宁，你的孩子，高烧快四十度了，再不治疗，怕是来不及了啊。

安娴像做了一场大梦，突然清醒了。她忽地一下弹了起来，脸色通红，两眼迷蒙：

月嫂，快，我们去医院。刚说完这句话，安娴原地摇了两下，又栽到床上。

出大事了，月嫂满头大汗，她必须把小儿送医院去治疗，也必须把安娴送医院。她再一次叫醒安娴。安娴此时清醒了。

安娴，叫120吧，不要等了。月嫂已经收拾好去医院的东西，她一边给安娴擦脸一边说：

安娴，你现在必须决定，我们去哪所医院，还去昨天那家医院吗？月嫂已经感觉到安娴对孩子存在着某种担心。

换一个远一点儿的医院吧。

在等120的时间，月嫂看着安娴昏昏沉沉的情况，不放心地说：

安娴，我说句话，不知道该不该。如果不该，你就当我没说。

安娴有气无力地说：你说吧。

我不知道你们娘儿俩有什么担心，我觉得你在躲避什么。但是现在你们遇到了困难，尤其是孩子的病情不能耽搁。你又病了，我是一个外人，我觉得你现在需要一个家人来帮助你们。

看看再说吧。

不是看看再说。月嫂很是着急：我们接下来遇到的问题就是你需要治疗，孩子需要治疗，而且不在一个科室。我不可能分身。

我不需要你照顾，你照看好孩子即可。

你不需要我照看不要紧，孩子的情况，我只能照看，但毕竟不是家人，会有许多问题的。我担不了责任。

不需要你担责任。

但必须有人担责任。

我担！

你自己是病人，你怎么担啊。

安娴很固执，月嫂再急也说服不了安娴。也许是病的原因，安娴再也不愿说话了，她躺在床上，又昏睡过去了。

120到了，月嫂带着前天夜里从医院里带回来的日用品，抱着孩子，与医护人员共同扶着安娴坐上了120。

因为换了医院，小孩需要一系列检查，安娴也需要一系列检查。月嫂疲于应付，只好把安娴先放一边，顾孩子。

孩子一直在昏睡，按医生的诊断，孩子已经出现呼吸困难，需要尽快治疗。一听这句话，月嫂吓坏了。此时的安娴正坐在旁边，精神全无，几乎没听见医生的诊断。

安娴，你现在必须把你家人叫来，孩子呼吸已经困难了，我可不敢单独面对了。

医生问月嫂，你跟小孩什么关系。

我是月嫂。月嫂一指安娴，这是小孩妈妈，病了，发烧快四十度了。

医生一听，眉头紧皱：小孩爸爸呢？小孩需要护理，而且这妈妈病成这样子，怎么可以？

月嫂听到这里，摇着安娴说，你听见没有，赶快找你家人来吧。要不然，我辞职啊。这责任，我可担不起啊。

安娴显然再也坚持不下去了，她几乎想直接躺到地上了。她是那样难受，眼前有她病着的弟弟、有脑血栓后遗症的父亲，还有妈妈那愁眉紧锁的面孔。她记得小时候为了一条花裙子，她捡空瓶子堆起了一座小山。最后，那堆瓶子卖完钱，成了给弟弟治病的钱。她却在一个夜晚，为那仍然没有买到的花裙子，把眼睛哭肿了。她特别想哭，但是她发现自己一滴泪都流不出来。她是不是要死了。如果死了，她的孩子怎么办啊？也跟她一样过穷苦的日子吗？也为了一件衣服，或许为了一双球鞋，去垃圾堆里捡瓶子吗？

她坐了起来，强撑着最后的力气，拨通了妈妈的电话。

安娴清醒过来的时候，已经是第二天早上了。一张树皮一样老皱的脸，营养不良的颜色，在她的眼前晃动着。

安娴有些恍惚，一时间想不起她躺在什么地方，为什么妈妈在她身前。她努力回忆着，她记起她生了孩子，记得自己躲了起来，也记起自己一直没有告诉妈妈。怎么妈妈来了啊？记忆到此时，安娴一身冷汗，全想起来了。她的孩子病了，孩子的奶奶，确切地说跟她签合同找她履约的人找到了她的住址，给她要孩子来了。她一挺坐了起来：

孩子呢？我的孩子呢？

妈妈试图重新把她安抚躺下，她却一把揪住妈妈的上衣，焦急地喊着：

妈，我的孩子的呢？她病好了吗？她现在在哪啊？

妈妈没有说话，她抓住安娴的手，想把手拿开，怎奈安娴力量很大。妈妈只好放弃了，她轻声软语地说：

安娴，你好好躺下。孩子也在治疗呢。你不要急。

安娴再一次揪紧妈妈的衣衫，仍然焦急万分地喊着：他在哪治疗？月嫂呢？我要去看看。

安娴松开妈妈的衣服，掀起身上的被单，准备下床。

孩子，妈妈按着安娴，不让她下床：你先好好治你的病，再去看孩子。

安娴却在挣扎，而且不停地嚷嚷着：我没有病，我已经好了，我要去看孩子。

吵闹什么！门口突然传来一声呵斥，循着声音，安娴转身看见门开处，站着几个白大褂。其中一个岁数大的医生，三四个中年医生，还有几个年轻的医生，一起进来了。岁数大的医生走在前边，正向安娴走来。

安娴停了下来，妈妈也像个士兵看见将领一样，站着不动了。老医生走到安娴身边，声音柔和下来：

这是怎么啦？

安娴有些不好意思，她看了妈妈一眼，又把眼睛转回医生，很内疚地说：

我想去看我的孩子。

你现在不能哺乳，你最好先治好你的病。

安娴到现在仍然不觉得自己真有病，她认为是生完孩子后身体虚弱，又遇上孩子生病着急，差点被孩子的奶奶发现，又恐惧，所以身体才出现一点小状况。听医生说自己有病，才好奇地问起病情：我得什么病了啊？

急性乳腺炎啊，你需要先治病，否则你无法哺乳。

医生按惯例问了妈妈一堆情况，给安娴做了例行检查，一群人走了。接下来，两个小护士推着一堆药品来了，给安娴输上了液。安娴躺下来，此时她才发现她住的病房是单间，条件设施都非常好。最扎眼的是，在病床斜对过的一张桌子上，摆放着一个漂亮花篮，一筐新鲜的水果。安娴脑袋上一下子崩出几粒汗珠：这既不像节省的妈妈做出的事，也不像她们这种经济条件能够承担的啊！那花篮、水果，更不像她的或妈妈的亲戚朋友送来的啊！

妈妈，这单间病房，肯定贵多了吧？我们怎么住得起啊？还有那花篮、水果，是谁送来的？

妈妈长叹一声，脸拉得像一根老丝瓜，又长又皱：娴啊，我们不能跟命争啊！跟命争没有好结果啊。说完这句话，妈妈老泪长流。

妈妈这样的回答和脸上的泪水无疑证实了安娴的猜测，安娴只觉心里咕咚一声。

胡家来了？把孩子抢走了？是不是？安娴的声音开始哆嗦，她一把抓住妈妈的手，全身筛糠一般，连牙齿都在颤抖，就像得了伤寒一样。她说：

妈妈，你告诉我，是不是胡家来人了？妈妈，是你打的电话，你告诉他们的吗？安娴的指甲已经掐进了妈妈的皮肉。

妈妈被安娴紧紧抓着，想走开也走不开。此时，她已经满头大汗，结结巴巴地说：

娴——娴啊——你听我说，你病成那样，你让我怎么办啊？

好像一块石头砸向了心脏，心脏底部被砸透了，安娴疼得一下子松开了妈妈。那块石头继续往下砸着，进入胸腔，石棱四处刮着她的血肉、肋骨、血管，然后砸进她的胃里，她就那样开始绞痛、扭痛、拧痛，她这么难受，为什么还要像人一样活着。是啊，为什么？她可不可以随意活着，可不可以随意死去，可不可以随意不死不活？她突然拔掉了输液器针头，一骨碌滚到了地上。

她要像猪一样在地上打滚，像狗一样狂吠，像狼一样撕咬，像鬼一样尖叫。

她再也不想像人一样活着了。

63

医生冲进来的时候，安娴在地上已经把自己撞得伤痕累累，鼻青脸肿。妈妈吓傻了，在地上随着安娴的滚动，手忙脚乱，试图把女儿拉起来。然而，她除了被连带摔了两个跟头外，脸上、脖子里、胳膊上也被女儿挠了几处血印子。医生最终不得不给她注射了镇静剂，才使她停止了这种自残行为。

再次醒来，安娴没有再闹。她好像变了一个人似的，不是发呆，就是睡觉。既不提孩子的事，也不提胡家人，好像忘了那件事情。这反而令妈妈更恐惧。她悄悄去问医生，是不是女儿精神出了问题。医生也不敢断定，他只是让妈妈多观察，看她是否还有其他反常的行为。

妈妈寸步不离，小心翼翼地说话，生怕哪句话触及了孩子的话题，引她发疯。但又不能不说话，她担心安娴这样总憋着也会憋出问题。于是寻找各种机会，现身说法，想用自己的故事，来说服安娴认命。

人是不能跟命争的。妈妈总是用这句话开头。安娴开始时既看不出排斥，也看不出在听，完全是一副漠然事外的态度。尽管如此，妈妈还是坐在她跟前，认真地、充满感情地回忆着自己那些伤感的过去：

回想这半生，我也算是个心比天高、命比纸薄的人。当年我也是村里一枝花，家里给定的亲，也算是方圆之内的殷实之家，小伙也不错，在当时的农村也属于又踏实又肯吃苦的孩子。然而，我那时就是好高骛远，愣是看上了大学毕业分到乡里教书的一个男孩子。不顾家里反对，退了亲。跟这个老师相好了。

最初几次，妈妈每讲到这里，甚至还没讲到这里，安娴就躺下，闭上眼睛，并且翻身面向另一个方向了。所以，妈妈只好长叹一声，停下这种自言自语。直到第四次，妈妈再次提起这个故事，安娴没有躺下，而是若有所思地望着妈妈好半天后，突然梦游般问了一句：

他是爸爸吗?

妈妈的心扑腾了一下，神情变得激动起来，缓缓地说：

他当然不是你爸爸。否则，我们现在应该不是这样的艰苦。

安娴愣愣地看着妈妈，呆滞的双眼闪现了一点儿光亮，然后她问：那他是谁啊?

妈妈眼泪又流了出来，不知是因为安娴精神的好转令她激动的原因，还是想起伤心事的原因。她抹着泪说：

她不是你爸爸。他是一个坏人。

坏人？安娴似乎又开始梦游。

是啊。当我不顾家人反对，一心一意打算嫁给他的时候，他却因为受不了农村的艰苦，调回了城里，并且在第一时间跟我分了手。我带着破碎的心回到家里一个月后，发现自己怀孕了。

这就是我违背父母的报应啊。退亲本来就遭到村人的讥笑嘲骂，被甩更是丢人现眼。当时所有村里人都在嘲笑：报应！活该！你外婆当时就气病了。直到怀孕这件事一出现，你外婆病情加重，很快就一命呜呼了。偷偷打胎，名誉扫地，最后将就嫁给了一个家境困难，又没有什么文化，身体也不太好的男人，就是你父亲。

本以为受到惩罚会好好听从命运的安排，但现在想起来，有些事情还是没有明白。那时候，生了你以后，不安分的心又蠢蠢欲动了。有一天，忽然听人说当初相恋的老师在城里混得不太好，而且被老婆踹了。听说那个老师还后悔对我的伤害。从那天以后，我感觉自己的心又被那个男人牵去了。我天天都在琢磨寻找一个进城找他的理由，天天也在抵制这种想法。这种日子过了差不多两个多月后，我终于在跟你爸爸为一件琐事吵了一架后，跑到城里了。

当时那个人只轻描淡写地说了一下这个老师的地址，我却那么刻骨铭心地记住了。然后我顺利找到了他。

两个月后，我发现自己又怀上了他的孩子。无论从哪个角度说，我也不应该生下他。可当时鬼迷心窍，我愣是不顾计划生育，不顾罚款，不顾家庭经济的拮据，甚至不顾对你爸爸的伤害，生下了他。命运里没有的，你坚持要，必将付出代价。这也许是天理。当时刚发现怀孕，就得了肺炎，在医院里输了好几天液，这也许是老天警告我放弃这个孩子吧。可是我没有听从，上天就把你弟弟变成了现在这个样子。

报应！这是上天对妈妈的报应啊！妈妈的泪水无声地流下来，她哑着嗓子继续说着：如果当初我不违背父亲，不退亲，现在应该像农村里那些知足的妇女一样，住着宽大的瓦房，带着牙牙学语的孙子，与当年那个实诚的男人厮守着一种幸福吧。

妈妈盯着安娴的脸，发现安娴已经被故事打动了，眼睛里不知何时已经储满了泪水。于是继续说着：这么多年，经历了这么多，安娴，妈妈已经明白了，跟命争，没有什么好结果啊！

安娴突然抬起满是泪水的脸，咬着牙闷声闷气地说，我该死啊！然后身体一纵，一脑袋撞向身后的墙。

妈妈惊呼一声冲过去，只见安娴软沓沓地倒在床上，脑袋上正有鲜血迸出来。

三天后，安娴再次恢复了发愣和睡觉的状态。一个早上，安娴吃完早饭，神态平静的时候，妈妈又试图跟安娴聊天，她东拉西扯了好半天，说村里的故事，邻人的事情，说道听途说的事件，总之绕来绕去，她说的就是一个主题：一切都是命里注定的，是你的，没人夺走；不是你的，早晚得被收走。

安娴躺了下去，闭上眼睛，不知是听还是没听。妈妈这一次没有停下来，她想干脆直奔主题吧，该来的总会来，长痛不如短痛：

其实，这么多年，我们已经习惯了这种生活。有钱治病，没钱养病。现在，你觉得自己长大了，要给我们挣钱治病，但是你用了一种不该用的办法。你跟人签合同，却自食其言。所以老天像当初惩罚我一样也来惩罚你了。他让你的孩子病了，你仍然不还给人家，所以又让你病了。这一切都是天意，只要你不认命，老天就会一步步逼你，直到你走投无路，认命！

安娴突然把脸转向妈妈，嘴咧得像瓢，低低饮泣着：

不，妈妈，老天不会这样对我的。那是我的孩子，老天会还给我的。

娴啊，妈妈抱住了安娴的头，她用手抚着安娴颤抖的身体，像安慰一个小孩。也许是这个动作起了作用，安娴刚才那种哭声变成了放肆的哭声，就像往外释放压抑太久的火山。号哭持续了十几分钟，安娴终于从号哭改为啜泣。妈妈不失时机地继续着说服着女儿：

娴啊，我们认命吧。你虽然生了他，但是你想想你有条件养他吗。他在胡家锦衣玉食，在我们家只能是粗茶淡饭。不知道你记不记得，你为了买一条花裙子捡瓶子的事？到现在想起来，我都觉得不配做你的妈妈。你好好想想，你配做一个妈妈吗？你准备了什么？你不会也要小宁宁重复你小时候那种贫穷吧？我更不敢想象让小宁宁背负一个不明的身份，过一种东躲西藏的生活。

安娴的抽泣突然变成撕心裂肺的哭。妈妈紧紧抱住安娴的身体，轻声说着：娴啊，我们应该想清楚啊，从道理上说，孩子不是我们的，我们不要惦记了。

安娴听到这里的时候，一头栽到了床上，哭得晕了过去。

一星期后，安娴被妈妈带回了农村老家。那是一种安静的日子，大多时候，她坐个小凳，在院子里晒太阳。有时候会抱一本书，似看非看，或者发愣发呆。妈妈则每天忙里忙外，照顾儿子和半身不遂的老伴间隙，悄悄观察着安娴的神情、举止。安娴再也没有要求见小安宁。当初出院的时候，医生怀疑她患上了的产后抑郁症，建议换个环境，改变一下心境。也许现在农村这个环境，更适合她的情况吧。

64

似乎为了配合长风与牛志刚的冲突场景，或者长白山有意安排的一个迎接仪式，长白山在白云山庄接待这群文人骚客的第一个傍晚，便不失时机地下了一场淋漓尽致的雨。长风砸完牛志刚，穿过这场雨的时候，周立山与莫菲也紧随其后以落汤鸡般的模样跟了来。一进屋，周立山就被长风一拳打倒在地。

周立山在地上趴着，浑身泥水，像刚刚从猪圈屎汤里抓住的待宰的肥猪。他手捂着被长风打得流血的嘴巴，大喊着：

你疯了啊？你打我干吗？我的嘴唇估计被你打豁了。

长风大脚踩着周立山的背，一头卷毛被水淋湿后，像一片斑斑驳驳的破布披在脖子周围。他满脸狰狞，咬牙切齿地说：

周立山，我只问你一遍，秋儿在做什么？你是不是早就知道？你为什么也瞒着我？

你别听牛志刚胡说八道好不好！你上次羞辱他，他能善罢甘休吗？

回答我的问题？

你能不能让我站起来，我快憋死了啊！周立山的大肚子在地上挤着，气喘吁吁。

长风把脚从周立山背上移开，周立山吭吭哧哧地从地上爬起，抹着嘴角的血，小心翼翼地抚摸着嘴唇，沮丧地说：

我估计被你打成兔唇了，这毁容的事，我看你怎么赔我！

莫菲本来非常担心两个好朋友翻脸，听周立山这么一说，差点笑了场。看见长风黑着脸，一点儿都没有缓和的迹象，也赶紧压着好笑的情绪，劝着：

长风，牛志刚是个商人，他什么时候会做赔本的生意啊。你上次羞辱他，他肯定要找回来的，你可不要相信他恶心你的事啊！

长风好像没听见她俩的话，仍然全部注意力和愤怒集中在周立山身上：

周立山，我再问你最后一遍：秋儿在干什么工作？你是不是早就知道？你为什么瞒着我？

哈，周立山本来正推开卫生间的门，也许他想照照镜子吧。但长风上前一步，把周立山揪了过来：

你给我站住，现在要么回答我的问题，要么马上给我出去。

好！好！周立山立定，扑棱着大脑袋，瞪着两个大眼珠子，脸上混合着泥水、血水，气恼地说：

第一个问题，秋儿在做一个酒吧的管理工作，像任何一个职业女性一样，工作、赚钱。第二，我早就知道她在工作，跟你一样。第三，我没有必要瞒着你，也没有必要不瞒着你。这有什么值得奇怪的吗？

长风早就知道秋儿应聘了一个酒吧的管理人员，但从来没想到会被牛志刚如此羞辱，他差不多已经猜到了问题的症结。听周立山还在含糊其辞，于是，他把血红的眼睛再睁得更大一些，低声地问：

你只需回答我一个问题：谁的酒吧？

周立山两手一摊：这我可不知道！

滚——长风揪住周立山一把推出了门外，然后，他刚才的疯狂一改为沉郁低缓的口气，怒目圆睁着对周立山说：

周立山，你记住：我跟你绝交，永不往来！

长风说完这句话，一转身，提起行李，向门外走去。此时周立山还没缓过神来，见长风从他身边走过，才清醒过来。他在长风身后，扭动着胖大的身子，跳着高，乱吼乱叫：

你是谁啊，你算老几啊，你跟我绝交。我还跟你绝交呢！

雨越下越大了，风在雨中穿过变得沉重了一些，吹在脸上、身上，就有了力度。长风在前，周立山、莫菲在后，全部变得湿答答、光溜溜的，令人想起那些刚刚从海中爬上岸的海豹。

莫菲走在最后，她有些不知所措。想拦长风，又担心遭遇周立山的处境。不得已，她紧拽着周立山，跟着长风，做着手势制止周立山。

周立山不理睬莫菲的制止，仍然乱吼乱叫着：

你不就是个破诗人吗？有什么了不起？你还跟我绝交？告诉你，我早受不了你了。你以为这还是过去啊。你没有钱，你就狗屁不是！你笑话我经商，一身铜臭，我还笑话你，一身酸臭呢。铜臭总比他妈酸臭好！

长风已经走到院子里，周立山越说越生气，一副不吐不快的气势，即使莫菲不停地阻止，他也不管了：

你不要阻止我，我今天就要把憋了一肚子的话说出来。

莫菲急得够呛，小声嘟囔着说，哎呀，你别火上浇油了啊！

我今天就要说，周立山声音比莫菲高了八度：他长风算老几啊！写两句破诗就成精了啊！没人敢说他，我可不怕他。我今天就是要好好让他明白明白，他是什么东西，他凭什么装纯种诗人。

莫菲拉住周立山，试图不让他往前走，怎奈她没有那么大力量。周立山甩着她的手，令她脚下一滑，差点摔倒。周立山迟疑了一下，扶了一下莫菲，继续嚷着：

这些年，都是和和、秋儿，还有一帮傻老娘儿们把你宠坏了。你以为能写几句诗，就成了天下老大。我也呸。你写诗有什么了不起，大学里、研究所里有多少学者啊，人家比你差了吗？人家多少人也都著作等身啊，含金量不比你低啊！那些作品也照样能留存青史啊！但是人家哪一个牛成你那样啊，不照样帮老婆做饭、洗衣、带孩子啊？不照样为孩子上学低三下四求人啊？可是你这些年干什么了？你为老婆和孩子委屈过自己吗？说到底，谁不愿当精神贵族啊？你写几句诗，就可以不为老婆孩子赚钱啦？写几句诗就可以不为孩子低头求人啦？我早就想告诉你，这不是诗人不诗人的事，而是男人不男人的事。你首先是男人，然后才是诗人。所以你第一位要干的事是挣钱，让老婆孩子过上好日子。第二才是诗人。

周立山的嘴唇可能有些疼，他轻轻摸了摸，看了看手，发现血不多，就又继续嚷嚷着：和和这些年把你宠坏了，这秋儿也在仿效和和。说什么不让你为挣钱的事费心，你就真不费心啊？你如果真的不费心，说白了，就是让女人在挣钱上费心。无怪乎牛志刚那样说你！

长风突然转身，两步蹿来，一拳杵向周立山。

周立山躲了开来，莫菲一把抱住了长风。

你凭什么打我？就因为我让你认清你自己了吗？

长风脸上的表情恨不得吃了周立山。他用力挣脱了莫菲，继续向前走。周立山似乎吃了秤砣，又坚定地跟在长风身后说上了：

和和、秋儿为你牺牲了这么多，可是，你为她们做过什么牺牲？你对得起她们吗？牛志刚说秋儿一点儿捕风捉影的事，你就气成这样。你有什么资格这样计较？不说挣不挣钱的事，就说这些年，你干净吗？你清白吗？你消停过吗？

长风再次转身，恶狠狠地瞪着周立山。莫菲下意识抓住了长风的胳膊。周立山站下停了停，咬了咬牙继续说：你以为我怕你啊？我告诉你，我不怕！我要提醒你，你没有资格为捕风捉影的事去欺负秋儿。如果你非要去做这件事，我建议你好好数数你祸害过的女人。

长风走向周立山。周立山往后退着，仍然说着：你怕了，是不是？你怕我说出这个数字吧？

嘭！长风突然身体一跃，像一只飞奔的兔子一般，三两步冲到周立山跟前。周立山没有反应过来，即被长风一拳直捣前胸，当场倒地。

65

长风下飞机的时候已经是深夜十二点了。他没有回家，而是直奔秋儿的酒吧。当初秋儿刚接下这个酒吧的时候，曾轻描淡写地告诉长风，他应聘在一个酒吧做管理工作，收入也不错。有一次长风问起酒吧位置，秋儿也说了酒吧名字和地址。长风对秋儿做什么工作并不感兴趣，就像当初和和具体做什么工作，他也从不过问，也懒得打听一样。这一次，他带着一腔怒火，不得不好好弄个明白了。

在长风的印象里，酒吧所在那条街又偏又远，街边建筑又旧又难看，只是路旁的树很稠密，枝丫交错，夏天太阳曝晒时节，这个街道浓荫蔽日，倒是令人很舒服。长风打车说出这条街的名字时，司机顺嘴说，这么晚不回家，还去喝酒啊？

长风没有心情说话，听司机这样说，更是不舒服。好像这里是红灯区一样，他的老婆秋儿每天晚上在这里出没，跟红灯区的卖笑女，是不是有相似之嫌啊。

司机一直在试图跟长风说话，并且试图以酒吧街的奇闻引起长风的注意。看来他每天跟陌生人打交道，没有人聊天实在憋坏了。他也不看长风的反应，自顾自地说着：

这条街最有名的是，年轻女孩多，漂亮女孩多。而且大多是爱喝酒的女孩。夜深以后，有些男人会在这条街上拣醉酒的女孩占便宜。

长风把头歪向窗外，司机仍然在说：有一次我拉一个五十多岁的男人，他刚坐上我的车，就看见街道马路牙子上一个女孩在吐酒，他让我停车，去帮他拉这个女孩。我趁他下车，赶紧跑了。万一出事怎么办啊？我可不想摊上这种事。

长风忍无可忍，他把脸突然转向司机，大吼一声：你能不能专心开车。

司机冷不防被长风吼叫一声，身体一哆嗦。嘴里反应挺快，紧着说：好！好！然后再也不吭声了。

一个小时后，车驶进了这条街。这是一条著名的酒吧一条街，白天，街上静悄悄的，路两旁的建筑掩映在绿树之后，虽然少了现代高楼的时尚，却因为各种字体、各种风格的门楣，使这条小街现出一种特有的格调。晚上华灯初上，这里顿时与白天判若两个世界。整条街在浓厚的树影遮盖下，幽暗、神秘，像一个蒙着面纱的美丽女郎。而每扇霓虹闪烁的门后，似乎都有着各种各样精彩的故事，诱惑着穿行而过的路人。这条街刚开的时候，长风曾经来喝过几次酒，但感觉这里不适合他这样的人。贵不说，黑咕隆咚令人不舒服。他更愿意在那些小酒馆，与几个好友，海阔天空侃大山。

一家家走着，终于看见那个叫“禾火”的酒吧。到此时，长风的脑袋突然“嗡”地一下涨得无比庞大，犹如一只突然吹起的氢气球，他感觉自己整个身体都在往上飘，头发似乎都被揪了起来。“禾火”，在他的印象里，他一直认为秋儿说的是“火火”这两个字，但他走了两趟没发现，却发现一个“禾火”的时候，才知道这个酒吧的名字，他当初理解错了。

真傻啊！他真的被蒙在鼓里了啊！那一刻，长风的仇恨像上膛的子弹一样，已在弦上。他盯着“禾火”那两个歪歪扭扭、充满纯真的字，似乎要用眼睛把它们挖去似的。直到两个字越来越模糊，他才发现泪水已经浸满眼眶。

屋内光线暗淡，光影飞舞，疯狂的音乐、疯狂的人群、疯狂的叫嚷声使一脚迈进来的长风，像突然掉进了激流，被呛得晕头转向。有服务生上来，他忍着想伸出去的拳头，终于在一个幽暗的角落，找到了秋儿。秋儿的第一反应是惊得跳了起来：

你不是一个礼拜后才回吗？怎么突然回来了啊？

长风没有说话，他大步跨过来，一把抓住秋儿的手，裹挟着秋儿，往门口走去。

往哪里啊？秋儿困惑地问着，试图挣扎脱离他的挟持。

长风不说话，箍秋儿的力量更大了。秋儿大声地抗议起来：长风，你怎么了？我在工作，你这是要我去哪儿啊？

要你去哪你就去！长风突然爆炸一般吼了一声。旁边正好有个路过的服务员吓得浑身一抖，差点把托盘中的酒摔出去。

秋儿明白事情的严重性了。她不再挣扎，在长风的裹挟下，走出酒吧，走进昏暗的街头。街道很静，无人影无声息，一切都沉睡在深沉的夜色里。如果没有长风的愤怒，秋儿倒是觉得这么好的夜色，多么适合在街头散步或谈情说爱啊！好像已经很久了，自从结婚以后，他们两个人突然进入了一种新状态：没有浪漫，没有诗意，没有情趣。好像两个人达成了一种新默契：长风写诗，沉浸在诗歌圈子里；她挣钱，远离诗人、诗歌。这个深夜，这种安静，这种幽暗，还有久违的长风身体的温热传到她身上的时候，一种依偎的感觉，令她突然生出一种浪漫的心境。不过，这种心境还没有走到路中央的时候，长风猛然转回身，将她毫不客气扭转向后。

长风仰着头，对着她的酒吧，低低地问道：

能告诉我，这“禾火”，是怎么回事吗？

对这个名字，秋儿最初也提过异议。但是韩健不愿意改。他解释说，禾火，这两个字，放在一起，寓示生意兴隆，很吉祥。又与经理名字相契合。就是长风问起来，也完全可以说。听韩健这样解释，秋儿也就没有坚持。但是，这个夜晚，秋儿毫无准备地被长风恶狠狠地一问，吓得结巴起来，然后做了令人非常可疑的解释：

这名字，这名字不好吗？禾，庄稼。火，兴隆。两个字在一起的意思就是生意兴隆。两个字加一块儿念“秋”，秋天是收获的季节。这名字多好啊……

多好啊！长风突然打断秋儿的话，这是你起的名字？

不……不，不是。秋儿感觉自己越来越不对劲。

这是你的酒吧？长风步步紧逼。

不是……秋儿发现自己好像陷进了泥淖，而且越陷越深，越来越无能为力。

那为什么用你的名字？

这两个字在一起，不是……不是……很好吗……秋儿的声音越来越小，越来越弱。

为什么用你的名字？长风一改刚才的低沉，突然大吼一声。

秋儿浑身一抖，差点哭出来。在她接受这个生日礼物的时候，她就预感到这一天的到来。但她一直侥幸着，并且也差不多想好了对付长风的理由。没想到，当这一刻突然到来的时候，她完全乱了方寸，原来想好的说辞一概忘光了。她想暂时躲开长风，平静一下情绪，好好捋一捋思路。于是她转过身，向前疾步快走。

你往哪？你给我回来，长风在后边紧追着，大步快走，追上了秋儿，并一把揪住：你跑什么？

秋儿被迫站在了长风跟前，看着长风气歪的脸，强撑着说：

你现在情绪过激，我不想跟你讨论这件事。等你平静下来，我再跟你说。

你是说不清，还是不敢说？

我有什么不敢的，我只是希望在你理智的时候谈论这件事，我不希望我们这样大吵大闹。

笑话！长风冷笑着：你背着我干见不得人的事，还嫌我吵闹？

谁干见不得人的事了？秋儿急了。

长风冷笑，你在问我吗？

没错，我在问你！秋儿突然想起长风的衬衣上的口红印，想起长风在单位让女孩喂他吃饭的情景，急中生智，把这两件事说了出来：谁在单位让女人喂饭？谁的衣服上沾着唇印？

好，好啊，学会倒打一耙了！长风的声调变得更凶狠了。

我没有倒打一耙，我说是的事实！

那好，就算这是事实，那你也告诉我一个事实：这是谁的酒吧？这酒吧名字是谁起的？

这是韩健开的酒吧，这件事本来不是事，但现在秋儿却感觉好像做了什么丢人的事一样，不敢说出来。事实上，自从与韩健离婚之后，她跟韩健之间是清白的，即使韩健在她面前哭泣，她也只是抱了抱他的头。但是，自从她接过这个酒吧，她感觉自己始终处于一种复杂的情绪中。这种情绪有面对韩健的尴尬，有面对长风的内疚，还有面对自己的心虚和对自己的某种鄙视。

看见秋儿不知所措，长风的愤怒再添一层：为什么不敢说？这到底是谁的酒吧？

秋儿好像刚清醒过来：她越是不敢说，越说明问题的严重性。有什么可怕的？她正当工作，正当拿薪水，为什么不敢说啊！她跟韩健又没做什么见不得人的事情。于是她运了运气，强撑着把声音提高、拉直，并且两脚在地上重新定了定位置，站直身体，竭力平静地说：

这是韩健开的酒吧，有什么不敢说的！

长风看不清秋儿的眼睛，但他从秋儿的声调中听出了一种怯懦，这种怯懦令他再次失控：

韩健的酒吧，你前夫。长风说出这几个字的时候，发现自己心里很疼。他想起自从秋儿找到这份所谓的工作以来，他们家生活的变化：雇保姆、女儿大把地零花钱、宽裕的生活、奢侈品的购买……他忍着痛低低压着声音：

你能告诉我，他给你开多少薪水吗？

听到长风问这个问题，秋儿刚才运好的气一下子又如风吹乌云一样散了。她站在幽黑的街头，面对长风，再也聚拢不起胆气。一万五，她不敢说啊。不仅仅是这固定的一万五，还有股份，还有分红。她找了那么长时间的工作，薪水一般都是三千左右。她怎敢说啊！

说啊！长风逼近一步，多少薪水？

秋儿张口结舌，突然想逃开。

长风再次揪住了秋儿的胳膊：这个问题有这么难吗？

秋儿开始流泪，她没做什么啊，为什么好像做了什么似的啊？这是怎么了？这是不是报应啊？是不是上天对她的惩罚？如果惩罚，那么，那也是她咎由自取！想到这里，秋儿心一横，伸手抹了一把泪，狠狠地说：

这个问题没这么难。说出这句话的时候，秋儿发现自己一下子平静了下来。她感觉自己的声音一如往日的柔和、安静，虽然稍稍带了一些沙哑的划痕，却平添了一丝梦幻的彩虹，仍不失迷人的色彩：我的薪水是一万五。

一万五！

没错，秋儿索性一竿子到底：而且还有分红。

哈——哈——哈——长风大笑，笑着笑着突然间停了下来，像被噎着了似的，咳了起来。好半天，他才平静下来，似乎嗓子里的痰被咳了出来：

好！好！金领阶级啊。我想知道的是，你为我的评奖，破费了多少？

听到破费一词，秋儿的心感到了一种透骨的冷，这种冷像冰锥，一锥一锥地刺向她的肌肉、骨缝、骨髓，全身体温立时降到冰点以下。她浑身哆嗦着，牙齿颤抖着，一字一个冰球似的从嘴里吐出来：

五、五、五——万、万。

一束强光突然打了过来，借着这束光线，秋儿一眼看见长风的喉结像一只硕大的鸡头，触目惊心地上下跳动了两下。等两个人反应过来，一辆车已经奔驰而过。

不知是起风了，还是车飞驰而过时带起的风吹起了长风的卷发，秋儿想起了才学得的一个词“乱云飞度”，在乱云一般狂飞的卷发下，长风脸上起初的茫然突然被狰狞代替。然后秋儿感到脸颊上响起一板脆生生的耳光，像伴奏一样，还有一声高亢疾厉的台词：

滚——！

66

人之间的缘分肯定是前世注定的，有缘分的人之间肯定可以通过某种信息或者渠道传递。庄离这一次是越来越相信了。那是个周末，她随胡新科到市郊炅山月湖风景区度周末。也许是下午睡了一大觉，晚上竟然不困了。直到黎明时分，她迷迷糊糊打了一个盹，梦见自己生了一个漂亮的宝宝。婆婆欢天喜地，胡新科欣喜若狂。突然醒来，发现黄粱一梦，心里陡然生出一种猜测：宝宝是不是马上就被带回来了，也许婆婆一会儿的电话就来了。

窗帘被风鼓了起来，一袭湿润的风无声地撩过枕边，心情顿时如窗外的空气一样清新起来。风里夹杂了丝丝缕缕的香甜，那是一种无名小花的花香。昨天傍晚，她曾经注意过这满坡星星点点的小花，闻过她们时隐时现的香甜。胡新科也不认识她，也许她们长得卑微，夹杂在一簇簇茂盛的绿草中，隐没在一棵棵花枝招展的海棠花里、山桃花下，那么微不足道，那么相形见绌。她似乎刻意躲在人们的视线之外，连身上的香甜，似乎都不敢随意释放。想到这种花的时候，庄离再也躺不下去了。她悄悄起床，轻轻带上门，走了出去。

外面在下雨，又细又轻，似雾非雾，似雨非雨，像南方的风格。离开人工开凿的沿山大道，她走上了一条曲曲折折的石子山路，两旁草木翠绿，星星点点的无名小花依然在半遮半掩里盛开着，也许是早上的缘故，也许是雨天的缘故，花香随着雨雾肆无忌惮地四处弥漫着。脚下有大大小小的石块、石子，还有缝隙里长出的倔强的小草，像一群群可爱的孩子，在细雾一样的雨中，像一群群新鲜的小鸡，毛茸茸，湿漉漉，还歪歪扭扭。庄离又想起了早上那个短暂的梦，想起梦里漂亮的宝宝。

她拨响手机，铃声响第二遍的时候，胡新科接听了电话，迷迷糊糊的，显然还没睡醒，声音含糊不清：

老婆啊，你咋这么早就醒了啊？

早早起来欣赏美景啊！

难得你有这心境。

老公啊，我想问你一件事。

好，说。胡新科完全醒了。

婆婆上次说的那个宝宝现在怎么样了啊？

我也不知道，这两天妈妈没有提。胡新科想了想，又加了一句，也许黄了吧。胡新科盼着这件事黄了。但是这件事不可能黄，他知道这个炸弹已经产生，随时就可能引爆。只要引爆，搞不好就是血肉横飞的结果。每想至此，他都心脏发紧，似乎听到那个炸弹定时器的嘀嗒声。

我刚才做了一个梦，梦见我们有宝宝了。

好啊，胡新科一听，兴奋起来：离，你回来，我们现在就生一个吧。

不会有问题。你想我们都这么善良，这么正派，老天怎会不成全我们呢？

是啊，是啊。不过，我还是想问问婆婆说的那个宝宝怎么样了。庄离提起这个宝宝的时候，她发现自己经过这么一段时间的准备，已经对这个孩子产生了强烈的感情，好像自己在这段时间怀着这个宝宝似的。

你为什么对这个宝宝这么感兴趣啊？为什么不能跟我生一个啊？胡新科不高兴地挂了电话。

庄离心有不甘，又拨通了婆婆电话。婆婆的声音很兴奋，一听早就起床了：

庄离啊，我正准备联系你呢。

哦，庄离有些吃惊，婆婆如果没事，从不主动找她，妈妈，你有什么事吗？

有，有啊，大事情，好事情。婆婆的声音高了八度：

庄离，你们在家吗？宝宝已经送来了。非常漂亮，可爱极了。

哦，庄离好像受了惊吓，有点反应不过来，真的吗？

当然。

庄离的心里突然间充满了快乐，早上梦里那个宝宝的样子一下子浮现在眼前，她记得那个宝宝的两个胖胖的小脚丫在四处蹬着，瞪着一双圆溜溜的眼睛向她微笑。

庄离进入一种全新的生活，一个崭新的角色。她从见到婆婆的第一眼，就看见婆婆怀中那个漂亮的宝宝了。她甚至感觉这个小孩与她梦里的宝宝一模一样，那裸露的小胖脚丫子，嘟着的小嘴，偶尔皱起的鼻头，特别是那双清澈的大眼睛，她感觉那么熟悉，那么亲切：

妈，你看，你看。庄离如此兴奋，她指着宝宝的眼睛，他长得真像新科啊。

庄离完全没有注意到胡母脸上掠过的恐惧，她仍然意犹未尽地说着：真是缘分啊，妈妈，你看他的鼻子，是不是特别像我。他的脑门，是不是特别像他爸爸。还有，还有，他的眉毛，也像我……

胡母终于松了口气，把孩子递给了庄离：是啊，要不然，他怎么会成为咱家的孩子呢。这都是天意啊，是缘分啊！

是啊，妈妈，不瞒你说，今早上我给你打电话之前，正好做梦，梦见他了。梦里跟现在一个模样。你说巧不巧啊！

胡母、胡父也啧啧称奇，不苟言笑的胡父脸上也乐开了花：看来这小家伙已经迫不及待地找妈妈报到去了啊。

自从把孩子要回来，胡母先精心地把小孩的病治好了。看着小家伙一天天的变化，她越来越视若掌上明珠，甚至打算亲自替庄离带孩子。所以通知庄离的事就一天天耽搁了下来，直到庄离今早来电话，她还有些不舍。

没想到庄离如此喜欢这个领养的小孩，与亲生完全没有什么区别。这样一来，胡母完全放心了。带了一堆幼儿用品，带着一笔钱，带着雇来的保姆，一起护送到了庄离家。

胡新科并不像庄离所期望的那样迫不及待往家赶，而是在庄离的再三催促下，直到中午下班才从公司赶回来。他没有表现出庄离所期待的热情。庄离自以为是胡新科嫌她不为他生孩子的原因，所以讨好着胡新科，热情高涨地扯着胡新科的胳膊，把他拉到小孩跟前。

你看看，这小孩跟咱们多有缘分啊，他不是咱们的孩子是谁的啊！你看看，你看，他的眼睛跟你长得一模一样！

胡新科本来不想扫庄离的兴，用装出来的热情附和着，但听庄离如此一说，再一看小孩的眼睛，真真吓了一哆嗦，那小孩的眼睛真如胡新科一样，眼睛细长，双眼皮，外眼皮长长的，像画过一样，还向上挑着。胡新科的汗水一下子浸出脑门。庄离没有发现胡新科的变化，还在兴高采烈地说着：

你看，他的小鼻子跟我一模一样，还有啊，他的小手，每根指头也跟我的手长得一样。

胡新科的心放在了肚子里，也许这就是女人天生的母性吧。

临走时，胡母趁庄离全部注意力都在小孩身上，把胡新科叫到厨房，不放心地叮嘱了好半天。出家门时，又叮嘱了庄离：

庄离啊，现在不比以往了，小孩时时刻刻都离不开人，你千万别写东西，忘了孩子啊！

庄离信誓旦旦地说，妈妈，你放心吧，我已经金盆洗手，不写了。以后带孩子，就是我唯一的任务。

胡母本来已经转过身准备走了，听庄离这么一说，停了下来，似乎没有反应过来。想了想，又转过身，瞪大眼睛问道：

你刚才说不写了，是真的吗？

真的，再也不写了，一心一意带孩子，当妈妈。

胡母从庄离家出来后，没有回家，而是去了市郊的恩慈寺，烧了几炷高香，布施了两千元的功德钱。那天，在她心里，一直念叨着一句话：

我们胡家终于有后了！佛光终于又照到我们胡家了。

67

秋儿三天没敢回家，她直接住在了酒吧。她害怕面对长风，害怕面对即将发生的争吵。自从长风一掌打过，她对长风产生了从未有过的陌生感。对自己爱情的信心，和由这种信心而来的义无反顾，正在丧失殆尽。

三天后的上午，她悄悄回家了。她选了十点左右回家，这个时候一般都是长风上班后的时间。在她打开门，走进房间的时候，她的心跳几乎要停顿了：客厅墙壁上，婚纱照挂着的地方空了，周围一圈隐约可见的痕迹，像个没有风景的窗口。她冲进卧室，冲进卫生间，冲进可可的房间。最后她又回到了客厅，手里攥着一张离婚协议书。

长风的衣物消失了，可可的东西消失了，与长风和可可有关系的东西都消失了。

秋儿瘫在了沙发上。那纸协议书在她的身前，仅仅几行字，如此简短，像他们的婚姻所存活的时间一样简短：

各人收回婚前所有财务，婚后没有共同财务和子女，不涉及分割。男方向女方的借款七万元，一个月之内归还。

好一个绝情的诗人！好半天，秋儿才缓过神来，协议所说的七万元是秋儿帮他出诗集花去的两万元和她为他跑奖的五万元。她重读了一遍协议，感到抽搐的心像一颗正在曝晒的红枣，水分一点点被抽干，皱巴巴、硬邦邦，在胸腔里瑟缩着。

真就这样结束了吗？她难道真的就没有被原谅的可能吗？

她拨通了长风的电话。电话响了三声，被挂断了。她又摁向重拨键，又被挂断了。再拨，她发现手机传来的是关机的提醒。她突然愤怒了，她要去找长风，找他理论，找他问问。

这是一条熟悉的路，当初每次走在这个路上，她都充满了渴望和激情。所以这条路对她来说曾经意味着风花雪月、诗情画意。现在行驶在这条路上，虽然草木依旧茂盛，花锦簇簇依然，但心境却完全变了。驶过繁华的商业街，穿过新近拓宽的开发区大道，驶入这片文化区域之后，秋儿发现起初的冲动开始慢慢降温。然后在一个路口，她急转调头改变了方向。

她没有回家。她不想看见长风给她制造的那些伤口，更不想面对那纸协议书。

酒吧还没有正式开门，只有保洁大姐正在打扫卫生。看着空荡荡的酒吧，她突然觉得什么都不想干了：今天闭店，不营业。

把保洁大姐打发走，坐下来，一种久违的轻松像一阵风撩过全身。她在酒吧里转了两圈，最后弄明白了两件事：

第一，我要忘记长风，忘记该死的爱情，忘记该死的婚姻。

第二，我要轻松，我要快乐，我要玩！

想明白后，她走进吧台，打开音乐，拿出酒吧里最烈的酒，席地而坐，喝酒，失忆。

歌曲放第一遍的时候，她的心情还是放松的。第二遍的时候，她已经喝了四杯酒，借着酒劲，到第三遍的时候，她放开喉咙，跟着音乐唱了起来。

音乐，像海上的浪潮，在酒吧的各个角落回荡着、俯冲着、跳跃着。头顶的灯光也被秋儿打开了，各种灯光，旋转灯、舞台灯、激光灯在周围飞舞着、滚动着。使人如置梦幻之中。多么美好的时光，她在酒吧天天忙于挣钱，什么时间像客人一样如此放纵地玩乐啊！把整瓶酒喝光，把嗓子唱哑，然后把所有事情都忘掉！

秋儿在酒吧里独自醉酒之时，正在公司忙碌的韩健接到了也在酒吧一条街做生意的朋友电话：

韩健，你们今天咋闭店休息啊？

没有啊？

不闭店，你挂什么休店牌子？

韩健大吃一惊。他突然想起前几天从服务员那里听说的秋儿与长风闹矛盾的事情。他第一反应是打电话想问问秋儿是怎么回事。却没想到秋儿的电话一直关机。看来事态严重了，他顾不得处理完公司事务，赶了过来。停下车，一眼看见酒吧门外的闭店牌子。

他打开酒吧门，一波如潮的音乐，咆哮着翻滚而来，差点把他冲个人仰马翻。他站在酒吧进门的地方，放眼望向吧台、各个座位、角落，却没发现一个人影。

灯光迷离着、旋转着，星星点点，五彩斑斓，像一群群飞舞的蝴蝶，从酒吧四周的墙壁、窗帘，飞到酒吧的天花板上，跳跃着，又飞进各个卡座，各个沙发，各个茶几，甚至在各个茶几中间那枝玫瑰花上振翅跃动着。一会儿又呼啦啦地成群飞向他本人，在他还没有缓过神来的时候，又呼啦啦从他身上擦过去。

他随着灯光，四处搜寻着，仍然看不见秋儿的身影。

他想起办公室，跑过去，发现办公室门锁紧闭。他又跑回酒吧，关掉飞舞的灯光，关掉音乐。此时，他才发现吧台里的情况：

秋儿在地上趴着，头发将脸遮住了大部分，身边一个空了的酒瓶子也像她一样躺着，一只高脚杯像一只微型鸵鸟在旁边静静守着。

他将秋儿抱起来，放到最近处的沙发上，试图给她喂点水，却没有成功。他一屁股坐在沙发对面，思索着。

他拨长风的电话，却发现是关机状态。他开始找周立山、庄离，半小时后，周立山与庄离相跟着来了。

完了，彻底完了，我早就预测到这样的结果了。周立山进屋，刚看见沙发上不省人事的秋儿时，就捶胸顿足地喊了起来。

什么样的结果？韩健困惑。

这不明摆着吗？还不是为你这个酒吧啊！周立山一五一十把在长白山之行发生的事情说了一遍。

韩健听完，头上的汗水都流了下来。他知道当初居心叵测帮秋儿搞的这个酒吧终于起作用了。

我就知道这个结果。周立山继续发着牢骚：当初秋儿一门心思要嫁给他，我就知道不会有好结果。

庄离赶紧制止周立山：先别这么悲观，回头我跟哥哥聊聊，不会有大问题。

大家正在议论的时候，秋儿醒了。昏暗的光线里，她发现自己躺在一个长长的沙发里。对面坐着几个面部模糊不清的男女。她试图坐起来，却被一阵钝锯拉锯般的头疼和翻江倒海般的胃疼击倒了。庄离反应灵敏，拿起身边的水盆不失时机地接在秋儿脑袋下方，秋儿像公鸡打鸣一样地将胃里酸涩的东西哗哗地吐了出来。

你们怎么来了？秋儿终于停下了呕吐，漱完口，擦着流出的泪水，坐起来，靠在沙发上，很内疚的样子。

你先不要管我们怎么来，你先回答我一个问题：发生什么事了？为什么把自己搞成这样啊？韩健率先问话了。

秋儿沙哑着嗓子说：没什么大事，你们不要问，也不要瞎猜了。

庄离心里充满了担忧，当她看见酒吧的名称，看见韩健对这个酒吧的熟悉程度时，她已经猜测到长风所受的打击。尤其是听了周立山所说的长风与牛志刚吵架的事，她几乎对秋儿与哥哥的婚姻不抱希望了。尽管她多么希望长风和秋儿能挺过这一关，希望他们的婚姻能跨过这个坎。

68

长风进入了漫漫的长夜。在他的人生道路上，还不曾如此失败过。一个这么美好的女人，一个跟他如此相爱的女人，一个为他舍弃一切，为他不惜贡献一切的女人，就这样让他抛弃了。就像一件珍宝，本来属于他，也一直愿意属于他，在没有任何外力的情况下，他却必须说服自己扔掉他，而且亲手扔掉，那将是怎样的心痛啊！

长夜漫漫，似乎永无尽期。他用搬离秋儿的居所来忘记她，来缓解这种忘却的痛。事实上，离开不等于忘记，在某种程度上，这种离开反而加剧了他对她的想念。她的一切，包括衣物、手包、茶杯、咖啡壶、化妆品、梳妆镜……就像悬浮在空气中的浮尘，无时无刻不在他的眼前晃动。睁眼是她的笑容，闭眼是她的眼泪。她让他无法不爱，又让他无法不恨。安定、咪达唑仑、艾司唑仑、地西泮，一直吃到最大量也没有效果，就差整瓶吃下去了。有一天夜里，他睁着眼睛，盯着药物，真想一股脑全吃下去。

他在夜晚会出去行走，在街道上、在广场上，快速行走，似乎在追赶什么，似乎急于赴什么约，煞有介事。他希望把自己累得筋疲力尽，倒头睡着。然而，回家上床，又是一个被疼痛折磨的夜。

他喝酒，半宿或整宿地喝酒，坐在地上，或大杯大口大口，或小杯一杯一杯，喝到兴头，还能够即兴朗诵作诗，只是一首都没有记下来，有时候掩面哭泣，有时候放声大哭，偶尔也会咧嘴傻笑，像一个精神分裂症患者。烂醉之际，就势在地上睡觉、做梦或不做梦，只有在这样的情况下，才能无欲无求、无恨无仇、无疼无痛，他才可以熬过大段大段时光，熬过一个一个长夜。

偶尔也会留一些清醒的时间，他会数数日子，看看时间，瞅瞅窗外的阳光，听听门外的动静。

这期间，他还干了一件大事：他给评奖委员会，寄去了一份撤评的信。

有一天，在酒醒之后的某一刻，没来由地，想念起与诗友们喝酒诵诗的快乐了。他想，失踪这几天，不知道有多少朋友会找他，会着急呢。如此想着的时候，他打开了手机。他想象的是，手机来电宝会像一条和尚手里的木鱼一样，不停嘀嗒着，提示一个个信息，他肯定陈教会找他，莫菲会找他，商农、范建平，甚至周立山会找他。当然，他预测秋儿的电话和短信也至少有几十条。

他站了起来，拉开窗帘，看着像河水一样从窗口流泻而来的阳光，感觉几天来已经僵化的血液随之开始融化，并在身体里回流和温暖起来。手机仍然没有动静，他低头再划开手机，手机确实开着，而且是响铃状态。

几分钟过去，手机仍如死尸一般，毫无动静：没有一个人找他！

他的心开始沉下去，回身拿出日历，计算着自己失踪的时间，五天。

没有电话，没有信息，没有敲门。五天的时间，没有任何人找他，没有任何人需要他，甚至没有任何人想起他。站在窗口，看着楼下来来往往的人，个个如卑微的蚂蚁，他突然对世界、对自己产生了恐惧。

他曾经以为自己是个诗人，一个名诗人，一个有众多粉丝的诗人，到现在他才发现，自己什么都不是。

他曾经觉得自己多么重要，对诗坛重要，对粉丝重要，对诗歌重要，对和和重要，对可可重要，对秋儿重要，对庄离重要，对周立山们重要，到现在，他发现自己狗屁一个。一阵风吹来，连臭味都不剩。就像他曾经骂牛志刚狗屎一样，他也许就是一堆狗屎，活着让人恶心！

他把和和抛弃了，和和据说现在正在跟一个老板谈对象，即将过上他不曾给予的荣华富贵生活。

他把周立山抛弃了，周立山们依然活得有滋有味，财色名利不少一分一毫。

如果他把秋儿抛弃呢？哈哈，长风的鼻子突然冒出一声冷笑，也许不是他抛弃她，而是秋儿抛弃他吧。他一无所有，有什么资格抛弃秋儿呢。他能想象，秋儿一旦离开他，凭自己的年轻和美色，仍然能重过裘马轻车的生活。

他以为，他失踪，秋儿会找他，会求他，会打爆他的电话。其实都是他的以为，他因为太自以为是，把自己彻头彻尾骗了。

长风翻着手机，第一次清醒了。他双眼浮肿，浑身酸疼，一步一步，从客厅走到卧室，从卧室走到厨房、卫生间。眼前充斥的，除了破败，只有肮脏：污灰的墙壁、过时的家具、磨损的地板，连同阳光照耀下的窗玻璃四周全是脏黑的泥缝。这令他想起秋儿的公寓，那里有的是时尚、奢华，有的是洁净、温馨，如此比较的时候，他发现自己无比困惑：他们当初何以走到一起？是爱情，是情欲，还是好奇？

长风两腿发软，心慌气短。他倒退几步，一屁股瘫坐在破旧的沙发上：

不过是一场华丽而荒诞的梦而已！

69

一堆臭狗屎！

几十年的自豪和骄傲啊！原来都是自己给自己编织的美丽谎言！

你重要吗？你敢试试吗？好！你关掉手机，失踪几天，如果没人找你，那么，你就是臭狗屎！

如果价值体现在恶心人，哈哈，活着做甚！像狗屎一样，铲进垃圾堆，淹没！

他对着镜子，一遍遍审视自己的头、脸、脖子、身体，心里也一遍遍念叨着：看那一头茅草样的头发，看那一脸土灰般的浮肿，看那劣质低端衣衫下空虚的躯壳……往细节看，眼睛是空洞的，眼神是茫然的，鼻子里满是污秽，嘴角还耷拉着，牙齿是黄灰的……如此观察自己的时候，他觉得自己越来越像臭狗屎，真是臭狗屎！

嗵！出乎意料地，他出手，一拳砸向镜子。一声撕破耳膜的碎裂，划破一屋子的寂静，劈向长风的脑子。

他在意识留存的最后刹那想的是，他就是一堆臭狗屎！

有一天，他的门终于被人敲响了，门是如何被打开的，一直到死，他都没有想起来。

一个女孩站在门口！

他看见这个女孩的时候，第一感觉是一幅画，一副镶嵌在身后走廊射来的光线里的一幅画。

这幅画说话了，而且嘴巴大张，尖厉地惊呼着：啊——这是咋啦！

长风是被这尖厉的叫声惊醒的。他愣了愣神，整理了一下大脑，终于明白，眼前不是一幅画，这个姑娘是廖红，跟他学诗的廖红。她正背着双肩包，手里提着纸袋，一脸诧异。

长风似乎清醒了，他有些愧疚、有些拘谨，脑子茫然思索着廖红是怎么回事，她为什么出现在这里？

廖红又向前跨了一步，一把抓住长风的胳膊，急切地问道：长风老师，你这是怎么了？病了吗？

长风依旧茫然，摇了摇头，他怎么可能生病啊！

廖红伸出一只手，抚在长风额头上。一瞬间，长风热泪长流，一股久违的女性柔情像生命的玉液缓缓浸入额头皮肤，由皮肤而血液，由血液而遍布全身，使长风已如死灰的生命重又燃起了新的火星，像一个濒临死亡的婴儿突然吮吸母体乳汁一样。他掩盖着对女性柔情的渴盼，却无法抑制身体的颤抖。在廖红的手离开他额头的时候，他发现自己的生气重回枯萎，就像一个溺水之人刚刚抓住一根救命稻草，却又被撤去一般，一种生命被抽去的感觉再一次击倒了他。他本能地一伸手，抓住了廖红抚在他额头上的手。在那一刻，他觉得这只手不仅是支撑他站立的柱子，也是推着他生命继续前行的力量支撑。

廖红一手扶着长风，一手被长风攥着，带着他，走到沙发跟前，和他一起坐下来。

屋内太暗了。廖红感叹着，她想起身去拉开窗帘，却被长风死死攥着。

不要拉开窗帘！魂魄会散去的。长风闭着眼睛，靠在沙发后背上，声音虚弱得像一个濒死的人。

好！廖红重新坐好，往长风身边又挤了挤，像两个取暖的人。

长风——廖红转过头，把眼睛盯在长风的脸上，刚想说出下半截话，被长风截住了：

嘘！请不要说话。

好！我不说话。廖红闭上嘴巴，把另一只手也伸到长风的另一只手里，一起攥住。

没有声音，没有动作，两个人像泥塑，在黑暗的屋里，一动不动。在这种黑暗的包裹里，长风从廖红温热的手心里，从廖红柔软的身体里，慢慢抽取着自己需要的女性抚慰，像刚出生的婴儿对母亲怀抱的渴望一样，这里不仅有他维持生命的物质给养，也有他维持生命的精神给养。在这里，他找到了生命的原动力。几天来冰山一般沉重冷凝的心终于遇上了暖流，开始松动。在廖红一身柔软的母性气味和温暖里，他的身上开始回暖，生命的河流开始解冻、流淌。他能听见体内哗哗的流水声，那是冰层下正解冻的春水，虽然还是冰凉的，但已经有了活力，带着欢快的跳跃和音乐般的律动，在长风的体内随着血液流转涌动。

死在这样的怀抱，也算是一种美好归宿吧！长风心里突然升起一种奇异的想法。

一刻钟过去了，长风安静地靠着沙发，像睡着了一样。廖红已经适应屋内的黑暗，她四处打量着，看见茶几上一片狼藉：空了的酒瓶、剩着残汤的方便面筒、残留余渣的食碟和盘子，还有两杯不知泡了多久的茶水；茶几前边的地上，有饼干的空盒、从食品包装上撕下来的塑料纸……衣架斜倒在地上，几件衣服散落旁边，其中还有长风的内裤，廖红看清楚后，一阵脸红心跳。

屋内酸腐的气味变得弱了，也许像适应这种黑暗一样，也适应了吧。在廖红的嗅觉中，越来越强烈的是来自长风身上浓烈的酒精味和她熟悉的男人味。她曾经把这种味道当作诗人味。她肯定长风发生了什么，而且是跟他的漂亮妻子发生了问题，否则他不会突然搬离那个豪华的寓所，搬到这个破败的地方，而且销声匿迹。她是有些幸灾乐祸的，在内心深处她希冀着这种猜测是真的。对于长风，她已经从最初的崇拜，进展到了迷恋。

她无法说清这个变化的开始时间，但是在这几天看不见他的日子里，她越来越清楚，她对他的迷恋和思念有多深。她爱他的才华、气质、风流、清高，甚至爱他苍白的脸色，爱他身上那些低档的服饰，爱他的坏脾气，爱他现在身上这种掺杂着汗味的酒精味。她紧紧依着他，听着他胸腔里心脏的怦怦跳动声，感觉体内也开始风起云涌。她把头抵向长风的肩头，越来越重的呼吸带着越来越强的暧昧欲望，像海边的浪潮，一波高过一波，从平缓慢慢发展为迅猛的势头，带着海风的呼啸，夹杂着沙粒、海水的咸味向长风一浪浪滚滚冲来。

70

长风的腿瘸了。他在跟廖红的一场贪欢之后，给自己的大腿上狠狠扎了一西瓜刀。

他不折不扣是一堆臭狗屎，一堆垃圾！

这是他给自己的评价，也是庄离给他的定论。

庄离找到长风的新家地址，与廖红找到长风家地址相隔时间并不长。当庄离站在门口敲响长风家的门时，她是抱着说服长风与秋儿和好的想法的。但是令她做梦都想不到的是，屋内正发生的一幕已经使她的想法完全成为泡影。

她敲了多久的门，不记得了。她记得最清楚的是，当门突然打开的时候，扑面而来的是一个裹着昏暗、暧昧，散发霉味、咸腥味的浪头，在这个浪头翻滚着冲过她的身体后，在她的面前，确切地说在门框之内，悄无声息站着一个面目不清的女孩。

两个人在昏黄的光线里，彼此辨别着模糊不清的对方，然后，几乎同时叫出了对方的名字：庄离姐！廖红！

庄离拨开正愣神的廖红，三步并作两步进了屋。她站在客厅的中央，在黑暗中看见了沙发、衣架、电视，看见了地上的垃圾、茶几上的垃圾，看见了东一件西一件扔在地上、搭在沙发上的体恤、牛仔裤、背心，甚至还有内裤。然后看见了沙发上正在酣睡的长风。

长风睡着，鼾声均匀，呼吸放松，肚子上搭着一件女子格子衬衫，显然那是廖红的。

庄离愣了一会儿，突然在客厅中间转了一圈，然后奔向窗边，在廖红制止之前，她一伸手“哗啦”一下，将几天来未曾打开过的窗帘拉开了。

阳光在一声刺耳的哗啦声中穿窗而进，将客厅里的人、物、空气甚至空气里的灰尘都照得清清楚楚。廖红只穿着长风的一件大衬衫，光脚、光腿，似乎内衣内裤都没穿着，她紧张地站在阳光的照射里，站在庄离目光的透视下，脸“腾”地红了。

长风还在梦中，呼吸声透着轻松、愉快，渗透了灿烂的阳光，像一只饱食终日、无所事事，又心满意足的懒猫。他完全不知道眼下发生了什么，那一屋子的光线横空而入，照进他的梦里时，他的梦境变得更加五彩斑斓和美丽多姿。那个时刻，庄离和廖红分明都看见了长风脸上正在绽开的幸福。

庄离没让长风继续幸福下去，她在廖红发愣的眼神里走了过去。她走到长风跟前，一伸手拿起茶几上剩下的半杯啤酒，然后把手腕一翻，那半杯啤酒便欢快地飞流直下，带着美丽的浪花，洒了长风一脸。

长风醒了，带着梦里的微笑睁开的眼睛，一刹那被飞流而下的啤酒冲得又闭上了。再次睁开眼睛的时候，一屋子的阳光又刺激了他，他不得不又重新闭上眼睛。他擦着脸，又擦眼睛，擦完之后，再次睁开眼，此时他看见了庄离，看见了廖红，然后看见了搭在自己腰上的那件粉色格子衬衫。

长风坐了起来，才发现自己裸着身子，只好紧紧抓着格子衬衫，一脸尴尬。庄离的手里不知何时多了几件衣服，她一伸手将长风的一件便装扔了过去。在长风穿便装的时候，庄离再一次抓过长风替换下来的格子衬衫和一条长裤，向廖红扔了过去，同时以一副低沉、严厉的声音说：

请你马上离开！也请你永远不要来这里！

廖红躲到卧室换了自己的衣服后，连直视庄离的眼睛都不敢，悄悄离开了。

这是诗人的风流吗？庄离盯着廖红身后关上的门，把嗓音压得低低地问道。

长风无地自容。他坐在沙发上，低垂着头，一言不发。

你能告诉我，这是不是你跟秋儿决裂的原因？

长风仍然低垂着头，像睡着了一样，一言不发。

庄离怒了：你们天天口口声声好美色，好女色，喜欢美女，一见漂亮女人，就打情骂俏，把这个办了，把那个办了，我以为你们仅仅过过嘴瘾，调侃调侃，开开玩笑，没想到，你们嘴里喷的是实实在在的粪啊！真敢干，真敢办啊？流氓，无耻文人！

长风仍然一言不发，像挺尸一样。

廖红还是个孩子啊，比可可大不了多少，你也敢啊！说到这里，庄离突然想起了于无和他那白花花的屁股，想起黄老和那粒老鼠屎的感觉，想起牛志刚，到此时，她突然明白：她的哥哥，一直以来让她引以为豪的大诗人，竟然也属于此类无耻流氓文人。

庄离再也不想在这里待着了，哪怕一分钟。她本来想劝长风与秋儿和好的，但是现在她完全改变了主意：她觉得她的哥哥不配秋儿，她没必要往一起撮合他们。秋儿完全可以找一个跟她的美貌、爱情相匹配的男人。而这个人绝对不是长风。她转过身，向门口走去，脚下一步一步地移动着，心里却一阵紧似一阵地揪疼着，直到她迈出屋门的最后一步，她感觉脚下似乎坠了一块秤砣，再也迈不动脚步了。她停下来，双脚一前一后，让背影向着屋内，脸对着屋门，像小学生面壁思过似的，痛心地说：

哥，从小，你就是我的骄傲，几十年来你也一直是我的骄傲。在我的心中，诗人是世界上最神圣、最高贵的一个群体，但现在我发现自己错了。错得离谱，错得可悲。如果说你当初为了公正而拒绝玉泉杯的交易，不惜牺牲可可的前途，并且与嫂子离婚，还值得我给你一些尊重的话；如果说前些日子你因了秋儿利用韩健而觉得受辱与秋儿决裂的话，我也仍然可以给你一些尊重。但是现在，直到我亲眼看见刚才这一幕，我才知道，你，所谓的诗人，所谓的道德，所谓的纯洁，所谓的清高，所谓的高贵，所谓的真，所谓的纯，所谓的善，所谓的美，所谓的所谓的，全是瞒天过海的谎言。我现在只想对你说一句话：你，跟牛志刚没什么区别，一丘之貉，垃圾！狗屎！所以，我像鄙视牛志刚一样，鄙视你！

长风浑身疼痛，像遭受笞刑一样，感觉鲜血淋漓。茶几上横躺着一把西瓜刀，刀把弯弯的，像月牙，还镶着一颗翠绿的丝瓜。长风在庄离说完鄙视这个词的时候，他实实在在感觉到，这鄙视来得这么硬气，扣到他的头上是多么合适。换一句话说，他是一个多么无耻的流氓文人！

垃圾文人、无耻文人、流氓文人！他在心里骂完这几句话的时候，正是庄离拉门的一刹那。就在这一刻，长风突然抓起西瓜刀的月牙刀把，手起刀落，“扑哧”扎在了大腿上。

庄离听得身后一声低叫，像受伤的狗在低吟。她没有回头，她有条不紊地关上门，扬长而去。这一刻，庄离觉得，长风如果要死她绝不拦着！

血从大腿上流了下来，一直流到小腿，流到脚上，流到地上。他想，血尽而死，未尝不是一件好事。如果活得这么无耻，这么垃圾，还有什么可活的！他抚着血流如注的大腿，站在阳光中，第一次正视自己肮脏的身体和肮脏的灵魂，然后他拨通秋儿的电话。

秋儿，你听清楚了，明天下午三点，花园区民政局门口，办理手续。

秋儿猜到了结局，却没想到这结局连个缓冲地带都没有，就直接到了。她本来想再努力一下的，却发现长风的声音冰冷如刀，秋儿觉得这种尖利可以从脚一直穿透到她的脑顶。

她那么疼，而这种疼让她长出一种坚强的意志：好！对于长风，她一个字都不想多说。

71

一周后，秋儿订好了回美国的机票。在离开前，她突然非常想去看看可可。这个可怜的女孩！她不知道这个生活能力如此差的男人，以后如何安排可可。几个月的生活，她与这个小姑娘产生了很深的感情。这一去不知何时才能回来，如果不见见可可，她觉得无法安心。

可可自从放假就回和和住处了。她肯定还不知道长风搬家的事情，估计也不知道她跟长风的事。想到这里，她心里又为见可可纠结和犹豫起来。纠结了两天后，最终还是决定联系可可。

她把可可约在了一家西式酒店。傍晚不到六点，秋儿早早到了。几分钟后，出游刚刚回来的可可像一只手忙脚乱的猴子，擦着额头的汗水，抱着自己的旅游包，风风火火地跑了进来，嘴里还不停嚷嚷着：

你看我多守时，一分钟也没晚！是不是？说着把包往椅子上一放，又喊了一句，我要上厕所，憋不住了，就又跑了出去。

秋儿的心里一阵揪疼。

可可又回来了，她坐下来，端起秋儿给她点的冷饮，咕咚咕咚喝了几口，咂巴着嘴，夸张地说：

真好喝啊！谢谢秋儿阿姨请我吃这么好的晚餐！

秋儿似乎被可可的情绪感染了，脸上的笑容也灿烂起来：再说感谢的话，要惩罚啦！

好！好！

菜开始上了，可可拿起刀叉开始切牛排。切着切着，似乎想起什么似的，突然问了一句：

秋儿阿姨，前几天爸爸给我打电话，说咱们搬家了。我还不知道搬哪里了呢。

秋儿含混地支吾了一声“好找”。

肯定更漂亮了吧！阿姨挣钱了，当然要换个大“豪斯”了！是不是！我们班好几个同学都在崇拜你呢。

当然了！秋儿感觉心开始流泪了。

爸爸呢？可可一直顺着自己的思路，几乎忘了秋儿找她有什么事。吃着吃着突然发现爸爸还没来：爸爸怎么还没来啊？我们一会儿去看看我们的家不？

秋儿心里一哆嗦，这两个问题同时难住了她。她有些措手不及，只好硬着头皮说：你爸有事，来不了了。

哦。可可长叹一声，然后又神情一震，兴奋地说，今晚我跟你去新房子里住，怎么样？

秋儿嘴里结巴着说：不能去，你还不能去呢。

为什么啊？可可一脸困惑。

新房子，刚装修，一屋子味，伤身体。我们现在也暂时没去那里住呢。

哦！可可有些失落，沉默地吃了几口饭，突然想起什么似的问，秋儿阿姨，你下午找我是不是有事啊？

没事，没事。秋儿紧着说，就是这段假期不见你，不知道你最近玩得怎样，作业做得怎样。说到这里的时候，秋儿做了一个鬼脸：你忘了，我们现在是你的监护人呢。

秋儿阿姨，你真好！她半站起身，伸出胳膊，拍了拍秋儿的肩头，认真地说：

比我亲爸都关心我。

可可说完这一句的时候，似乎想起了什么。她坐下来，拿出手机，开始拨电话，嘴里自言自语着说：

后妈都惦记着我，亲爸却玩得没了踪影，太不像话了。我非得看看他有什么重要的事情，不陪我一起吃饭。

电话通了，可可装作不高兴的声调问：爸爸，你在哪啊？在干什么啊？这么长时间你也不看我，我都想你了啊！

电话里传来长风高兴的声音：我以为你跟妈妈在一起，忘了爸爸了呢。竟然想爸爸了，真不错！就冲这一样，爸爸晚上请你吃饭，好不好？如果妈妈愿意，可以一起来啊。

你晚上没事吗？

没事，没事，请宝贝女儿吃饭，怎么会有事啊！

秋儿阿姨呢？可可显然开始动心眼儿了，秋儿紧张起来。

秋儿阿姨这几天外出了。

可可的小脸一下子阴了，她把手机从耳朵边拿开，捂住手机，看着秋儿，满腹狐疑：你们吵架了！

秋儿挥着手示意，没有，没有。但可可已经不相信秋儿说的话了。她重新对着手机，跟爸爸通着电话：

爸爸，你是不是跟秋儿阿姨吵架了？

没有啊？长风装出一副无辜的声调。

爸爸，你们都是大骗子。我现在跟秋儿阿姨在一起。她根本没有外出。

电话里突然无声了。

爸爸，爸爸，可可想起上午秋儿给她打电话时的吞吞吐吐，差不多猜到了几分，于是她决定从爸爸这里弄弄清楚：

既然你跟秋儿阿姨没有吵架，既然你现在有空，那么，如果你说的是实话，你现在就过来这里，一起吃晚饭。

长风被可可逼到了无处可退地步，他在电话里思索着对策，想来想去觉得无法欺骗可可，只好退一步说：

可可，我跟你秋儿阿姨确实闹了一点矛盾，我们都需要冷静冷静。我们暂时不见面的好。

可可想起长风说的搬家的事，感觉事态严重了。因为爸爸妈妈离婚之前，她记得就是爸爸搬了出去，并且告诉她，他们需要冷静，而冷静的结果，是他们离婚了。

可可的情绪一落千丈，声音也低了下去，爸爸，你是个男人，你主动些，过来吃饭，跟秋儿阿姨和好吧！

秋儿眼圈发红，她转过去，用手揽住可可的肩膀，拍着可可的后背说，没事，闹点矛盾是常事。你放心，我们会很快解决的。

因为长风的原因，可可变得沉闷起来。直到上了一道哈根达斯，可可才高兴起来。秋儿见可可情绪缓和了，开始表达她找可可的意图：

可可，既然你知道爸爸和我吵架的事了，我也不瞒你了。我今天找你主要是因为，我最近要回美国一趟，我有些不放心你，临走前来看看你。

可可大吃一惊，迫不及待地问：你回美国？什么时间回来啊？

我回去处理点事情，具体回来时间还没定，估计不会太长。

可可半信半疑：秋儿阿姨，你不是不回来了吧？你是不是要跟爸爸离婚啊？

当然会回来啊。正好我出国办些事情，对我们的问题也冷处理一下。

你不要骗我就好。我希望你和爸爸好好的，我可不希望爸爸再离婚了。

吃完饭，秋儿把可可送到了和和的宿舍楼下，可可下车时，秋儿拿出一个信封，递给可可说：

可可，这是我给你准备的下学期的学费。另外还可以买几件新衣服、新书包什么的。密码是你的生日。

啊！可可一听高兴得跳了起来：有多少钱啊？

一万块吧。你要省着花啊！秋儿很关心地叮嘱道。

这么多啊！可可有些意外，她从来没有见过这么多钱啊，顿时感觉拿信封的手变得沉重了。

秋儿把手放在可可头上，表情很凝重：

可可，我有个要求，你得做到！

好，可可很认真地点了点头。

这个卡的事，你不要告诉爸爸和妈妈，好不好？

为什么啊？可可眼睛睁得大大的，困惑地问道。

秋儿故作轻松地笑了，如果告诉你爸爸妈妈，估计就给收回去了呗。

嘻嘻，可可也笑了起来。

两个人笑完，车内沉默了。可可把卡放到包内，不放心地说：秋儿阿姨，你是不是有什么事瞒着我啊？

没有，我只是出国一段时间，怕这段时间你爸爸照顾不好你。

秋儿阿姨，你放心出国处理事情吧，我还有妈妈呢。我等你早点回来啊！

好！秋儿伸出手在可可的头上揉了几下，故作轻松地说：现在就算告别了。

我要送你去！

我可不喜欢送行！秋儿笑着说，你照顾好自己，我就放心了。

嗯。可可是真有些难过了，她突然拉住秋儿的手依依不舍地说：秋儿阿姨，到了美国，你记着给我打电话啊！

72

可可回家把跟秋儿见面的事情跟和和絮絮叨叨说了一遍。她一边说一边偷偷关注着妈妈的表情变化。在她心里，是存着一个小九九的：如果秋儿阿姨与爸爸散伙的话，她想知道妈妈是否愿与爸爸重归于好。然而，偷偷关注妈妈的脸色，她发现妈妈一副老奸巨猾的表情，没有任何表示。可可心里是这么想的，如果妈妈有与爸爸和好的可能，那么，她就不再关心爸爸与秋儿是否和好的事情。如果妈妈没有跟爸爸和好的可能，那么，她决不允许爸爸再跟秋儿离婚。

其实，和和听可可如此说的时候，已经判断出长风与秋儿的婚姻应该是走到了尽头。在他们结合之初，她就怀揣这种判断，而且她也在等着他们的下场。尽管心里有幸灾乐祸的成分，她还是刹住了可可的话题：

小孩子不了解大人的事情，不要瞎猜。再说了，哪对夫妻不闹点矛盾啊。

可我觉得，这事不简单。

好了，你作业还没完成呢。今天玩了一天，如果不累，就做作业。如果不做作业，就睡觉去。

可可被妈妈这么一说，只好去睡觉了。躺在床上，她发现脑子里一直在回忆着今天所有的细节，越回忆越觉得里边有很大的问题。最后，她决定找爸爸好好谈谈，看看爸爸和秋儿到底是怎么了。

第二天临近傍晚的时分，她给长风打电话，说想跟爸爸一起吃饭。长风一听挺高兴。

可可选了一个小饭馆。刚点上菜，可可就迫不及待地打听爸爸跟秋儿闹矛盾的事情。但长风始终只是说，一点小小的别扭。

既然小小的别扭，为什么要搬出去？可可不依不饶。

给彼此空间，都需要冷静啊。

那你告诉我这个小别扭，到底是什么内容？

大人的事，你不懂。你就不要管了。我们如果能过得这个坎，会搬到一起。

如果过不了呢？可可眼睛里已有恐惧之色了。

但愿过得了。长风低头吃菜，若有所思。

当年你跟妈妈离婚，就是以搬出去的形式开始的。可可一提起这件事，眼睛里又迷蒙起来。

可可，长风心疼地摸了摸可可的头，爸爸对不起你，爸爸会弥补自己的过失。

可可听长风这么说，心里好像有了救命稻草似的：爸，既然你这么说，那么我只有一个要求，好不好，你答应我好不好？

好，长风放下筷子，表示重视。

我只要求，你再也不要离婚了。秋儿阿姨是个好人。

那顿饭，可可只点了三个菜，他们却吃了一个半小时，在这期间，发生了一件事，让可可对长风产生了怀疑。

当时，有个电话打了进来，长风拿起电话时，脸上出现一丝紧张，并且犹豫着，似乎在纠结接还是不接。

可可好奇地问：爸爸，快接啊，谁的电话啊？

不熟悉的号码，估计是推销的吧。

接下来的几分钟，可可发现爸爸的神情有些不安起来。

服务员续茶水来了，长风喝了一口，站起来说：我上趟洗手间，回来，我们也差不多该走了。

爸爸走向洗手间的时候，可可对服务员使了个眼色，说了一句，我也去一下。然后一溜小跑，也悄悄去了卫生间。

卫生间很小，男女厕所紧挨着，中间隔墙不隔音。可可刚走进来，就听见长风的声音：

我跟女儿正一起吃饭呢，不方便接你电话。

对方的声音听不清。

你赶快回家吧，我不方便。

可可完全听明白了，爸爸有一个女人，而且这个女人今晚正在跟爸爸相约。她没听接下来的对话，沮丧地回到了座位。接下来的饭，她再也吃不下去了，她脑子里充斥的是，爸爸现在在跟什么女人拍拖？他们发展到什么程度？秋儿阿姨到底怎么办？在爸爸与秋儿的矛盾中，她到底应该怎么做？如此想着的时候，她感觉脑子里开始生出一团团的毛线，像她曾经给姥姥择拆毛衣的毛线一样，越择越乱，最后纠缠成一团乱糟糟的疙瘩。每到此时，她都背着姥姥扔到垃圾里。此时，她扯着脑子里的这些疑问，越扯越乱，最后也扯成了疙瘩。在吃饭结束的时候，她决定跟爸爸回家，或许能够为脑子里的疑问打开一个扣。

长风有些意外，也只好兴高采烈地嘴上说好。

可可给了长风一个措手不及，而这个措手不及给他带来了一件更可怕的后果。可可跟在爸爸身后，走进爸爸家，站在客厅，看着这个不太漂亮，岂止不太漂亮，比起秋儿阿姨的家，简直可以说是破旧、简陋的新家，心里有一大截的失落感。

是不是嫌爸爸这里寒酸啊？长风有些歉疚。

没有啊。可可强撑着笑，推开一扇门，看着破旧的床，床上难看的被褥，问爸爸说：这是你的卧室吗？

是，长风有些不好意思，讪讪地说，然后走向另一扇门，推开，高兴地对着可可说：你看，这是你的房间，这是整个屋子最漂亮的一间，我专门把你这间屋重新装修了的。

可可跑过去，站进屋内，打量着簇新的墙壁、地板和墙上的明星照和小装饰，脸上有了些许笑容，但也多了一丝酸楚：看来，爸爸确实没有多少收入，否则，他不会只装修她这间房了。

她从自己的房间出来，来到厨房，看见厨房里也充斥着廉价的格调，几只碗扔在洗碗池，锅盖在窗台扔着，锅里有某种汤长了白醭。案板上放着一只切了一半、长毛的番茄。

哎呀呀，爸爸，你可真够乱的啊。可可甩着手，像躲瘟疫一样走了出来，嘴里还说着，我看看洗手间是不是也是脏乱差啊？

卫生间门刚刚打开，隐约一股霉味飘来，可可捂上鼻子。长风打趣着说：

谁知道你今天突然来视察啊，像这样的重大行动，你一定要提前通知，我需要时间整理、打扫，清水泼路，红毯铺地，隆重迎接啊！

这句话没说完的时候，长风发现一个东西正引起可可的注意。在卫生间挂衣杆上，赫然挂着一件暗红色女式内裤。

长风想冲过去挡住，但为时已晚了。可可盯着那条内衣，疑惑地问道：

那条内裤怎么像女人的？秋儿阿姨应该没来过吧？

哦，嗯，长风转动着脑子，强撑着脸上的平静说：我的衣服。今年流行的。说着一把扯了下来，攥在了手里。

可可半信半疑，离开卫生间，回到客厅。看了看墙上的表，突然大呼小叫起来：

哎呀，《爸爸去哪儿》快完了。

说完四处寻找着遥控器，打开电视，坐在沙发上安静地看起了电视。

长风给可可拿了一杯酸奶，自己拿起一本书看起来。长风正在入神地阅读的时候，可可突然尖叫起来：爸，爸——

长风转身，一眼看见可可正怒气冲冲地站在沙发上边，用遥控板挂着一个长长的红色东西。.

长风大脑一片空白，眼前一黑：那是一只精致漂亮的女人文胸！

爸爸，你能不能告诉我，这件内衣也是你的，今年男人也流行穿这东西。

长风木然。

房间一片沉默，只有电视里依旧我行我素地说着、闹着。好一会儿，长风缓过神来，他一脸尴尬，像个罪人：

可可，对不起，我回头给你一个解释。

为什么是回头，为什么不是现在？我要现在听。

我现在不能给你满意的解释。长风有些束手无措，但还在强撑脸面和尊严。

好！可可似乎答应了长风，接下来说：既然你回头给我解释这个东西。那好，我听你的。我现在问你另一个问题。

长风无可奈何地看着站在沙发上、剑拔弩张的可可。

爸爸，你能不能告诉我，你和秋儿阿姨闹矛盾，是不是因为你又有了新的女人？

完全不是这么回事！长风信誓旦旦地说，可可你误会了爸爸。

既然是误会了你，你为什么不把这个误会说清楚？

我会说清楚的，可可，你给爸爸一点儿时间。

好！可可突然从沙发上跳了下来，穿上鞋，拿上自己的包，走到门口，一边换鞋一边说：爸爸，我想告诉你，你不是要我给你时间吗？现在，我也要求你给我时间，等什么时候你解释清楚了，我再回到你这里来。

说完，可可一用力拨拉开了长风，拉开门，头也不回，冲了出去。

73

庄离的妈妈角色当得有声有色。她天天宅在家中，守着丰丰。丰丰是胡家丰的小名，胡母查字典，找专家，最终起了一个俗不可耐的名字。按她的说法，这名字，寓意胡家殷实丰厚，从笔画说上也非常吉祥。小家伙长得越来越壮实，按着体检指标来说，发育状况非常好。胡母几乎每隔一天就要跑来一趟，哪怕只待五分钟，也要过来看看。只要一看见小丰丰，老太太满脸绽桃花。这是胡新科调侃妈妈的句子。

我敢说，妈妈生我的时候，估计都没有这么高兴！当庄离把胡新科这句话讲给胡母的时候，胡母先是骂了一顿胡新科，接下来还郑重其事地想了想，一本正经地说：

还真是这么回事。胡母回忆着遥远的往事：那时候，结婚就怀孕了，怀孕就生了胡新科。从来没有怀疑过自己的生育能力，觉得生个孩子那不是女人的基本功吗！所以生下胡新科也没有什么感觉。胡母抱起小丰丰，边亲丰丰的小脸，边抱怨说：现在不一样了，你们结婚这么多年，就是不生。我和你爸都快望眼欲穿了。日本鬼子八年都打跑了，你们生个孩子怎么那么难啊。好在，这个孩子跟咱们真是有缘啊，这也是老天对咱们胡家的恩赐啊。我当然欣喜了。满脸绽桃花就绽桃花吧，这个浑小子！

对不起，妈妈，都是我不好。

好了，没有什么好不好。你能接受这个孩子，而且视如己出，也算是给我们胡家尽了孝心，我和爸爸也已经非常感激了。

胡新科对孩子开始疙疙瘩瘩的情绪，逐渐被孩子的可爱所软化。下班后站在小丰丰跟前的时间越来越多，有时候还抱一抱。有一天夜里，他抱着庄离，突然充满激情地说：

庄离，小丰丰挺可爱的。我发现自己越来越喜欢小孩了。我们今晚就生一个自己的吧。我敢肯定，我们的宝宝肯定更可爱，更漂亮。

小丰丰不就是我们的宝宝吗？你没发现他越来越像我们吗？我们干吗还要自己生啊？现在我觉得小丰丰就足够了。庄离安抚着胡新科，试图说服他。

我要你替我生一个！胡新科很执拗。

好！庄离把胡新科推开，柔情地说，稍等一段时间，我肯定会给你生一个，也许是两个、三个。到时候，让你抱都抱不过来。他们在家里打起架来，让你烦都烦不过来。

那是多么惬意的一幅场景啊。胡新科沉浸在憧憬里。

过去三十多年来，早上睡懒觉是庄离雷打不动的一件事，自从小丰丰来以后，每天小丰丰只要醒来，她立即就能醒来，丝毫没有赖床的欲望，比保姆小琴都勤快。

每天早上，喂完小丰丰第一顿奶，她经常跟小琴一起趁着阳光还不太强，推着小丰丰到附近的花园里散步、晒太阳。小丰丰对飞来飞去的鸟儿非常感兴趣，经常盯着飞翔的鸟儿手舞足蹈。有时候鸟儿叽叽喳喳的叫声也让他高兴地咿咿呀呀说话。花园里成群的广场舞大妈、晨练的男男女女，有的会被小丰丰的笑声和憨态所吸引，过来逗一逗。

丰丰长得很快，几乎天天都在变化。一个双眼皮长了出来，一周后另一只眼睛的双眼皮时有时无。头发从稀少开始变得稠密，黑油油的，皮肤越来越白，简直像台历上那些经典的漂亮宝宝。尤其让庄离兴奋的是，他似乎对庄离有了感觉。庄离每走到他跟前，他都会兴奋得咿咿呀呀，有时候会张开胖胖的小胳膊，似乎要求庄离抱他。最神奇的是，他的小嘴越来越像庄离。引得广场上的大妈们啧啧称叹：

你儿子长得真像你!

每听到这句话，庄离都感到一种说不清的满足。

快乐的日子伴随着儿子的快速生长，如水一般飞逝着。转眼间，天气转凉。他们逛花园晒太阳的时间逐渐推迟到了上午。小丰丰嘴里开始发出许多音节，有的已经像“妈妈”了。每当要出门，他已经知道用手抓帽子，用眼睛找小车了。

这天上午，吃完早饭，庄离与小琴又推着小丰丰来到花园。小丰丰仍然好奇地看着周围的景象：下棋的老头，跳舞的老太，还有几个随着音乐打太极的人。周围有几棵石榴树，几棵松柏，有鸟儿在树上飞来飞去，叽叽喳喳叫着，小丰丰兴奋地看着，时而发出一声欢呼。九点半左右的时候，小区又来了一个推婴儿车的小姑娘。那是另一个小区的一个小保姆，带着孩子来晒太阳。

由于经常一起玩，相互很熟，两家婴儿也差不多大，小琴与那个姑娘把两个婴儿车放到一起，让两个小孩可以相互看见，有时候两个小孩还会相互微笑或打招呼。有时候，他们会一起交流带小孩的经验，有时候还会抱起对方的小孩，比比体重。

庄离看了一会书，看了看表，想起家里有许多东西需要补给。于是站起来，对小琴说：

我去一趟超市，你带着孩子过一会儿自己回去吧。

小琴答应着，继续与另一个小姑娘逗两个小婴儿。

庄离开车去了超市。超市人不算多，也许是上午的原因，有一群老人在排队买促销鸡蛋，她先去选了宝宝的尿不湿、奶粉，又购买了一些日常用品、食物，刚走向水果区域准备选水果时，电话突然响了。她一手推着车，一手掏出手机，是小琴的电话：

阿姨，小丰丰，丰丰，啊——啊——电话传出小琴大哭的声音。

庄离心里一下子抽紧了：丰丰怎么了，病了?

电话里仍是小琴恐惧的哭声，阿姨，小丰丰，突然——刚才——不知道……

小琴，小琴，庄离急了，你别哭，说清楚，到底丰丰怎么了?

找不见了，没了，啊——啊——小琴的哭声更大了。

庄离脑子突然蒙了，她站在原地想了又想，才明白小琴说的意思是小丰丰失踪了。怎么会失踪呢？他那么小，肯定不会自己跑丢，想到这里，安娴感觉身上一下子出透了汗：肯定是被人偷走了！谁偷的啊？她扔下选好的东西，一路冲出超市，开上车，狂奔花园而来。

快到花园门口的时候，庄离远远地看见花园入口处围了一群人。有人在议论，有人在围观，也有人在出主意。庄离停下车，挤进人群，看见小琴蹲在地上哭着，旁边是空空如也的婴儿车。

看见庄离进来，小琴脸都吓白了，浑身颤抖着，一边擦着红肿的双眼，一边诉说着过程：我与柳柳打赌，想看看丰丰与她家牛牛谁个子高，就放到了一个小车里。看两个小孩在一起特逗，我们就让他们一直在一起玩来着。

你们去过哪？

我们就在花园里，一起推着转了转，看了一会跳舞，又去看了一会唱戏。对了，中间还轮流着上卫生间来着。最后看完唱戏，发现车里少了小丰丰。

柳柳呢？庄离四下里张望着。

她带着她家小孩回去了。

旁边有围观的人说，你们在花园里四处找过吗？有没有熟悉的人，是不是开玩笑啊？

小琴一脸泪水：找了啊，没有找到。我们俩比较熟，剩下没有更熟的了。

八成遇上偷小孩的了，快报警吧！兴许还没有跑远呢？旁边围观者提醒着。

是啊，庄离好像刚醒过味来。她拿起手机迅速拨通了110。接下来，又拨通了胡新科和胡母的电话。不到一刻钟警察来了，半小时后，胡新科、胡母也来了。

警察把柳柳也叫了过来，并且让柳柳与小琴共同按着她们的路线在花园里走了一遍。之后警察开始调集周围所有的监控，希望从中寻找到线索。从下午折腾到傍晚，却一无所获。胡母连累带急，不多时间，支撑不住了，胡新科只好把胡母强制送回了家。

胡母吃药休息了一个小时后，把胡父从公司召回了家。三个人瞒着庄离召开了一个紧急家庭会议。大家分析来分析去，都认为小丰丰的失踪极有可能与安娴有关。胡母决定让胡新科陪着他连夜赶到安娴的家里。

那个夜晚，胡母带着一腔的烦愁和无限的希望，胡新科却是别有企图。自从小丰丰进了胡新科的家，胡新科几乎是隔三岔五做噩梦，小丰丰就像埋在他家里的一颗地雷，使他时时刻刻都处于担忧和焦虑中。上午接到庄离的电话，他的心差点跳了出来。他第一反应是，不该是自己的孩子早晚不是自己的。等他开车上路奔向出事地点时，他才有了第二反应，这第二反应就是，这个孩子肯定是被安娴偷走了。所以当妈妈决定寻找安娴的时候，他的想法是找到安娴，给孩子做另一种安排。

下了高速，走上一条山中小路，路越来越黑，也越来越险。胡母丝毫没有慢下来的意思。看来这老太太为了孩子是可以拼命的。整个山路，走了两个多小时，她的决心与这个山路一样，虽然弯曲，却不可更改，而且独自一条。夜里快十二点的时候，他们在黑幽幽的山间小道上，转了几个圈子，终于在胡母的指挥下，找到了安娴的家。

敲门的一刹那，院内传来了狗的狂吠，屋内却没有动静。胡新科继续敲着，院里终于传出了说话声：

这么晚了，谁在敲门啊？

胡母用手势制止着胡新科，自己急忙应了声：安娴妈妈，我是胡氏公司的王芸啊。

安娴妈妈一听胡氏公司王芸，吓了一跳。她打开院门，将胡母与胡新科往屋里迎的同时，还赔着小心问道：

王总啊，这么大半夜过来，是不是有什么急事啊？

没错，有急事，非常着急。

安娴妈妈将两个人迎进屋，手忙脚乱地拿茶杯、洗茶杯。胡母用手摁住安娴妈妈的手，示意她不用忙这些。然后严肃地说：安娴睡了吗？

哦，安娴不在家，她前几天上班去了。

去哪上班了？

县城。有个亲戚刚给介绍了一个工作。安娴妈妈说完，紧张地问：王总啊，你们找安娴有什么急事吗？

你能不能马上带我们去找她，我们有要紧的事。

胡母最后的一点儿耐心没有了，她站了起来，在屋里走来走去：我实话相告，孩子今天上午突然失踪了，我们怀疑是安娴把他偷走了。

安娴妈妈“嗖”地站了起来，眼睛向上翻着，眉头皱成了一个大疙瘩：安娴偷走孩子？

是的。

随着胡母这句话，客厅旁边的一扇门“嘭”的一声打开了，只见一个黑乎乎的人影像一截木头，直挺挺地杵到了地上。

安娴妈妈三两步蹿过去，胡新科稍一愣怔明白过来，也冲过去，与安娴妈妈一起将那个人扶起来领到旁边的一条长凳上。此时胡母看清楚了，这是安娴患脑血栓后遗症半瘫在床的爸爸。

安娴爸爸歪着嘴，老泪纵横，他拍着胸脯，口齿不清地嚷嚷着，造孽啊！

安娴爸爸、妈妈，胡母的眼圈红了：我们也是迫不得已，大半夜跑过来麻烦你们。咱们都记得前一阵子安娴私自把孩子带跑的事，那一次差点要了孩子的小命。孩子这么小，她又把孩子弄走了，孩子哪经得起瞎折腾啊！

胡母在说这些话的时候，安娴妈妈已经拿起了沙发上的旧外套，嘴里说着：

好个死丫头，看我怎么教训她！我们现在走，我跟你们现在就去找她。

县城离这个小山村不太远，但半夜走山路，也需要一个小时。胡母、安娴妈妈都沉默着，胡新科也不愿说话。三个人在车里别别扭扭，除了安娴妈妈偶尔指指路之外，大家几乎一路没有交流。直到快进城的时候，胡母才跟安娴妈妈聊起安娴爸爸的身体状况、安娴弟弟的情况。然后，胡母拿出一张卡递给安娴妈妈：

安娴妈妈，这是一张卡，里边有三万块钱，用于贴补家用吧。是一点儿小心意，希望对你们有所帮助。

安娴妈妈推辞几次，最后被胡母强硬放在衣袋里了，安娴妈妈感激得涕泪交流，恨不得跪在地上磕头感谢。

到县城的时候已后半夜了。冷清的街头，就连灯光都无精打采，秋风掠过时，偶有树上的叶子翻卷着在街上飞跑，有一只还倏然落到了前挡风玻璃上，在那里停留了几秒钟，似乎在辨认车里的人似的，然后一折身，翻了两个跟头，从侧前方飞向侧后方。

安娴妈妈很熟悉县城的路，她指挥着胡新科一路穿来拐去，最后来到了一座破旧的宿舍楼。

宿舍楼没有防盗门，墙壁上各种小广告和污渍铺天盖地，像乞丐的百衲衣，展示一种少有的破败、肮脏和贫穷，一股奇异的心酸突然充斥胡新科的心脏。有一瞬间，他对安娴生出某种难以言说的怜惜。安娴妈妈带着他们上到了五楼。胡母由于找安娴心切，一路也没有停下歇息，上到五楼后，差点累趴下。在安娴妈妈敲门的时候，她涨红着脸，一屁股坐在地上，大口喘起来。

门开了，安娴披头散发，脸色苍白，站在门前，看着妈妈、胡母、胡新科，毫无惊讶之色。

安娴妈妈一步跨进屋，二话不说，闯进卧室。胡母在安娴妈妈身后也急匆匆地走到床跟前：小丰丰果然正在床上酣睡。

安娴妈妈和胡母没有说话，她们相互看了一眼，从卧室回到了客厅。两人都把目光对准了坐在沙发上一言不发的安娴。

安娴妈妈走到安娴身边，抓住安娴的手，充满怒气地责问着：安娴，你怎么回事？为什么把孩子偷偷带来，你知道你给胡家造成多大的麻烦。还有啊，你知道这有可能让孩子生病的。

安娴一言不发。

胡母本来一腔愤怒，想严厉指责安娴。但看安娴难以捉摸的神情，有点不知所措。她不怕安娴撒泼打滚，也不怕安娴拿孩子要挟，但安娴这种神态，让她有些心里没底。只好压了压火气，尽量以一副平静的语气说：

安娴，你是不是想孩子了？

安娴起初确实是因为想念孩子，才到胡新科家附近踩点的。因为庄离每天带着孩子来花园玩耍，让她萌生了偷孩子的想法。偷来的时候，她其实并没有想好未来怎么办。看见胡母等一干人马找来，也是她预料中的事。面对妈妈的指责，她既无所谓，也懒得费口舌。但胡母却用“想孩子”为理由避开对她的指责时，一下子戳到了她的软肋，顿时流下两行泪水。

胡母见她流泪，口气柔和起来：安娴，我知道你对孩子的感情和思念，我是过来人，当然理解。这样吧，既然你想念孩子，明天你再带孩子玩一上午，我们下午把他带回去，好不好？以后我们也会允许你偶尔去看看孩子。但前提是我们不要妨碍孩子的成长。你说行不行?

安娴仍然没有说话，在沙发上只是默默流泪。

见这种情景，胡母从包里掏出一张卡，递向安娴妈妈:

安娴妈妈，你看安娴脸色苍白，估计一直身体没有恢复好。这是五万元钱，你给安娴买点营养品。不要让她工作了，明天把她带回家，给好好好养养身体。家里以后有什么困难，随时打个电话给我，只要我们胡家企业没问题，我们就会全力帮你们。

安娴妈妈哪里肯接，推来推去，最后又是被胡母强迫放在了衣袋里。

安娴妈妈走到安娴的身边，一把拉过安娴，流着泪说:

安娴，胡家都是好人啊，也是咱们的恩人啊!我们得对得起人家啊。刚才在路上胡家妈妈还给了我们三万元，让给你爸爸和弟弟治病呢。现在又给你五万，我们不能背信弃义啊!再说了我们也给不了孩子好的生活环境，我们会毁了孩子的，还有啊，这样也会把你自己毁了啊。让胡家妈妈带走孩子吧，妈妈求你了。

安娴“哇”的一声大哭起来!

74

安娴答应了妈妈的请求之后，胡母先跟着胡新科找了家宾馆去休息了。办好入住手续，胡母躺下即睡着了。

胡新科也是又累又困，但是他心里谋划的事情还没有着落。所以他给自己定了三个小时的睡觉时间。三个小时后，他被铃声叫醒，开始实施他的计划。

他洗漱完毕，给妈妈叫了一份早餐，悄悄放在妈妈房间以后，就开车去了安娴的家里。此时安娴与妈妈正一块儿逗着丰丰玩耍。看见胡新科一人进来，安娴先自紧张起来:

现在就准备走吗?不是说让我带他一上午吗?

胡新科做了一个“no”的手势，然后对安娴说，不着急。我来这里不是这件事，我是想跟你谈另一件事。

什么事?安娴一看胡新科不是要带走孩子，暂时放松下来。

这个——胡新科看了一眼安娴妈妈，脸上露出一副为难的样子。安娴妈妈只好躲进了卧室。

是这么回事，安娴，胡新科放低声音说：我想单独跟你谈谈，我有一个新的想法，这个想法对你来说应该是件好事。我希望我们出去谈谈。

安娴简单梳洗了一下，跟着胡新科下了楼。这是一个阴郁的天气，冷风习习，一走出门，安娴不自然地打了一个冷战，她站在门口，想了想说，别往远处走了，对过有一个小茶室，我们去坐坐吧。

我想带你去吃点好的，补补身子。

不用了，我想早点回去看孩子呢。说完这一句，安娴苦涩的表情里挤出一丝痛苦的顽皮：争分夺秒啊！

小茶馆很幽静，难得这深山小城里会有这样的所在。据安娴说，这个茶室是一个从省城退休的老教授开的。他在此写字、画画、会友，兼做一点儿生意，挣点维持茶馆的房租即可。所以，完全不像时下那些充满麻将声、打牌声的茶馆。胡新科要了一壶茶，几个小点心，点了两个干果。

服务员把东西上齐，悄悄退出去之后，两人突然尴尬起来。也许为了缓解某种说不清的紧张，胡新科把热茶往安娴跟前再推了推。安娴端起茶水，轻轻碰了碰茶杯沿，感觉烫嘴，又放了下来。

对不起，安娴！胡新科情绪低落，不知如何表达自己的歉疚：都是我把你害了。

不怪你，这是我的命。安娴在说这句话的时候，眼睛潮湿起来。也许是这段时间经历得太多，而能够给她哭泣的环境又太少，所以当这个曾经在生命里给她欢爱，并让她产生不切实际幻想的男人坐在她对面，给她一点儿温暖的时候，她发现自己真的需要这样的一个男人，一个这样温暖的怀抱。而偏偏她却没有这样的命，想到这里，她不由得哭泣起来。

“请你别哭了！”胡新科手足无措，不知道是否应该走过去安慰一下她。他笨拙地说着“请你别哭”，却让安娴哭得更伤心了。他站起来，在安娴身边走来走去，不知怎样结束这种状况。

安娴越哭越伤心，泪水一把鼻涕一把的样子。他只好把纸巾递了过去。这一递不要紧，他的手突然被安娴攥住了。接下来安娴搂住他的腰，俯在他怀里哭了起来。

胡新科往后躲着，却发现安娴的两只胳膊紧紧箍着他。他只好语无伦次地继续安慰着：

安娴，你听我说，你先别哭，我给你想办法来了。

你能想出什么办法来啊，安娴似乎被他的这句话惊醒了，她抬起泪迹斑斑的脸，哭着说：

胡总，我求求你，我不要孩子，真的。你让我去你家当个保姆吧，我只带着他就行。我不会给你添麻烦。我求求你，好不好，你答应我吧。

不是，不是这样的，安娴，你平静一下好不好，你不要哭了，我有更好的计划。

安娴停下哭泣，松开胡新科，满怀希望，仰首等着胡新科所说的计划。

安娴，我今天过来，跟我妈的想法是不一样的。我现在来找你，也是瞒着我妈的。所以，我希望咱俩今天的谈话一定保密。

安娴认真地点了点头。

我是这样想的。胡新科喝了一口茶，无奈地说：安娴，我们当初本身就是一个错误，你不该糊里糊涂跟我妈订那样的协议，我更不该背叛我的妻子。今天这个结局，令大家都很尴尬。我想是这样的，既然你离不开孩子，而我有老婆。所以我想了一个对你我双方都有利的主意，你悄悄把孩子带走，我给你一笔钱。我们双方永不往来。你得到了孩子，也得到了钱，我得到了与庄离平安的生活。这岂不是两全其美的一个方案！

安娴吃惊地张大了嘴巴，她好半天才反应过来，你妈妈答应吗？

胡新科一脸苦相，无奈地说：她当然不答应了，所以我现在才偷偷找你商量这个计划。

可是，你们下午就要把孩子带走了啊？安娴一想到这个问题，突然紧张起来，我怎么办啊？

你现在就跑，带上孩子，赶快跑，越远越好。我会给你一大笔钱。说完胡新科拿出一张卡，递给安娴说：这里有两万元，你今天先带孩子走，找一个城市安家去，回头，我再给你打一笔钱。我会保证你和孩子衣食无忧。你可以在另一个城市安家、嫁人、工作，拥有自己的爱人、家庭和幸福。

你付给我家的那些钱呢？

我不但不会再要回来，而且以后你的父母和弟弟有什么需要，我还会帮助的，你放心。

安娴的身体开始颤抖，她站起来，一把握住新科的手：

你真是个好人！我怎么感谢你呢？

不需要感谢，你能按我说的做，我还要感谢你呢。

既然如此，我现在就准备去。我先找个借口把妈妈支出去，然后抱着孩子跑。安娴把胡新科给她的卡放回包里，然后走向门口。在拉开门的一刹那，她突然停下来，好像忘记什么似的，转过身，满含柔情，轻声地说：

胡总，我想最后问你一个问题，希望你能如实回答我。

好，你说。

我想知道，当初，那段时间，你、你，有没有，嗯，安娴有些难为情，犹豫了片刻说，有没有，喜欢过我？

胡新科没有预料到安娴会问这个问题，猛然间有些不知如何作答。扪心自问，胡新科从来没有动摇过对庄离的爱，但他又无法解释为什么会背叛庄离。不可否认的是，当他在海边被安娴青春活力的躯体所诱惑的时候，那时候，他的的确确曾陷入她给他的激情里。所以安娴问他是否喜欢过她，他考虑的是，不能是否定的回答，否则既是对安娴的伤害，也是对自己的一个嘲笑。想到此，他沉稳地说：

有，有的。

安娴一听胡新科这个回答，兴奋地跑过来，抱住胡新科，吻了一下他的嘴唇，然后含混不清说了一句：我爱你！

胡新科顿时浑身僵硬，直到安娴像阵风一样冲出门之后，他发现自己除了两颊发烧之外，已经是大汗淋漓了。

回到宾馆的时候，快十一点了，他轻松地敲着妈妈的房门，准备邀请老妈去吃一顿小城的小吃。刚才在街上的时候，他已经观察了这里的酒店，发现了一家名字奇特的小吃店。

妈妈的房门敲了好半天，里边没有任何声响。他只好拨通妈妈的电话。电话铃声只响了一声，妈妈即接听了：

妈妈，你没在房间啊？我在你门口敲半天了。

胡母阴阳怪气地说：哈哈，小子，你刚才也不在房间吧？我还在你门口敲半天门呢。

哦，胡新科有些奇怪，感觉妈妈的语气似乎在嘲讽什么，只好含糊地说：我上午睡醒了，去看了看小丰丰。

不仅如此吧？

跟安娴聊了一会儿天儿。

仅仅是聊天吗？胡母的口气开始咄咄逼人：科儿，安娴带着丰丰失踪了。这应该是你的功劳吧？

啊——胡新科故作震惊地叫了一声，心里暗喜起来：看来成功了啊！

啊，你啊什么啊，妈妈的口气开始如枪药一般冒起火来：胡新科，你把你妈当猴耍啊，你不问问，你妈妈我玩心眼的时候，你出生了吗？

妈妈，胡新科一副委屈的口气：你在说什么啊？我怎能拿你当猴耍啊？我是你儿子啊？

装！你还装！你给我马上过来，来安娴家！

胡新科故意又磨叽了几分钟，才慢悠悠地开车上了路。想着妈妈的话，他不由得笑了起来。这次他还真把妈妈当猴耍了一次。哈哈！谁让她当初把他当猴耍啊。要不是她出的这损主意，能闹出今天这糟心的局面吗？

小城很休闲，行人很懒散，拖拉机咕咚跑，汽车冒着烟。看着街头这副景象，他顺嘴来了一首打油诗，自感也成了诗人。他吹着口哨，想着让安娴多跑一会儿吧，跑得更远一些吧。想起有个电影的名字《让子弹飞》。

停车，进楼口。他身体一蹿，突然感到像猴一样轻松。装出一副着急的样子，他三步并作两步爬着楼梯，然后就夸张地气喘吁吁地冲进了大开着门的安娴家。

妈妈像门神一样，双手叉腰，在门口横眉立目。安娴妈妈卑微地站在妈妈的身后，像仆人一样半躬着腰。

妈妈，发生什么事了吗？

你觉得会发生什么事呢？

我不知道，胡新科四下张望着，装着在分析和思考，然后煞有介事地把目光转向安娴妈妈，安娴呢？

安娴妈妈刚张嘴想说话，被胡母截住了：呵！你还有脸问安娴，不是你怂恿她逃跑吗？

我怂恿她逃跑？怎么可能？他转过身开始往卧室走，一面问着，她跑了吗？

哼！在胡母的一声冷笑里，胡新科一脚迈进卧室门口，在卧室的床上，安娴穿着一身外出的衣服，脸向里正歪躺在床上。床前地上整整齐齐放着一个旅行小皮箱，小丰丰在安娴旁边两腿高高地在空中蹬着，小鸡鸡正滋出一缕清水，滋在小皮箱上。

安娴转过头，看见胡新科吃惊的表情，将手伸出来，轻轻摆了两下。胡新科一下子明白了，安娴逃跑的行动失败了。

胡母跟进卧室，怒气冲冲地一扬手，将一张卡片狠狠甩向胡新科的脑袋：

你，了不起啊！

胡新科一偏脸，那张卡片像小时候他们玩弹弓打中的麻雀，一头扎到了脚下。他捡起来，看见那正是他送给安娴的银行卡。

你挺大方啊，我在这里费劲巴力地修道，你在暗里给我挖坑啊！

原来胡母醒来寻找胡新科不见，就起了疑心。安娴妈妈见胡新科把安娴神神秘秘地叫出去，也很不安。两个老太太一通电话，互相一通信息，发现真有问题。于是，安娴妈妈一路跟踪两个年轻人进了茶楼，并听了他们的谈话。

接下来，安娴妈妈被安娴“支走”，胡母逮住了正在抱着孩子打车逃路的安娴。这场策划好的逃跑计划就这样彻底流产了。

75

华飞文学大奖在江城文坛传得沸沸扬扬，长风的诗集进入复评，牛志刚的诗集进入了复评，张妩的诗集进入了复评，郝鸽的散文集也进入复评了。关于郝鸽的散文集，有一天莫菲与庄离电话聊天，莫菲说：

庄离啊，郝鸽的散文集也进入初评了。你知道不知道。人家一分钱不用花，于无的散文丛书给她出版，黄老带着她参加一流作家采风，一下子进入一个高层圈子，所以这次才能轻而易举进入初评。不管能不能最终获奖，这也已经是种荣誉了。这些你本来也可以拥有，可是你放弃了。莫菲的话里充满了惋惜，唉，这世界上总是因为有愚鲁的人，才能成全聪明的人。庄离哈哈笑着说，莫菲姐，我当时不后悔，现在更不后悔了。

有一天，江城文坛又传出一个爆炸消息：长风撤出评奖了。关于这件事，有人信，有人不信。有人说是他踹了老婆，被老婆举报贿赂评委，官方把他拿掉了；有人说他疯了，精神分裂了，自己撤评了。

又有一天，江城文坛又传出一个消息：张妩踹了牛志刚，傍上了一个有更大能量的人物，不仅能给她豪车，还能给她评奖。

除这些消息，还有无数或真或假的消息在江城文坛传播，像夏日无休无止的蝉鸣，令人无法躲避。但是，无论什么样的传说，只有一样儿，说明大家对这个大奖的关注，也说明这个大奖在人们心中的分量。无怪乎牛志刚不惜血本，也无怪乎郝鸽投机钻营，更无怪乎张妩择高枝而栖。

时间过得不疾不徐，像流水一样，有些东西随水而逝，永不复返。文人们的生活也在流水中自然而然地淘汰着一些东西，包括朋友、爱人、情人，甚至工作；包括友情、爱情，甚至亲情。庄离离开了文坛，很多朋友淡了、远了。长风又逃离了婚姻，秋儿悄然回国了。再加上评奖的事情众说纷纭。这个夏天发生的事情太多，令人目不暇接，眼花缭乱。

可可自从在长风的新居处看见女人的内衣物品，一怒之下跑走之后，一直拒绝跟他联系。甚至有一次他去学校见可可，可可一句话都没有跟他说，只给他写了一个纸条，然后就回教室了。纸条上写的是一句话：

我不想有一个道德败坏的爸爸！

长风很沮丧。在可可眼里，他为了秋儿，把结发妻子和和抛弃了；又为了那个内衣的主人，把秋儿抛弃了。无情无义，好色无耻，可可在评价他的时候，用这样的词，让他伤心无比。为此，他跟和和通了几次电话，希望和和能说服可可，但始终没有任何结果。所以这一次又硬着头皮拨通女儿电话，准备再遭拒绝的时候，意外地没有被可可挂掉电话，传来的是可可心事重重的声音：

爸爸！

就这一声“爸爸”，长风激动万分，仿佛走失多年的女儿突然间找回一样。

爸爸，可可又叫了一声，长风这一次感觉到了女儿声音里的沉重。

可可！长风心疼地对着电话说着，怎么听起来好想有心事啊？

嗯！可可的声音更小了。

跟爸爸说说！

说也没有用，你不会帮我的。

你怎么觉得我不会帮你啊！你不仅是我女儿，还是我的命根子。你告诉爸爸你遇到了什么难事，这一次爸爸我舍下老命也要帮。

我不相信，妈妈说你自私，只为自己活着。

妈妈对我有偏见！

你真愿意帮我！

当然！必须！长风想，可可读高中还有一年半呢，只要不是上学送礼求人的事就容易。

那好，小可可的声音像过去一样明净了：爸爸，你知道妈妈谈男朋友了吗？

长风一愣，心里有些打鼓，他有一种不好的预感，担心可可让他帮忙的事，对他来说是个难题，但还是硬着头皮说：不知道啊。不过呢，妈妈再成个家，也是正常啊。

可我不愿意！可可的声音提高了一些，带着哭腔。

那好，我跟妈妈谈谈，让她再等可可长大一些。

不是，爸爸。可可的声音断了，似乎在思考，过了好一会儿，可可的声音又从电话里传来，这一次显得镇定了许多：

爸爸，我想问你一个问题，你是不是还跟我上次看见那件内衣的女人在一起呢？

长风被问得张口结舌，脑子里迅速转了一个圈，才回答说：可可，爸爸也不瞒你，那个时候我是一时糊涂，早就断了。以后爸爸谁都不理，就守着我的宝贝可可。

可可一听，高兴起来：真的吗？爸爸，你跟那个女人断了吗？

断了！长风认真地说。

哈哈哈，哈哈！可可乐得屁颠屁颠地转着圈，太好了，太好了，爸爸，你太让我高兴了，我现在想见你了，爸爸，我想你了，早就想你了，你来接我吧，我要跟你一起住。

长风乐疯了，他把家里彻底整理了一番，特别把边边角角都察看了一遍，然后跑去接可可了。

已是晚上八点，街头霓虹闪烁，车流似条条美丽的灯流在各条道路、各个方向欢快地流动。长风打上一个车，听着车载音乐里的《小苹果》，感觉精神焕发。

“你是我的小呀小苹果，怎么爱你都不嫌多。”长风一直觉得再也找不到比这更恶俗的歌了，不仅歌词恶俗，配的音乐也恰到好处地恶俗，但它竟成了广场大妈们的恶俗广场舞音乐，这简直是一个完美的搭配。如此恶俗的歌，长风今夜听起来感觉却完全变了，不但顺耳，而且美妙，甚至觉得这首歌就是为他和女儿作的。

车到了熟悉的小区门口，那曾是他与和和、可可生活多年的小区。每次走到这里，他的心里都会揪疼一下。熟悉的墙、熟悉的路、熟悉的草、熟悉的树、熟悉的小狗、熟悉的流浪猫，还有空气中熟悉的味道。

从出租车下来，进到小区，远远就看见宿舍楼前道路上一个幼小的身影像一只小鸟一样扑棱棱向他飞来。可可冲进他的怀里，他把她抱起，使劲举了两下，却举不起来。可可抱着爸爸的脑袋，啃了长风的脑门一口，咬牙切齿地说，爸爸，你以后再不听我的，我就把你脑门咬个包。

好，好，爸爸以后一定听可可的。

既然你说听我的，现在我就指挥你，把妈妈的男朋友赶走！

哈！长风吓一跳。可可，大人的事，小孩子不懂，还是不要不礼貌的好，否则会让妈妈难堪的。

我懂，放心，爸爸，我不会让妈妈难堪。你也不需做什么，说什么，你只需等着我就好了。

可可背着一个小书包，在前边一溜小跑，长风跟在后边。进得门来，长风一眼看见和和家客厅里，单人沙发上坐着一个衣冠楚楚的中年男人，长相干净，举止也斯文。中年男人看见可可带着长风进来，客气地站起来打招呼。

长风也礼节性地打招呼，客气地说，不好意思，打扰了，我等可可收拾东西就走。然后长风站在进门的地方，等着可可。

可可走到妈妈跟前，从身背的小包里，突然掏出一套漂亮的文胸和内裤，大大咧咧地往妈妈手里塞。尤其是那只文胸的肩带、文胸两个深深的杯口煞是招眼，令和和的脸一下子就红了。可可似乎什么都不明白似的，大声对着妈妈说：

妈妈，爸爸把你前几天忘在他那里的衣服都洗干净，给你带来了。

哦！妈妈目瞪口呆，长风也顿时一脸通红，他认出那是上一次可可在他屋里发现的女人的内衣。这是廖红留在他那里的，那天廖红把自己的内衣洗了，还没有晒干，就被庄离撵跑了，留下来不料被可可发现了。没想到这小鬼精灵竟然偷偷带来，用在了这个场所。他下意识看了一眼和和的男朋友，发现那个男人的脸上红一块白一块，快支撑不住了。

可可趁大家没反应过来，已经扯起门角的一个书包，站在了长风跟前。她拉起长风的手，大大方方地跟妈妈和妈妈的男朋友告别。

长风被动地被可可拽了出来，一直走到院子里，他才缓过神来。他紧走两步，站到可可的前边，挡住可可，长叹一口气说：

可可，你这是给你妈妈栽赃啊！

是啊！可可眨眼着两个大眼睛，兴奋地说，没错，我就是要拆散他们。

为什么？长风一脸疑惑。

因为我不喜欢他。可可撇了撇嘴说，一个老板，除了有钱什么都没有。他女儿想出国读书，他就撺掇妈妈把我也送出去，让我跟他的女儿做伴。凭什么啊？有钱就了不起啊？

出国读书不是坏事啊？

可我不想花他的钱，我有我的骄傲！

不管你怎么想的，就是不愿意他跟妈妈来往，也不该采取这种手段啊！这可真是缺了大德了啊！

哈哈哈——可可想起刚才的事情，忍俊不禁大笑起来。

小可可的计谋看来还没有完，在她笑够之后，她跟爸爸一本正经地说：爸爸，回家我有正事想跟你谈呢。

正事，你这小脑瓜是不是又在琢磨整治爸爸啊？长风表面上以轻松打趣的口气说着，脑子里已经开始飞速转着，他担心可可又有什么鬼主意。经过爸爸、妈妈的离婚，经过与爸爸的第二任妻子的相处，经历爸爸与其他女人的来往，看来小可可这几年迅速长大了，她已经懂得按照自己的需要去计划和安排了。

回到家，可可把书包放下，先打开冰箱门，拿了一盒酸奶、一瓶饮料，放在茶几上。然后安静地坐在沙发上，等爸爸上卫生间回来。

长风回来了，他拿起饮料拧开，喝了一口，也假模假样地学着可可的一本正经，以一副严肃的样子说：现在开始谈话吧！

好！可可直了直小身板，似乎想让自己看起来更高一些，然后一字一句地说：

爸爸，你是不是与那个女人彻底断了？

是！

爸爸，你今晚是不是说过以后听我的？

是！

那好，爸爸，我不要你以后听我的。从现在开始，我只需要一件事让你听我的，来换取你一切听我的，可不可以？

长风已经预感到了一种不祥，他知道这小可可给他设计了一个圈套。现在这个圈套即使是火海，他也得跳下去。他硬着脑皮，试图化解严肃的气氛，换上一副笑呵呵的样子说：

宝贝儿啊，我刚说一切听你的，怎么能这么快就只听一件啊？还是一切听女儿的，全听，全听。

爸爸，我是认真的，你现在不许打哈哈，你必须严肃。

好，好！严肃，严肃。长风接过话茬，还试图以拖延时间来寻找转变话题的机会，便厚着脸皮说，光严肃也不行啊，毛主席不是说过吗：团结紧张，严肃活泼！

爸——爸，可可显然有些着急了，小脸变得发紫，你是不是想反悔？

没有！

那好，既然你一再强调要一切听我的，我就先让你听我第一件事：我想让你跟妈妈复婚！

尽管长风有这样的预感，但可可说出来，他还是吓了一跳。他下意识拿起饮料喝了一口，思索着如何措辞不伤可可，又能让自己暂时不面对这个事情。可可坐在沙发上，小脸紧张得都白了，身体僵直，动都不敢动，仿佛这一动，爸爸会彻底否决她的提议。她一手攥着酸奶盒，一手捏着吸管，两眼直勾勾地盯着长风的脸：

爸爸，你是不是反悔了？

不是。长风停下脚步，走到可可跟前，沮丧地说：可可，这是一件大事，让我好好想想，行不行？再说了，就算我同意，你妈妈怎么样，你知道吗？她愿意不愿呢？

爸爸，我允许你好好想想。但你不要拿妈妈来搪塞这件事。妈妈那边我负责，你放心。

长风突然想起一个重大事情，就像抓住一根救命稻草，装作着急的样子说：可可，我跟秋儿阿姨只是在冷静思考，我们还没有离呢？再说了，我们正往和好方向努力呢！

爸爸，你不用瞒我了，你跟秋儿阿姨已经离了。我都打听清楚了。可可因为爸爸撒谎，脸上堆起了怒气。

长风歉疚万分地说：这可是件事关几个人幸福的大事，你得容爸爸好好想想。

好，你想吧！可可没有耐心了，她嗵嗵地向门口走去，背起书包，开始穿鞋子。

长风慌神了，追过去，抱住可可，可怜巴巴地问道：你这是要干什么啊？

可可愤怒地挣脱开爸爸的怀抱，眼睛里已经有了泪水：妈妈说的一点儿都不错，你是个自私的人，不会为了我做点牺牲。

不是这样的，可可，你先不要下结论，好不好！

好，我现在不下结论，我等你好好想。

说完，可可拉开门，在转身的最后一刻，可可的小脸上已经满是泪水。

76

中秋节快到了，意味着一个文人大聚会又快到了。每到这个时节，江城的文人墨客往往会兴奋起来。不仅仅是因为中秋节，更重要的是因为十年前的中秋节，著名女诗人林零在炅山离世，使江城的中秋节染上了一份神秘和疼痛。从那个中秋节开始，中秋诗会开始加入对林零的纪念和哀思。尤其是今年林零去世十周年，诗人们很早就在准备纪念活动。

周立山也早早开始了行动，他一直酝酿的林零传记和纪念文集，已经进入印刷厂，即将新鲜出炉。牛志刚也不相让，他听说周立山的纪念活动与出版物后，也紧锣密鼓，筹备再版林零诗集和诗歌朗诵会。两个诗会的发起与组织者——周立山与牛志刚，其实都在纠结是一起搞，还是独立搞。但他们两个谁都不愿意主动跟对方谈合作的事。

长风自从与周立山决裂后，再也没有与周立山同时在一个聚会上出现过。即使偶尔参加某个聚会，只要发现周立山在其中，他立即离开。对于牛志刚，长风更是嗤之以鼻。所以经常聚会的朋友们，在纠集活动时，只要请上长风，就不再请牛志刚和周立山。这使得大家非常别扭。

周立山倒是不在乎，这次中秋诗会，他打算主动跟长风这头倔驴和好。所以他邀了莫菲、陈教、郝鸽、黄老，他还特别邀请了庄离。庄离自从开始带孩子，特别是看见长风与廖红那一幕之后，她对文学圈的最后一点儿流连也没了。她一不写，二不投稿，三不跟文学圈的人联系，甚至连莫菲都不联系了。她想把自己与这个圈子彻底撇干净，从这里彻底销声匿迹。所以当周立山三番五次打电话，力劝不成，又让莫菲力邀之后，庄离仍然以带孩子为由，坚决拒绝了。

为了让长风参加，莫菲出了一个主意：

把梅老请来吧！

太好了！周立山一拍脑门，大声叫道，我怎么没想起来！

梅老是长风的启蒙老师，长风能走上诗歌道路，最初基本上是梅老的作用。他发现的长风，他教长风写诗，为他发表第一首诗，介绍他进入作协，给他戴上诗人桂冠等等。所以，只要梅老参加，长风即刻搞定。

这个主意想好，周立山立即跑印刷厂取来林零的纪念文集，带着诗歌朗诵会的资料，选在一个天气晴朗的日子到了梅老家。

梅老平时很少参加这类闹闹哄哄的活动，大多时间深居简出，以写字为主，对名、利、女色，甚至对担任各种大奖的评委也没有任何兴趣。按周立山的说法，梅老已经达到了圣人的境界。

梅老的家住得很远，小区是新建的，院落里绿草青青，树木稀稀落落，有几个结满丝瓜的藤廊给小区平添了几分田园色彩。藤廊下，两个老人在下棋，两个小儿与一只小狗在欢快地玩耍。

梅老那栋楼也在小区的东南角，阳光充足，视野开阔，前边一片草地，草地边缘，有两棵硕大的柿子树，结满了柿子。绿叶红果，煞是漂亮。

周立山啧啧称赞着：梅老挺会选地方，远离闹市，有点陶渊明采菊东篱下的感觉。

是啊，梅老特意把市区房子卖了，买这里的房子，估计要的就是这份清静吧。

摁响门铃，门内传来梅老祥和、不温不火的声音：

是立山啊?

是，梅老!

咔嗒一声，门开了一条缝。周立山一把拉开门，与莫菲一前一后走了进去。出得电梯，周立山和莫菲一眼看见，梅老着一身中式服装，站在电梯口。

梅老啊，你依然朝气勃勃，不减当年啊!周立山跨上去，握住梅老的手，兴奋得大声恭维着。

哈哈，你小子，甜言蜜语，也不减当年啊!然后转身向莫菲伸出手，慈爱地说，小莫菲更美丽优雅了!

三人说说笑笑，进得屋来，看见茶几上已经摆好了热茶、洗好的水果。梅夫人忙着招呼他们。

梅师母，周立山刚叫出一声，梅老就对着莫菲笑了起来，你看吧，立山的嘴又抹上蜜了。

梅师母，这么多年，你也依然美丽优雅，没有改变。怪不得梅老这么多年，从没有其他想法呢。然后，还煞有介事地长叹一声，唉，如果我老婆，别说到你这岁数能保持这样，就算他年轻时候能有你这风韵，我也不会被人们视为好色之徒。

梅夫人笑着，把刚递给周立山的茶拿了回来，你猪八戒还倒打一耙啊!

周立山刚想辩解，梅老一伸手说：你不用辩解了，你的好色早已是名声远播。现在还是汇报你的活动情况吧!

周立山把大脑袋拨楞了两下，对着莫菲翻了翻白眼，然后拿过包，掏出一堆材料。

梅老打开林零的纪念文集时，周立山与莫菲同时发现梅老的手抖了一下。他们明白，林零的死对梅老也是一个很大的打击。林零当年也差不多是梅老培养和扶植起来的一个有影响的诗人，她在诗歌成绩辉煌之时，突然在一个夜里结束年轻的生命，至今，还在许多人的心里留着难以愈合的伤痕。

梅老喝了一口茶，把林零的纪念文集放到了茶几上，长叹一声，低沉地说道：

一晃十年了，时间真快，恍如昨日啊！

气氛变得沉闷起来。莫菲吃着苹果，赶紧转移话题：

立山，你把活动计划向梅老汇报一遍，让梅老提提意见。

对，对，周立山一拍脑门，脱口就说：哎，你看我这奶子！我怎么把正事给忘了呢！

呸！莫菲伸出一掌打向周立山。

梅老与梅夫人也大笑。

这个笑话缘于很久之前梅老组织的一次诗歌聚会上。当时周立山也在主席台上，有个漂亮服务员胸脯高耸，在给周立山倒茶的时候，周立山双眼盯着服务员的胸脯，轮到他说话都没反应过来。直到旁边的长风踢了一脚才回过神来。会下，大家说起这件事，长风说了一个笑话：某领导在主席台上讲话，服务员倒水时，高耸的胸脯吸引了领导，竟然一时走神，忘了讲话。等回过神来，他一拍脑门说，瞧我这奶子，我刚才讲到哪了！后来大家就把这件事都装到了周立山头上。

周立山言归正传，开始介绍活动情况。直到快结束的时候，梅老家的电话响了。梅老接完电话，没等周立山继续介绍，先问了周立山一个问题：

立山，牛志刚也在组织纪念林零的诗歌朗诵会，你知道吗？

知道。

他刚才给我打电话，也是邀请我参加。你们两个人组织的不是一场活动吗？

不是。

你们为什么不一起搞啊？

搞不到一起啊！

唉！梅老叹息一声：你们啊，我怎么说你们啊，像一群小孩子似的。

周立山嬉皮笑脸地说：这也算是诗人的特点或者优点吧。

优点，哼！梅老哼了一声，然后好像突然想起什么似的：

立山，最近听说你跟长风也闹掰了，你俩可是一直穿一条裤子的，你跟谁闹掰都不是个事，怎么跟长风也会闹掰啊？

梅老，这事你可不能冤枉我啊。长风这小子得了狂犬病，乱咬人，他非跟我掰。到现在我也不承认跟他掰了。周立山说到这儿，把头一扭转向莫菲说：梅老，这事，莫菲整个经过都见了，要不你问问莫菲。

是啊，莫菲一看梅老关心这件事，接过话茬说：梅老，这件事是长风误会了。老周这次表现还不错，几次想缓和，怎奈长风大倔驴一个。梅老你出面，说说长风，他听你的。

好！既然是长风闹鬼，我非得治治他。

周立山高兴极了，巴结着给梅老倒了茶，双手递过去：谢谢梅老，你不知道，我最近主动找这头驴好几次，还给他带着上好的饲料，怎奈这小子只要看见我，扭头就走，好像我跟他有杀父之仇似的。

我答应你，让长风跟你和好如初。但我也有个事，你也好好考虑，好不好？

周立山紧着答应，好，梅老你吩咐吧，只要你让我做的事，我周立山赴汤蹈火。

不用什么赴汤蹈火，你只需要跟牛志刚，把这个朗诵会搞到一起即可。就这么大一个城市，这么一群诗人作家，还分两个山头，不丢人啊！

好！没问题，周立山略一思索，痛快地答应了。周立山本来是一个不记仇，也不喜欢拉帮结派的人，何况梅老出面，所以他更不坚持了。

77

在梅老这面旗帜下，牛志刚与周立山的诗歌朗诵会很快握手了。牛志刚本来也有意跟周立山一起搞，怎奈也怕遭到周立山的拒绝，所以梅老一出面，这件事就迅速促成了。长风听梅老要参加活动，也答应了与莫菲一起接送梅老的提议。

因为两个活动并成一个活动，提前的预算合在一起，使活动资金非常充足，人气也是历史上最旺的一次。省会重量级人物基本都答应参加。尤其吸引人的还有一个原因就是，牛志刚请来了参与华飞大奖评选的三个评委，给这个活动增加了分量。

活动定在了大炅山度假村最好的山庄，文联还派出了两辆大轿车，专门用于接送活动参加者。

活动前一天下午，各色人物开始陆续登场：首先是周立山一群三辆小车，一辆面包车，带着一群活动服务人员和会议资料，于前一天就到达会场，做活动的各种准备。

第二天一大早，牛志刚也带了一干人马，早早到了，这其中有文联重要人物，有从外地请来的重量级人物。早上八点，文联派出的两辆大轿车拉着一百多人，也呼啦啦到了。

郝鸽自己开着一辆小车，拉着黄老，八点一刻左右也到了。夏天天也自己驾车，载着从北京请来的一个老作家到了。

各路人马以各种姿态，各种组合，各种形式陆续到场。八点半左右，最引人注目的一个人到了。这个人就是在诗歌界堪称花魁的美女诗人张妩。这次引人注目的，不是她的漂亮，而是她的到来，所使用的交通工具，和这件交通工具上亮丽的妹妹张媚。

当时两辆大轿车的人刚刚下车，正结伴在湖边聊天的时候，突然一辆鲜红的高级跑车，煞是扎眼地由远而近，第一个看见的是陈教，他夸张地吸了一口气，惊呼道：

看这辆轿车！你们猜猜是哪个富婆？

大家驻足，引颈而望。夏天天又羡慕又嫉妒地说：

什么富婆，我敢打赌，肯定二奶无疑！

管他是不是二奶，肯定是个大美女！陈教一脸垂涎。

大家议论着的时候，小车已经像一只翩翩的蝴蝶，直冲而来，快到他们跟前的时候，车子慢了下来，并且停下。车窗缓缓而下，两张美丽的面孔，像两朵清新、艳丽的桃花，一下子令车旁翘首驻足的人瞠目结舌。

张妩！这个声音是夏天天喊出来的。

张媚！陈教惊呼一声，一头冲了过去，围着车子转了一圈，嘴里不停啧啧着：

好家伙，原来是张妩拉着漂亮的妹妹啊！太耀眼了啊！

郝鸽也醋心大发，半醋半玩笑地说：张妩，发横财了啊？

借来开着玩的。

哈哈，陈教兴奋地说：张妩，张媚，这么美的女诗人，就应该配这样的车。等我有钱了，我就给你买一辆。

我等着你有钱啊。张妩说着，踩上油门，红色小车像一条美丽的鱼，刺溜一下从人群中溜走了。

哈哈，等你有钱？王老万一脸不屑地说，没先撒泡尿照照啊？

看来你刚撒了啊！

有人小声议论说，牛志刚送的不是一辆宝马吗？

呵呵，说明牛志刚已经成过去式了呗！

又一辆小车刺溜溜驶来。没到跟前，陈教就高喊“长风，长风——”，并迎着小车竞走一般冲过去。车停下来，车窗打开，陈教的手一把伸过去，握住了长风的手。说话的时候，他突然看见后座上的梅老，惊呼了一声，冲向梅老坐的车门边，一伸手拉开车门，将头和手伸进去，兴奋地抓住了梅老的手。

周立山接到莫菲电话，放下手头全部工作，带领几个诗人，也赶了过来。他扶着梅老兴高采烈地说：

梅老啊，你这一来，度假村有了神气。

哈哈，周立山嘴又开始抹蜜了。梅老笑着调侃道。

这可不是抹蜜，周立山反驳道：你看看你一来，车后边跟了多少人？

梅老往周围看了一下，发现有六七个或熟或不熟的人正从不同方向走过来。其中一个是黄老。他穿着一件时尚的粉色T恤，浅色裤子，很休闲，又很时尚，爽朗笑着，向梅老伸出手。

哎呀呀，梅老啊，你终于出山了啊！见你一面太不容易了啊！

梅老握着黄老的手，亲切回应着：什么出山不出山啊，我是人老了，没有你们的朝气了。

周立山看见这两个老朋友说得热闹起来，转身走向正在后备厢往外拿东西的长风，然后对着长风的屁股就是一掌，这次躲不开我了吧！

长风转过身，看见周立山那种毫不记仇，满不在乎的一脸坏笑，愤愤地说：

瘟神本来就不容易躲开！

随你骂吧，只要不躲着就行。周立山嘿嘿笑着，像个孩子一样单纯可爱。

牛志刚也出现了。他穿着一身休闲服装，又大又白的脸上闪着贼光，像一只扁平的胶鞋底。他挡在周立山身前，两只手紧紧握着梅老的手，兴奋地大声嚷着：

梅老啊，你这次能参加，简直是我们省会诗歌界的一件盛事。

哈哈，梅老笑了起来，就不要乱给我扣帽子了。

绝对实事求是！牛志刚大手一挥，指着周立山，又指自己说，你看我俩本来还各立山头呢，你一说参加，我们立马精诚团结了。还有，牛志刚又一指长风，爽朗地说：

你看长风大诗人，如果不是你，他既不会参加我组织的、也不会参加老周组织的活动呢。你一出山，他不但参加，而且还跟我们尽弃前嫌了。这就是梅老你的号召力啊！

哈哈，梅老看见周立山兴高采烈搂着长风的脖子，长风无可奈何地被他挟持着别别扭扭的样子，也哈哈乐了。

78

太阳越升越高，满湖波光粼粼，岸边柳枝婀娜倒垂，人影随着波光流动，波光随着阳光流动，阳光又随着人影晃动。宾馆前方台阶上，一只巨大的红色拱形门，像一道彩虹架在空中，几十只五彩斑斓的气球自由散漫地在上空飘着。拱形门下，红男绿女，最亮丽的是四个美艳的礼仪小姐，分列两边，一边微笑着给大家指路，一边发放活动材料。梅老与黄老走在人群最前方的中间，两边分别是周立山和牛志刚。两个人既像秘书又像保镖，均呈毕恭毕敬姿态。队伍上得台阶，走过拱形门，眼前呈现一片姹紫嫣红，两棵巨形花伞般的海棠树以耀人眼球的光彩震慑着大家：巨大的枝丫，四方散开，呈伞状向四周延伸，姿态万千，枝丫上花朵簇簇，粉艳妖娆。周围有五彩的蝴蝶翩翩起舞，树下一群群的人在搔首弄姿拍照。莫菲等从梅老后边跑过来，也加入拍照的行列。树下拍照的有人看见了梅老一行，兴奋地奔过来。

又是一阵欢声笑语，梅老的出现令大家欢欣鼓舞。梅老每走几步，即有人过来寒暄、握手，也有人过来要求合照。走到会场门口的时候，文联几个重要人物也迎了过来，后边跟着几个文艺小青年还拿着笔记本请求签名。直到梅老等一行人被导引小姐引向座位，这群人才安静下来。

长风本来被安排在前排就座的，但长风并没有按照礼仪小姐的导引，而是坐在了后边。在长风的左边，是廖红。

朗诵会于九点半正式开始，主持人仍然是电视台读书栏目的主持梁子和女诗人张妩。首先是一个年轻女孩上台，朗诵了一首黄老为此次活动撰写的关于明月的诗歌。黄老以散文见长，但诗写得也非常漂亮，再加上女孩声情并茂的朗诵，也是头炮打响。接下来陈教，他粗声大气地朗诵了一首抒情诗，声音大，但感情却了了。所以感觉欠缺了一些激情。接下来，又有夏天天、郝鸽等上台，或独自或与人合作，也获得阵阵掌声。因为没有什么特点或者故事，人们的欣赏点开始有些疲劳。就在这时，主持人在台上报出了一个人名和一首诗歌名，引得大家精神为之一振。这一次是梁子报的幕，声音既不像刚才的激情洋溢，也不是舒缓明净，而是突然低沉，像一只高空飞旋的雄鹰突然直击下沉，冲向地面上某个目标时所划出的轨迹。这种轨迹虽然自高而下，却不是垂落，也不是飞落，而是冲落，带着风声和呼啸。主持人的报幕惜字如金，却掷地有声，字字蕴藏着无限的能量，像闷雷的重量，像闪电的速度，直震耳鼓和心房：

《落》，作诗与朗诵，韩风！

主持人的报幕结束，场下变得有些异常，有几秒钟极为安静，接下来是一些小小的骚动，有人开始交头接耳。韩风是一位来自北京某大学的教授、诗歌评论家，兼诗人。有人说，他应该是林零当年自寻短见的源头。这首《落》也是韩风为林零的离世而作。据说，林零自寻短见后，韩风有三年抑郁，无法正常生活和工作。今年也是他第一次站出来参加纪念活动，或者说是他第一次正面林零的离世。他在人们的高度关注下走上台，表情阴郁，一脸沧桑。正像他朗诵的诗句："你走，你没有走，我却走了。你落，你没有落，我却落了。"他实实在在落到悬崖下十年。

诗朗诵如泣如诉，有人开始哭泣，郝鸽、夏天天等在抹泪，周立山也伸出两只大手像洗脸一样在脸上擦抹了几把。

朗诵会达到一个悲情的高潮。接下来，又有两首纪念林零的诗歌，其中一首是牛志刚自写自诵的一首诗《我们，等你回来》。这首诗写得情真意切，牛志刚朗诵得情感饱满，恰到好处。这首诗不知是否是他写的，但从他朗诵的感情看，长风对牛志刚的厌恶开始扭转。

诗歌可以涵养人，可以改变人。长风坐在后边心里在感叹着，诗歌的力量就是这么强大，牛志刚在诗歌面前已经开始被同化了。他的市侩气、铜臭在诗歌面前正在弱化。

最后，梅老也上台了，他跟莫菲合作朗诵了一首有关月亮的散文诗：纯净、平和、安详，像夜空中遥远的月亮，光辉如水，无声流泻着爱与美；洁净如洗，悄然散播着的纯与真。诗歌朗诵会在一种宁静的气氛中结束，意蕴悠远，袅袅不绝。直到梅老与莫菲一起鞠躬，大家才从遥远的思绪中回过神来，仿佛被带到远在夜幕外的月宫走了一趟。掌声经久不息，有人捧着鲜花跳到台上，争相跟梅老和莫菲合影。

主持人梁子和张妩在最后的音乐声中，从后台款款而出，站在梅老与莫菲的旁边。所有的朗诵者也从四面八方走上舞台，此时掌声响成一片。摄像机、照相机都对准舞台，乐声沸腾，人声沸腾。接下来，诗歌爱好者们也纷纷冲上舞台，与各自喜欢的诗人或合影或索要签名。场地乱成一片。长风身边围了一群人，他给前边几人签了名之后，拨开大家，道着歉走了出来。

正午阳光刺眼，长风走出来的时候，感觉脚下的地都在随着耀眼的光线晃动，心便有些烦躁。走过海棠树，沿着台阶而下，穿过欢声笑语的人群，走向一个人少的地方。在不远处一个拐角，湖水变得凝滞，湖面一层死水泡沫，上浮塑料纸和各种垃圾。一侧岸上的不远处，一片乱石，像建筑下脚料，还有一堆建筑垃圾，几棵歪七扭八的杨树，一棵垂柳似乎正在枯死，树下几只鸟倒是飞来飞去，给这里添了一些灵气。长风走过来的时候，几只鸟飞起来，看见他站下不动了，又都飞了来，停在周围，又开始旁若无人地觅食。

远远有个男人站着，向另一个方向张望着，长风顺着看去，正好看见张妩急匆匆奔过来。长风想着，这是那个给她买跑车的人吗？

电话响了，廖红正在着急地找他。突然一个念头在脑中一闪：如果廖红向他要一辆跑车，哪怕一辆车，他怎么办呢？

79

中午饭吃得很快。这场活动，长风本来没想参加，碍于梅老的面子，才不得不来。周立山虽然厚着脸皮跟他不停套近乎，他还是有些别扭。所以午饭吃得不畅快，酒也就喝得少了。廖红一直跟在长风旁边，倒是被各色人等灌了不少酒。也许是酒精的原因，再加上上午朗诵会的余兴，廖红显出一副少有的亢奋状态，双腮粉嫩，全身酥软，嗲声嗲气，充满诱惑。

午饭结束的时候，周立山力邀长风喝茶，被长风拒绝了。拒绝的原因，除了长风不想聊天，还有廖红的因素。廖红说几年前，她在炅山种了一棵树，有两年没来看它了，不知这棵树今年是否开始结相思豆，她要长风跟她一起去看看，兴许今年长了，可以摘一些呢！

临走的时候，周立山抵在长风的耳边说了一句话：长风，我做兄长的要劝你一句，这小姑娘太小，可招惹不得！我劝你及早收手！

长风“啐”了一声，你还是把你自己的屁股擦干净吧！

今年的秋天似乎来得晚了一些，炅山依然花香鸟语，满山苍翠的树木枝叶繁茂，盛开的鲜花，夹杂在浓密的草木中，如仲夏夜闪烁的星星。廖红搂着长风的胳膊，避开了宽阔、平坦的水泥路，选择了一条弯弯曲曲、崎岖不平的山路。这条小路用大大小小的石头铺就，因为狭窄，两旁的树木枝丫交错，行人不得不时常把腰弯下去，这给行路增添了诸多困难，也给恋人增添了无穷的乐趣。廖红也许是酒精的原因，也许是身在大自然的原因，完全恢复了一个小女孩的快乐天性。她不停地咯咯笑着，一会儿跳到前边，给长风拍照，一会又跑回来挽住长风，对着两人拍照，并且做着各种各样的鬼脸，摆着各种各样的姿势。见着不同的鲜花，或者摘下来让长风给自己插到发际，或者攥在手里，一会就攥了一大把。

前面有一个拐弯，几块形状各异的石头分散在旁边的半坡上，一对中年夫妻正坐在那里休息，廖红拉着长风也直奔其中一块磨得发亮的石头坐下。长风掏出烟点上，她则从包里掏出纯净水，咕嘟咕嘟喝了两口。

我要你用鲜花给我编个草帽。

哈，长风笑了起来，看着廖红可爱的样子，愉快地接过廖红手中的鲜花，开始编。

廖红坐在旁边，拍了几张照片，觉得不解气，还特意把她的红嘴亲到长风的脸上拍了几张。

长风的花草帽编好了，戴在廖红的头上，映着廖红的小脸更鲜艳了。几个年轻男女走过，其中一个女孩对着他们看了又看，然后跟几个人小声说了几句话，直奔长风和廖红过来了：

你是大诗人长风吧？

是啊！

我是你的粉丝，很早之前，我就读你的诗。

一个男孩也附和着，是啊，我也读过你的诗，你是我们的偶像呢！

哦，哦，长风有些诧异，想起上午朗诵会结束时，一群人找他签字的情形，便判断这几个可能也是参加朗诵会的人。

几个年轻人拿出笔记本，索要签名，然后还跟长风照了一张合照。其中一个女孩还单独跟长风照了一张。

廖红有点醋意，拿着长风的外套，走到长风跟前，一挎长风的胳膊说：

咱们该走了吧！

没想到这句话引起了照相女孩的好奇，她打量了廖红一眼，笑眯眯地对廖红说：

你是长风诗人的什么人啊？

看着像什么？廖红一脸幸福和自豪。

女朋友吗？

难道不像？

长风脸上闪出一丝尴尬。女孩似乎对廖红的话不以为然，追着长风说，是你女朋友吗？

哈哈哈，长风干笑几声，含糊着说：我学生。

几个年轻人说笑着走了。

廖红的情绪急转直下，她一屁股坐回石头上，狠狠拧开饮料瓶，咕咚咕咚喝了两口，然后望着远方，不再说话。长风觉出了廖红情绪的变化，他没有说话，只是抽出一支烟，又点上，抽了起来。

一支烟抽完，长风清了清嗓子，开始催廖红，是不是该向前走了啊。

廖红没有反应，眼睛仍然漫无目的地看着远方。阳光突然变暗了，长风抬头望了望天空，发现一片云正飘到上空，缓缓地游移着。廖红的情绪似乎有所缓和，她正低着头倒腾手机。长风再次催促道，该继续前行了吧？

等几分钟，我要选好看的照片发朋友圈，让他们羡慕嫉妒恨！

长风觉得有些不对劲，便走到廖红身旁，居高临下地看着廖红的手机屏幕。这一看不要紧，长风吓了一跳。此时，廖红正在打开一张她跟长风的亲密照片，准备添加到微信圈里。

你要把这张照片发微信圈啊？

是啊！你看咱俩照得多棒啊。我刚才已经发了一张合照啦，已经有朋友在嫉妒了。

这怎么行啊？

怎么不行啊？廖红这次不是情绪低落，而是情绪激动。

不行就是不行！长风生气了。

我自己的手机，我说行就是行！廖红的任性劲也上来了，一面说着，手里还夸张地操作着。

长风把手伸到廖红鼻子跟前，严厉地说：拿来手机！

凭什么？这是我花钱买的。廖红把手机往手里一攥，站起来，跟长风脸对着脸，只隔几公分，像掐架的斗鸡。

有游客正走过来，长风只好退后一步，将脸上的表情缓和一下，压低声音，却火气不减：不凭什么，说不行就不行！

我说行就行！廖红一改过去的温顺，变得咄咄逼人。长风原地转了两圈，仍然感到无计可施。想起临上山时，周立山提醒他的“这小姑娘招惹不得”的话。他下意识地从衣服口袋里摸出烟，点上，猛抽两口，直到被呛得剧烈咳嗽起来。

一拨拨人从旁边走上去，一拨拨人从前边走下来。廖红似乎在等着长风的妥协。对于廖红来说，她对长风，已经从最初的崇拜、欣赏，转到了迷恋，并完成了从师生关系到朋友关系，从朋友关系到恋人关系的心理转变。她甚至在想象和设计嫁给长风的未来。没想到有人问他们的关系时，长风竟然不愿承认，这让廖红有一种被欺骗的感觉。

长风还在咳着，廖红犹豫着，嘟着小脸，从包里掏出剩下的半瓶水，拧开瓶盖，递到长风手里。长风喝了几口，止住咳嗽后，他走到廖红身边，轻声慢语，像哄小孩似的对廖红说：

廖红，你想过吗？你发出去这样微信，你的朋友有可能会看到，我的朋友可能看到，最可怕是我们的同事有可能看到。

我就是要让他们看到。再说了，今天你的朋友们不是看到了吗！我们还怕什么？

今天？我朋友看到什么了？

看到我是你女朋友啊。

哈哈，他们看到的，你依然是我学生吧？

她有些困惑，搞不清长风说得对不对。但转念一想，自己本来是长风的女朋友，凭什么还怕他们看出来啊？于是说，反正我是你女朋友，我发微信就是要公开咱们的关系。

长风正吸着烟，听廖红这一说，又呛了一口烟。他身体下意识往上一纵，边咳着，边把烟掐灭，踩在脚下。正色地说：

廖红，这可不是开玩笑的，我岁数大了，无所谓。你还是个女孩，还要找对象，结婚。你如果这样胡闹，你的前途可就毁了。

廖红眼圈红了，声音也低下来，沙哑地说：你说我胡闹？

没错！

廖红的眼睛涌出泪花，声音开始颤抖：你说，我公开咱俩的照片，公开咱们的关系是胡闹，还是指我们上床是胡闹？

当然是说你乱发微信，公开照片是胡闹了。

那我们上床，算不算胡闹？廖红眼睛里两行泪水奔涌而出。

长风有些手足无措。他伸出手想给廖红擦泪，却被廖红一掌推了回来。这使他的回答结巴起来：

当然，当然不是了，我们是相互喜欢。

相互喜欢，就可以上床吗？廖红步步紧逼，泪水已经满脸。

是，只要双方愿意，只要不妨碍其他人。

按你这种逻辑，婚外情也可以？

长风被问得不知如何回答。他想了想，只好说：咱们只说咱们俩，感情的事，谁跟谁的情况都不一样，各自都有各自的处理方法。我们不需要关心其他人，我们只要处理好我们的。

那我们如何算处理好我们的？

我们虽然相互喜欢，但是你太年轻，还有更好的前途。

我没理解错的话，你的意思是只跟我上床，让我跟别人结婚？

长风脑袋一紧，头疼起来：你理解错了。

那好，我再问你，你跟我上床的时候，你想过跟我结婚吗？

长风的脸突然像纸一样白。他想起那天的情景，一片混沌，像一条条激流，一个个漩涡，他们只是凭着全身的力气在奔突、激水，完全没有理性，没有智商。他下意识地抽出一根烟，点上，猛抽起来。

廖红泪水涌出眼眶，继续追问着：你跟我上床时，想过跟我谈恋爱结婚吗？

长风把头低了下去，一脸歉意，声音低低地说：对不起，廖红，我不能骗你。那个时候，我什么都没有想。

廖红从喉咙发出一声抽噎，其声如裂帛断丝。她咬了咬牙，深吸一口气，一字一顿地说：

那好，你能告诉我，酒醒之后，或者说我们上床结束之后，你想过跟我结婚吗？

长风的心紧缩了一下，身体又瑟缩了一下，他不知道如何回答廖红。他明白，他从头到尾都没有想过跟这个姑娘结婚，他跟她上床，也完全是一种意外。于是，他像一个十恶不赦的罪人一样，低着头，以忏悔的口气说：

仍然没有，廖红，对不起，我已经为此戒罚自己了。说完这句话，他突然伸手撸起宽大的裤管，露出瘦长的小腿、大腿，再往上，一块醒目的伤口，还洇着鲜血。

廖红目瞪口呆！

山上起风了，周围的树齐刷刷地向一个方向斜过去，又向另一个方向转过去，满山风声，满树风声，满耳风声。下山而来的人越来越多，他不得不像廖红一样，也把身体转到另一边，让后背对着山路。他把手抚到廖红的背上，想找什么话来安慰一下这个姑娘。他咳了一声，低哑着嗓子又把刚才的话说了一遍：廖红，对不起，你可以再扎我一刀，我愿意接受惩罚……

廖红转过头来，把泪痕遍布的小脸转到长风脸前，可怜兮兮地说：你就不能骗我一下，说想过跟我结婚的事吗？

这个，我不能骗你！我宁可接受惩罚。

你想接受什么样的惩罚？廖红笑了，一脸的泪水，比哭还难受。

随你！长风信誓旦旦。

廖红停下哭泣，看着长风一脸的真诚，想了想，咬紧牙关，一字一顿地说：好，我要你接受的惩罚是，跟我结婚！

80

庄离又回到了当妈妈的角色之中。因为差点丢了小丰丰，小保姆自认为失职，不顾庄离的挽离，辞职走了，甚至连最后一个月的薪水都坚决不要。庄离不得不寻找新的保姆。半个多月后，她终于在一家中介里找到了一个中意的保姆。

何荷，二十二岁，高中毕业，保姆职业四年，工作需求一栏填写的是，希望找一个三口之家，带小孩，可兼做家务，希望有独立卧室等等。与庄离的情况和要求也非常相符合。庄离再看看女孩的照片，清秀、单纯，眉目间有些许忧郁，也很合庄离的眼缘。庄离当时即拍板，试用一个月。中年妇女一看这桩生意有谱，马上电话打到何荷姑娘处，对方一听，也立即同意。庄离交付订金和佣金，商定第二天何荷姑娘到庄离家报到上班。

都说找一个合适的保姆很难，这之前婆婆为了给小丰丰找保姆费了好大精力，不仅跑了好几家中介，而且托人从老家也找了好几个，最终才选了一个。没想到这个千挑万选的小姑娘差点把孩子给弄丢了。庄离觉得自己非常幸运，竟然一挑即中。尤其是让庄离满意的是，第二天何荷提着简单行装报到后，一见小丰丰，相互喜欢的不得了。不仅仅是何荷看着小丰丰，表现出的由衷的喜爱，就是小丰丰看见何荷也扑棱着小手小腿，很高兴的样子。何荷把小丰丰抱在怀里的时候，就连庄离都能感觉到小丰丰与何荷之间那种天然的亲切。

庄离打量着何荷，感觉姑娘比照片还要清秀一些，只是脸色苍白了一些，似乎有些营养不良。她站在庄离眼前，低眉顺眼，但不失聪明伶俐。说话轻声细语，举止斯文，很有教养的一个女孩。

看来何荷与我们一家很有缘分啊！庄离感叹着，将何荷迎到屋内。然后把家里的几个房间和各种电器、厨房设施一一介绍给了何荷。

安顿好何荷，庄离打电话把这件事汇报给了婆婆。婆婆听说庄离这么快找到了满意的保姆，自然也高兴得手舞足蹈，当时就表示晚上过来吃晚饭。

一天的时光过得很快，庄离也用心观察着何荷的工作情况。庄离发现，何荷只用了一个上午就熟悉了家里的一切。尤其是跟小丰丰一见如故，很快就获取了小丰丰的欢心。两个人玩得其乐融融，何荷一会儿对着小丰丰念儿歌、念古诗，小丰丰也跟着一起咿咿呀呀，似乎在鹦鹉学舌，一会儿逗得小丰丰咯咯儿地笑。在吃喝拉撒睡的照管上，也非常到位，吃奶、喝水，何荷能够按时、顺利地做好，丰丰的撒尿、拉屎，她也能及时预测和判断，一切都做得非常好，无可挑剔。

晚上六点不到，胡母风风火火来了，她大张旗鼓地敲着门，一种急不可耐的势头。庄离正在厨房做饭，大声吩咐着何荷开门去。

何荷抱着小丰丰穿过客厅，来到过廊，一手打开了沉重的铁门。胡母门外，何荷抱着丰丰在屋里，两人正面相对的一刹那，胡母那一脸的笑容凝滞了。

庄离在厨房的声音传了来：何荷，你先招呼奶奶喝茶啊！

啊，啊，何荷迅速眨巴着大眼睛，大声问候着胡母，其实她也是在提醒胡母：

你是奶奶吧？我是新来的保姆，我叫何荷。

哦——胡母好像刚从一个梦中醒来，她长出一口气，刚才的高昂情绪瞬间消散了，像被人打了一闷棍，脚下也踉跄起来。何荷一手抱着孩子，一手接过胡母手里的食盒。

庄离腰扎着一个花围裙，从厨房里跑了出来，兴高采烈地说：

妈妈，我正在做一个新学的菜，一会儿你尝尝，看看味道怎么样。

好！胡母强打精神，堆出笑容，摸了摸丰丰的小脸蛋，坐了下来。

何荷抱着孩子，试图给胡母倒茶，被胡母制止了。胡母自己倒了一杯茶，喝了两口，然后盯着何荷的背影，脑子飞速地转着：这到底是怎么回事？我必须弄清楚。她又喝了几口茶，站起来，走到何荷身边说：

来，我抱抱小丰丰。小丰丰已认识奶奶了，他展开两个小手，身子一扑，被胡母抱了过来。

小丰丰，想奶奶了吧？

小丰丰啊啊地哼着，似乎在回答，胡母兴奋得满脸放光。

何荷看见胡母过来，心里也有些紧张。等胡母把丰丰抱过去，她想躲开，趁机说：

奶奶，我去帮帮庄姐忙啦。

你不用帮，你带我看看你的房间！胡母已恢复了往日的威严。

好，好，何荷一副顺从的样子，转过身带着胡母走向自己的房间。

这是一间十多平米的卧室，虽然在阴面，但布置得时尚、清雅。小屋收拾也很简单，何荷的东西除了衣架上的一套外出服装，就是梳妆台上两瓶简单的面霜。胡母拿起来看了看，闻了闻，很低档的化妆品。小屋东面带有一个小阳台，每天早上可以尽收早上的阳光。胡母抱着丰丰步入阳台，然后声音很低却极严厉地叫了一声：

安娴，你给我过来！

何荷一脸惶恐，慢慢走过去，站在阳台的进口处，低头不语，像一个做错事的小学生。

安娴，你来这里干什么？胡母一脸狰狞，愤怒无比。

我……我想孩子。

你想孩子，也不能这么做啊，你知道这件事多么危险吗？

安娴没有说话。

安娴，我劝你尽快结束这件事。第一，我们事先有约定。第二，我对你，对你家的付出，你也应该知足。所以我希望我们尽快把这件事了了。你完全可以重新开始，重新有自己的孩子。

客厅突然传来庄离的喊声：何荷，妈妈，你们在哪？

啊——来了。胡母答应着，边说边抱着丰丰从小阳台走出来。走过何荷身边的时候，还不忘狠狠地撞了一下傻站着的安娴，并用恶狠狠的口气对何荷说：

把眼泪擦干净，你这个疯子！

餐厅里，庄离正在一样一样地摆放胡母买来的菜：有庄离爱吃的水煮鱼、新科爱吃的麻辣鸭脖、胡母爱吃的北京烤鸭，还有几个青菜。庄离新学的一个菜，香辣虾，也已经端上桌，看起来诱人，闻起来也香喷喷的。胡母吸了吸鼻子，高兴地说：

嗯，闻着味道不错，看来下了一番功夫，估计新科很对胃口。

说到新科，胡母心里一紧，她转身对何荷说，你抱一下小丰丰，我去个卫生间。胡母急急走进卫生间，拿出手机，开始拨胡新科的电话。她相信新科还不知道新保姆的情况，所以她一定要提前告诉新科，让他有个心理准备。

胡新科正开车进入小区，听妈妈说起这件事，吓得当场就掉头走了。胡母从卫生间出来，刚坐下，就听见胡新科给庄离的电话。然后庄离就跟胡母抱歉地说，新科有应酬不回来吃晚饭了，并让庄离代他道歉。

晚饭吃得还算愉快，何荷很勤快，也有眼色，一边照顾小丰丰，一边照顾饭桌。饭后，胡母、庄离、何荷一起带着小丰丰玩了一会儿，等小丰丰睡了，胡母装模作样地问了问何荷的家庭情况，然后做了一些嘱咐，回家了。

安娴也是纠结的。自从小丰丰被胡母带走，她又陷入了一种可怕的精神危机中。她恨妈妈，她第一次带跑孩子，是妈妈出卖了她；第二次偷走孩子，也是妈妈出卖了她；第三次准备带着孩子逃跑，也是被妈妈出卖的。所以，当第三次逃跑失败后，她对妈妈的仇恨就更加深了。她无法惩罚妈妈，也无法平息这种仇恨。她思念丰丰，又无计可施。于是她把自己封闭起来了。白天她不愿见任何人，无心做任何事，甚至也懒得帮妈妈照顾父亲和弟弟。晚上，她却无法控制自己的理智，就像黑夜给她的脑子长了翅膀，她无法遏制地想出去，想到野外去，做一个天马行空、无牵无挂的流浪狗、流浪猫，或者野狐、松鼠等。

这却把妈妈吓坏了。她只好一到晚上，便远远地跟着安娴，盯着她，以防止她出什么意外。有一天晚上，她躲藏在土堆后边盯着安娴，直到后半夜，累得开始打盹时，突然被一阵狗的狂叫惊醒。她以为安娴出了什么意外，跑过去却意外地发现安娴也像狗一样正趴在地上，与一只流浪狗，在相互对着狂叫。

不能这样下去了，安娴妈妈使尽全身的力气，把安娴扯到了家里。从此以后，每天晚上，妈妈都要紧紧盯着安娴，用各种手段阻止她外出，直到有一天安娴终于回归正常。这一次的回归正常，源于父亲。那个晚上，安娴为了要出去，与妈妈在院外揪扯的时候，屋内突然传来弟弟的尖叫：

爸爸死了啊！

安娴与妈妈同时停下动作，相互看了一眼后，异口同声惊叫着，奔进了屋内……

爸爸被送进医院了，在爸爸出院的第三天，安娴正式跟妈妈谈了她的计划：她要进城找工作，重新生活，重新恋爱结婚生子。

妈妈抱着安娴哭了，感动于老天终于让安娴正常了。第二天，她一直把安娴送到火车站，看着她坐进火车，看着她在窗口的侧影消失的。她做梦也没有想到安娴仍然钻在丰丰的情绪中没有出来，她这一去，仍然是为了丰丰。

81

胡新科回家的时候，已经是晚上十二点半了。他一直在外流连，就是为了避开安娴。从妈妈那里听到这个消息后，对他来说，用五雷轰顶也不为过。在庄离的眼皮底下，安娴带着她的儿子丰丰，这简直是在刀刃上行走。

整个晚上，他在办公室里走来走去。如果他再一次说服安娴，给安娴一笔钱，让她带着小丰丰逃到一个遥远的城市，无疑就把妈妈气死了。如果安娴留下来，一旦孩子的身世败露，那么他与庄离的婚姻就彻底完蛋了。如果只把安娴撵走，恐怕不是一件容易的事。

晚上快十点的时候，妈妈打来了电话，听说他还在办公室，妈妈也一脸愁容地来了。

妈妈，你快帮我想想办法吧，我愁死了，那个家我怎么回啊。胡新科一见妈妈，站了起来，揉着太阳穴，烦躁地埋怨说：都是你干的好事！

妈妈坐下来，满头不停地出着汗，她觉得自己可能又要病了：别着急，我们一起想想办法。

时间一分一秒地走过，胡新科看了看表，快十二点了，却仍然没有找到好的办法，不觉又急出一头汗。

胡母终于说话了：科儿，事已至此，我们只能先想办法对付。想来想去，我想我们先这样：第一，我们不能让你单位的司机和其他认识安娴的人接近你家，也不能接近庄离、安娴和丰丰。先保证你单位的人不要认出安娴来，捅破这个窟窿。第二，我们再拿出一笔钱，分头再找安娴好好劝劝，希望她好自为之，放过我们。第三，第二条不行，我们给安娴介绍个条件好的对象，许诺给一笔嫁妆费，尽早让她结婚生子，也许会把丰丰放下。第四，再不行，我们就想办法赶走她。比如我们给她找点错误，让庄离把她解雇了。

胡新科听完，马上说：第四条最容易，我给她制造点错，让庄离解雇她好了。

不过，你一定得小心点，不能让她觉得是一个圈套。一旦被她识破，她有可能发疯啊，一发疯就可能揭穿丰丰的身世。

好，我会小心。胡新科顿时有了精神。他把妈妈送回家之后，也回了家。

尽管有了回家的勇气，但是开门的时候，他感觉自己像个贼一样，不敢惊动任何人，像只老鼠刺溜钻进卧室，再也不敢出门。夜里被尿憋醒，他在卫生间撒尿，刚撒出一点，哗哗的声音，都把自己吓着了。接下来的后半场，他竟然摁着“水龙头”，以最小的细流，最小的声音，持续了好半天，才完成这个撒尿任务，差点没把他憋出病来。早上不到五点，他假说公司有个重要活动，连说着迟到，又急匆匆走了。他怕早上遇上安娴。

如此两天，每天都是这样，胡新科晚回早走，一次都没遇上安娴。直到周五夜里回家后，周六早上再也不好意思说什么理由了，才下决心面对安娴。

那个早上，没有什么异常，小丰丰醒得很早，安娴带着丰丰已经去外面公园玩耍了一趟。回家来的时候，正好看见在餐厅吃早餐的胡新科。

安娴站在客厅中间，正面对餐桌旁胡新科的侧身。胡新科听见客厅的动静，也正转头过来，与安娴四目相对。

安娴脸红了，胡新科脸却白了。庄离一开始没有反应过来，二人为什么会有这种反应，等她再一想，哈哈笑了起来：

哈，新科，何荷，你们俩还没见过吧？

何荷和胡新科都竭力掩盖着不自然，点着头。胡新科站起来，走到何荷身边，伸出手说：小何，你好！小丰丰拜托多费心了！

何荷一脸通红，腾出一只手让胡新科握了一握，然后羞涩地说：您客气了，照顾小丰丰是我的工作。请你们放心吧，我会尽力的。

这个见面之后，胡新科被安娴的忧郁所打动，他感觉这个被命运捉弄的女孩也确实太可怜了，他有点不忍心给她设计陷阱了。于是他对最初的计划稍稍做了调整。他要以诚打动她、说服她，让她走一条更好的道路。他把这个说服的时间定在了中午。因为每个中午，庄离都要睡午觉。一旦定下这个时间，他就趁庄离上卫生间，把一个纸条塞在了安娴的手里。安娴躲在自己的屋内看了一眼，上边写着：午休时间，我们谈谈。

午饭吃完，庄离回屋休息了。胡新科在床上躺了一小会儿，听庄离呼吸均匀，睡着后，悄悄起身，出了卧室。

家里静悄悄的，客厅墙上挂钟的秒针每走一步的声音都听得真真切切。胡新科小心翼翼，轻手轻脚，大气不敢出，生怕惊醒庄离。就连敲在安娴的门上的手指，都变得软绵绵的。好在手刚刚碰触到门，门就开了。显然安娴早已候着了。

安娴坐在床上，胡新科坐在梳妆凳上，两人都有些不安，胡新科首先打破僵局说话了：

安娴，我知道你肯定是因为想孩子，才出此下策的，对不？

安娴的眼睛里不知何时已经满是泪花，她点了点头。

你能不能听我一句话。

安娴点了点头。

安娴，你看，我们是不是犯了一个很大的错误。这个孩子，是不是错误的产物？

安娴又点了点头。胡新科继续说，因为这个错误，现在有多少人在承担痛苦？你、我、你妈妈、我妈妈，是不是？

安娴沉默着，没有说话，但胡新科能感觉安娴是默认他说的话的。

尽管当初发生这种错误有着各种各样的原因，但我们无法否认的是，这个错误，主要是我们两个人制造的，是不是？

……

那好，我们的错误是否由我们来纠正？

应该是吧。但是我们有纠正的能力吗？安娴似乎已经被胡新科牵着鼻子走了。

我们无法让历史重来，自然没有能力改变已经发生的事情，但我们两个人有能力阻止这个错误伤及更多的人，换句话说，我们有能力阻止这件事往更坏处发展，是不是？

什么叫伤及更多人，什么叫往更坏处发展？

比如，你现在所做的，就是往更坏处发展。

我不懂，我觉得我现在做的，是对我好，对丰丰好，对你的家庭好。

可是，你想过这件事穿帮之后的后果吗？

我不觉得会穿帮。

那只是你的愿望。

我会努力做好，不让事情往坏处发展。

但许多事情一旦开始，其过程和发展往往不是我们所能控制的。希望你好好想想，这件事如果穿帮，庄离将受到伤害。你想过吗？她是无辜的啊。还有，小丰丰也将受到伤害，第一他可能再也不能待在这个家里，第二他的人生道路也将完全改变。

当安娴听到胡家科提到庄离受伤害的时候，心中突然生出丝丝的醋意，尽管后边胡新科又提到丰丰受伤害，但她已经带有情绪，而且不讲理了：

我不管，你心疼庄离受伤害，难道我不是在被伤害吗？

胡新科听出了安娴的醋意，只好顺着她说：我也心疼你受伤害，所以我要阻止这种伤害的扩大。

怎么阻止？

我给你一笔钱，你重新生活，好不好？不要再纠缠这件事了。

不好，我没办法忘记。

你必须忘记，这对你，对孩子，对大家都好！

我不认为！

客厅里突然传来走路的声音，庄离已经睡醒了。她的声音若隐若现传来：

鞋子还在啊，没有出门，上哪了？

庄离显然在说他没有出门。胡新科吓得冒出一头大汗。正在他急得不知所措之时，庄离的敲门声又传来了：何荷，何荷。看见你大哥没有？

何荷紧着应答，同时一把将胡新科推到了小阳台上，嘴里却说：

哦，胡哥啊，安娴灵机一动，撒了一个谎：睡觉的时候，我听见门响，估计是出去了。

哦，又不换鞋就出去！说完，庄离回卧室了。

安娴一脸坏笑，对着胡新科做了一个鬼脸。

82

两天后，廖红发的微信产生了反应。廖红的微信被她喜欢诗歌的朋友转了，然后她的诗歌朋友的诗歌朋友转来转去，转到了可可的语文老师韩琳的朋友圈。韩琳老师是长风的粉丝。她看见长风与一个漂亮女孩子如此亲密的照片后，一口认定了是可可的爸爸和可可的美国妈妈。她在转载的同时，还不忘向可可买着好：

看见你爸爸的美国太太了，又年轻，又漂亮，怪不得你都喜欢她。

可可大吃一惊，等她看完老师的微信后傻了：这哪是秋儿阿姨，是一个完全陌生的女孩。剩下的课程，可可几乎没有听见任何内容，她的脑子全部留在老师所转的微信照片上了。她想的是，她下学后第一件事就是找爸爸质问，这是何方妖女？跟在爸爸家发现的那套内衣有没有关系？

自从向爸爸提出复婚请求之后，可可进入了一种忐忑和惶恐中。一边是爸爸迟迟没有肯定复婚的消息，一边是妈妈与刘亚明的关系日益密切，甚至到了谈婚论嫁之际，使她越来越紧张。她不是不喜欢妈妈的男朋友，但比较于一个完整的家，她当然倾向于爸爸与妈妈破镜重圆。她也确信，只要爸爸愿意回头，她能说服妈妈跟爸爸和好。然而，如此等来等去，没有等来爸爸复婚的答复，却等来爸爸与另一个女孩在网上的亲密照片。这照片无疑是爸爸公布新恋情的一种征兆。

可可坐在沙发上，一言不发，她拿不准，以什么样的口气与爸爸进行谈判。长风拿来酸奶递到可可手里，可可却没有喝。她想，这一次她一定要像个大人一样，使父女俩的谈话成为两个大人之间的谈话。她犹豫着，思考着措辞，平静着情绪，平静着语调，认真地说：

爸，复婚的事，你考虑得怎样了？

对不起，可可，爸爸确实还没有想好，因为这个事情不仅仅关系我和你妈妈的幸福与未来，还关系到你呢。如果我们在一起不能幸福，恐怕也会影响你。

可可截住了爸爸的话：如果你真的想让我幸福，就一样儿，你和妈妈复婚。即使你们在一起吵闹、不幸福，我也幸福。

事实不是这样的。

好，依你说的，我还是问你这句话，爸爸，你这些日子认真考虑了吗？

认真考虑了。

可可突然从衣袋里掏出手机，打开微信，点开一张照片，放到长风眼前，依然平静地说：你是在考虑跟妈妈复婚，还是在忙着跟新的女朋友游山玩水？

长风脑袋“嗡”的一声，张口结舌：这完全是一个误会，那个女孩是我的学生。

老师和学生有这样亲密的？我跟男老师如果这样子，你认可那仅仅是师生关系吗？

看长风无言以对，可可下午那种愤怒又回到了身体。她阴着脸，带着决绝的表情和声调说：

爸爸，你口口声声说爱我，希望我幸福，却在答应考虑跟妈妈复婚之后，还跟别的女人来往。你要么是根本懒得考虑我的问题，因为我的要求对你来说不值一提；要么是你风流成性，品质恶劣。除了这两个原因，我实在想不出还有什么第三个原因，更想不出用什么借口来替你辩护。这两个方面的原因，无论是哪一个，你都不配做我的爸爸，当然也许你没有把当我的爸爸看成一件重要的事情。

可可，长风慌神了，他恨不得扇自己两耳光：你完全误会了。你提出跟妈妈复婚的要求后，我好几个晚上都在考虑，并为这件事一直在失眠。

这个照片，你能解释吗？

长风想说能，但又不知道怎么解释。眼看可可误会更深，只得硬着头皮说，能解释。

那好，你给我解释。

长风脑中迅速转着念头：他在想，这件事搞不好会弄巧成拙，但女儿现在这一关又必须过。凭女儿这情绪，容不得他再想其他的，也容不得他再继续推延，只好说：

这个女孩叫廖红，是我们单位新来的大学生，喜欢诗歌，有时候我会在工作间隙，给她作一点儿指导。这张照片是这么回事，几天前，诗人们在灵山搞了一个迎中秋诗歌朗诵会，廖红也参加了。在爬山时，她恶作剧跑在我旁边，抢拍了一些照片，还发在了网上。长风说完这些的时候，很为自己用“恶作剧”这个词来解释照片的事而得意，然后看着可可的小脸，轻松地说，就这么回事。

可可翻着白眼，想了想，仍然纠结地问：你跟她仅仅是师生关系，没有其他的？

绝对没有。长风信誓旦旦地说：完全清白！

可可想起在长风沙发上发现的女人内衣，心里又一阵纠结，仍然不依不饶：既然如此，我能不能见见她！

长风心里一哆嗦，眼看大功告成，没想到可可已经长成一个不容易被骗的女孩，只好爽快地答应：能啊！

那好！明天我要见她！

可可跟爸爸告别的时候，心事重重地说：爸爸，既然你没有女朋友，我希望你尽快考虑跟妈妈复婚的事情，尽快给我一个肯定的答案。可可说这句话的时候，已经没有来时的沉重了。她扔下这句话，就像卸下了一个包袱，这个包袱对长风来说，却变成了一颗不定时炸弹，整夜在耳边嘀嘀嗒嗒，长风又失眠了。

对长风来说，谈婚色变，完全不为过。三年时间不到，经历两次离婚，虽然都是他主动放弃的，但那种刻骨铭心的疼痛，恍如昨日。无论是和和还是秋儿，直至现在，在他心目中仍是美好的女人。她们美丽、善良、单纯、贤惠，女人的优点他们都具有，许多女人没有的优点她们也有。他却把她们都残忍地抛弃了。而抛弃她们的理由，又是那么让他不敢正视。这使他对自己的残酷充满了仇恨，对婚姻充满了恐惧。

可是，他又不能没有可可！这是个两难的境地：选择一个必将失去一个。选择女儿，那么他将必须进入被他视为畏途的婚姻。后半夜的时候，他给自己找到了抛硬币的方法：三次为准。抛来抛去，复婚，他不甘心；不复婚，他又不敢面对可可。就这样一直扔了两个小时，扔到最后，他发现手里那枚硬币经过无数遍翻飞之后，从暗淡的光渐渐开始迸发刺眼的光，最后，竟然把他照得双眼模糊。他恼羞成怒，狠狠扇了自己一耳光之后，起立，开窗，一抬手将硬币扔了出去。

上午十点半的时候，廖红电话打了过来，问他为什么不上班，是不是病了。直到这时，他才突然想起可可说的，晚上要见廖红的事情。他必须到单位，必须安排这件事，必须绞尽脑汁说服廖红做好配合。

会面终于按时进行了。可可比约定时间早到了十分钟，长风带着廖红进来的时候，可可已经严阵以待。她从沙发上站起，像个小大人似的，迎上来，与廖红寒暄，互相赞美。开头两个人相处得不错，长风松了一口气，只要后边双方都能客客气气、相互礼敬，这一关就不会出什么大问题。三个人坐下来，可可先直奔主题了：

廖红姐姐，听说你是学理科的？

廖红眨了眨眼睛，调皮地笑着说：我是学理科的。不过可可啊，我想纠正一个事情。你能不能叫我阿姨啊。我可是已经上班了，还是你爸爸的同事呢。

可是，你是我爸的学生啊，咱们就应该是同辈吧？再说了，你也大不了我几岁。

廖红心里是有一点儿小九九的。自从跟长风跨越最后一道防线，在心理上她已经从学生跨越到女朋友，所以她觉得她在可可面前，应该是长辈。见可可一口否定，又想起长风的叮嘱，也只好说：好好，你愿叫姐姐，也行。其实廖红在心里想的是，总有一天，我不是你姐姐！

热菜上齐了，几个人表面上其乐融融。可可说着同学们之间的笑话、恶作剧，引得廖红也开始回忆上大学时的趣闻逸事。直到热火朝天的半小时后，可可开始别有用心说起她的语文老师，说语文老师的语文课、诗歌课，说起老师写的诗歌，老师对长风的崇拜。然后就随手拿起手机，打开一条微信，展开在了廖红的眼前：

廖红姐姐，你看看，我们语文老师发给我的，这个是你吧？她竟然认为是爸爸的美国太太秋儿阿姨呢！你说可笑吧！

照片上，廖红双手搂着长风的脖子，噘着红嘴唇吻在长风的脸上。廖红脸红了，她尴尬地笑着，想起长风的提醒，声音暗哑地说：哦，长风老师是我们的偶像，我们都想占便宜呢。

我当然知道。这不值一提。听妈妈说，许多女学生、女粉丝给爸爸写信，要求爸爸借给一天呢。

哈，长风打断可可的话：可可，你是个小姑娘，小孩子，可不许胡说八道啊。

可可见长风在这里影响她的计划，只好以吃酸奶为借口，把爸爸支到外边，帮她买瓶装酸奶了。剩下两个人，可可眨巴了一下眼睛，计上心来：

我没有瞎说。妈妈说，这种女孩见多了。最近还有个女孩甚至把自己的内衣扔到爸爸的家里，想故意气我妈妈呢。可可说着，又拿出手机，展开一张照片：一套漂亮的内衣，文胸加内裤。

廖红一看，脸色立即如白纸一样。

可可心里暗笑，继续说：不过呢，妈妈对这种小把戏也见怪不怪。对爸爸与这些女人，妈妈是这样评价的：爸爸对这些女人们，大多都是一两天或者三五次，就厌倦了。只有秋儿阿姨，爸爸确确实实，光明正大地跟她一起出了趟差。现在呢，差出完了，一拍两散了。

说到这儿，可可把口气一转，对廖红说：廖红姐姐，你肯定知道秋儿阿姨吧，那可是漂亮的华裔美籍女孩啊。不仅长得漂亮，而且诗写得还真不错。她甚至可以成为一个大诗人的。边说着，可可打开手机上的一张照片，放到廖红眼前：

你看看，这些女孩谁能达到秋儿阿姨这种美艳程度！

廖红见过秋儿，提起秋儿的美艳，更有一种很深的自卑感，脸上变得红一块、白一块。尤其是那套内衣，令她快哭了。可可还没有停下的意思，她继续对着廖红说：诗人经常会这样，没办法。不过，这一次爸爸经过秋儿阿姨，好像真的变了。他终于找到回家的路了。

回家的路？廖红感觉自己的脑子迟钝了。

是啊，爸爸跟妈妈要复婚了啊！

廖红的脸更白了。

这次我请你吃饭，就是他想让你帮我一起策划和筹办他们复婚的事情。

长风回来了，看见廖红的脸色，知道可可胡说八道了。他把手里的老酸奶递给可可，把一支冰淇淋递给廖红，试图安慰一下她：

廖红啊，我给可可买了她爱吃的酸奶，给你买了你爱吃的冰淇淋。

可可还没有表态，被可可刺激得沮丧不堪的廖红似乎找到了回击的武器。在她的心目里，长风一直是一个可望不可即的诗人，她从欣赏、崇拜，到爱慕，到渴望。这一步步的迈进曾经给了她无限的幸福。跟长风跨越最后的障碍之后，她发现自己一下子站在了长风的身旁。她不仅仅是一个学生，她还可以是一个女朋友，是一个妻子。虽然长风在灵山对她的答复令她难过，但她并没有打消与长风结婚的念头。今天却不同了，可可所说的事情，使她突然感觉到：她只不过是长风风流史上的一个小小插曲或点缀。廖红此时已经处于悲哀和激愤的情绪里。她把脸转向长风，嗲声嗲气地撒着娇说：

我想吃哈根达斯！

这不行，爸爸只给妈妈买过。不会给别的人买。这意义不一样。

可可，我告诉你，你爸爸给我买过好多次呢。廖红已经孤注一掷了，说完这句话，她开始以得意扬扬的神态对着长风说：

你不是答应说今年要给我买9支哈根达斯吗？现在算起来，你才给我买了5支。

可可的小脸全变了，从红变白，又从白变红，然后开始发紫。长风想阻止，已经来不及了。他站在桌边，眼看着可可突然跳起来，顺手把手里的酸奶砸向廖红的脸：

不要脸！

酸奶瓶子沿着廖红的耳边飞过去，“当啷”一声掉在地上，酸奶星星点点洒落地上，白白的，像一团一团大大小小的棉花。

啪嗒，随着酸奶瓶子的落地，廖红一伸手将手中的冰激凌也掷向可可，正好砸在可可的鼻子上。可可的小脸顿时变成一只大花猫脸。

长风一步跨到了可可的身旁，他拿起桌上的餐巾，试图给可可擦脸，却被可可一手拨拉开了。可可带着一脸乳白色的淋淇淋，像个滑稽的小丑，她看着长风，绝望地说：爸，你总是让我失望，这次你是让我绝望了。说完，她突然转身，背起书包，向门口冲去。长风跟到门口，拦在可可身前，乞求着说：

可可，你等等爸爸。

可可狠狠地抹去泪水，咬牙切齿地说：让我等着看你和廖红秀恩爱吗！

长风结巴着：可可，你误会了。

我但愿是！

可可拉开门，走到门外，突然停了下来。她没有回头，而是用背影对着长风和廖红，然后她像只受伤的小羊，以又细又弱的声音说了一句话：

爸爸，我但愿从来没有做过你的女儿！

83

可可彻底绝望了。当可可给长风扔下一句绝望的话含泪而去之后，她已经完全放弃了说服长风与妈妈复婚的念头，与此同时，也在心底最后认同了妈妈与刘亚明的关系。当天晚上，她告诉妈妈，她不但同意妈妈和刘亚明的关系，而且同意与刘亚明的女儿一起出国。

兴奋的和和亲了可可一口，就把这个消息马上传给了刘叔叔。第二天刘亚明即紧锣密鼓开始了办理可可出国的事情。

长风做梦也想不到，事情发展得这么快。当他还纠结于复婚之事时，可可的电话来了。长风看见可可电话的第一反应是紧张得出了一头汗。还没有想好如何应付可可的时候，没想到可可先给了他一个出乎意料的消息：

爸爸，我跟妈妈也好好谈了一次。我不再逼你们复婚了。我知道这对你不公平。

长风有些意外，下意识问了一下：真的？你想通了？

我想通了。可可口气平静。

长风的眼睛潮湿了，他抑制不住声音的颤抖：可可，你长大了。

是，爸爸，我也觉得自己该长大了。

长风声音哽咽，说不出话来。

爸爸，我还想告诉你一件事，我马上要出国了。

去干什么？长风的心忽然变得晃晃悠悠的，像一架破旧的、即将散架的马车。

刘叔叔跟妈妈确定关系了。他让我跟他女儿一起出国读书。他先带我们去国外看看，然后就留在那里读书了。

长风像做梦一样，有些缓不过神来。他掐了一下自己，发现这不是梦。

爸爸，我可能没时间跟你告别了，这几天需要办好多事情，你自己以后多保重吧。

长风似乎窒息了，一句话也说不出来。

爸爸，上次我很不礼貌，那个廖红，是个不错的女孩，看得出来，她很爱你。你好好珍惜她，跟她好好过吧，别重蹈跟秋儿阿姨的覆辙了。

不知道可可还说了什么，等长风缓过神来，他发现电话那头已经挂了。那个时候，他正在坐在办公桌前，办公桌上不知何时多了一枝玫瑰，插在廖红送给他的一个玻璃花瓶里。外边有阳光照进来，照着他的办公桌半边阴半边阳，照着他的脸上半块阴半块阳。这令他的眼睛极不舒服，因为他的眼睛一只在阳光中，一只在阳光外，他晃了晃头，仍然觉得眼前的东西像他的眼睛一样都是一半阳光一半阴影，甚至包括那枝玫瑰，一边是鲜红艳丽的，一边是暗红柔和的。他站起身，让整个人暴露在阳光下，看屋里的东西，发现所有的都是阳光的。然后再躲在阳光外看，发现所有的都在阳光外。他又重新坐下，让自己处于一半阴一半阳之中，在这种状态中，他竟然打了一个盹。

醒来后，他记起可可说要出国的事情，他几乎回忆不起来，这是刚才打盹时做的一个梦，还是真的。于是，他打电话问和和。

是啊，没错。和和似乎正忙着跟某个人说事情，敷衍着对他说：你如果没有什么重要的事，回头再联系吧。可可的事，你就不用费心了。

我不用费心，什么意思？我是她的监护人啊！

哈哈，监护人！我已经找律师解决这件事了。她现在大了，可以自己决定监护人了。再说了，你不是放弃她了吗？

我放弃了吗？

好了，好了，不说了。我正在忙，还有好多事呢。随后律师会跟你谈可可监护人的事情。和和说完把电话也挂了。

太阳又照了过来，此时，他的办公桌与太阳似乎完全调换了角度。他发现办公桌刚才的阴阳两半块，正好调了过来：阴的成了阳的一半，阳的成了阴的一半。而他的眼睛也正好调了一个个儿。多么奇怪！他看了看那枝玫瑰，发现那枝玫瑰的阴阳两面也调了一个个儿。就像这种阴阳两半有催眠作用似的，他又恍然困了，并且又恍恍惚惚打了一个盹。

这个盹不知多久，他醒后第一个想起的是和和所说的律师，监护人的问题。这时候他才好好捋了捋这半天所获得的信息及这些信息所得出的结论：可可出国，要更换监护人。这意味着，他，长风，将失去可可吗？

一个细小的声音从远而近，像马达，像汽艇，嗡嗡着从窗外而来，在绕屋几圈之后，长风才看清那是一只苍蝇。它飞翔得那么轻盈，落到玫瑰花瓣上的时候毫无羞愧。也许他看见了长风的眼神，它振了振翅，重新起飞，一头冲向长风耳边。嗡嗡嗡的声音，像一串情人的呢喃。长风驱赶着，它却从这个耳边离开，奔向另一个耳边，仍然嗡嗡嗡地呢喃着。它一定是只母苍蝇，它一定认为它跟长风是同类，甚至跟长风一见钟情。

长风，你不是风流诗人吗？不是喜欢美色吗？不是喜欢泡妞吗？现在又有机会了吧？如此想着的时候，长风不由得观察起这个东西。它被造物主制造的堪称完美：绿头，蓝翅，比例匀称，随时起飞，随时降落。似乎发现了长风对他的观察和欣赏，它又起飞了，落在他的额头，毫不犹豫地亲了他一下。

长风突然想吐，而它似乎没有亲够，它仍然在围着长风转着，似乎长风是它的情人，也许是一摊它看中的狗屎，它不停地围着他转着，风姿翩翩，而且向他施展着万千妖娆。长风不得不站起来，不停地挥着手驱赶着、缩着脑袋躲避着，在办公室里窜来窜去。

廖红本来去印刷厂刚回来，看见长风一反常态的行动。她想上前问一问发生什么事了，没想到刚刚开口，却被长风大吼一声吓呆了。长风两眼蒙眬，脸色铁青，只吼了一个字：

滚！

廖红还没有滚，倒是长风先自滚了。他几乎是连滚带爬地滚了。之后每当廖红回想当时长风的样子，更确切地说，她认为长风应该是失魂落魄。长风滚出了办公室，滚出了单位大门。他以为那只巨型苍蝇被留在了办公室，却没想到，当他一路冲到街上，打上一辆出租车之后，那只巨大的苍蝇像空降兵一样突然在他的头顶飞冲而来。它飞着、叫着，绕着他的脑袋一圈一圈，越来越快，越叫越响。他抱住脑袋，捂住耳朵。在一个路口红灯亮的时候，他扔下一百块钱，夺门而出。他想不起如何跑回家的，也想不起如何开的门，却记得如何关的门。窗帘仍然低垂，窗户紧闭，与外界隔绝，像一个密闭的盒子。在他相信自己已经安全后，他想起庄离给他的“狗屎”的定论，然后便感觉自己真像一摊狗刚刚拉出来的烂稀稀的狗屎，“呼噜”一下在地上摊成一堆。

长风陷入严重的精神危机中了。可可出国这件事，像一把电锯嵌在了他的身体里。嗞嗞的磨削声没日没夜地在身体的每个角落回荡着。他甚至能感觉到肌肉正像肉馅一样被碎割着、飞落着。尤其是到了晚上，他会像一头困在笼子里的狮子，在屋内乱窜。累了的时候，他会坐在地上喝酒，直到一醉不醒。

有天夜里，他在屋里跑来跑去，累得想喝酒的时候，却发现家里的酒瓶全空了。那一刻，他感觉脑袋发胀，全身焦躁，再也无法安静下来。墙上的表针已经指向深夜两点，他本想出去买酒，走出门的时候，突然改变主意了：他花了三百元打车，跑到了灵山。

这里才是真的夜深人静啊！万物沉寂，湖水也在梦中。他坐在湖边，发现自己终于安静下来了。在这久违的寂静里，他想了好久。想起了林零，想起了林零身后的鲜花，想起给这个城市、给这里的诗坛带来的浪漫和追忆。是啊！当生命里的难题无法解开的时候，这一跳岂不是一切迎刃而解？

像一只久打不开的锁，他感觉一下子豁然开朗。

84

胡新科陷入了危机和恐惧之中。几天来，他煞费苦心地寻找与安娴谈话的机会，但因为庄离几乎不离左右，所以机会非常少。偶尔找到一次，也是提心吊胆，所进行的谈话都是匆匆忙忙，没有达到目的。何荷像吃了定心丸，认定了这个工作。对这份工作，她又快乐，又安心。她觉得这个行动既能帮助胡家成全他们的子孙梦，又能解自己的思念儿子之渴，凭什么要离开这个工作呢！

时间一天天过去，胡母与胡新科的不安也一天天在加剧。胡新科已经快没耐心了。胡母也下了决心：如果安娴再不听劝，他们就实施最后一个计划：给安娴设置一个圈套，让庄离撵走她。

周五又到了，胡新科决定让安娴休一天假。他要利用这一天假，带安娴到城外，找个地方好好聊聊，争取劝安娴离开。他在电话里跟胡母策划了好半天，才确定计划。出乎意料的是，胡新科趁庄离午休，打电话给安娴，说出自己的打算时，被安娴一口回绝了：

我不需要休假，我也不想休假。

胡新科苦口婆心地说：安娴，休假是一个借口，我的意思是，我们需要找一个比较安全的地方，用一段较长的时间，好好聊聊。你也知道在家里很不方便。

安娴坐在梳妆台前，也低声说：胡总，你的打算我很清楚，你不必如此费尽心机。一、我不会跟你出去谈判，我对你的目的很清楚，不可能听你的。二、我不会离开胡家，离开丰丰，起码最近不会，除非你让我把孩子带走。

也许是安娴“把孩子带走”这句话提醒了胡新科，胡新科只好以此为诱饵说：明天出来吧，我们好好商量商量，带孩子走也不是不可以考虑的。

这个主意真的打动了安娴。傍晚的时候，安娴向庄离请假，她说妈妈有事让她回一趟家，希望休一天假。庄离痛快答应了。

第二天一早，何荷出发了，带着庄离给的几百块钱走出了家门。按胡新科说的，她先坐公交到了长途客车站，然后坐上大巴车到了离城约三十公里的一个小山村。

已是深秋季节，山风比城市的风多了一些刚硬和粗砾，像山上的汉子们。满山的植物已经变得深绿，有的深红，安娴很熟悉这种季节。小时候，在这样的季节里，她还要跟着妈妈满山打猪草、拾柴，捡拾各种野果。已经多久不再上山了！爬上一个山坡，在这种久违的野草气味里，深深呼吸着，想着自己的命运，一阵阵悲伤随山风在周围鼓荡。

快中午的时候，胡新科过来接上了她，进了一个山村附近的宾馆。

他特意选这个宾馆，是因为这里不是风景区，不至于遇上熟人。但没想到的是，当他把车刚刚停下，进入饭店的时候，已经发现情况了：

一个小姑娘正拿着一个纸飞机从餐厅门口冲出来。那是爸爸的司机的女儿。

叔叔——小姑娘眼睛很好使，打远一看见胡新科就喊了起来，并向着他跑过来。他一着急，轻声对着安娴说，你不要停，继续走，进338房间。

安娴向前走去。他停下来跟小姑娘打着招呼。

小姑娘跑过去了，他却出了一身汗。硬着头皮走入餐厅的时候，他紧张万分，生怕遇上司机。安娴正坐着喝茶，看他进来，把一杯茶水放到他身前。胡新科这才松了一口气。他点完菜，顺便问了安娴一声：

喝点红酒吗?

安娴愣了一下，因为她想起第一次跟胡新科喝酒的情况。那样美好的一个晚上，海滩、月光、美酒、时尚、浪漫，她长那么大，从来没有那样奢侈过、那样享受过。一个高级的酒店，一个富有、英俊的男人，还有一段令人激动的情感。她多么想重温一下那种激情和冲动。于是，她点了点头。

酒上来了，胡新科说着套话和安慰安娴的客气话，直到四五杯酒下去，他才进入了这次谈话的主题。他先分析当下两人的处境，又提出方案，同时分析着方案的优劣，像一个商人在谈商业和买卖：

第一个方案是，你带孩子走，估计妈妈绝对不会善罢甘休，即使找不到你们母子，怕是你的爸爸、妈妈和弟弟将要承担这个违约的后果——也就是胡家几次投入的全部资金的偿还问题，这会要了老人的命。鉴于此，我劝你放弃这种打算。

第二个方案是，你离开胡家，我再支付一笔资金，你可以出国上学去，也可以重新生活或者用这笔钱开公司，然后找对象、结婚，重新有自己的孩子。这个方案，一是可以履行当初约定，二是孩子有个好的归宿，三是你也有了自己的未来。缺点就是你需要暂时忍受离开孩子的痛苦，好在你还会再有自己的孩子。

第三个方案是，你继续留在胡家做保姆，你跟丰丰的关系如果不穿帮，那么你也只能待到孩子该上学时被解聘。但是如果你跟丰丰的关系穿帮，那么，以庄离的性格，会导致我们关系的恶化、甚至夫妻关系的破裂。这种情况下，孩子的身份也将暴露，势必会影响孩子的健康成长。所以这最后一个方案，显然也是不可取的。

安娴听完这一大篇分析，丝毫不加犹豫地说：我还是选择最后一种，留在胡家。

胡新科压抑着恼怒，耐心地说，你不担心穿帮吗？

不会穿帮，小丰丰太小，庄离又不知道。你和丰丰奶奶虽然知道，谁又不会说，所以这件事怎么会穿帮呢？

这不是说不说的问题。我们曾经有那样一段历史，说不定哪天会露馅。胡新科急了。

我保证不会。你放心吧。安娴仍然不为所动，此时她有点为胡新科所说的第三个方案所动心了：如果这件事穿帮了，他们夫妻关系恶化了，对她来说，何尝不是一个机会呢！想到这里的时候，她更加坚定了决心。她端起酒杯，声音一改刚才的硬邦邦，柔软地盯着胡新科说：

我们先不谈这件事好不好？让我暂时逃离痛苦一会儿好不好？我已经好久没有享受过生活了，这么好的红酒，我们能不能先享受？

好，好！胡新科举起酒杯，与安娴碰了一下，两个人一起喝了。

还有这么好的菜，我很久没有吃过了。

对，对，多吃点菜，你需要好好补补身体。胡新科急忙给她夹过一块鱼、一块牛肉。

胡总，你还记得我们第一次喝酒吗？安娴突然问起胡新科这个问题，令胡新科的脸一下子红了，他喝了一口茶，低哑着嗓子说：

哦，记得。

你是不是特别后悔？安娴的脸上有一丝梦幻的色彩。

当然，要不然我们也不会今天偷偷摸摸坐在这里，商量这个难以摆布的大麻烦。胡新科的眉头皱成了一个大疙瘩。

安娴莞尔一笑，一脸妩媚：我可不后悔。看胡新科一脸愁容，她继续说：真的，我庆幸你给我那样的一个夜晚，那样的一段时光，那样的一段激情，还有那样的一个孩子。我可以这样告诉你，你是我生命中的一个奇迹。我从来没有想到会跟你这样的一个男人，有这样的一段故事，还有一个这样美丽的孩子。所以，我非常珍惜，胜过我的生命。说完这段话，安娴给两人大大的玻璃杯都倒得满满的，脉脉含情地盯着胡新科说：

陪我喝这一杯吧！

胡新科为难地看着如此满的杯子，犹豫着。她的眼睛里已经有星星点点、闪闪烁烁的东西。胡新科紧着安慰说：好，我喝。说着咕咚咕咚喝了下去。

杯子太大了，盛的酒太多了，这杯酒下去，胡新科很快就感觉两腿沉了，脑袋大了。在他对面坐着的安娴更是变得模糊不清。

她又给两人倒满了酒，一脸羞涩地说：

胡总，假如时光倒流，我仍然毫不犹豫。我愿意为此付出后半生。说完碰了碰胡新科的酒杯，又咕嘟咕嘟喝光了。胡新科又一次为难地看着这一大杯酒，在安娴的注视下，也喝光了。

记得在三亚游泳的场景吗？安娴的脸像一朵盛开的桃花。

记得，记得。胡新科突然想起，美丽的海滨，安娴在水下一把攥住他下体时的眩晕，想起当时安娴桃花一般的脸，想起自己胳膊擦过她那对儿柔软的双乳时的激情。还有那个晚上在餐桌上将他完全淹没的欲望。此时他发现自己满脸涨红，浑身躁狂，身体里的酒精像一条欲望的蛇沿着血管四处奔突和流窜。

我想坐在你身边。安娴的声音充满魅惑。

不合适！胡新科的声音又低又弱，好像从脑后发出来的一声叹息，连他自己都难以听得见。而他的呼吸从肺里出发，走到喉管，就被一种难以启齿的欲望所窒息、所遏止。

安娴两步跨过来，一屁股坐在了他的腿上。她的脸对着他的脸，女性的气息呼啦啦喷了胡新科一头一脸。

哦！胡新科情不自禁呻吟了一声，急切而粗重，在他还没有发出音节的时候，感觉一只有力的小手像一把铁钳突然伸向他两腿中间，柔软而坚硬地捂在他的裤子上。

85

完全清醒的时候，已是第二天上午了。当时，他们都沉沉地睡在遥远的梦里，被一个急促的电话铃声惊醒了。胡新科接起电话，出人意料地，竟是妈妈的电话。

科儿啊，你怎么跑这儿来了啊？我一直等你的消息呢？你的计划完成得怎么样啊？

胡新科像被噎着了一样，他好半天没有发出声来。

科儿，科儿，我的话你听明白了吗？你现在能不能告诉我情况怎么样啊？

胡新科大梦初醒，他看着在他旁边裸着肩膀偎在他怀里的安娴，脑门上又浸出一层汗水：我这是来干什么来了？妈妈怎么知道我在这里住啊？他定了定神，才想起问妈妈：

妈，你怎么知道我在这里啊？

啊，你还有脸说，你关什么手机啊，庄离找不到你，急坏了。我只好帮着她找你，正好今天你爸的司机过来，他说看到你。我才在这里查到你。你为什么要住在这里啊？你在这儿干什么啊？

啊，你别管了，妈妈。

我不管你这事，但是当初商定的计划，怎么样了，你总得跟我说一下吧？

回头再跟你说吧。现在手头还有点事情处理。

放下电话，胡新科傻眼了。他裹上浴巾，逃进卫生间洗澡，努力回忆着这一天多的时间，感觉像做了一场春秋大梦。记得曾有哥们儿开玩笑说，男人有很多时候是用下半身思考，看来他完全是在用下半身思考了。他的大脑、智商几乎成了零。他照着镜子，越看越觉得那张脸丑陋，恨不得照那张脸狠狠扇几个耳光，再看看那条充满欲望的东西，恨不得一刀割了它。

从卫生间出来，他拿了一条浴巾扔到安娴身边，换上一副冷静的口气说：你也洗一下，我们的谈话，需要有个结果。

安娴进去洗澡了，他点上一根烟，站在阳台默默地抽起来。安娴洗完出来了，她出来的第一件事，是悄悄来到阳台，从后边一把抱住了胡新科。

胡新科站着未动，像木头一样僵直，完全不理会安娴的激情，声调冷漠地说：

安娴，我希望好好谈谈！

安娴一愣，手松了下来。趁这间隙，胡新科转过身，向沙发边走去，在示意安娴也坐下来的同时，他倒了两杯茶。坐下来，一副公事公办的神态：

安娴，我首先向你道歉，我们这次见面，导致这样的结果，我承认，有我品德修为不好的问题。如果你要惩罚，我愿接受。但是不要影响我们昨天谈的事情。

安娴没有理会胡新科的沉重，只是轻松高兴地说：我的惩罚，就是你允许我爱你，允许我待在你家当保姆。

不可能，除了这个什么都行。

除了这个，我什么都不要。

事情僵了！胡新科愣了几分钟，都没有找到更好的道理说服安娴。他开始烦躁，为自己的荒唐而懊悔、羞耻，直至愤怒。想起在三亚的事情，他脑子里突然跳了好几下，他有一种感觉：这场迷醉的行为，是不是又是安娴设计的圈套？这个女孩有这样险恶的心计吗？他定了定神，喝了几口茶，又倒一杯，清了清嗓子说：

安娴，我问你，我希望你老实告诉我，我们这次荒唐的行为，你有没有做手脚？

哈，我还觉得你做手脚了呢。安娴双眼翻白，一副气愤的样子。

胡新科站起来，在沙发边来回走了两趟，不得不承认，关于这件事，似乎永远成了谜。再接着谈前一天的几个方案，无论说到哪里，无论胡家补偿安娴多少钱，安娴似乎王八吃秤砣——铁了心！她只有一句话：无论如何不离开胡家，除非孩子不在胡家了。

靠！胡新科终于暴了粗口，眼看时间快中午了，他愤怒了。他站在安娴前面，指着她的鼻子开始大骂：

为什么？你他妈一根筋，还是故意跟大家过不去？你和我妈先有约定，后有胡家的补偿，再后你也看见了，孩子跟着你有百害无一利，跟着我们有百利无一害。你就为了自己的一己之私，宁可撕毁约定，宁可毁了孩子，毁了你自己的未来，毁了我的婚姻，毁了胡家，甚至毁了你父母的家。这么清楚的事，我不信你看不清，你他妈整个就是欠揍！

安娴也被骂急了：什么我带着孩子百害无一利，你带着孩子就百利无一害，什么我一己之私，你生个孩子，被人夺走试试！

早知如今，何必当初啊！是你当初自愿代人生子的，你有什么资格现在说这样的话？

我可以没有资格说这话，但我告诉你，我有资格做这件事，因为我是妈妈！不然，你去告我去，看法律支持妈妈，还是支持你们所谓的百利无一害！

说完这句话，安娴拿起外套和包，向门口走去，胡新科见状，几步跨过去，挡在门口：

安娴，你今天不答应离开胡家，你就别想从这里出去。

你要杀了我吗？安娴淡定地问。

不是不可能！胡新科咬牙切齿。

安娴突然笑了起来：太好了，我早不想活了。如果你能杀了我，你将成为我永远的恩人！

胡新科气得四肢颤抖，一掌击向安娴的脸颊。安娴未动，等胡新科打完，也一掌击向胡新科的脸颊，然后咬字清晰地说：

你记着，下次你再撵我走，我就把昨晚我们在一起的视频给庄离看！

安娴离开好半天了，胡新科还在房间里像一只被囚禁的猴子似的，四处乱窜。他一边扇着自己的耳光，一边大骂着安娴。看来，自己真的被这个看似单纯的小女孩给算计了。

86

长风一反常态，突然变了。他开始正常上班。每天早上九点到单位，中午十二点下班，有时候廖红会给他吃一些带来的午饭，有时候，他会到餐厅吃饭。下午，他仍然在单位老老实实待着。有时候帮廖红看看诗，有时候还写写字。但是他已经完全不写诗了。周末的时候，他还会去父亲那里一起过周末，逗逗庄离收养的小孩。后来，有一天，有个律师来找他了，把女儿监护权的事情跟他说了一遍，他没有任何犹豫，似乎早已经考虑好一样，爽快地签了字。

走的那天早上，可可把电话打给了他。那时候，长风刚刚起床，他正在洗脸。女儿的声音带着哭腔，他很平淡，似乎已经完全想明白了。为了安慰可可，他声调里带着一点调侃，高高兴兴地说：

可可啊，到了美国，可时时记得，你是中国人，一不能给中国人丢脸，二不能叛国投敌啊！

小可可本来带着哭腔，听长风如此轻松的话，反而哭了：

爸爸，你得好好照顾自己。

我当然要照顾好自己了。别忘了，还有个漂亮姑娘喜欢我，愿意照顾我呢。

放下电话，长风突然发现自己的腿动不了了。他站在卫生间门口，两腿僵硬，浑身发软。然后他扶着墙，挪到沙发跟前，坐在那里再也不想动了。关于是否送女儿到机场这事，长风跟女儿约定的是不送。他不敢，女儿也不敢让他来。长风发现他们父女俩太像了。

十一点左右的时候，可可又打来电话。那时候，长风如大梦初醒一样，发现自己从早上接完可可电话后，坐到沙发上竟然没有动弹，似乎睡了一觉。

爸爸，我要登机了。可可说完这一句话，哭了。

太不坚强！这可不好。长风的脑子也似乎空了，他听见这句话好像不是自己说的。

可可哭得更厉害了：爸，爸，我特别特别不放心你。我后悔死了，我都不想走了！我要守着你！

有什么不放心啊。我挺好的，你放心吧。你什么都不要后悔。廖红阿姨对我非常好。她正给我炖排骨呢，她比你妈妈更适合我。我们会过得非常好。你只要好好照顾自己就好了。

也许是提起廖红，让可可的情绪有所变化，至少，可可的哭声有所缓解。她停了停，小声哭着说了一句：爸爸，我要关机了。你记着给我电话！

长风没来得及说话，电话那头已是嘟嘟的声音。他没有挂，而是把手机的扩音打开了，任那个嘟嘟的声音一长一短地响着。他安静地躺下来，仔细地听着，似乎在听女儿说话。是啊，电话那头是女儿挂断的嘟嘟声，留着女儿的气息呢。嘟嘟声从小到大，在沙发上向四周扩散着，当长风闭上眼睛的时候，他感觉这种嘟嘟声正变成飞机的引擎声，在天花板以外震响。他以一瓶白酒，沉醉而睡。

已经说不清是多少天了，有个上午，他的门终于被敲响了。廖红来了，手里提了一堆吃食。那时候他是清醒的，他只把门开了一条缝，以轻描淡写的口气说：

我请你不要再出现在我家门前，好不好？

廖红眼圈发红，从背包里掏出一个信封，结结巴巴着说：

文联找你好几次，找不到，把电话打到单位了。他们让我转告你，此次评奖活动出现重大变化，因为发现违规操作，原有评委会解散，新一组评委会重新从专家库里随机抽选，你撤评的事情也由评奖组织重新圈了进去。这是一封评奖机构的信，估计也是通知你这件事的。说完，廖红把信放在他的手里。

长风拿过信，顺手扔到脚下，厌烦地说：我拜托你以后少管我的事情！

廖红走了，两眼含着泪水。临走时她放在门缝处的一堆吃食，也被长风扔垃圾一样扔了出去，随着廖红的脚跟散落一地。

有一天夜晚，他酒醒了。坐在黑暗的屋子里，他突然发现自己身上发霉了。他特别想呼吸新鲜的空气，想晒晒外边的太阳，哪怕是月光。

他洗了澡，穿上干净的衣服，站在客厅中间，照了照穿衣镜，拉门开，走到大街上，有一种飞翔的感觉。

气温不知何时变冷了。已经完全不是秋天的感觉了。应该是冬天了吧。他却还穿着单衣。不过，这种冷冽使他感觉到一种久违的清醒。他站在街道上，望着依然繁华的世界，依然美丽的霓虹，感慨万端。

世界好大好大啊，人真多啊！他失踪了这么久，世界的车轮依然滚滚向前，朋友们的生意依然红火。他以为自己是诗人，是名诗人，心自由，人格高贵，可是他有什么可骄傲呢？一个个美好的女人离去了，生命中最重要的人——女儿离去了。庄离，这个一直以自己为骄傲的妹妹也离去了，朋友们离去了，诗歌离去了，一切都在离去。他还剩什么？

灵山更冷了，灵山的风更冷了。月湖更凉了，月湖的气息更凉了。

好静的湖水，好静的灵山啊！他记得庄离曾经说过，只要心情不好，她会来这里。看来，这里真是一个好去处啊！他坐在岸边，听湖水深处传来的呢哝声，听岸边垂柳上掠过的风声，还有周围落叶堆里那些窸窸窣窣的灵魂们的交谈声。

后半夜起风了，湖面被吹得支离破碎，头上的垂柳也在哗哗作响。他突然有一种不好的感觉：似乎在湖水的某个角落，正有某种生物在悄悄生长，然后随着水波蜿蜒滑行，并向着他的方向而来。他想起尼斯湖怪，想起水妖，想起关于月湖的传说。是月姑娘多好！

水波在摇动，黑暗的湖水依然有晃动的光影。当越来越近的波峰带着一股被压抑的力量冲向长风跟前时，长风的全身一下子颤抖了：在他的眼前蹿起的不是什么水妖，也不是月姑娘，而是自远而近的一只船。船上坐着一对谈情说爱的青年男女。

他无声地笑了起来，白白的牙齿在月光下闪着柔和的光泽：哪来的月姑娘，自己把自己涮了一把！

不知坐了多久，屁股坐疼了。站起来，活动了一下腰身，他告诉自己：该上路了！

转入一条上山的路。小路像蚯蚓一样曲折，两旁茂密的树木里，有风声在呜呜吹着，穿过树枝、树叶，不停撩着他的头发、上衣，还有他宽大的裤管。偶尔还有几声动物的嘶鸣，夹杂在风声中，像某种野兽的号叫。

已经多久没有独自爬山了，尤其是在这样的深夜，独自爬山的感觉，使他感到新鲜、刺激。他想起了廖红，想起与廖红那次爬山不欢而散的场景，感到了对廖红的歉疚。他这一生的歉疚太多了，伤害的人也太多了，周围的亲人和对他好的人，他几乎都伤遍了。如果说罪孽，他可以为自己定罪：十恶不赦！

凛冽的风里不知何时有了雨滴，冰冷冰冷的，落在额头上，鼻子上，落在头顶上、脖子里，不一会儿雨水成倾盆之势，浇遍全身。这是上天给他重生的一个洗礼吧！

再往高处走，路变得陡了，台阶一个接一个，一段连一段，似乎永无尽头。抬头看看前方，仍然黑乎乎一片。风越刮越大，呼啸着，号叫着，夹着一帘帘的雨水，肆无忌惮地扑面而来，在扎遍他的每块肌肉、每块骨头之后，狠狠地向后撩去，他的腿伤又开始阵阵疼痛，似乎又在流血。头发已经完全贴到头皮上，像一块掏空了的西瓜皮，一遍遍被雨水冲刷着。他已经没有冷的感觉，没有累的感觉，也没有怕的感觉，脑壳洞开，脚下如机器一样，顺着台阶机械地迈着，向着鹰峰方向。

终于到了山顶，灵山的最高峰——鹰峰。在这座鹰峰上，有一片面对月湖的悬崖，那就是鹰崖！就是这里，十年前，女诗人林零在此一跃成仙！

长风远远看着它，心中一片肃然敬意：这个如刀劈斧砍般的巨人，正以沉默的姿态沐浴在狂风暴雨中。它沉默如铁，坚毅如钢，在黑夜中，又如一只展翅欲飞的雄鹰。

长风走近它，突然想抚摸一下它如刀如剑一般锋利的石壁、崖壁上毛茸茸的小草。传说这崖壁上有起死回生草，如果现在他爱的人，或者爱他的人需要他采摘，多好啊！他会毫不犹豫像大炅一样舍身而去。他想让人们知道，他像大炅一样，有情有义，勇往直前！他想让他的亲人了解他，记住他。然而，现在他爱的人去了，爱他的人也去了。突然间，这世界，这人们像约好似的，都走了。

他匍匐在地上，伸开双臂，用脸颊贴在冰凉的石面上，从泪流满面，到放声号哭，伴着风声、雨声，在灵山的最高峰顶回荡着、播撒着。他相信，他的泪水能够随着雨水，顺着鹰崖的石壁奔腾而下，流进月湖；他也相信他的号哭声随着风声，能够飘过鹰崖的峭壁，飘向月湖的水面。

不知过了多久，泪水枯竭了。站起来，重新审视周围的一切。前方是他的城市，仍然灯火万点，像儿时的星空。头顶，雨点仍然如织，像一把淋浴花洒，落满脸颊、全身。再望望山下，那安静的月湖仍然美得令人心碎。往前走一步，再走一步，那就是生死之界啊！

记得在这个崖壁下的月湖边，望着这个悬崖，曾经与周立山打赌：从鹰崖跳下来，是否能跳入湖中。周立山赌的是，肯定能。长风赌的是，肯定不能。至于林零为什么没有跳入湖中，周立山的解释很简单：她是想死，自然不能跳进去。按周立山的说法，只要不想死，从上边跳下来，绝对可以跳入湖中。长风突然想念起这个多年来的好朋友了，不知周立山在干吗，如果今天他在身边，长风想，他一定再次跟他打一次赌，而且跳下去，赌出个结果。他要让周立山输得心服口服。

可是，今天他不需要打赌了。他坐在崖边，上网，上花店，平生第一次为自己奢侈了一把——花九百九十九元为自己订了一束巨大的花篮，在花篮上给自己最后的终结留言。

长风站起来，走近崖边，似乎全身正有一种飞翔的力量在全身回荡。他再一次充满留恋地望望脚下神秘的湖水，望望头顶上莫测的天空，想想明天早上那束神秘的鲜花，他的身体里一阵战栗。

雨突然停了，像上天关闭了闸门。此时他脑海里闪出一个问题：上天，你是不是已经帮我洗清了罪孽？

如果是，那么，接下来，我是否可以进行你给我安排的最后节目……

87

胡母在胡新科回来的当天晚上，本来想问问他们谈判的情况，但一看胡新科的情绪，就差不多猜到结果了。再详细问经过，胡新科也懒得说了，他只告诉了胡母一件事，胡母就闭嘴了。

胡新科说：妈，安娴说了，再驱赶她，她就揭开小丰丰的身世！

安娴的保姆地位终于巩固了。胡新科再也找不到更好的办法驱赶安娴了，他唯一的办法就是敬而远之，再就是等着小丰丰快点长到上学的年龄。胡母思考了两天后，也只得采取最后一个策略——给安娴物色对象。

庄离完全不知道她周围这几个人之间发生的事情。她过得有滋有味，每天与何荷一起带着小丰丰玩耍，或逛公园或购物或在家里给小丰丰念儿歌、讲故事，生活过得安逸、幸福。不跟文学圈的人来往之后，她发现文学圈越来越远了。就像周立山说的，你庄离不主动跟文学圈混，凭什么文学圈的人搭理你啊？你是当官的？我们求你办事吗？你有钱？能帮我们举办活动或者赞助活动吗？你有色，或者即使无色，愿意向我们献吗？一样没有，一无所用，凭什么你就装圣女、装清高？你以为你能写几篇酸文，你就被我们认可了？太搞笑了吧？

是有点搞笑，庄离再也不搞笑了。她第一次感觉，当妈妈才是女人的归宿，怪不得几乎所有的女人都要生孩子呢。记得有一次在网上看见一个袖珍女孩，拼了命也要生个孩子，她甚至不在意孩子是否会先天残疾。女人生来是当妈妈的，不是去挣钱，不是去出名，甚至不是写点酸文，附庸风雅。当然她还没有完全放弃写点文字，偶尔闲来无事，她还是会写一点儿，但这种文字，再也不像过去那样抱着投稿发表的目的。她觉得写这些东西，不需要让外人认可、让文学圈认可、让文坛认可，甚至不打算让任何人看见或者知道，就像人体需要物质来维持，灵魂需要一点精神来滋养一样，这完全是一件私人的事情，无论写什么、写成什么样，跟外界任何人、任何事、任何组织都没有关系，也永远不会产生关系。

小丰丰迅速长着个儿，而且学的东西也越来越多。尤其是他开始挑人，在这方面，让庄离逐渐产生了一些不舒服：因为他与何荷的关系明显越来越好于她。有一次小丰丰生病，几乎完全依赖何荷，甚至何荷如厕，都不让庄离抱，这让庄离很受刺激。她与何荷一起带着小丰丰外出时，也出现了一种难堪的情况：大多数人会把何荷当成丰丰的妈妈。有一天上午，她们二人带着小丰丰在花园玩耍时，遇见同一个小区的老太太，也同样说：

这小小子真会长，越来越像你了。老太太是对着安娴说的。

安娴的脸红了，想辩解却没找到话。老太太还在八卦着：你看，他甚至连你嘴角边的这个小酒窝都长成一模一样了。

庄离随着老太太的指点看时，发现真如老太太说的，小丰丰的嘴角边不知何时长出了一颗与安娴一模一样的小酒窝。她的心里顿时一股酸涩，好在何荷截住了老太太的话：

阿姨，我是保姆，我天天带他，他总看我，估计就长得像我了吧。

嗯，嗯，有这可能。

不管是不是这种可能，庄离的脑子里终于被加入一种困惑，于是她在很多时候，开始观察何荷和小丰丰的长相：他们俩确实长得非常像，可是为什么这么像呢？难道真如何荷所说是因为保姆经常带的原因吗？最让人难受的是，庄离与胡新科有一次带着丰丰、何荷去妈妈家，当时长风、可可，还有一个远房表弟也来了。吃饭时候，表弟看看胡新科，看看庄离，看看丰丰，再看看安娴，来回看了好半天，把大家都看毛了的时候，竟然哈哈大笑着说：

庄离姐，小孩一点儿都不像你，倒是跟姐夫长得很像，跟何荷长得像。如果你们四个人出来玩，不知道的人肯定会认为你是外人，人家三个是一家三口。

可可如此一听，也对着几个人看了好半天，最后的结论也是如此：啊呀，真是啊！姑姑，他们三个像一家人，你像外人。

胡新科、安娴都脸红了，庄离有些尴尬。表弟仍然自以为是地玩幽默：庄离姐，我跟你说，如果再有胆大的人甚至敢怀疑，小丰丰是你们家小保姆跟你们男主人的私生子呢。

表弟也不看大家的脸色，继续饶有兴趣地说：姐，你可别是引狼入室啊！

别胡说了，越来越没边了。韩良怒斥起来。

哈哈哈，胡新科虽然很尴尬，却强撑着，表现出一笑了之的态度。

表弟虽然是玩笑，可可更不是有意，没想到这给本来就心存疑惑的庄离添了一层心病。她开始偷偷观察胡新科，观察何荷，甚至观察丰丰对他俩的态度。这一观察不要紧，她真的发现了问题。

何荷自从与胡新科一战大获全胜之后，过上了满意的日子，表面上她知足地做着一个称职的保姆，暗地里却幸福地做着一个称职的妈妈。她主动把小丰丰的全部生活包了。庄离只是在部分时间里陪着小丰丰玩耍、给小丰丰讲故事，而其他的诸如吃喝拉撒玩她都全部承担，甚至连小丰丰睡觉都放在了她的屋里。最初小丰丰是在小床上睡觉，后来，她干脆让丰丰睡到了她的床上，到最后，只要庄离看不到，她甚至都把小丰丰挪到了她的被窝，就像当初小丰丰还没有离开她时一样。

奇怪的事情发生了。有一天小丰丰在睡梦中，突然把一只小手放到了她的一只乳房上。似乎是这只乳房唤起了小丰丰的某种回忆，他的另一只手也伸了过来，摸到了乳房上。安娴一看这势头，干脆把上衣纽扣解开，敞开了怀。小丰丰两只手在乳房处摸索了几秒钟后，他的身体开始扭动，然后以一副迷迷糊糊的状态，一头拱到了她的怀里，又拱了几下以后，竟然张嘴含住了一只奶头，开始哼哼唧唧地吮吸起来。

安娴的心颤抖了，接下来整个身体颤抖了。她泪流满面，抱着小丰丰激动得呜呜哭了起来：我的儿子，终于认出我了！

从此以后，只要在自己的房间里，她跟小丰丰相处的时候完全以一个妈妈的身份。本来她的奶水始终都没有完全停止，孩子如此吸吮几次后，她的奶水竟然又多了起来。她在他吃奶的间歇或者吃完奶，会一遍遍教他叫妈妈。终于有一天，小丰丰随着她一遍遍的重复，张口叫出了妈妈这个单词。起初，安娴以为小丰丰是偶然发出的一个音节，因为在第一次发出这个音节之后的两天之内，无论安娴如何重复，小丰丰都没有再开口如此称呼她。在她几乎承认小丰丰的第一次称呼纯属无意的时候，突然在第三天夜晚，她再一次给他喂奶时，小丰丰很欢快地叫了一声，接着又叫了一声：

妈——妈，妈——妈！

更让安娴激动的是，第四天早上，当安娴醒来，抱起小丰丰的时候，小丰丰一边把脑袋往安娴的怀里拱着找奶吃，一边嘴里清晰地叫着，妈妈，妈妈。

这是安娴无论如何没有想到的一件事，她一直觉得在胡家在他面前就是一个保姆，没敢想过她的儿子在这里能认出她，更不敢想他会称呼她妈妈，但事实上这件事就这样发生了。她想这肯定是天意，否则这么个小儿怎么会知道她是妈妈。如此这样想的时候，她的脑子就转起了其他的主意：第一个主意是，偷走他？这件事不容易，即使偷走，她能给他什么样的生活？况且带走他，不说胡家会发生什么，自己的家里估计就完了。就像胡新科曾经给描述的：安家父母将承担偿还巨额债务的后果。这太可怕了！第二主意是，她是不是可以代庄离成为这家女主人？如果这件事能成功将是最好的结果。但想想这件事，太遥远了，也太可耻了。唉！她长叹一声，得过且过吧！只要能跟儿子在一起，暂且不想未来吧。

小丰丰与她母子关系的突飞猛进，让她有些措手不及。她不得不时刻提防着小丰丰在庄离面前表现出与她的这种亲昵。毕竟小孩子不了解危险，他凭着本能，说不定什么时间会找安娴叫妈妈，会找安娴吃奶。这令安娴有些惶恐不安。

这天，庄离带着丰丰和安娴去超市购物回来的路上，也许是困了，小丰丰与安娴坐在后座，突然没好气地哭闹起来。何荷从购物袋里拿出各种吃食给小丰丰，均不奏效。小丰丰嘴里开始叫着妈妈，庄离以为是叫她，边开车边哄着，无意中往后视镜看了一眼，突然发现小丰丰正低着脑袋往安娴的怀里乱拱，两只小手也往安娴的怀里抓着。而安娴却在往外推着，引来小丰丰更大声的哭闹。

半小时到家后，安娴不等庄离停车，就声言先带丰丰回家睡觉，便抱着小丰丰下车回家了。也许在冥冥之中庄离感到了某种不正常，所以她停完车，拎着东西，悄悄进家，悄悄推开了安娴的门。眼前出现的那一幕，她差点当场晕倒：

安娴侧对着她，一只雪白的乳房被小丰丰的一只手抓着，另一只乳房上是小丰丰那颗被浓密头发遮盖的圆乎乎的脑袋。而丰丰正吭吭哧哧、哼哼唧唧地在吃奶！

“咕咚！”安娴瞠目结舌，任手里的购物袋子砰地掉落在地。安娴像个警觉的狐狸，灵敏地地转过头来，也一脸惊恐！

88

你能告诉我，你跟丰丰什么关系吗？丰丰睡着后，庄离倒了两杯茶，一杯给自己，一杯给安娴。然后她坐在客厅的大沙发上，让安娴坐在小沙发上，以一副严肃的表情和口气问安娴。

保姆啊！安娴连犹豫都没有，装出一副轻松的样子。这是她被庄离发现后，直至丰丰睡着前，一直想着应付的回答。她想的是，先对付一会儿是一会儿，能咬牙坚持就坚持。

何荷，如果你说谎，我请你免开尊口。庄离的火气终于压不住了：我再问你，你既然是保姆，为什么会喂丰丰奶？而且你怎么会有奶水？

前一阵刚生孩子，夭折了。

那就是说你结婚了？

没有。私生的。

男人是谁？

这是我的隐私，我想你不必知道！

那好，既然如此，我现在正式通知你，你被解雇了！

凭什么？安娴有些慌神了。她从沙发上一跃而起，双眼死死地盯着庄离。

好，我告诉你原因：第一，你给我的儿子喂奶，我觉得不正常！第二，我觉得你品行不端，未婚生子。第三，我的儿子最近总在叫你妈妈，我觉得你对我儿子的教育，影响了我们母子关系。这足够我解聘你了吧！

安娴傻了！

庄离起身，回了卧屋，一分钟后，又走了出来，手里拿着一个信封，放到安娴身前的茶几上：

这是你这个月的工资，另外我又加了两个月的工资。你现在就可以走了。如果你来不及，我可以容你留到明天早上。庄离说完，转身迈步，走向安娴的房间。她的意图是要把小丰丰抱到自己的房间。安娴站着，一直是一副恍惚的状态。当看见庄离进入她的房间，她似乎还了魂，一边吼叫着一边追着庄离跑了过来：

我不走！我不走！凭什么让我走！

庄离已经进了安娴的卧室，她没有理睬安娴的吼叫，直奔小丰丰，伸手抱起来。

不许动孩子！我不许你碰孩子！安娴冲到庄离身边，把手伸向丰丰。

庄离的身体突然一抖，把孩子抱得更紧了。孩子也被惊醒了，他睁着惊恐的眼睛，看见两个大人在撕扯他，大哭起来。

你给我住手！庄离声色俱厉地制止着安娴：你有什么资格跟我这样说话，这是我的孩子，我当然有权利抱他。

也许是孩子的哭声，也许是庄离的少见的威严吓住了她，安娴停下动作。庄离抱着丰丰往客厅走去，她打算给他喂奶。没想到小丰丰哭得更厉害了，手脚扑腾着，身体向后用力拧着，嘴里边哭边发着“妈妈”“妈妈”的音节。安娴似乎又醒过神来了，她冲到庄离前边，截住庄离，一脸疯狂地喊着：

把孩子还我！

这是我的儿子，你搞搞清楚，你已经被解雇了，这里已经不需要你了。庄离轻蔑地说。

他是我的儿子，他需要我！安娴在说出这句话的时候，泪水狂奔而出。小丰丰这时也在用力拧着身子，两只小胳膊伸向安娴，并向安娴喊着妈妈。这面前的一幕令庄离煞是费解，就在她的脑子一片空白之时，小丰丰已经扑进了安娴的怀里，并且急不可耐地用脑袋拱向安娴的胸，嘴里的哭声也变成了哼哼唧唧的撒娇。庄离两眼发直，眼看着安娴一屁股坐在沙发上，撩起上衣，露出两只白胖的奶子，一只被丰丰含在嘴里咕咚咕咚地吃了起来，一只被丰丰的手抓着。

庄离傻了。她一屁股坐在后边的沙发上。

看看吧，他到底是谁的儿子！安娴看着庄离发傻的神态，得意地嘲笑着。

庄离愣了好半天，好像才理出个逻辑来了。她端起刚才的茶水，喝了一杯，又倒了一杯，才清了清嗓子说：

何荷，刚才你既然说他是你儿子，那好，我就再给你一次机会。我最后一次问你，你跟丰丰什么关系？

他是我儿子！安娴这一次准备孤注一掷了。

安娴的心咯噔一下，眼前一阵发黑。尽管之前心里有所猜测，但这个事实真的被确认，她还是难以相信。她在沙发上坐着，身体却像掉进了沙发的海绵里。好半天，她又喝了一杯茶，问道：

你孩子的父亲是谁？你为什么把孩子送给我们？送给我们为什么还跟来？

这几个问题也许对安娴太尖锐了，正好刺中了她的伤口。她流着泪水，哑着嗓子，声嘶力竭地喊着：

我送人？我凭什么送人？我凭什么跟来？是他们给我抢过来的，好不好？

庄离的心里开始出现一种咕咚、咕咚的敲击声，像一匹野马在四处奔突。这种敲击使她的声音变得颤巍巍的：谁跟你抢过来的？

问你家老太太去！安娴的声音里充满了仇恨和狰狞。

她为什么要抢你的孩子？

这个问题一下子卡住了安娴，是啊，胡家老太太为什么抢她的孩子呢？是因为孩子是胡家提前预订的？是因为孩子的父亲是胡新科？她张口结舌，不知如何回答。

孩子的爸爸是谁？安娴仍然张口结舌，但脑子里却出现了胡新科帅气的身影，那个曾经二度给过她温暖和激情的男人。

此时，庄离的心如悬在刀尖上，似乎随时都有被切成两半的危险。她想了想，咬紧牙关，继续问道：

既然这两个问题不好回答。那我问你，你说孩子是你的，你拿什么向我证明？

我——安娴想了想，此时她的脑中胡新科的影子越来越大，使她产生了一个邪恶的念头。她用力压制着这种邪恶，最后仍然没有压住，只听一个陌生的声音突然穿破她的喉咙，从她的嘴中飞奔而出：

你的丈夫胡新科可以证明！

胡新科接到庄离电话的时候，正在开会。庄离只说一句话：什么都不要说，立即赶回家中。

胡新科想着庄离的一反常态，感觉到了事情的严重，他几乎猜测到了安娴这颗炸弹可能已经爆炸了。这次爆炸所产生的后果，他现在已经不敢估量了。他开着车，一脑袋乱麻，除了电话通知妈妈，让她提前有个心理准备外，他几乎无法判断即将面临的场面，更无法思考对这个场面的应付对策。进家之前，他一遍遍告诉自己的是，一定要理智，绝不能冲动！

屋内是安静的，庄离坐在沙发上，阴郁的表情背后能感觉出隐忍的疼痛。安娴抱着孩子，在客厅中央站着，脸上却是一种罕见的亢奋和歇斯底里。只有小丰丰看见胡新科回家，四肢挥舞着，嘴里发出欢快的叫声。

怎么了？孩子病了吗？胡新科进得家门，一看见两个女人虎视眈眈的样子，第一反应是先把气氛缓和下来。他走到安娴身边，伸手想抱孩子。没想到安娴把孩子往旁边一转，拒绝了。

庄离给胡新科倒一杯茶，低哑着嗓音说：新科你坐下来，我有话要问你。

好，好。胡新科坐下来，为了掩饰心里的忐忑，喝了一口茶。

刚才何荷说，小丰丰是她的儿子，她说你能证明！

胡新科脑袋“嗡”地一下，他没想到庄离开门见山问了他这样一个问题。他看了看安娴，他想知道安娴到底跟庄离说了什么，但从安娴的脸上什么也没有看出来。他只好搪塞道：

这怎么可能呢？何荷一个姑娘家，怎么会有儿子？然后他转头向安娴，带着暗示的口气说，何荷，这玩笑你可开不得啊！

这么说，你不能证明小丰丰是何荷的儿子？

当然，这明白是何荷跟你闹着玩。

那好，庄离义正词严地说：何荷，你现在可听明白了，你自己举出的证人——胡新科，根本没有证明小丰丰是你的儿子。所以，现在，我再一次解雇你！仍然以刚才那三条理由！说完，庄离再一次把那个信封扔到何荷的跟前。

安娴急眼了，她再一次从沙发上跳起来，喊着：你不能解雇我，胡新科能证明。他没有说实话。然后她转过头，一脸泪水，对着胡新科说：胡总，我不能离开这里，离开孩子，麻烦你告诉庄姐，孩子是怎么回事。

胡新科急了，他低沉着声音，厉声制止着安娴：何荷，你简直疯了！一个姑娘家，怎么能如此胡说八道呢？

我胡说八道了吗？安娴一看胡新科仍然在极力掩盖真相，再也受不了了。此时她已经完全失去理智，脑中只有一个想法：我要跟儿子在一起，谁都别想把我撵走。于是她哭着说：

胡总，你仍然不肯给我证明吗？你如果再不给我证明，我就不客气了。

胡新科一看安娴疯狂的神态，不得不迅速转着脑筋，试图阻止安娴：

庄离，事到如今，我也不瞒你了。这小丰丰是她的孩子。让她暂时留下来照顾孩子吧！过一阵我们再想办法。

胡新科这句话令庄离大吃一惊。她转过头，不依不饶地追问道：你拿什么证明？

我知道啊！

你怎么知道？

我，我，胡新科被问得无以回答，只好继续撒谎说：我跟孩子的爸爸认识。

空口无凭，你把孩子的爸爸找来，否则我不相信。

这怎么找？人家不愿露面怎么办？胡新科看着安娴，一脸愁容。

我不管，只要找不来，何荷她必须走！

我不走，我坚决不走。我告诉你，庄离。安娴又一次被庄离要撵走的话刺激得疯了：你不要后悔，你如果非要我走，你就不怕你承担不了这个后果吗？

我不怕，无论什么后果，我都认。庄离此时有一股冲天的勇气。

那好，我现在告诉你，如果我证明孩子是我的，你不会撵我走吗？

是的！我说话算数。

好！我现在就证明给你看，安娴已经彻底疯了，她把小丰丰放到小车里，转身准备回卧室，却被胡新科拦住了：

何荷，你给我打住。我知道你总带着小丰丰有了感情，不舍得离开，我可以说服你庄姐让你不离开，请你不要做傻事！

我没有做傻事，都在为自己活着，你不也是为你自己活着吗？我为什么不能？安娴双眼通红，像杀了人一样。她站在卧室门口，突然就轻松地说出了这句话：

这孩子是我和胡新科的！这——你总可以相信了吧！

“轰隆”一声，庄离感到后背依靠的一面墙倒了。尽管在这之前，她已经有所猜测，但仍然抱着最后一丝希望不敢相信，也不愿相信。胡新科此时正站在安娴身旁，脸色煞白。

这个，你要不要证明？安娴声音尖厉地问道。

要！声音很小，但很坚定。

安娴奔进卧室，胡新科也跟了进去。卧室里传来一阵撕打声。最终安娴冲了出来，冲到庄离跟前。她打开自己的手机，是一张生育合同照片；然后又打开一个视频，是一对儿男女激烈交欢的场面。安娴把视频放大，让庄离仔细分辨：

视频中，胡新科与安娴正双双裸着身子，一个在前，一个在后，像动物一样在交配！

89

庄离离开胡家的时候，已是深夜，她带着自己的全部行囊，拨开胡新科的阻拦，义无反顾地离开了，她甚至没有看胡新科一脸的泪水，也没有看安娴一脸复杂的表情。

灵山度假村的夜，冷如冰水。她把车停下，走下来的时候，连打了两个寒战。10月底的天气，深秋季节，这里似乎已提早进入冬季。空气中浸满了冰霜，带着刺骨的寒气，无孔不入，渗过衣服，扎进皮肤的每个毛孔，然后像一波波的冰水撩过身体的浅表，流向身体内部的各个角落、各个器官，浸入骨缝处、骨髓里、血管里，甚至每个细胞，身体开始瑟缩、僵硬。庄离不得不将纱巾重新系了一下，顺手摸了摸眼睛，她才发现脸上竟然干巴巴的。她原以为自己会哭，而且哭得死去活来，却发现事实完全不是如此。她真的如此坚强吗？她坚信不是这样。但是，她发现自己的确没有哭，而且逃离至此，孤独面对沉沉的夜，面对未知的将来，仍然没有哭的欲望。

站在湖岸，像周围一株株柔弱的垂柳，矗立着、沉默着，无声无息。有一两声类似夜莺婉转的啼鸣，划破夜雾，在远处的垂柳上稍作停留，奔突而来，落到她的发际、耳边、肩头，然后像一只温暖的手抚过全身，冰冷的体内顿时生出一丝暖暖的感觉，像跳动的火苗悄然闪耀了几下。

起风了，空气中弥漫各种花香的味道，一丝一缕，丝丝缕缕，甜香的、淡香的、浓香的、暖香的、冷香的、清香的……像一波波潮水，在空气中流动着、奔涌着、冲袭着，或四散奔突或交叉流淌。她吸着鼻子，认真辨别着各种花香味道，努力将所有的花香吸进身体，让花香占据身体的每个细胞，借此挤走身体里的寒气、冰气。风越来越大，来自黑暗中的虫鸣声、动物叫声，或者还有一些草木的声音、沙石的声音、水浪的声音，夹在风声中，使黑夜变得更加模糊和暧昧。偶尔还会有一两声嗥叫，或者几声吱吱呀呀的尖叫，从遥远的山头或远处的树梢上、草丛里传来，令人毛骨悚然。

庄离站在风中，紧紧箍了一下随风舞动的风衣下摆，重新定了定神，注视眼前广宽的湖面时，突然想起海子的几句诗：

从明天起，做一个幸福的人。
喂马、劈柴，周游世界，
我有一所房子，
面朝大海，春暖花开。